U0450388

云南古代文学理论文献整理与研究丛书

张国庆 ◎ 主编

段炳昌　孙秋克 ◎ 副主编

定庵诗话笺注

由云龙 ◎ 著

李潇云　娄鹏宇 ◎ 笺证

中国社会科学出版社

图书在版编目（CIP）数据

定庵诗话笺注 / 李潇云，娄鹏宇笺证. -- 北京：中国社会科学出版社，2025.4. -- ISBN 978-7-5227-4903-7

Ⅰ. I207.2

中国国家版本馆 CIP 数据核字第 2025C4H229 号

出 版 人	赵剑英	
责任编辑	张　湉	
责任校对	禹　冰	
责任印制	李寡寡	

出　　版	中国社会科学出版社	
社　　址	北京鼓楼西大街甲 158 号	
邮　　编	100720	
网　　址	http://www.csspw.cn	
发 行 部	010-84083685	
门 市 部	010-84029450	
经　　销	新华书店及其他书店	

印　　刷	北京明恒达印务有限公司	
装　　订	廊坊市广阳区广增装订厂	
版　　次	2025 年 4 月第 1 版	
印　　次	2025 年 4 月第 1 次印刷	

开　　本	710×1000　1/16	
印　　张	20	
字　　数	285 千字	
定　　价	108.00 元	

凡购买中国社会科学出版社图书，如有质量问题请与本社营销中心联系调换
电话：010-84083683
版权所有　侵权必究

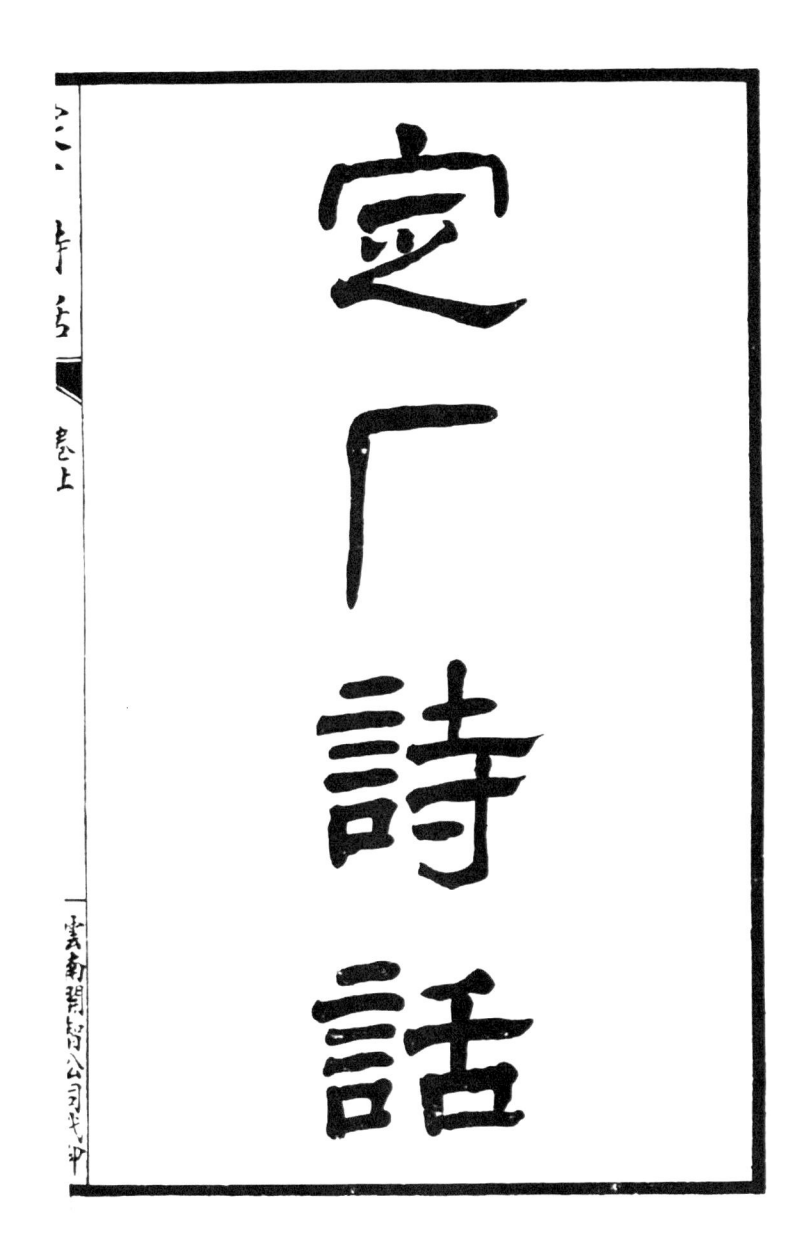

云南开智公司排印本《定庵诗话》封面,云南省图书馆藏

元江縣志序

國家政治之隆汙視民俗之美之賢否方世之盛也仕途澄清吏畫义民樂其利則君主圖書以褒義之史冊特書以揚之其不率職志罪斥例及其表也仕途冗雜姦猾進宦舉不行而民生之道苦夫此伊古以來歷觀而見者民國以來國是不競兵荒頻仍兵不於兵事補苴於倾需所謂親民官吏賢否教可解力以整飭於是蕭艾並進良窳雜陳其形者不遑述學師以彰工吾則敷衍以求兵事而已求能實心任事者不數覯嗚呼此吏治之所由隳鹹也

由云龍書《元江縣志序》1

南浦黃君礪汝初知元謀縣專元謀嚴邑也而治區輯民興學廣敦之政俱舉民懷恩其去及調任元江及以其治元江者治之而治匯興學加勁焉繼於政暇刹邑之續學士輯帥元江縣志成書視舊志加詳而體例探錄尤嚴修慎邑之掌故風物得以秩然案足作邑之志民興夫後之繼任邑者有所資以為政某者利當興某者當革斬墨於改進優良兩國不僅存文化學術與表之逮于千百年後此黃君之不謂賢乎余襄呼黃君胸次儒者固決其必有以見異於今世任者之林歎星書及訪其

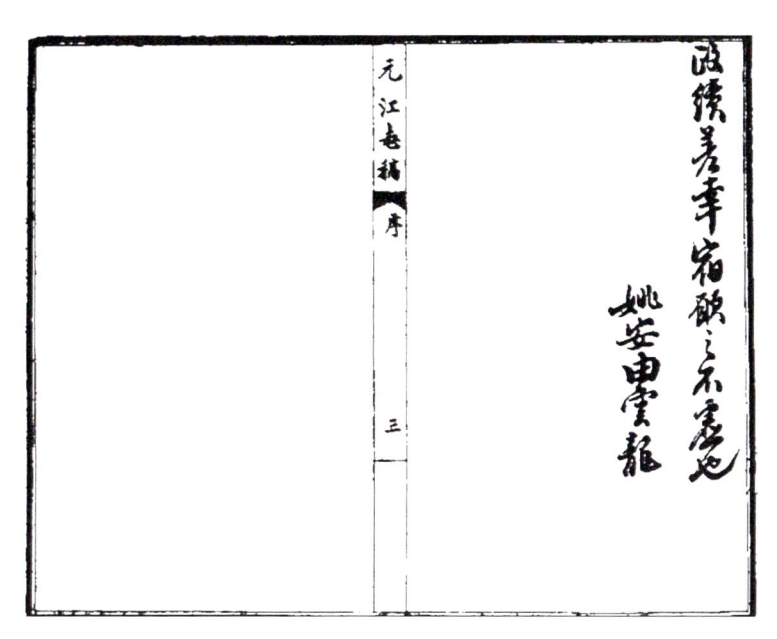

由云龙书《元江县志序》3

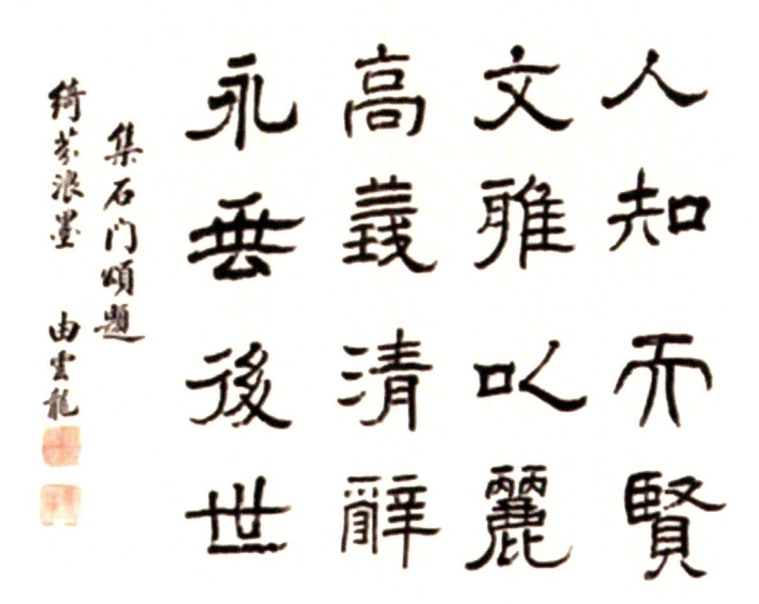

由云龙《集石门颂题〈(孙)绮芬浪墨〉》

由云龙 山水图

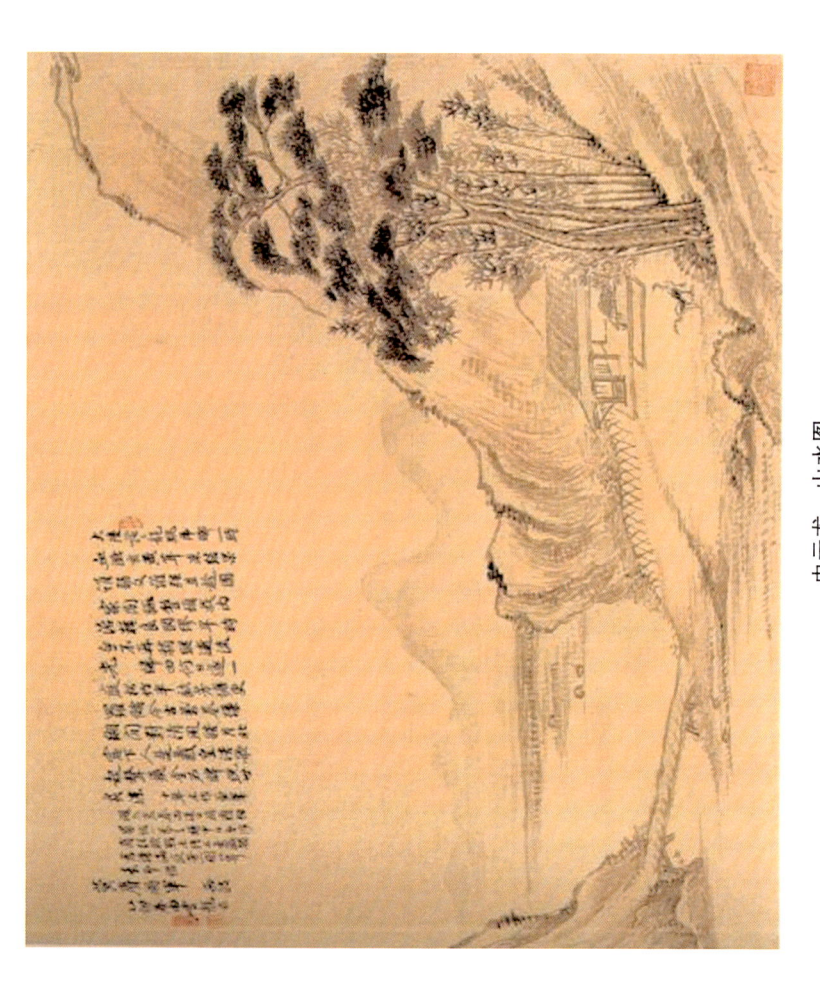

目录

《云南古代文学理论文献整理与研究丛书》序 …………………（1）

前　言 …………………………………………………………（1）

卷　上 …………………………………………………………（1）

卷　下 …………………………………………………………（161）

主要参考文献 …………………………………………………（280）

后　记 …………………………………………………………（281）

《云南古代文学理论文献整理与研究丛书》序

张国庆

在云南古代，有的少数民族也有自己的文学理论著述，如傣族的《论傣族诗歌》。但从总体上看，汉民族的或说受汉文化直接影响而产生发展于古代云南的文学理论，是云南古代文学理论的主体。本丛书所整理与研究的对象，正是这一主体。这一主体与所谓"中国古代文学理论"一脉相承，可以说是产生发展于"古代云南"这个特定时空境域中的"中国古代文学理论"，是"中国古代文学理论"的一个有机构成部分。由于学界对云南古代文学理论的研究开展得较晚且不够充分，一般学者和读者对它和与它相关的一些情况不甚了解，故下面有必要对与它产生发展相关的社会文化历史背景以及它本身的基本情况、相关的研究情况等依次略作介绍。之后，也将对与本丛书相关的一些情况进行介绍。

一

高山深谷，重峦叠嶂；边鄙蛮荒，道阻且长。极其复杂的自然地理条件和极其艰险的交通危途，使得古代云南与古代中原在经济文化诸方面的距离似乎要比其相隔甚远的实际地理距离显得更为遥远。双方在经济文化诸方面的沟通交流，其艰难程度远非我们今天一般人所能想象。然而，中原的高度发达与古滇的缓慢后进之间所形成的巨大落差，并没有阻止具有强大渗透力的中原文化通过各种渠道给予滇文化以深刻的影响。这一影响虽艰难曲折，但毕竟又随着久远的历史演进而不断扩大与深化。

战国时期，楚将庄蹻率军入滇，称王于滇中，时日一久，将士们尽皆"变服从其俗"，融入当地土著（"蛮"、"夷"）文化中去了。此一番楚融于滇的文化碰撞，实开了中原文化长期影响滇文化的先声。汉武帝元封二年（前109），滇王降汉，汉以其地（今滇池一带）设益州郡，开始了中原王朝对古代云南的实际统治。汉晋、南北朝时期，内地更迭频仍的政权对滇地的虽松散乏力而仍持续不断的统治，以及内地移民的不断到来，渐次将浓郁的汉文化之风吹进了一向为高山大川深锁其门户的这一方边远蛮荒之地。例如，出土于云南曲靖的早已蜚声海内外的那两块南碑瑰宝——《爨龙颜碑》和《爨宝子碑》，就是很好的明证。公元8世纪中叶，南诏国统一云南。一方面，南诏王室积极引进并学习汉文化。南诏曾虏唐嶲州西泸县令郑回，南诏雄主阁罗凤"以回有儒学，……甚爱重之"（《旧唐书·南诏传》），后更委以清平官①要职。而据郑回所撰《南诏德化碑》碑文②，阁罗凤本人更是"不读非圣之书"。另外，唐王朝积极扩大汉文化对南诏的影响。唐

---

① 《新唐书·南诏传》："官曰坦绰，曰布燮，曰久赞，谓之清平官，所以决国事轻重，犹唐宰相也。"

② 历来典籍和大多数学者都认为或倾向于认为《南诏德化碑》的作者是郑回。1978年，有学者撰文论证，此碑作者并非郑回，而是王蛮盛。1985—1987年，王宏道先生在《云南社会科学》和《云南民族大学学报》接连发表《〈南诏德化碑〉碑文作者为王蛮盛质疑（上）》《〈南诏德化碑〉碑文作者为王蛮盛质疑（下）》《"〈南诏德化碑〉作者问题答疑"读后驳答（上）》三篇文章。王文论据丰富翔实，论证深入周详，分析透彻明晰，逻辑周密顺畅，得出确定不移的结论：碑文作者，就是郑回。王文此一结论，大约可为《南诏德化碑》作者一案定谳。然而，自20世纪90年代以来的多种著述，既无视（或根本未睹）王氏之论，亦不自作深入考辨，率尔即认定此碑作者为王蛮盛，不能不令人十分遗憾！愚以为，今后凡欲论此碑作者问题者，皆当研读王文而后言之。

剑南西川节度使高骈《回云南牒》称，唐王朝对南诏曾"许赐书而习读，……传周公之礼乐，习孔子之诗书"。正是在双方的共同努力下，汉文化对南诏产生了深广的影响，由此南诏国中出现了"人知礼乐，本唐风化"（《新唐书·南诏传》载阁罗凤孙、南诏王异牟寻语）之景象。继南诏而起，大体上与中原两宋王朝相始终的大理国，由于赵宋王朝无力远顾，加之佛教盛行，其受汉文化的影响实较南诏为弱。元灭大理，建云南行省，兴学校，建孔庙，播儒学，使得云南境内不少地方"师勤士励，教化大行"①。明清两代，云南被纳入中央集权政府的直接统治，于是移军屯戍，沟通商贾，发展矿业，更广置学校，推被儒学，开科取士，使得云南子弟翕然向学，云南文化蓬勃发展。袁丕钧《滇南文化论》谓明代云南文化有"骎骎与江南北地相颉颃"之盛，当非虚语。可以说，在元代尤其是明清以后，中原汉文化全方位地直接渗透融合进滇文化之中，并成了滇文化中具有主导意义的重要成分，成了滇云各族人民生活、生产尤其是相互交往赖以维系的主要纽带。

汉文化对滇文化影响渗透的进程也反映在文学领域中。今见于典籍的古滇最早的汉文歌诗，主要有西汉武帝时的《渡兰沧歌》和东汉明帝时的《白狼王歌》。总的看，古滇早期的歌诗、文学已受到汉文化、文学的浸染，但这浸染还明显缺乏深度和广度。南诏、大理国时期，汉文歌诗和文章，在量与质上都有了较大的发展。南诏布燮②杨奇鲲的《途中诗》和大长和国③布燮段义宗的《思乡》，均被收入《全唐诗》，即是突出的例证。而《南诏德化碑》碑文，更是曾被史家评为"胎息左氏，其辞令之工巧，文体之高洁，俱臻上乘。三千余言，一气

---

① 支渭兴：《中庆路增置学田记》，见方国瑜主编《云南史料丛刊》第六卷，云南大学出版社1999年版，第371页。
② 布燮：见前页注释①。
③ 大长和国：902年，南诏权臣郑买嗣（郑回七世孙）篡夺南诏，建立大长和国。926年，大长和国灭亡。

呵成，名章隽句，处处有之，在有唐大家中，亦不多觏"[1]。此碑之铭文，亦被评为"掷地有金石声，非凡响也"[2]。元代云南汉文化影响持续扩大，但汉文学作品见诸记载者却极为有限，此中原因，尚待云南地方文学史家探究。明清时期，伴随中原汉文化全方位渗透融合进滇文化之中，云南汉文学情势大变，云蒸霞蔚，顿显壮观。当时已有多种诗文总集、合集、选集刊行于世，如《滇南诗略》《滇南文略》《滇南诗选》《滇诗嗣音集》《滇诗重光集》等。民国时期编纂的《新纂云南通志》，著录已刊、未刊的个人诗文集达千种左右。而民国时期编辑出版的《滇文丛录》和《滇诗丛录》也各有一百卷之多。借用前引袁丕钧《滇南文化论》之语，则明清时期云南诗文之盛，亦可谓"骎骎与江南北地相颉颃"矣。总而言之，汉文化、文学对滇云文学的影响，由浅入深，由窄趋宽，至明清而达于极致，这与汉文化对整个滇文化的影响渗透历程若合符契。

二

元代以前，云南（"古滇""滇云"）文学理论尚未露出端倪。一方面，文学理论的产生总有赖于文学创作实践的一定程度的发展，元代以前发展相对稚弱的滇云文学还不足以成为孕育文学理论产生的合适的土壤。另一方面，其时相对稚弱的滇云文学尚未有对理论的较为明确的需要，故面对早已走向成熟的中原汉文学理论也未受到明显的影响。明代以后，随着滇云汉文学的日趋兴盛，云南文学理论开始萌生并逐步走向相对繁荣。确切地说，云南古代文学理论的相对繁荣，不是出现在滇中风雅刚刚兴起且其"文采风流，极一时之选"的明代中叶，而是出现在云南汉文学获得持续、稳固、长足发展的清代乾嘉以后。与中原文论相

---

[1] 徐嘉瑞：《大理古代文化史》，云南人民出版社2005年版，第206页。
[2] 徐嘉瑞：《大理古代文化史》，云南人民出版社2005年版，第206页。

较，云南文论的发展呈现出明显的滞后性。它发展、繁荣既迟而结束得也晚。它的尾声，大致在20世纪30年代前后①。

二十一年前，我选编的《云南古代诗文论著辑要》由中华书局出版，在前言中，曾就云南古代诗文论著的存佚情况作过如此简要概述。"在云南古代诗文论著中，诗话一类著作占有最突出的地位。云南古代诗话，有的已有目无书，有的曾经为其他著作提及而现已散佚，有的则仍流传至今。有目无书的，据史载，约有《榆门诗话》《古今诗评》《诗法探源》等十种。为各类著作提及而现已散佚的，有《方黝石诗话》《贮云诗话》等数种。流传至今的，有《荫椿书屋诗话》《筱园诗话》等十余种。从形式和内容上看，除了兼收云南地方诗人诗作并予以论说评赏，云南古代诗话还完全与中原古代诗话一脉相承。在内容方面，各部著作常有自己的侧重点。有的偏重保存滇中的诗人诗作，如檀萃《滇南诗话》②、袁家谷《卧雪诗话》；有的偏重记载滇中诗人的断篇、逸事、掌故，品评滇中诗人诗作，如师范《荫椿书屋诗话》；有的偏重对汉文学史上的诗人诗作进行广泛的评论，如陈伟勋《酌雅诗话》、严廷中《药栏诗话》、由云龙《定庵诗话》；有的在品评历代诗人诗作的同时，更注重文学理论问题的探讨，如王寿昌《小清华园诗谈》、许印芳《诗法萃编》、朱庭珍《筱园诗话》等。当然，著作既有所侧重，却又常常程度不等地含有上述多个方面的内容。从文学理论的角度看，《酌雅诗话》《小清华园诗谈》《诗法萃编》《筱园诗话》等的价值更高一些。其中尤其是《诗法萃编》和《筱园诗话》不仅可视为云南古代

---

① 本丛书所谓"云南古代文学理论"，一方面包括产生于云南古代的汉文学理论，另一方面也包括云南近现代人所写的在理论对象、理论内容、思维方式、表达方式等几乎所有重要方面都与"中国古代文学理论"一脉相承，在理论上完全可以而且应当归入"中国古代文学理论"范畴的那些文学理论论著。

② 外省籍人士撰写于滇的诗文论著，一般并不划入"云南古代诗文论著"的范畴，如杨慎的《升庵诗话》等。但，檀萃的《滇南诗话》应是一个例外。檀萃虽系安徽望江人，但居滇数十年，其《滇南诗话》十四卷，收有他和他的滇中友人、学生，以及滇中淑女、仙释，并流于滇客于滇宦于滇者，共约三百家的大量诗作，其作大多与滇密切相关。《滇南诗话》之名，颇符其实，故视其为"云南古代诗文论著"之属，应当是可以的。

文学理论的冠冕,即使置诸整个中国古代文学理论史上,也称得上是富有特色的佳作。除诗话外,据不完全统计,现存的云南古代诗文论著尚有:各种诗文集的序文跋语近千篇;论诗文的专题论文十数篇;论诗诗数种百余首;论文赋一篇;与友人论诗文的书信若干……"由于除诗文理论著述以外其他文学理论类别(如小说理论、戏剧理论)的著述极为少见,故所谓"云南古代文学理论"的主体,就存在于云南古代诗文论著之中。换言之,云南古代文学理论的基本规模和存佚情况等,大体即如《云南古代诗文论著辑要》"前言"之所述了①。这里,要向为云南古代诗文论著的保存做出过贡献的滇中历代先辈贤哲致以深深的敬意与谢意,因为正是他们持久不懈的苦心搜求,精心呵护,细心整理,才使得云南古代文学理论能够以如此可观的规模保存至今!

20世纪80年代以前,除了对中国古代文学理论搜求极广、研究甚深的郭绍虞先生,对云南古代文学理论有较多关注的学者几乎难以见到。80年代中后期到90年代中前期,一批云南本土学者始对之展开了粗具规模的群体性研究。蓝华增先生的《云南诗歌史略——赵藩〈仿元遗山论诗绝句论滇诗六十首〉笺释》、张文勋等先生的《许印芳诗论评注》、张文勋先生主编《滇文化与民族审美》中之"汉文化浸润的滇云文学理论"一章(张国庆执笔)以及杨开达先生关于朱庭珍《筱园诗话》研究的系列论文,是这一群体性研究的主要代表。之后,相关研究进一步展开。2001年,中华书局出版由我选编的《云南古代诗文论著辑要》,对于相关研究在云南乃至全国范围内的广泛开展起到了一定的推动作用。据粗略统计,截至目前,新增的相关研究专著有李潇云博士的《清代云南诗学研究》(中国社会科学出版社2017年版)和王欢博士的《朱庭珍诗论研究》(待出版)两种,相关的研究论文已达四十余篇,其中对朱庭珍《筱园诗话》的研究尤为集中突出,成果也最为丰富。

---

① 可以预期,本丛书最终完成时,对于《云南古代诗文论著辑要》"前言"所述之云南古代文学理论的基本规模和存佚情况等,很可能会有适度的修正和更为确切一些的描述。

三

2017年10月，在云南大学文学院领导的支持下，以云南大学为主，在昆明多所高校的老中青三代近二十位学者发起成立"云南大学中国古代文论研究中心"。几年来，在广泛开展多方面学术活动的同时，中心一直以云南古代文论为学术研究的聚焦点，同人们取得共识，要对云南古代文学理论的基础文献资料做一次比较全面的收集整理，并要对其中比较重要、集中的一批资料（现存诗话）进行系统的初步研究。2018年，中心申报的课题《云南古代文学理论的文献整理与研究》获云南社科规划办批准为云南省哲学社会科学研究基地重点课题。经中心研究，决定编纂"云南古代文学理论文献整理与研究"丛书，丛书由如下两个部分组成。

第一部分，是通过对现在十余部云南古代诗话展开文献整理和理论研究工作后，形成十余部整理研究专著。各部专著，统名之曰"笺注"，如整理研究《筱园诗话》的专著，即名之曰"《筱园诗话》笺注"，余类推。各书大抵含三至五个部分，依序如次。

其一，丛书序。

其二，各部专著之前言。前言交代或讨论笺注者认为有必要交代、讨论的相关情况或问题。

其三，诗话文本笺注。

各部诗话中原来的各条正文之间，一般并不排序，笺注时各条正文前加括号按（一）（二）（三）……顺序排列。这在一定程度上有改变诗话原貌之嫌，好处是使诗话排列显得有序，眉目更加清晰，能为研究者提供较多方便。注释主要为正文中之人名、地名、引文、疑难词语、出典故事等而作，注释的宽窄详略，笺注者视情况自行处理。当正文内容需要引申讨论时，给出笺释文字。

其四，根据各部诗话的具体情况，有的著作可专设对于该部诗话或该诗话作者之诗学进行研究的一个部分,以展开深入的理论研究;有的专著不设此一部分,但仍须在前言中展开关于所笺注诗话或其作者诗学的必要理论探究。

其五,根据各部诗话的具体情况,确定设或不设"附录"部分。

第二部分,是通过普查广搜,将除了诗话广泛存在于云南各种历史文化典籍中的与文学理论相关的分散篇什(专题论文、论诗诗、论文赋、与友人论诗文的书信、各种诗文集的序文跋语……)尽量收集起来并加以整理,从而形成《云南古代文学理论散论汇编》若干册。《汇编》作为云南古代文学理论除了诗话的最基础的文献汇集,以历史年代为序编排内容,不做过多的讨论研究,仅作少量最必要的注释。

上述两个部分,分别或共同有着一些大致统一的编写体例,为避免冗赘,这里只指出其共有的编写体例之一,即采用简体字,不用异体字。中华人民共和国文化部和中国文字改革委员会于 1955 年 12 月 22 日联合发布《第一批异体字整理表》,淘汰、停用了 1055 个异体字,一般来说,本丛书凡遇到《整理表》所确定的异体字,基本都改为相应的简体字。要特别说明的是,在特殊情况下,本丛书也会使用异体字。主要是遇到人名、地名中有异体字时,根据"名从主人"的原则,仍用原字。比如,"堃"是"坤"的异体字,一般情况下,"堃"改作"坤";而当"堃"出现在人名、地名中时,仍作"堃"。

丛书的上述两个组成部分,其工作有先后之分,即诗话笺注在前,散论汇编在后。目前诗话笺注部分已有多部著作接近完成并将于明年内出版,其余的大致也将于后年付梓。散论汇编工作将随后展开,预计于 2026 年内完成。

四

本丛书的编纂,有几个重要的意义。首先,是对云南古代诗话第一次进行集中、全面的整理和研究。之前虽有一些整理(如拙编《云南古代诗文论著辑要》),也有一定的研究(如张文勋先生等《许印芳诗论评注》),但总体上在广度和深度上都远不能和这一次的整理与研究相比。其次,对云南古代文学理论基础文献资料第一次进行全面的收集整理。之前虽也做过一些收集整理(如蓝华增《云南诗歌史略——赵藩〈仿元遗山论诗绝句论滇诗六十首〉笺释》),但其规模格局同样远不能和这一次的收集整理相比。再次,是发现并解决了一些文献版本方面的重要问题。比如,朱庭珍《筱园诗话》现在的通行版本是云南丛书本,其采用的是朱氏写定于1877年、梓行于1884年的《筱园诗话》第三次修订稿。王欢博士之前在撰写其关于《筱园诗话》研究的博士论文时已发现,云南省图书馆现藏有朱氏改定于1880年、曾刻于1885年的《筱园诗话》第四次修订稿(即《筱园诗话》之"筱园先生自订钞本"),与云南丛书本相较,此稿不仅在原有三篇自序外增加了第四篇自序,在卷一、卷二、卷四中共增补了四段文字,而且与云南丛书本在细部文字方面出入多达两百来处,显然此稿在前三稿基础上作了不小的改动。这一次整理《筱园诗话》,王欢即以"筱园先生自订钞本"为底本,而以云南丛书本和以云南丛书本为依托的多部现当代《筱园诗话》整理本为参照来进行笺注。相信王欢这一整理工作的完成,将提供之前一般未曾得见的《筱园诗话》的另一个同样值得信赖而内容更加丰富的版本,这将给目前国内学术界日益升温的《筱园诗话》研究热进一步提供基础文献方面的更多支撑。又如,刘炜教授在笺注严廷中《药栏诗话》时,发现云南省图书馆藏有一个本子,比目前《药栏诗话》的通行版本云南丛书本多了诗话十一则,且云南丛书本细部多处模糊或有错讹的地方该本子都刻印得清楚准确,云南丛书本有几处将两则诗话合刻为一的情况该本子也没有出现,而是分刻得清清楚楚。刘炜的《笺注》采用了这个本子。目前尚不能落实的是,该本子究竟是云南丛书本之外的另一个版本呢,抑或它就是云南丛书本所据的原始底本。无论是哪一种情况,刘炜的《笺注》都将提供给学界和读者一部较具新貌的《药栏诗话》。① 最后，是纠正了包括拙编《云南古代诗文论著辑要》在内的现当代一些相关文献整理著述中的不少疏误。本丛书编纂的意义也许还有一些，但以上四点乃其荦荦大者。若一言以括本丛书编纂之意义，则：在云南学术史上，本丛书对云南古代文学理论的基础文献资料第一次进行了较为全面的发掘、整理和研究，将使这一基础文献资料首次以近乎全面的清晰的面目呈现在学界和世人面前，从而有力地推动有关云南古代文学理论的整体研究持续向前，更上层楼！

　　本丛书的编纂毫无疑问具有重要学术意义，但我们也清醒地认识到，相关基础文献资料的搜求整理不可能毕其功于一役，对基础文献资料展开研究更将是一项历时久远的学术工程，本丛书所进行的整理与研究，以学术史的眼光来看，仅只是完成了一项初步的工作而已。本丛书的撰写者都是云南高校拥有高中级职称或博士学衔、从事中国语言文学专业教学与研究多年的中青年教师，因为确知点校、笺注古书极为不易，故

---

① 关于王欢、刘炜二位所遇到的著作版本问题，这里谈两点看法。一是"云南丛书"所收录的大部分文献，辑刻于1914—1942年间。其收入《筱园诗话》第三稿而未收入作者手订的、内容更为完备的《筱园诗话》第四稿的原因，估计是1942年以后第四稿始入藏省图书馆，故省馆虽藏而"云南丛书"未及收。二是《药栏诗话》的版本似存在两种可能。首先，很可能现今省馆所藏而"云南丛书"未收之本，同样是1942年以后始入藏省馆的。其次，也可能该本早藏省馆，且正是"云南丛书"本所据底本，但因为当年可能存在的多方面的问题而导致"云南丛书"本多有漏误，质量不佳。除《筱园诗话》《药栏诗话》二书外，这里还要提及云南诗论家王寿昌的《小清华园诗谈》，早年出版的拙编《云南古代诗文论著辑要》曾考证指出，"云南丛书"所收的《小清华园诗谈》只是其雏形、初稿，而其完本或定本则另有他藏，并于后来被收入郭绍虞、富寿荪先生校点的《清诗话续编》（上海古籍出版社1983年版）。笔者在此处比较集中地提及云南古代诗话整理中遇到的版本问题，是想就此提出两点建议。第一，今后学者凡依据"云南丛书"进行文献整理工作，都应该对相关文献的版本问题予以特别的关注，这既有助于保证自家整理工作的质量，也可帮助发现"云南丛书"在版本等方面可能存在的问题，相信经过月累年积，最终当可对提升"云南丛书"的整体质量发挥积极作用。第二，省图书馆等相关部门，似应将相关问题纳入视野并予以长期关注，以期重印或再版机会出现时，能汲取一切相关研究成果，全面解决"云南丛书"在版本方面可能存在的问题，进一步提升"云南丛书"的整体质量。"云南丛书"是记录云南古代（汉代至明清）至民国初年极为丰富的历史文化、社会生活和思想精神的文献总汇，是云南地方文献的百科全书，是云南地方文史研究者们历来极为珍视的文献宝库，其编纂质量的些微的提升，对云南文化与学术建设的整体事业而言，都是有着重大意义的。

在工作中时刻都怵惕在心，勤勉于行，争取尽量减少可能出现的疏误，以确保丛书的质量。虽则如此，疏误的出现，当在所难免。编纂者们始终抱持谦虚谨慎的态度，在丛书问世后将虚心地面对学术界和广大读者可能提出的质疑和批评，以期他年有机会时能以具有更高学术质量的相关成果奉献于世。

五

缕述至此，谢意衷出。首先要感谢参与丛书工作的众多同人尤其是丛书的每一位执笔者，以及在搜寻相关学术资料方面为丛书撰写提供了重要帮助的我的研究生丁俊彪同学，正是他们勤勉严谨的工作，保证了丛书以较好的学术质量顺利完成。其次要感谢丛书的两位副主编段炳昌教授和孙秋克教授，二位不仅对丛书的编纂提出过重要的建设性意见，而且参与了丛书的组织领导工作，分别审读了丛书的部分初稿并提出了很好的意见和建议。再次要感谢云南大学文学院的多任领导，他们的鼓励和支持是本丛书从酝酿启动到最后完成的重要保证。还要感谢中国社会科学出版社的有关领导和编辑人员，他们的大力支持和辛勤劳动是本丛书能够以较好质量顺利出版的有力保证。最后要感谢吾师张文勋先生。先生于20世纪50年代开始学习和研究中国古代文学理论、文艺理论、文艺美学，其后数十年深耕不辍，成就斐然。80年代初为我开启中国古代文论研究之门，又于90年代初为我开启云南古代文论研究之门，今再以九十六岁高龄欣然挥毫为丛书题署书名，此皆深铭我心。在中国古代文论和云南古代文论研究领域，文勋先生贡献良多，声誉卓著，松柏长青！

二十一年前，当拙编《云南古代诗文论著辑要》出版时，我曾题《云南古代诗文论著辑要》后小诗一首，此时欣然忆及当日之所吟与刻下之所欲语竟别无二致。遂改其题诗而移于下，借以为此序之结。

题《云南古代文学理论文献整理与理论研究丛书》

汉风千载漫吹拂,

边地云山气象殊。

兰楱捧出君细看,

从来滇海蕴明珠。

壬寅新春　谨叙于云南大学东二院

前　言

由云龙（1877—1961），字夔举，号定庵，云南姚安人，清光绪丁酉（1897）举人，毕业于京师大学堂。辛亥革命后，历任云南省代理省长、云南教育厅厅长等职。中华人民共和国成立后，曾任云南省政协副主席、云南省文史研究馆筹备委员会主任委员。

由云龙学识渊博，又曾游历日美，政治与学术视野均较为开阔。著述宏富，辑有《南雅诗社集》《姚安县志》《高峣志》《越缦堂诗录初集》等；著有《定庵诗话》《定庵诗话续编》《定庵题跋》《定庵文存》《石鼓文汇考》《桂堂余录》《滇故琐录》《清故胜录》《游美笔谈》《涵萃楼藏书题记》等。

纵观由云龙的一生，大致可以分为三个时期：清末（1877—1911）、民国（1912—1949）和中华人民共和国建国初期（1949—1961）。其所处清末、民国时间较为相近，皆有三十余年，所处建国初期时间则是十二年。一路走来，从学子、举人到革命者、官员、实业家、隐者和学者，由云龙的诗人和学者身份贯穿始终。于是，审美、知识、实践和宗教（佛教）不断抚慰着"迫在眉睫"的政治关怀。直至"个人甘苦何足道，所幸国体复旧观"的尾曲，其心灵才得以平复。20世纪30年代初创作的《定庵诗话》就是类似黑格尔和尼采的一种"美学慰藉"。

《定庵诗话》分上、下两卷，上卷68则，下卷68则，共136则。本书以云南省图书馆所藏云南开智公司《定厂①诗话》印本为底本，同时参考张寅彭主编《民国诗话丛编》第三册沈蘅仲、王淑均校点本。在"印本"扉页之前，有上、下卷勘误表：上卷21处，下卷24处，共45处②。扉页后正文"定厂诗话卷上"一列，下有"姚安由云龙夔举撰"字样。从张寅彭先生《民国诗话丛编》（第三册）《定庵诗话》之"编校说明"来看，诗话出版时间应在1934年。

一 《定庵诗话》题材分类

为便于讨论和避免"孤立语境"下的过度阐释，下面把《定庵诗话》文本大致按照概念、形式、内容、主题、对象等加以分类③。其中数则略有重叠：

诗话概念：卷下 （十九）（三十一）

汉唐祖宋：卷上 （五十五）（五十六）（五十七）（六十二）（六十八）

　　　　　卷下 （十二）（十三）（十六）（三十）（三十五）（三十六）（四十四）（五十一）（五十二）（六十五）

明　　诗：卷上 （十三）（五十五）（五十六）（六十一）（六十八）

　　　　　卷下 （六）（二十二）（二十四）（三十六）（三十七）（三十九）（四十八）（四十九）

女性诗人：卷上 （三十）（五十三）

---

① 厂：通"庵"。
② 实际有误处较多。本书多参考张寅彭先生《民国诗话丛编》（第三册）更正。
③ 此分类逻辑并不十分严谨，但有助于看清研究对象，对分析问题确有必要。

卷下（一）（二）（五十七）

吟　　咏：卷上（五十五）

　　　　　卷下（六十六）

考　　证：卷上（七）（十五）（二十一）（二十七）（二十八）（四十七）（四十八）

　　　　　卷下（二）（四）（十一）（二十六）（二十七）（四十八）（四十九）（五十六）（六十三）

世　　情：卷上（三）（六）（二十三）（二十六）（三十五）（三十九）（二十八）

　　　　　卷下（四十四）（四十六）（六十）

考镜源流：卷上（一）（二）（五）（十八）（四十五）（四十六）（四十九）（五十二）

　　　　　卷下（十五）

风格批评：卷上（十）（十九）（二十四）（二十五）（三十三）（三十四）（三十六）（三十七）（三十八）（四十一）（四十三）（五十一）（五十三）（五十四）（五十九）（六十）

　　　　　卷下（七）（十）（十八）（二十）（二十八）（二十九）（三十二）（三十八）（四十）（四十一）（四十二）（四十三）（四十五）（四十七）（五十三）（五十七）（六十四）

家国情怀：卷上（十一）（十四）（二十三）（三十一）（三十二）（三十六）（三十九）（四十）（五十）

　　　　　卷下（八）（九）（十四）（二十一）（三十二）（三十四）（五十三）（六十一）（六十二）

道德批评：卷上（三）（四）（八）（十三）（二十六）（二十九）（三十一）（六十七）

　　　　　卷下（十七）（二十二）（二十五）（五十五）

地 方 志：卷上（九）（十二）（十六）（十七）（二十）（二十二）（四十二）（四十四）（五十七）

卷下（五）（六）（二十四）（三十九）（五十八）（五十九）（六十）（六十八）

诗　　法：卷上（五十八）（六十一）（六十三）（六十四）（六十五）（六十六）

卷下（二十三）（五十）（五十四）（六十六）（六十七）

二　诗话与诗事

从诗话体例来说，当然和诗相关，才能相称。对于这一点，由云龙有着清醒的认识，比如卷下第19则：

> 宋明人诗话，往往阑入考据议论，而于诗事了无关涉。甚至名为诗话，而谈诗者不过寥寥十余条，其余皆杂辨他事他书，不关吟咏。《石遗室诗话》中亦间有此。如言唐宋以来文集曰百十卷，往往卓然大家，为人作墓志铭、神道碑，而始终不载其人籍贯者，有始终不识其人名字者，甚至有突插一人，称其号，称其字，不知其姓名者云云。又纪易培基为王引之小学及所著各书，皆辩驳文字之事，究于著书体例有乖也。

那么，什么是"诗事"？从反面看，作者认为不"阑入考据议论"；从正面看，事"关吟咏"①。"吟咏"是一个偏于感性和形式化的界定，是诗乐一体的感性世界，诗借乐而传，乐为诗而兴。而不"阑入考据议

---

① 此则诗话由云龙更多在概念意义上强调吟咏，虽然和沈德潜的涵咏有相通之处，但两者意旨并不相同。

论"既是对理性和客观性的一种警惕,也是一种立体诗学观的谨慎表达。明清云南诗话,如《小清华园诗谈》《药栏诗话》《诗法萃编》《筱园诗话》等,对"吟咏"多有探讨。《定庵诗话》对"吟咏"的直接探讨有两则,分别是卷上第 55 则和卷下第 66 则;而对诗法的探讨有数十则,其出发点之一,多和"吟咏"相关,不然,诗歌诸体之辨,实无必要。遍览云南诗话,对五古、七古、五律、七律等的分析比比皆是。如果从诗歌发生学的角度来看,此属创作论,但如果从接受美学角度来看,应从鉴赏或"吟咏"。当然,诗话、诗事和诗三者不能等同,不过,不难窥见《定庵诗话》仍处在中国古典诗学的谱系之中。

主体化的吟咏和客体化的考据显示出辩证而宽容的诗学品味,同时也暗示文化生态、政治生态已剧烈变化的清末民国诗坛散发着"易诗为史"和"转诗成识"的"救世"气息。卷下第 31 则云:

> 许彦周云:"诗话者,辨句法,备古今,纪盛德,录异事,正讹误也。若含讥讽,著过恶,诮纰缪,皆所不取。"又云:"人之于诗,嗜好去取,未始同也。强人使同己则不可,以己所见以俟后之人,乌乎而不可哉?"云云。辨句法等数事之外,宜增以正风尚,别伪体,发潜德,阐幽光;虽不可刺讥著恶,纠其谬、矫其失,奚为而不可者?不必强己以徇人,亦不能强人以从己。出己之所见,以质之今世后世,此物此志也。

此则诗话的语义重心是后半段。由云龙在许彦周的"辨句法,备古今,纪盛德,录异事,正讹误"之外,另补"正风尚,别伪体,发潜德,阐幽光、纠其谬、矫其失、不强人从己,(但)出己之所见",目的是为了"质之今世后世"。在现代学术视野下,诗话者,非诗话之功用[①],但知识

---

① 中国古典哲学往往"体用不二"。张之洞的"中学为体,西学为用"是对古典社会的一种温和反抗。

的伦理化和伦理的知识化却是身处全面社会危机的作者试图以诗与诗话连接不堪现实和可期未来的审美路径。卷下第22则云：

> 明顾元庆《夷白斋诗话》载李西涯在内阁时诗云："六年书诏掌泥封，紫阁春深近九重。阶日暖思吟芍药，水风凉忆种芙蓉。登台未买黄金骏，补衮难成五色龙。多病益愁愁转病，老来归兴十分浓。"顾氏称其"音节浑厚雄壮，不待雕琢，隐然有台阁气象"。明人喜言"台阁体"，亦是一弊。诗亦平平，惟末二句思归情切，盖其时阉宦马永成、刘瑾等用事，尚书韩文、郎中李梦阳劾之，皆罢去；少师刘健、少傅谢迁亦致仕。惟西涯多方解释，救全甚众。当时议论，以西涯贪恋名位，依附逆瑾，不能乞身恬退，故诮让备至。《西园杂记》载西涯久在内阁，务为循默，又不引去。一日有士人入谒，留诗而去云："才名直与斗山齐，伴食中书日已西。回首湘江春草绿，鹧鸪啼罢子规啼。"西涯见之，甚加叹赏。即令人追之，不及。不久遂请老。可见当时舆情，责备西涯甚至，不知西涯当时乞去未允。伍既庭（字澄）谓尔时果同刘谢二公引去，则国事败坏，何所底止耶？知人论世，故自不易云。按士人之诗，查初白《人海记》亦载之。诗意婉而多讽，传诵一时。致西涯心迹，几难剖白。诗歌之力大矣哉！

诗歌之力几何，世人难以确定。唯一可以确定的是，诗有教化功用。诗事或诗话的书写，难以完全走出道德训诲的历史传统。"吟咏"是"求美"，"考据"是"求真"，"议论"是"求善"。政治的危机就是诗学的危机。由云龙没有哀悼过往[①]，而是站在诗歌的废墟之上，带着忧患、问题和自觉意识，希冀用"纠其谬，矫其失，出己之所见"的"理性自负"试图勾勒出一种文明的理想秩序。

---

① 由云龙先生曾在反对袁世凯复辟帝制及护国运动中起到诸多作用，并荣膺勋章。

三　祧唐祖宋

《定庵诗话》中直接谈及唐宋之争兼论明诗的大概有 28 则，占总量的五分之一左右。虽然不能完全以数量多寡来判断作者的创作意图，但至少说明一点：在文本层面，对唐诗、宋诗和明诗的评价断断续续贯穿了整个诗话。换言之，作者是在唐诗、宋诗和明诗的历史图景中去理解诗学，对过往经典的评价也是其诗学框架的一个重要组成部分。

卷上第 55 则云：

……兹所欲言者，则诗家之宗尚派别也。其天资高、学力厚、兼采众长、不名一家者，固未可拘于宗派之说，从而拟议之。至于宗尚古人，学专一派，其间是非得失，有可得而论列者。自来言诗者，靡不以唐为宗。吴门吴修龄《围炉诗话》，尤力主之。惟学之仅得皮毛者，则痛斥之不稍假借。其诋明代之大复、空同等，至谓为"蚓响蚕声，牛唁驴鸣"，意气凌蔑，岂得为平情之论耶？夫唐承六代繁缛之余，振起中声，规复正始。格律完整，情韵绵邈，诚为诗歌极则。特步趋不易，往往肤浅空阔，流弊无穷。在仲默、元美、于鳞辈，各有独至，非扶墙摸壁者可比。集中间有遗神袭貌之作，其雄篇佳制，固不可掩。若夫浅学之徒，家李杜而户元白，肤词俗调，挥毫立就，巴曲俚语，摇笔即来。甚者假托神韵，藉口性灵。无论贵贱老少，末学小生，皆可作诗。身后遗集，人各一编，几成定例。汗牛充栋，奚止覆瓿代薪。故赵瓯北《长夏曝书有作》云："文人例有一篇稿，锲枣锲梨纷不了。若使都传在世间，塞破乾坤尚嫌小。"此近今诗家，所以有祧唐祖宋，力避陈腐，固趋势之所不得不至此也。盖宋诗非读书多、积理厚，不能率尔成章，试观山谷、荆公、后山、宛陵、简斋之诗，奥衍深微，包举万象，岂粗疏者所能学步。披沙拣金，振衰救弊，舍斯莫属。故与其学唐而流为庸俗之词，毋宁学宋而犹不失为学人之制也。然如散原、子培，生辣晦涩，殊乏涵泳优游之趣。渐西、晚翠，亦不免于过为奥僻。其得风人之旨，有书有笔，雅俗共赏者，其惟海藏、听水之伦乎！故余论今之为诗者，当以汉魏六朝三唐为根柢，而以宋代诸大家为圭臬，其庶乎不失于浅俗庸滥者矣！

此则含义有以下几层：1. 天资高、学力厚者，兼采众长；2. 言诗者，靡不以唐为宗；3. 唐诗不易学，流弊无穷；4. 明诗不可一概而论；5. 祧唐祖宋，力避陈腐，乃趋势之所至；6. 振衰救弊，学唐不如学宋；7. 学宋亦有生辣晦涩者，殊乏涵泳优游之趣；8. 得风人之旨，有书有笔，雅俗共赏；9. 为诗者，当以汉魏六朝三唐为根柢，而以宋代诸大家为圭臬。

唐诗为什么不易学，由云龙给出了几个理由：主体天资不高者居多，客观上流弊无穷，时代趋势之所至。但明代学唐者也不乏雄篇佳制，只是"集中间有遗神袭貌之作"。就像学宋者也有生辣晦涩之作一样。而学宋诗的条件相对容易把握：读书多、积理厚。

再比较一下唐宋诗的优点和学唐、学宋的流弊。唐诗优点：承六代繁缛之余，振起中声，规复正始；格律完整，情韵绵邈，诚为诗歌极则。宋诗优点：奥衍深微，包举万象。学唐流弊：仅得皮毛、遗神袭貌、肤浅空阔、肤词俗调、流为庸俗之词。学宋流弊：生辣晦涩，过为奥僻。

结论：振衰救弊，学唐不如学宋。三唐之诗，应该和汉魏六朝诗歌一样是根柢性的基础存在，宋诗才是圭臬。

在接受方面，由云龙给了唐诗较高的评价，但也不废宋诗。卷上第56则云：

吴修龄《答万季野诗问》，曰："问今人忽尚宋诗如何？"答曰："为此说者，由于无得于唐也。唐诗如父母然，岂有能识父母，更认他人者乎？宋之最著者为苏黄，全失唐人一唱三叹之致，况放翁辈乎？但有偶然撞著者，如明道云'未须愁日暮，天际是轻阴'，忠厚和平，不减义山之'夕阳无限好，只是近黄昏'矣。唐人大率如此，宋诗鲜也。唐人作诗，自述己意，不必求人知之，亦不在人人说好。宋人皆欲人人知我意，明人必欲人人说好，故不相入。然宋诗亦非一种，如梅圣俞却有古诗意，陈去非得少陵实落处。不知今世学宋诗者，尊尚谁人也。子瞻、鲁直、放翁，一泻千里，不堪咀嚼，文也，非诗矣。"修龄之言如此。然苏黄之诗，未尝无一唱三叹者，未尝无言近旨远者，吴氏一笔抹杀，未得为定论也。大抵唐人之时代，去古未远，故自成其为唐人浑沦渊雅之诗。宋人去古已遥，故不能不为真率新辟之句，固时势然也……况诗之为道乎！夫诗与文皆学术之所流露，而与学术为同一之趋势者也……道咸以来，国事日非。非讲求经世之学，不足以济时；非主张通变之道，不足以应用。于是今文之学兴，《公羊》三世之学说盛。其时之学者，如龚定庵、魏默深辈，皆今文学家，喜谈经济。而其诗亦皆廉悍坚卓，趋于有宋诸大家。洎祁文端、曾文正出，而显然主张宋诗。其门生属吏遍天下，承流向化，莫不瓣香双井，希踪二陈。迄于同光之交，郑子尹、莫子偲倡于前，袁渐西、林晚翠暨散原、石遗、海藏诸公继于后，他如诸贞壮、李拔可、夏剑丞皆出入南北宋，标举山谷、荆公、后山、宛陵、简斋以为宗尚。清新警拔，涵盖万有。浅薄之夫，蹙眉咋舌，不能升堂而哜其胾。论者谓为诗学之颓波，余则以为诗家之真诣自今日而始显，固有可为知者道，难为俗人言者矣！

诗与学术一道，不变不足以济时，不变不足以应用。曾文正主宋诗，同光体清新警拔，涵盖万有。由云龙"以为诗家之真诣自今日而始显"。

所以，《定庵诗话》对唐宋之争的倾向是：鉴赏论上宗唐宗宋，诗法上多宗唐亦宗宋；创作论上宗宋，诗意及形式上宗宋；总体尊宋的倾向比较明显。卷上第57则云：

滇之先哲，能诗者甚多，大都远宗三唐，近法明代。其能讲求两宋、涉猎西江者盖寡。自维谫陋，未能遍读先正各诗。以所知者衡之，则钱南园虽际乾隆盛时，而其诗朴实说理，于陶、白、宋人为近。刘寄庵先生诗亦以陶为宗，而出入于储、孟、韦、柳，晚年极崇老杜。次则黄文节（琮）、朱丹木（䑛）、张天船（星柳）颇多接近宋人之作。然黄朱二公，古体出入杜韩。天船专宗玉局，晚年一变而生刻沉挚，颇参入昌黎、豫章境界矣。宜良严匡山父子，极斥宋体，严守唐规，秋槎《药栏诗话》可见也。《筱园诗话》亦倡唐风，《穆清堂集》格律精密，风度浑成，入后亦稍惜熟练而少变化，盖未参以宋人规模，力求新警之笔也。郭松亭序戴云帆集，谓其由三唐溯汉魏，深观潜玩，历三十年不倦。戴古村诗笔力坚卓，波澜老成，得力于工部、王、孟诸家。《抱素堂诗》清新俊逸，唐之元白、宋之陆范为近矣。仁和汪云壑殿撰，督学滇中，极倾倒于龚簪崖、罗琴山，曾合序其集。且谓琴山具体王孟，簪崖出入于遗山、青邱，此外或宗温李，或效陶白，皆于宋人未达。

其他例证，分类已有所述，兹不赘引。

唐诗自是典范，典范终成规范，规范又沦落为常识。学唐诗的困境在于，时移世易，其个性化的情感美学根源，已不复存在。明诗虽有佳处，但学唐亦有歧途。由云龙认为，明清之学唐者，去古已远，而唐诗之妙，妙在去古未远。王国维也认为"凡一代有一代之文学"。"诗必盛唐"和袭其形貌的结果是空疏和肤浅。一味地寻求、制造唐韵，是一种在场的形而上学。韵味无法还原，可以学习。可以"接着写"，无法"照着写"。唐诗是个神话，也是一个审美乌托邦。唐诗以后，无法从发生现象学的角度对它进行一番重构。当下的人生也值得关切。如果把唐诗意象进行"美颜"式地碎片粘贴，并透过这些意象进行诗人心目中理想诗歌文本创作，从而完成创作者的生活及情感叙事，以期获得读者的赞美。那么，这只是一种文本修辞，而不是真正的身心和视觉修辞。人生情感漂浮于这些象征符号之上，语言和意象修辞僭越了此在的人生。因为，没有人能拿出自己没有的东西。

历史上没有任何一种经典能垄断审美。祧唐祖宋，不是无差别的时间串联，也不是同质化的空间并置，而是在诗歌表象和人生体验断裂之后，以什么来拯救诗歌？"易诗为史"和"转诗成识"的问题在于：历史的书写和理性的甄别也一直对体验有所匮乏——史官之意、君子之心和哲人之思终究不敌一个鸢飞鱼跃的诗学世界。诗歌需要一种源初现象学的想像。设想一下，当周遭世界变化，诗人却无法通过唐诗式地表达来共享情绪，这不免又会陷入另一种困境。

由云龙并没有从世俗主义的进路来理解和解决这一问题，而是选择了"风格"意义上的"雅"来弥补宗宋带来的"理"的空疏。《定庵诗话》有一处抨击"性灵说"带来的世俗化景象；另一处卷下第57则仅提及《随园诗话》[①]。

先看"俗"，卷上第24则云"……率易之笔，诗贵精不贵多"；卷上第29则"……查初白有率易之作……"；卷上第62则"……一入手就邪僻之语，空滑之调"；卷上第63则"……香山五古，多讽谕之作，但词涉直露。学陶白而流于迂俗浅率，反不如学孟贾之较新警也……"。

再看"雅"。由于《定庵诗话》强烈的批判色彩，直接谈"雅"的并不多，更多的是谈学唐的流弊——俗。但既然作者的观点是宗宋，那么自然宋诗就是雅的，或者至少具备"雅"的要素。就像弗洛伊德理论中的无意识，虽然没有出场，却无处不在。从主题来看，涉及雅俗的部分有：祧唐祖宋、诗法、考证以及风格批评。

《定庵诗话》里雅有两种：风格意义的雅和知识意义的雅[②]。作者力

[①] 《滇故琐录》卷之二有《李卓吾传》，袁枚深受其哲学影响；卷之二《张月槎诗》，也有引用《随园诗话》内容。而对其评价甚少。可见，由云龙不太赞同性灵说。

[②] 由云龙，学有根柢，兼通中西，藏书颇富。建国后曾捐献图书12万余册。此处之雅偏于文本，不是主体之雅。

图用"雅"来代替人所共知的"俗"。所谓"雅人深致",即有此义。风格意义上,《定庵诗话》用的词语有:"别有寄托""冥思""遒劲""幽峭""隽永""清稳""极饶风致""兀奡不凡""情韵兼到",等等。具有宋诗特点的有:"兀奡不凡""别有寄托""冥思""幽峭"。

卷上第8则,作者谈到"读书"(知识之雅)对创作和人品的重要性:

> 冒鹤亭《小三吾亭词话》云:莼客(李莼客慈铭)家居,连不得志于有司。昀叔先生(周星誉字昀叔,鹤亭外祖也。)怜其才,劝之纳赀为郎,假馆授餐,为游扬于周商城、翁常熟、潘文勤,莼客之名始大。《白华绛跗集京邸冬夜读书》四首,乃并翁潘而诋之。谓其仅争章句,考校碑版、彝器,不能伏阙争颐和园之不修。虽立言有体,抑非莼客所宜出诸口云云。按莼客与昀叔昆仲,凶终隙末,不悉其所由致。但据莼客日记,谓初次集赀被骗,致丧其赀,继乃罄其产,始得官,颇疾首痛心于周氏。然其日记中,关于诋斥周氏者,后皆抹去,既见其有悔心。至《冬夜读书》诗,则固讥斥赵㧑叔一流人,非诋翁潘也。其诗第三首云:"其间稍才俊,大言益嚣嚣。碑摊汉魏字,器列商周朝。问以六经目,茫然坠云霄。"盖莼客平日极不满于㧑叔一流,斥为庸妄钜子。谓其空疏无具,徒以碑版金石,炫世沽名。第四首云:"冗官未食禄,涕泪徒沾胸。伏阙讵可效,草奏谁为通。负此读书力,仅争章句功。"

由云龙认为,与学唐诗的流弊——疏阔、肤浅相比,学宋诗的流弊——生辣、奥僻更容易让人接受。坏的雅高于好的俗。因为它至少能带来知识或见识,而疏阔却什么也没有。

简而言之,面对诗歌表达困境和近代中国政治境遇,由云龙转向宋诗,是因其"雅"而有"识"。作者一方面"求疵"(批判学唐流弊),另一方面"求雅"(宗宋)。

现实政治,是诗学生产机制的一个组成部分。一旦诗人变成了近代意义上的知识分子[①],个人日常生活的审美书写,也就很难再像杜甫一样能提供历史的情感见证,那么,沦为常识的古典之美遂不得不让位于公共性的知识。

四 知识、审美与道德

由云龙诗学经验的认识论倾向说明,知识不再是诗歌的一个注脚,诗史、典故和理趣所承载"诗识"的三个面相也逐渐向确立近代主体靠拢。在价值传达上,其中隐含着一种"以智求仁(善)"和"以智求美"的理性诉求。《定庵诗话》对诗歌的知识考古共36则:考证16则、考镜源流9则和诗法11则。如卷上第46则:

> 近时诗家,多有脱胎古人名作而意境增新者。如:陈太初(沆)《出都诗》"不有霜雪威,讵识阳和德",实本于唐吕温《孟冬蒲州关河亭》诗"严冬不肃杀,何以见阳春"。其曾孙陈仁先《天宁寺听松声》诗:"斜阳红满地,雷雨忽在巅。仰看四沈寥,声出双松间。属耳倏已远,飞度万壑泉。"写听松声,神韵欲绝。然实本于黄涪翁之"日晴四无人,声出高林际"。仁先演为三韵六句,意境较深长矣。李拔可《夜坐示贞壮并寄剑丞江南》诗"眼中时事益纷纷,默坐相看我与君",实本于元遗山《眼中》诗"眼中时事益纷然,拥被寒窗夜不眠",均为起句。曾蛰庵《花朝江亭宴集》诗"疲蹇倦皇路,游遨欣近郊。所思缓郁纡,得闲轻脱逃",实本于柳柳州《游西亭》诗"谪弃殊隐沦,登陟非远郊。所怀缓伊郁,讵欲肩夷巢"。蛰庵五言古诗多摹《选》体,此则实出柳州。江叔

---

① 如《定庵文存》是由云龙回滇创办《云南日报》时所撰,收录有演说、论文、敬告等。

海五言古，亦瓣香《选》诗，多有酷似者。

此则考察近时诗家之诗多脱胎古人名作，只是新增了意境而已。用词较为正统，有神韵欲绝、意境较深。章法上关注起句，诗体上选择五古。强调审美的知识性和可控性以及审美应有回溯的历史纵深，不能只凭借现象学的前直观。若创作者一味沉迷于自我的原始体验无法自拔，就会失去美的主体间性和共通感，从而造成诗歌的疏阔与庸俗。《定庵诗话》对这类诗歌的梳理与拆解，可称为审美知识化。

另一类是宗宋所带来的知识审美化。如卷上第25则、第27则、第62则等；卷下第10则、第11则等。试举一例，卷下第11则云：

沈乙盦深于内典，故诗中常见佛法，然多晦僻不可解者，不如钱牧斋、桂伯华之精富浑脱也。其《西摩路》一首云："秋老物将息，羁怀蓻何依。海滨常绿树，慰我淮南悲。峻宇闷人迹，旷涂舒息吹。投林鸟有宅，脱挽车方归。黄叶故械械，秋阳迥离离。欣然名字即，已释尘沙疑。老母米潘因，晚华曼陀姿。就体复不妄，无缘豫焉随。远见西南江，暮帆去何之。昭文琴可鼓，象罔殊方遗。"其"欣然名字即"二语，用天台宗化法四教，藏、通、别、圆。又分为六即，所谓理即、名字即、观行即、相似即、分证即、究竟即。诗亦精深沉郁，惟"老母米潘因一语"，仍不得其解也。

知识审美化和审美知识化有浓厚的贵族气息[①]，也是文学共同体的集体记忆。作者经过诗话的语言诠释，对现象学单一主体的心理幻象进行修正。

不过，由云龙并不认为因袭前人的"非意向性"体验值得标榜，只是主张"识"应高于"文"。诗必己出，非人力所致，而是风会使然

---

① 由云龙身份随时代演变有一个转换，从末世文人、学者、报人到情怀家国的官员。

(卷下第61则)。

这样一来，人的自然情感表达必须用经验归纳经典后的方法去认识和训练，卷上第58则云：

> 昔人谓五律为四十贤人，著一屠沽不得，其难其慎，盖弱一字不可也。然要以神韵绵邈、风格高骞为归。若无神韵行乎其间，则起结之外，四句对偶，平板呆滞，何所取焉。古人五律诗，格律完整，雄阔壮丽者，如孟襄阳"八月湖水平"一首，老杜"国破山河在"一首。其他音韵铿锵而神思绵邈者，约举数首，可为五律则效也。李太白《夜泊牛渚怀古》一首云："牛渚西江夜，青天无片云。登舟望秋月，空忆谢将军。余亦能高咏，斯人不可闻。明朝挂帆去，枫叶落纷纷。"又孟襄阳《泊舟浔阳望匡庐峰》诗："挂席几千里，名山都未逢。泊舟浔阳郭，始见香炉峰。尝读远公传，永怀尘外踪。东林精舍近，日暮空闻钟。"二诗皆一片神行，飘飘欲仙。又清初宣城施愚山（闰章）一首云："秋风一夕起，庭树叶皆飞。孤宦百忧集，故人千里归。岳云寒不散，江燕去还稀。迟暮兼离别，愁君雪满衣。"渔洋极称此诗，谓昔人称《古诗十九首》，以为惊心动魄，一字千金，此虽近体，岂愧《十九首》耶？施本工于五律，而此首尤其集中杰作也。又南海邝湛若（露）《巴陵琴酌送羽人游青城》云："弹琴劝君酒，君去少知音。此曲岂不古，拨弦人尽今。夜移河汉浅，花落洞庭阴。小别成千岁，依然此夕心。"南海谭叔裕（宗浚）《送人入蜀》云："折柳与君别，君行何日还？成都千万柳，一半我曾攀。此去偶登眺，相思应解颜。明年飞絮后，吾亦返乡关。"二诗纯以神行，化尽笔墨痕迹者。又湘潭王壬秋（闿运）《张督部鄂中饯行二首》其一云："再见东南定，重叨饯饮欢。新亭十年泪，白发两人看。浪暖催王鲔，春荣放牡丹。深杯情话永，未觉夕阳残。"其二云："五十年来事，闲谈即史书。谤人诚不暇，观我意何如。坐阅升沉惯，行惭岁月虚。青骊路千里，春好独归欤。"壬秋不

多作近体,而此二诗,则格律浑成,深情逸韵,实近体之佳构也。

此则以五律为对象,法度上强调每一个字都要慎重,不可偏弱,否则平板呆滞,何所取焉。风格批评以神韵绵邈、风格高骞、神韵行乎其间、格律完整、雄阔壮丽、音韵铿锵、神思绵邈、一片神行、飘飘欲仙、纯以神行,化尽笔墨痕迹,格律浑成、深情逸韵为善。核心词是神韵、音韵、格律。形式上与王渔洋"神韵说"极为相近。①

由云龙诗学观主要宗宋,但也"桃唐",个中原因是神韵说的审美特征偏于阴柔,描写对象多属自然风景,正好可以和理性化宋诗的流弊——生辣晦涩、过于奥僻相补偏。

《定庵诗话》中,有关诗歌理论、实践和功能方面具备了方法即真理的特质。作者没有对文本进行破坏性的阅读,而是认为文本细读、源流之辨、创作实践和教化传统,作为结构性的要素,才能呈现出诗歌经典在当下世界的意义。所以,审美的自然主义、文本的历史主义和知识的实证主义的态度,固然不能相当有效处理审美、历史和知识的复杂关系,但尚不足以落于非此即彼的境地,从而为旧文化走向新文化创造了某些契机②。

表面看来,被贬黜的审美主要体现在诗法和风格批评这两个部分。前者把诗歌加以技术化,后者对诗歌的批评仍然不脱传统的窠臼。因此,

---

① 《定庵诗话》受王渔洋影响较大,很多诗学主张与其重合。如不废明诗,背后依托一个强有力的明代诗学系统;跳出唐诗的框架去理解宋诗,越三唐而事两宋;推崇黄庭坚为代表的硬宋诗;桃唐祖宋,也承认唐诗的美学理想;提倡风雅传统。参见蒋寅《清代诗学史》(第一卷第六章)中国社会科学出版社2012年版,第610—691页。

② 此通达精神由云龙有变化亦有坚守。作者晚年写诗,乐于粗浅俚俗,违背了《定庵诗话》对俗的批评。(见《定庵诗存》)关于坚守,《定庵诗话》有存在论意义上的"创伤"书写,诗话卷上第35则:"余甲辰会试,出刘伯良(元弼)先生房,已备中矣,以策对中有过激语,为主司所摈。尔时少年气盛,固不自知也。场后房考录出,往见先生,为余言之,深致惜焉。"但卷上第39则评梁叔子"君时方英年,锐欲有为,惜提庙租、集公款等事,不免操切。新政未举,而民已病矣。"也是对自己为官不易的慨叹。因为由云龙曾为平抑云南盐价遭盐商诋毁,不得已去职。

审美并不是由云龙诗学体系的弃儿。读者之所以有如此印象，原因是清末民国时期的动荡局势往往会带来群体应激反应以及"过渡性审美"，于是《定庵诗话》评论此审美样式时的确定性议论语言就会掩盖传统风格化的模糊言语。尼采说："可是美所发出的声音很轻；她只是蹑手蹑脚地走进清醒的灵魂。"① 事实上，经典诗歌的常态价值不会被"非常伦理"时期的作品完全取代。

柏拉图在作品中曾把诗歌逐出理想国，因为诗歌模仿不真实的现实世界和真理隔着三层。如是，诗歌模仿诗歌和真理会隔的更远，因此主、客体的介入是必然的。对于审美，由云龙举曾文正的例子要求创作者多加"吟咏"，自然通神。对于知识，解决办法就是多读书，多穷理。这两者都是诉诸文本，有循环论证的嫌疑。柏拉图的办法是引入神秘的"回忆说"来解决这个矛盾。

类似的还有道德问题，《定庵诗话》里道德批评大概12则。可是知识和审美会导致道德吗？知识的积累会导致什么？审美的愉悦又会导致什么？按照康德的说法，只有依存美才和知识、道德相关，而纯粹美是无功利化的。知识和道德有四种因果关系：有知识有道德；有知识无道德；无知识有道德；无知识无道德。由于后两种和诗话无关，因此这里只简单概括一下前两种。

西方有知识即美德的说法，有点类似于宋儒张载的闻见之知。用逻辑的观点看，闻见之知达到本体的道德虽有可能，但也可疑。中国传统里还有一种德性之知：美德即知识。于是，这似乎又回到了原初。尼采说："一切真理都是曲线的，时间本身就是个圆周。"②

休谟认为，事实和价值二分③，"是"不一定能导出"应该"。显然，

---

① [德]尼采：《查拉图斯特拉如是说》，钱春绮译，生活·读书·新知三联书店2008年版，第101页。

② [德]尼采：《查拉图斯特拉如是说》，钱春绮译，生活·读书·新知三联书店2008年版，第179页。

③ 参见[英]休谟《人性论》（下），关文运译，郑之骧校，商务印书馆2008年版，第509—510页。

逻辑上反过来也一样,"应该"也不一定能导出"是"。无论如何,一个有知识、审美和道德的共同体世界是值得普遍化的世界,也是值得期待的世界。而现实层面,给人希望的近代"大一统"无疑是乱世的有效救赎。

五 大一统与诗学表达

大一统思想,对古今中国影响深远。它是中华民族共同体政治生活的实践经验和历史反思,也是政治秩序合法性的关键来源。从结构上看,大一统或共同体意识,包含了意义、实践和审美三种范式。刚性化的实践通过诗教和乐教的内在转换,就像一个强力旋涡,把近代云南学者卷进中华民族共同的文化记忆之中。而由云龙的《定庵诗话》则是其中的经典美学样本。

如果说大一统是德智情美的实体指向,那么诗学表达就是其个体化的情感和美学演绎。因此,仅靠外在的实践理性,至少会缺失最具人文魅力的诗学一环,自然也难以完整勾勒出大一统的历史脉络,国家兴亡最终会落在这片土地的每一个人身上。宏观叙事与微观体察相补充,才能达成自洽圆满的境界。很多人不解"大一统"何以成为中华文明的核心密码,其实古往今来不论是共同体的疆域观、文化观,还是若隐若现的夷夏观,诗学话语始终是大一统的最佳载体。身处边陲,心怀家国的近代云南诗人由云龙对此有着直接深切的刻画:

《定庵诗话》卷上第11则提到甲午之战的邓世昌:

> 甲午中日之役,海军交战时,任冲锋者为邓世昌,与提督所率军舰相去数十里。邓所率即致远舰,孤力无助。接触后,舰身受敌弹甚多,不一小时,已洞穿数孔。行将沉没,乃开足马力,向敌舰猛冲,与日海军主舰,同时沉没。世昌挟两爱犬殉焉。武进费纪怀《江村归牧诗集》中,《感事》四律,内一首云:"风马云车吊国

殇，海天如镜恨茫茫。死能必赴悲狼瞫，善果难为泣范滂。竟奋空拳当矢石，未间长鬣对艅艎。'楚些'哀怨无穷意，终古涛声撼夕阳。"即为世昌发也。

"吊国殇""恨茫茫""空拳当矢石""撼夕阳"等语词透露出一种悲壮、抗争、无奈又不屈的末世情怀。甲午之战对清末士人而言，有着巨大的心理阴影。光绪三十三年由云龙赴日考察，尤重教育，回国后办学办报，启民智，救人心。其思路与梁启超、鲁迅、朱光潜等近代学人如出一辙。

诗学表达是大一统理论的皇冠明珠，正是有了诗学的大一统或大一统的诗学，中华民族才会在无数灾难面前表现出慷慨苍凉、沉郁昂扬的民族气质，并不断以审美的方式释放对大一统的遥远追忆及良好期望。

如诗话卷上第32则云：

庚子七月拳匪之乱，滇中谣言四起。有谓北京议和，已将云南割让者；有谓各国在京，别有拥立者。滇中官绅，筹商谋自卫。丁衡三镇军，初以勤王号召，到省后为官绅留办团练。朱筱园先生适在其幕中，示余感事诗五首。其已刊之《穆清堂诗集》中，未及载也。为备录于此。其一云："天柱东倾地轴浮，连兵海国入皇洲。六龙未决轩辕战，八骏非为穆满游。长乐宫前传警跸，定昆池上罢乘舟。关山戎马无消息，不到新亭泪已流。"其二云："红巾如草蔓齐燕，螳臂难当铁甲船。突厥兵先临渭水，契丹盟未插澶渊。金戈难挽西斜日，玉弩群惊北极天。二圣创垂应继武，不堪回忆顺康年。"其三云："大柄谁教竟倒持，争攻景教毁妖祠。入援边帅飞传檄，告庙纶音泣誓师。十六国分西晋乱，九重门启北军移。滇云恐继燕云割，玉斧休挥划界时。"其四云："翠华下殿孰勤王，紫色蛙声闹未央。幸陕事殊元孝武，入关都定汉高皇。播迁不信三灵改，恢复犹期一旅强。自古秦中天府国，从今雪耻胆应尝。"其五云："燕山北望五云多,畴誓收京夜枕戈。无复渔阳挥铁骑,空怜凤阙偃铜驼。回銮父老思迎跸,留守公卿唤渡河。宗社有灵王气在,秋风麦秀漫兴歌。"

"滇中谣言四起。有谓北京议和,已将云南割让者;有谓各国在京,别有拥立者。"政治秩序的混乱直接威胁清代一直强调大一统的核心"疆域一统"的完整性。关切性的安全需求和身份缺失不断在朱筱园和由云龙对共有诗学话语的回望中得到强化。

历史上看,自梁启超提出中华民族的概念以后,传统道德文明式的天下观就逐渐让位于近代的民族国家观,大一统美学的地方叙事也得以凸显。《定庵诗话》里的维新、御敌、启蒙、审美等时代话语替代了固有的诗学抒情模式。"宗宋"成了警醒的代名词,某种意义上,由云龙的以诗求智和以智鉴诗,比蔡元培的以"美育代宗教"更具现代性,同时也是传统诗学认知范式向近代科学认知范式的一种转变或过渡。值得注意的是,这不是一种"静观式"的诗学知识观,而是指向"知识之后"的道德和政治实践。"诗话"一方面呈现了大一统的诗学表达源自中华民族共同的文化记忆,另一方面也呈现了政治秩序是伦理和德性之人向善的天然结果。

《定庵诗话》出版之时,正值国家内忧外患,大一统也仅存留于国人的地理想象之中,审美主体自身不得不退回到与其以前文化生活相同一的情感状态,寻求失落的空间记忆,并以知识和审美为基础,由古典到现代,为疗救近代中国社会提供了一种具有边疆叙事特色的文学共同体方案。

总体而言,纵览《定庵诗话》,在政治哲学上,由云龙受到了廖平和康有为"今文经学"的巨大影响,同时也隐约显现出西方"社会进化论"的影子。毋庸置疑,这自然会导致一种庸俗的实用主义气息。所以,和梁启超、袁嘉谷的"尚武"实践指向不同，由云龙最终选择了富有"精英"色彩的审美和知识，用一种较为纯粹的"博雅"路线，试图对此政治图景，进行一番古典的诗学修饰。这也是为什么《定庵诗话》会受到"宋诗派"和渔洋诗学的深刻影响。如果说前者是显性的存在，偏向创作和知识；那么后者则是隐性的存在，偏向审美和鉴赏。因此，《定庵诗话》对诗歌典范性的重塑，实则是对古典诗学原则的继承与发展。进而言之，只有在上述诗学脉络之中，才能更好地理解《定庵诗话》的价值与意义。

《定庵诗话》主要对一些清代诗人特别是清代云南诗人和作品进行了评价，保留了许多相关线索和作品，对研究云南清代诗歌创作及清代诗坛都有着特殊价值。另外，对《定庵诗话》的整理和研究，在深入了解云南人民对中国近现代史发展的贡献，发掘历史文献价值，增强文化自信等方面都有着重要意义。

本书笺注部分，"注"主要是对原文中的人名、地名、生僻字词、典故、诗句出处等做简要注释；"笺"主要是征引相关材料作为原文的参考。本书校勘较少，故不单独出"校"，相关情况在"注"中一并说明。

由于笔者学力有限，加之时间仓促，本书还存在很多疏漏之处，恳请专家和读者批评指正。

卷

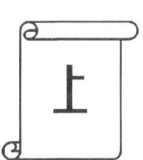

上

一

元人[一]《武侯祠》七律一首,《升庵诗话》[二]自谓见之于祠壁,喜而录之。后人遂误入《升庵集》。陈恭尹[三]《邺中怀古》一首,或以为系释子道元[四]作,而误入陈集者。二诗皆胎息[五]飞卿[六]《过陈琳[七]墓》诗,神韵格律,如出一手。并用十二文韵,步调皆同。而各有独到之处。兹并录之,览者可以知所取法也。《过陈琳墓》云:"曾于青史见遗文,今日飘零[八]过古坟[九]。词客有灵应识我,霸才无主始怜君。石麟埋没藏春草[十],铜雀[十一]荒凉起[十二]暮云。莫怪临风倍惆怅,欲将书剑学从军。"《邺[十三]中怀古》云:"山河百战鼎终分[十四],太息漳南日暮云。乱世奸雄[十五]空复尔[十六],一家词赋最怜君。铜台未散吹笙妓,石马[十七]先传出水文。七十二坟[十八]秋草遍,更无人表汉将军[十九]。"《武侯祠》[二十]云:"剑江[二十一]春水绿沄沄[二十二],五丈原[二十三]头日又曛。旧业[二十四]未能归后主[二十五],大星先已落前军[二十六]。南阳祠宇空秋草,西蜀[二十七]关山隔暮云。正统不惭传万古,莫将成败论三分。"余《书呈贡孙清元[二十八]先生〈抱素堂集〉后》诗颈联云:"十卷遗书长寿世,一家高咏最怜君。"盖袭独漉[二十九]语,然微抱素亦莫克当也。

【注】:

[一] 元人:不知名氏,明代孙原理辑《元音》卷十以为吴漳(字楚望,生平不详),或以为贡师泰、周伯琦。

[二]《升庵诗话》:杨慎(1488—1559)著。慎字用修,号升庵,四川新都(今成都)人。明武宗正德六年(1511)进士,嘉靖三年因

"大礼议"触怒世宗,贬云南永昌(今保山)。有《升庵集》等。

[三]陈恭尹(1631—1700):字元孝,晚号独漉,明末清初广东顺德人,与屈大均、梁佩兰并称为"岭南三大家"。

[四]释子道元:释子,释迦牟尼弟子,僧徒通称。道元,不详,疑为元代诗僧觉隐(字道元,生卒年不详),有《梦观集》等。

[五]胎息:仿效。

[六]飞卿:温庭筠(约801—866),名岐,字飞卿,晚唐太原祁(今山西祁县)人,诗词并工,"花间词派"重要代表之一。五代孙光宪《北梦琐言》卷四:"唐温庭筠字飞卿,旧名岐。与李商隐齐名,时号温李,才思艳丽,工于小赋,每入试,押官韵作赋,凡八叉手而八韵成。"有《温飞卿诗集》。

[七]陈琳(?—217):字孔璋,广陵人(今江苏扬州),"建安七子"之一。

[八]飘零:一作"飘蓬"。

[九]古坟:一作"此坟"。

[十]春草:一作"青草",又作"秋草"。

[十一]铜雀:铜雀台,曹操所建。在今河北临漳。

[十二]起:一作"对"。

[十三]邺:三国时魏都城,在今河北临漳县西。

[十四]鼎终分:谓三国鼎立。

[十五]奸雄:曹操。

[十六]空复尔:徒然如此而已。

[十七]石马:汉末,一些地方盛传水中露出石马等物,上面刻有"大讨曹"等字。

[十八]七十二坟:相传,曹操死后,怕人掘墓,造了七十二个疑冢。

[十九]汉将军:指曹操。曹操《让县自明本志令》云:"后征为都尉,迁典军校尉,意遂更欲为国家讨贼立功,欲望封侯作征西将军,然

后题墓道言'汉故征西将军曹侯之墓',此其志也。"

[二十]《武侯祠》:据明代孙原理辑《元音》卷十,原题为《题南阳诸葛庙》。诗句略有出入:"剑江流水绿沄沄,五丈原头日又矄。旧业未能归后主,大星先已落前军。南阳祠庙荒秋草,西蜀关山隔暮云。正统不惭传万古,莫将成败论三分。"

[二十一] 剑江:在今四川剑阁县。

[二十二] 沄沄(yún yún):水流汹涌的样子。

[二十三] 五丈原:今陕西岐山县。

[二十四] 旧业:刘备在诸葛亮辅佐下创建的帝业。

[二十五] 后主:刘禅。

[二十六] 指诸葛亮病逝军中,传说有流星陨落。

[二十七] 西蜀:蜀国。

[二十八] 孙清元:字仁甫,号菊君,云南呈贡人,道光甲辰(1844)举人。有《抱素堂诗存》。

[二十九] 独漉:陈恭尹,号独漉。

【笺】:

张寅彭《民国诗话丛编》第三册《定庵诗话续编》上:"前编所录,多海内知好佳章,及泛论古今诗派沿革变迁之故。而于滇省时贤所作,尚未遑及。"考镜源流,当知其所法。

二

《南部新书》[一]记严恽[二]诗:"春光冉冉归何处,更向花前把一杯。尽日问花花不语,为谁零落为谁开?"东坡《吉祥寺赏花寄陈述古[三]》诗后二句全袭用之。诗云:"仙花不用剪刀裁,国色初酣卯酒来。太守问花花不语,为谁零落为谁开?"升庵在滇修通志,后有崎嶇[四]之者,遂返高峣[五]。有诗云："中宵风雨太多情，留住行人不放行。借问小西门外柳，为谁将送为谁迎，"亦袭严苏[六]语，而别有寄托者。

【注】：

[一]《南部新书》：笔记，宋代钱易（968？—1026）撰，十卷。钱易，字希白，浙江杭州人。

[二] 严恽（？—870）：字子重，唐代诗人，吴兴（今浙江湖州）人。

[三] 陈述古（？—1090）：名襄，陈尧咨长子，荫补入仕，北宋阆州阆中（今四川南充）人。

[四] 齮龁（yǐ hé）：咬噬，引申为毁伤、龃龉、倾轧。

[五] 高峣（yáo）：地名，昆明西山北麓碧鸡关下，有高峣村。

[六] 严苏：严恽与苏轼。

【笺】：

宋欧阳修《蝶恋花》："雨横风狂三月暮，门掩黄昏，无计留春住。泪眼问花花不语，乱红飞过秋千去。"亦袭严恽诗语。

三

《洪驹父诗话》[一]云："世谓杜子美集中赠李太白诗最多，而李集初无一篇与杜者。"金匮[二]杨夔生[三]《匏[四]园掌录》，至谓李不酬杜，似司马之对卧龙，惟有坚壁不战，是古人第一胜着。不知李集有《尧祠赠杜补阙》诗"我觉秋兴逸"云云，固不独"饭颗山头"之句（见段成式《酉阳杂俎》）。又吴曾[五]《能改[六]斋漫录》复举李集中《沙邱城下寄杜甫》一篇。可知李寄杜诗，亦复不少。张禺山[七]与杨升庵交谊至厚，屡有寄升庵诗，亦颇有疑杨之少寄禺山者。然《升庵集》

中有《重寄张愈光》诸作,可知二人倡和往复,固无间然也。世之疑李白、升庵,以工部、禺山诗名相埒[八],颇怀嫉忌者,可以释然矣。

【注】:

[一]《洪驹父诗话》:北宋洪刍撰。洪刍,字驹父,豫章(今江西南昌)人。

[二] 金匮:今无锡。

[三] 杨夔生(1781—1841):字伯夔,诗人杨芳灿之子,官至蓟州知州。有《真松阁集》等。

[四] 匏(páo):草本植物。

[五] 吴曾:生卒年不详,字虎臣,南宋崇仁(今属江西)人。

[六] 能改:语出《左传·宣公二年》:"吾知所过矣,将改之。稽首而曰:'人非圣贤,孰能无过!过而能改,善莫大焉。'"

[七] 张禺山(1479—1565):张含,字愈光,保山人,明正德(1507)中举。有《禺山文集》等。

[八] 相埒(liè):差不多,相等。埒,指短墙,又作界限、相等讲。

四

禺山有诗云:"昔日汉使君[一],化虎方食民。今日使君者,冠裳而吃人。"又云:"昔日虎使君,呼之即惭止。今日虎使君,呼之动牙齿。"又云:"昔时虎伏草,今日虎坐衙。大则吞人畜,小不遗鱼虾。"或曰"此诗太激"。禺山曰"我性然也"。升庵戏之曰:"东坡喜笑怒骂皆成诗,公诗无喜笑,但有怒骂耳。"禺山大笑。见陈继儒[二]《虎荟》。

【注】:

[一] 汉使君:任昉《述异记》卷上记载,汉宣城郡守封邵,一日

化为虎，民呼曰"封使君"，即去不复来。

[二] 陈继儒（1558—1639）：字仲醇，号眉公，明华亭（今上海松江）人。有《眉公全集》。

【笺】：

由云龙著，冯秀英、彭洪俊点校《滇故琐录校注》卷之三亦有与此则相近者：陈眉公《虎荟》："张禺山诗曰：'昔日汉使君，化虎方食民。今日使君者，冠裳而食人。'又曰：'昔日虎使君，呼之即惭止。今日虎使君，呼之动牙齿。'又曰：'昔时虎伏草，今日虎坐衙。大则吞人畜，小不遗鱼虾。'或曰：'此诗太激。'禺山曰：'我性然也。'杨升庵戏之云：'东坡嬉笑怒骂皆成诗，公诗无嬉笑，但有怒骂耳。'禺山大笑。"按眉公、升庵之意，皆以禺山诗无含蓄，直斥衣冠官吏更为虎，故嫌其激。实则当春秋之时，官吏未必如后世之贪暴，《礼记》已记"苛政猛于虎"之言，又何嗛于禺山耶？

《虎荟》又载："封门陈解军如云南，道经某山，憩崖下，有虎跃下，负军人登崖。时陈与军人联系不可解，随之而上，惊悍欲绝。既而窃视之，见其啖自胸始，项间食尽，惟余其首，大嗥者三而去。时军有一练囊藏白金二两、公文一纸，皆为虎所吞。陈裹残骨诣县自陈，县令以其诈谩，不为理。陈恳言虎去不远，请即遣壮土擒之，倘得虎，当剖出公文，不尔，某甘伏罪。县令亦患虎害，召猎徒三十人，使陈导往。及山，虎饱卧崖上，遂令围刺之而毙。剖其腹，果得练囊，白金、公文尚在，遂为陈申白上官而遣之。"按此事可与上则相发明。县有虎患而官不为理，纵之食人，官已不异于虎矣。陈诣县自陈，犹以为诈，岂虎之残暴、民命之惨伤，竟熟视不动心耶？又与虎何异耶？

五

予昔游西湖，特至右台山[一]，访俞曲园[二]墓。其墓道有牌坊，上镌曲园篆书一联云："不妨姑说梦中梦，自笑已成身外身。"盖用山谷[三]自赞其真语；而山谷又取之僧淡白[四]诗句也。山谷赞云："似僧有发，似俗无尘；作梦中梦，见身外身。"淡白诗云："已觉梦中梦，还同身外身，堪叹余兼尔，俱为未了人。"

【注】：

[一] 右台山：西湖以西，有三台山。居中者海拔156米，俗称中台山；居北者海拔86米，俗称左台山；居南者海拔87米，俗称右台山。

[二] 俞曲园：俞樾（1821—1907），清学者，字荫甫，号曲园，浙江德清人。有《群经评议》等。

[三] 山谷：黄庭坚（1045—1105），字鲁直，号涪翁，又号山谷道人，洪州分宁（今江西修水）人，北宋英宗治平四年（1067）进士，苏门四学士之一，与苏轼并称"苏黄"，江西诗派宗师。有《山谷词》《豫章黄先生文集》等。

[四] 淡白：不详。应沿袭北宋吴开《优古堂诗话》和南宋吴曾《能改斋漫录》。《优古堂诗话》云："山谷尝自赞其真曰：'似僧有发，似俗无尘。作梦中梦，见身外身。'盖亦取诗僧淡白《写真》诗耳。淡白云：'似觉梦中梦，还同身外身。堪叹余兼尔，俱为未了人。'"《能改斋漫录·沿袭》卷八："山谷尝自赞其真曰：'似僧有发，似俗无尘。作梦中梦，见身外身。'盖亦取诗僧淡白《写真》诗耳，淡白云：'已觉梦中梦，还同身外身。堪叹余兼尔，俱为未了人。'"

【笺】：

《唐诗纪事》卷七十七和《全唐诗》收录晚唐苏州昭隐寺僧"澹交"《写真》诗，与之相近。诗云："图形期自见，自见却伤神。已是梦中梦，更逢身外身。水花凝幻质，墨彩染（又作聚）空尘。堪笑予兼尔，俱为未了人。"

范成大《十月二十六日三偈》："声闻与色尘，普以妙香薰。昔汝来迷我，今吾却戏君。有个安心法，无时不可行。只将今日事，随分了今生。窗外尘尘事，窗中梦梦身。既知身是梦，一任事如尘。"

六

洪北江[一]以探花假归。嘉庆四年正月，赴邓尉[二]看梅花，自光福镇舍舟而骑，友人供张[三]甚盛，北江有诗纪之，某末二句云："一路癯仙供清福，本是玉皇香案吏[四]。"迨是年九月谪戍，以除夕行至塞外，与牛羊共处，复有句云："相伴竟无人，牛羊共除夕。"一岁之间，荣枯如是。

【注】：

[一] 洪北江：洪亮吉（1746—1809），清代经学家、文学家。字君直，一字稚存，号北江，阳湖（今江苏武进）人。有《洪北江诗文集》等。

[二] 邓尉：邓尉山，苏州城西南光福镇西南部，因东汉太尉邓禹曾隐居于此而得名。

[三] 供张：供给陈设。宋代蔡绦《铁围山丛谈》卷二："元丰八年之元日，适大朝会，有司宿供帐，设舆辂、仪物于大庆殿下。"

[四] 香案吏：宫廷中随侍帝王的官员。元稹《以州宅夸于乐天》诗："我是玉皇香案吏，谪居犹得住蓬莱。"

七

渔洋[一]《送门人梁元肃[二]金事[三]之建昌》二首，其一云："带雨晚云归越巂[四]，浮花春水下瞿塘。西行莫道岷峨远，更渡蜻蛉[五]

万里长。"其二云："十载兵销打箭炉[六]，碉楼千里戍烟孤。不妨车骑临邛去，鬓影春风问酒垆。"按建昌古名邛都，非司马相如与卓文君卖酒之临邛也。临邛去成都只三驿，邛都则十驿而遥，在越巂打箭炉之南。蜻蛉水则在滇边，赴建昌所不必经之水也。渔洋诗似误认建昌为临邛，又以越巂、瞿塘、蜻蛉、打箭炉等地，参错言之，于地址均有未合。此诗想在典蜀试[七]之前，否则不致讹误如此。

【注】：

[一] 渔洋：王士禛（1634—1711），后易名王世禛，字贻上，号阮亭，自号渔洋山人，山东新城（今桓台县）人。有《池北偶谈》《带经堂集》等。

[二] 梁元肃（1662—1709）：梁雍，正定人，梁清标之孙。

[三] 佥（qiān）事：官名，宋代设置，管文牍之事，元明皆置，清初沿用，乾隆时废。

[四] 越巂（xī）：巂，旧读 suǐ，古郡名，西汉置，治所在邛都（今四川西昌东南）。杜甫《远游》诗云："尘沙连越巂，风雨暗荆蛮。"

[五] 蜻蛉：蜻蛉河，今云南楚雄境内。

[六] 打箭炉：今属四川康定。

[七] 典蜀试：掌管蜀地考试事务的官职。唐宋称为"典闱"，明代始称"典试"。

八

冒鹤亭[一]《小三吾亭词话》云："莼客[二]（李莼客慈铭）家居，连不得志于有司[三]。昀叔[四]先生（周星誉字昀叔，鹤亭外祖也。）怜其才，劝之纳赀[五]为郎，假馆授餐，为游扬于周商城[六]、翁常熟[七]、潘文勤[八]，莼客之名始大。《白华绛跗[九]集京邸冬夜读书》

四首，乃并翁潘而诋之。谓其仅争章句，考校碑版、彝器[十]，不能伏阙争颐和园之不修。虽立言有体，抑非莼客所宜出诸口"云云。按莼客与畇叔昆仲[十一]，凶终隙末[十二]，不悉其所由致。但据莼客日记，谓初次集赀被骗，致丧其赀，继乃罄其产，始得官，颇疾首痛心于周氏。然其日记中，关于诋斥周氏者，后皆抹去，既见其有悔心。至《冬夜读书》诗，则固讥斥赵㧑叔[十三]一流人，非诋翁潘也。其诗第三首云："其间稍才俊，大言益嚣嚣。碑摊汉魏字，器列商周朝。问以六经目，茫然坠云霄。"盖莼客平日极不满于㧑叔一流，斥为庸妄钜子[十四]。谓其空疏无具，徒以碑版金石，炫世沽名。第四首云："冗官未食禄，涕泪徒沾胸。伏阙讵可效，草奏谁为通。负此读书力，仅争章句功。"系自抒所怀，有老杜关心君国之意，均与翁潘无涉。鹤亭以周氏之故，不慊[十五]于莼客，而深文周纳[十六]之，亦过矣！

【注】：

[一] 冒鹤亭（1873—1959）：名广生，字鹤亭，号疚斋，江苏如皋人。

[二] 莼客：李慈铭（1830—1894），字爱伯，号莼客，晚年自署"越缦老人"，会稽（今浙江绍兴）人。有《越缦堂日记》等。

[三] 有司：古代设官分职，各有专司，后因称官吏为有司。此指主管考试的官员。"不得志于有司"，指不为主管考试的官员所满意，意谓考试未被录取。韩愈《送董邵南序》："董生举进士，连不得志于有司。"

[四] 畇叔：周星誉（1826—1884），字畇叔，一字叔云，河南祥符（今开封）人，道光三十年（1850）进士。有《东鸥草堂词》等。

[五] 纳赀（zī）：以赀财得官，入仕途径之一。班固《汉书·司马相如传》卷五十七："（司马相如）以赀为郎，事孝景帝。"

[六] 周商城：周祖培（1793—1867），字淑滋，号芝台，河南商城

（今属安徽）人，清嘉庆二十三年（1818）中举，次年中进士，授翰林院编修。

[七] 翁常熟：翁同龢（1830—1904），字叔平，号松禅，晚号瓶庵居士，江苏常熟人。

[八] 潘文勤：潘祖荫（1830—1890），字东镛，吴县（今江苏苏州）人。

[九] 白华绛跗（fū）：白华，白花；绛跗，红色花萼。李慈铭著有《白华绛跗阁诗钞》。《诗经·小雅·白华》云："白华菅兮，白茅束兮。之子之远，俾我独兮……"

[十] 彝器：青铜礼器。《左传·襄公十九年》："……且夫大伐小，取其所得以作彝器，铭其功烈以示子孙。"晋杜预注："彝，常也，谓钟鼎为宗庙之常器。"

[十一] 昆仲：兄弟。

[十二] 凶终隙末：比喻好友成仇敌，指友谊不能持久。南朝梁代刘峻《广绝交论》："由是观之，张、陈所以凶终，萧、朱所以隙末，断焉可知矣。"

[十三] 赵㧑（huī）叔：赵之谦（1829—1884），字㧑叔，浙江会稽（今绍兴）人。有《补寰宇访碑录》等。

[十四] 钜子：举足轻重之人。

[十五] 不慊（qiàn）：怨恨。

[十六] 深文周纳：深文，援用或制定严峻法律条文；周纳，罗织罪状。指周密地援用或制定法律条文，陷人入罪。《史记·酷吏列传》卷一二二："（张汤）与赵禹共定诸律令，务在深文。"《汉书·路温舒传》卷五十一："上奏畏却，则锻炼而周纳之。"

【笺】：

《清史稿·选举志五》卷一一〇："凡满、汉入仕，有科甲、贡生、监生、荫生、议叙、杂流、捐纳、官学生、俊秀。"

《清人逸事·倭仁》卷七：周商城相国顾而谓曰："倭艮峰以足下不愧方面之选矣。"窃念浚师性情与公似不甚同，而公之揄扬如此，良可感也。公见人极谦谨，商城与公有通家之谊，大学士行走班次，公在商城前，而晏见必让商城居上。尝公选玉牒馆校对等官，公至朝房，又与商城让。商城笑推之，曰："二哥，你又同我让了。此何地耶？"

李慈铭《白华绛跗阁诗初集自序》："白华绛跗阁者，先王母建以奉佛者也。阁下植棠梨树一，高出阁甍，下承以紫薇二，皆与阁齐。予四五岁时，即从王母识字于阁中。比十岁，好读唐人诗。先君子督课经甚急，不得携诗塾中，皆私置此阁，暇即取读，且仿为之。此盖予学诗之始矣。"

周密《齐东野语·道学》卷十一："世又有一种浅陋之士，自视无堪以为进取之地；辄亦自附于道学之名，褒衣博带，危坐阔步，或抄节《语录》，以资高谈；或闭眉合眼，号为默识。而叩击其所学，则于古今无所闻知；考验其所行，则于义利无所分别。此圣门之大罪人，吾道之大不幸；而遂使小人得以借口为伪学之禁，而君子受玉石俱焚之祸者也。"

九

保山盛西楼[一]茂才[二]，清才峻节。回匪之乱，死于城下。余守永昌时，犹见其《太保山寺题壁》一律云："莽莽妖氛卷地来，那堪把酒上高台。日沉大壑豺狼出，月暗边城鼓角哀。局坏事原难措手，时危天亦吝生材。严寒未动春消息，嘱咐梅花且莫开。"又题《首阳山怀古》云："乘时建业岂无才，世异黄虞[三]亦可哀，有骨不埋他姓土，无人更上此山来。两难兄弟千秋绝，万古君臣一死开。莫怪至今忠义少，蕨薇不复有根荄[四]。"又《都门留别刘韫斋[五]、丁柳堂[六]、曹星槎[七]诸君》云："未曾言别已潸然，好景如花过眼前。王粲[八]

诗怀因客健，张翰[九]归思在秋先。关河定有同游梦，文字能无再见缘。遥指天边一轮月，滇南燕北共团圆。"又《春日述怀》云："好山迎我笑颜开，日日芒鞋破晓来。多事悔分牛李党[十]，著书那有马班才[十一]。夕阳芳草供诗料，狎客歌儿共酒杯。如此风情如此景，名场心事已全灰。"其他作载之遗集者甚多，录此以见其倜傥风概云。

【注】：

[一] 盛西楼：永昌名儒，其余不详。

[二] 茂才：秀才。

[三] 黄虞：又称轩虞，指传说中的黄帝（轩辕氏）和虞舜。有"唐虞世远"之意。

[四] 根荄（gāi）：草木之根。荄，草根。曹植《吁嗟篇》："糜灭岂不痛，愿与根荄连。"

[五] 刘韫斋：由云龙《滇故琐录》卷之一："刘韫斋名崐，景东人，行辈稍前于景韩，与彭刚直同时，工书法。尝见刚直所为文、韫斋书之人，并称赏。由道光辛丑进士入翰林，仕至湖南巡抚，以家人盗印案开缺，遂留湘不归。"

[六] 丁柳堂：不详，待考。

[七] 曹星槎：不详，待考。

[八] 王粲（177—217），字仲宣，东汉末年山阳高平（今山东微山）人，"建安七子"之一。

[九] 张翰：生卒年不详，西晋吴郡吴县（今江苏省苏州市）人。因秋风起，思念家乡吴中美味，慨叹人生贵在适意，何要名爵，遂弃官东归。

[十] 牛李党：指唐代后期官僚集团中以牛僧孺为首的牛党和以李德裕为首的李党。二者相争近四十年。

[十一] 马班才：有司马迁和班固一样的才能。

【笺】：

由云龙《定庵诗话续编》下："惟是酒后茶余，评今骘古，有所得则笔之，无容心，无徭意，僻壤遐陬，流传匪易，则务为搜采，借以阐幽发微，历世磨钝，俾后进者不至望而却步，废然思返，此其区区之微旨也。"

十

赵樾村[一]丈曾举参议院议员，赣宁事起[二]，国会解散，拂袖南归。承示《竹枝词》数首，其一云："大德年修寺[三]以名，崔巍双塔表严城。却寻松子楼[四]何在，歇绝年来钟磬声。"又："曹家馆子翠湖边，专卖螺蛳味亦鲜。酒肆而今盛珍错，谁知风物道咸年。"又："去头折翼炙枯红，薄蘸醯[五]盐小酌中。蚱蜢缘何呼谷雀，谷田秋老[六]趣[七]如风。""饧蜜熬膏利远行，山楂硕大此邦名。一文一串山林果，笑听儿童唱卖声。"其末章云："噩梦曾游羿彀[八]中，高飞一举见冥鸿。大槐安国[九]南柯郡，赤蚁方争意气雄。"盖犹有鸿飞冥冥之思也。

【注】：

[一] 赵樾村：赵藩（1851—1927），字樾村，一字介庵，晚年号石禅老人，云南剑川人。主持编纂了《云南丛书》，著有《介庵函牍》等。

[二] 赣宁事起：1913年讨袁之役。

[三] 大德年修寺：昆明华山东路，有大德寺，内有双塔，故大德寺亦称双塔寺。朱筱园《双塔寺》诗云："古寺嵌螺峰，出奇五华外。干霄两浮屠，俯受乱山拜。城市几劫灰，蠹立终不坏。"

[四] 松子楼：《云南府志》卷四："流云阁，旧名松子楼，在城内

祖遍山大德寺东，其下即绿水河。元大德间梁王阔阔建。"明末清初寓滇诗人朱昂《松子楼和韵》云："拂槛云烟坐可求，远瞻金马入层楼。千山暮霭低残垒，一线寒江动碧流。尘市几番惊聚蚁，人生空自叹浮鸥。是谁冷眼窥双塔，肯为秋光更少留。"

[五] 醯（xī）：醋。

[六] 秋老：暮秋。

[七] 趯（tì）：跳。《诗经·召南·草虫》："喓喓草虫，趯趯阜螽（蚱蜢）；未见君子，忧心忡忡。"

[八] 羿彀（gòu）：羿，古之善射者；彀，张弓。喻危险之境。《庄子·德充符》："申徒嘉曰：'……游于羿之彀中。中央者，中地也；然而不中者，命也……'"

[九] 大槐安国：唐传奇《南柯太守传》李公佐载："东平淳于棼，吴楚游侠之士，嗜酒使气，不守细行，累巨产，养豪客。曾以武艺补淮南军裨将，因使酒忤帅，斥逐落魄，纵诞饮酒为事。家住广陵郡东十里，所居宅南有大古槐一株，枝干修密，清阴数亩。淳于生日与群豪大饮其下……见二紫衣使者，跪拜生曰：'槐安国王遣小臣致命奉邀。'……又入大城，朱门重楼，楼上有金书，题曰"大槐安国"。执门者趋拜奔走，旋有一骑传呼曰：'王以驸马远降，令且息东华馆。'因前导而去……二使因大呼生之姓名数声，生遂发寤如初，见家之僮仆，拥篲于庭，二客濯足于榻，斜日未隐于西垣，余樽尚湛于东牖。梦中倏忽，若度一世矣……"此两句喻人生荣枯，无非大梦一场。

【笺】：

袁嘉谷："凤伽异建拓东城时，并筑圆通寺。宏阔伟俊，佛像神光，顶礼者众，省城内诸寺之冠也。次则双塔寺。元大德时建，故又名大德寺。光、宣间，寺额犹存，大笔淋漓。相传宋芷湾书，寺改学校，虽一额亦失所。"（《袁嘉谷文集》第三卷，云南人民出版社2001年版，第118页。）

明代赵璧《重修大德寺记》："滇城中祖遍山之巅，有古寺曰大德。与五华山寺相对出，左峙金马，右耸碧鸡，前瞰大海，后接商山，实胜概也。肇自金仙氏卓锡于此，建丈室。元大德间，释陁连增广殿庑、佛像、额其寺曰极乐宝宫。后以修之年号更是名，至今因之。迨我国初，洪武间黔宁王平其地，归职方寺，与昆明县治各分其半。大殿倾圮，惟前殿门庑仅存，住守者未尝乏焉。正统丙寅，东林居士何仲渊氏小试修理，基址尚隘。天顺丁丑县治改迁地属于寺，仲渊市材鸠工，开拓之殿堂、门庑、佛像、神仪，与夫楼台、庖湢、缁舍、客馆，靡不毕具。成化己丑，何永清氏又于殿前建左右两浮屠，其寺之规模雄丽、气象森严，足以为城池之壮观，足以启军民之瞻仰。岁时祈禳者往焉，宾客息憩者往焉，寺得以兴亦气数也。然历年久，风雨所侵，不无弊损……奚特轻财尚义，好善乐施而已耶？较诸得为而爱财者，或相去什伯矣。彦明乃致敬尽礼，征文于余，意以佛氏之教，与吾儒之道相矛盾，难于言索，屡辞弗获。窃谓汉释摄摩腾，自西域白马驮经来，初止鸿胪寺，创寺之名始此。殊不知佛氏以寂灭为教，涅槃以来，世人崇尚者，吾不知其几何，自古及今，其间废兴亦不知其几何也。岂若吾儒道在，天地真实无妄，纲维治理不可暂离，万古一日。所以孔子之圣，万代之师。春秋庙祀，曷尝有废而兴耶？第以忘本而不知修者，众可怪也已！彦明其知报本乎？彦明名德，别号西林居士，因记以勒石云。"

明代李元阳《云南通志》卷十三："大德间，尚人释陀连增广殿庶，颜以佛象，号曰：极乐宝宫，与寺之圆通、五华相对峙，虽规制有未若，而灵贶则过之，黔之人岁时禳灾祷雨者多归焉。厥后更名大德寺，因前修于大德间而得名也。"

据著名古建筑专家张驭寰考证，双塔始建于唐，而非元代："大德寺位于云南省昆明市内，双塔建于寺内大殿前，是两座密檐式塔，平面均为方形，十三层，高约19米。双塔像一双孪生的兄弟一样，完全相同。塔下做简单基座两层，第一层塔身特别高，相当于以上三层塔身的高度之和。第一层塔身只有一门，无装饰。第二层以上各层塔身中心都有一个券形窗洞，上下相对，在一条中心线上。各层塔檐做叠涩出檐，每层檐子至转角处略加高……这种手法是唐代的建筑风格，曾流传到日本，为日本古建筑所广泛采用。这两座塔的塔刹均为方形斜面，上置宝珠。双塔体形瘦高，亦是唐代塔的风格，后经元明两代重修，与原貌相比已产生较大的变化。"（《中国古塔集萃》第三卷，天津大学出版社2010年版，第193—196页。）

十一

甲午中日之役，海军交战时，任冲锋者为邓世昌，与提督所率军舰相去数十里。邓所率即致远舰，孤力无助。接触后，舰身受敌弹甚多，不一小时，已洞穿数十孔。行将沉没，乃开足马力，向敌舰猛冲，与日海军主舰，同时沉没。世昌挟两爱犬殉焉。武进费屺怀[一]《江村归牧诗集》中，《感事》四律，内一首云："风马云车吊国殇，海天如镜恨茫茫。死能必赴悲狼瞫[二]，善果难为泣范滂[三]。竟奋空拳当矢石，未间[四]长鬣[五]对艅艎[六]。'楚些'[七]哀怨无穷意，终古涛声撼夕阳。"即为世昌发也。

【注】：

[一] 费屺（qǐ）怀（1855—1905）：字屺怀，号西蠡，江苏武进人。

[二] 狼瞫（shěn）（？—前625）：狼瞫，春秋时晋国人。《左传·文公二年》狼瞫死秦师："战于崤也，晋梁弘御戎，莱驹为右。战之明日，晋襄公缚秦囚，使莱驹以戈斩之。囚呼，莱驹失戈，狼瞫取戈以斩囚，禽之以从公乘，遂以为右……'死而不义，非勇也。共用之谓勇。吾以勇求右，无勇而黜，亦其所也。谓上不我知，黜而宜，乃知我矣。子姑待之。'及彭衙，既陈，以其属驰秦师，死焉。晋师从之，大败

秦师。"

[三] 范滂（137—169）：字孟博，东汉直臣，汝南郡征羌（今河南漯河）人。《后汉书·党锢列传》卷六十七："建宁二年，遂大诛党人，诏下急捕滂等。督邮吴导至县，抱诏书，闭传舍，伏床而泣。滂闻之，曰：'必为我也。'即自诣狱。县令郭揖大惊，出解印绶，引与俱亡。曰：'天下大矣，子何为在此？'滂曰：'滂死则祸塞，何敢以罪累君，又令老母流离乎！'其母就与之诀。滂白母曰：'仲博孝敬，足以供养，滂从龙舒君归黄泉，存亡各得其所。惟大人割不可忍之恩，勿增感戚。'母曰：'汝今得与李、杜齐名，死亦何恨！既有令名，复求寿考，可兼得乎？'滂跪受教，再拜而辞。顾谓其子曰：'吾欲使汝为恶，则恶不可为；使汝为善，则我不为恶。'……"

[四] 未间：未到其时。

[五] 长鬣（liè）：长须。

[六] 艅艎（yú huáng）：余皇，战船。《左传·昭公十七年》："楚大败吴师，获其乘舟余皇。"

[七] 楚些（suò）：《楚辞·招魂》句尾有"些"字，后以"楚些"指招魂歌。

十二

近人周越然[一]藏有《残明纪游诗》《高峣纪游诗》两种，自谓为集部中篇页最少者。两书皆明嘉靖中刊本。《纪游诗》明黄中[二]著，蓝印白口双鱼尾，四周双边半叶八行，行十九字，全书仅十四叶。内前后序四叶，图一叶，诗仅四叶。诸家次韵诗五叶。清《四库》未收。中字西野，括苍[三]人，平那氏之乱[四]，滇人德之。《十二景诗》，明杨慎著。全书仅四叶，每半叶七行，行十五字，字大如钱，纯作颜体。上白口题"高峣诗"三字，下黑口，其上作横乌丝二，单黑鱼尾，鱼尾与乌丝间记叶数，四周单边，未注著者姓名云云。按此诗已见《升庵集》中，特印刻精工之单行本，则未之见。前书亦于滇事有关，惜未得见。

【注】：

[一] 周越然（1885—1962）：原名之彦，又名复盦（ān），浙江吴兴（湖州）人。有《书与观念》等。

[二] 黄中（1501—1566）：字文卿，号西野，浙江遂昌人。

[三] 括苍：括苍山，在浙江省。

[四] 那氏之乱：明嘉靖年间，元江那氏之乱。

十三

谢茂秦[一]《四溟山人集》，在赵王府前后凡三刻。其刻于嘉靖丁未[二]者，凡四卷，名《四溟旅人集》。刻于万历丙申[三]者，名《四溟山人全集》，凡二十四卷。刻于甲辰者，就前本重加校订。清《四库全书》著录者为十卷本，则盛以进[四]据赵府本选辑者，仅一千一百五十九首。较赵府甲辰本二千三百四十九首者，尚不及半。盖赵府本流传极罕，当时馆臣未尝寓目，故仅据汪氏进本著录耳。茂秦以五律见长，苏谷原[五]、宋辕文[六]、钱牧斋[七]、沈归愚[八]、李莼客[九]诸家评论皆同，而尤以《养一斋诗话》为最详确。诗话云：茂秦以五律擅长，厥有二种。规摹盛唐者，似其少作。声调高亮，格律老苍。属对精工，章法完密，似赵承旨[十]之书，文待诏[十一]之画。人工精到，微乏丰神。隽句新情，篇中所少。至于中年，渐就颓放，写怀潦倒。欲法少陵而笔谢沉雄，思殊深曲。又复不加矜琢，动爱清疏。仅类中唐，不臻杜境。颓唐衰飒，未免纤卑。顾神到之时，亦饶姿态。高亮不如曩[十二]作，而幽胜觉有微长。二种之间，瑕瑜互见。夫诗家上乘，生动为先。少陵擅长，此其秘享。即盛唐王、岑，初唐沈、宋，何勿皆然。顾惟工稳之余，天才敏秀，乃能以笙簧之雅奏，谱脆滑之新声。是俊逸清新，正高亮老苍之进境也。茂秦当日，必以此判为二种，改弦易辙，分轨回辕。遂使两法不兼，并成偏至，岂不惜哉！茂秦与于鳞[十三]绝交之事，说者多谓倚恃绂冕[十四]，凌压韦布[十五]，此明代科目标榜之积习。于鳞遗书绝交，至有"岂可使眇君子肆于二三兄弟之上"之语。意茂秦兀傲肆言，亦有为诸君所不能堪者乎。观其《杂感寄都门旧知》诗云："嗟哉处流俗，冥心可无醉。鸱鸺[十六]为家祥，凤鸾非世瑞。奈何君子交，中道两弃置。不见针与石，相合似同类。文字生瑕疵，邓林叶纷坠。"其言绝痛，毋亦有悔心乎。

【注】：

[一] 谢茂秦（1495—1575）：名榛，自号四溟山人，临清（今山东临清）人，"后七子"之一。有《四溟诗话》等。

[二] 嘉靖丁未：1547年。

[三] 万历丙申：1596年。

[四] 盛以进：生卒年不详，字从先，万历间广陵（今扬州）人，曾任临清知州。

[五] 苏谷原：生卒年不详，字允吉，号舜泽，嘉靖丙戌年（1526）进士，授吴县令。

[六] 宋辕文（1618—1667）：宋征舆，字辕文，号直方，松江华亭（上海松江）人。

[七] 钱牧斋：钱谦益（1582—1664），字受之，号牧斋，晚号蒙叟，世称"虞山先生"，常熟（今属江苏）人，万历进士。有《初学集》《有学集》《投笔集》等。

[八] 沈归愚：沈德潜（1673—1769），字确士，号归愚，江苏长洲

(今苏州)人。有《归愚文钞》《唐宋八家文读本》等。

[九] 李莼客：李慈铭。见卷上第八则。

[十] 赵承旨：赵孟𫖯(fǔ)(1254—1322)，字子昂，号松雪道人，宋末元初湖州(今浙江吴兴)人，书法家、诗人。有《松雪斋文集》等。

[十一] 文待诏：文徵明(1470—1559)，字徵明，号衡山居士，明代长洲(今江苏苏州)人。

[十二] 曩(nǎng)：从前。

[十三] 于鳞：李攀龙(1514—1570)，字于鳞，号沧溟，历城(今山东济南)人，嘉靖进士，"后七子"之一。有《沧溟集》等。

[十四] 绂(fú)冕：官服，引申为高官。

[十五] 韦布：布衣，平民。

[十六] 鸱(chī)鹄：古代传说中的一种鸟。

【笺】：

清代王先谦《宗子相先生诗集序》云："……先生初与谢榛、李攀龙、王世贞、梁有誉为五子，益徐中行、吴国伦而七。榛心薄国伦，与攀龙论不合。世贞辈因力摈榛，诸人集各为五子诗，意谓与己而六，削榛于七子之列。今观先生五子诗，独首榛无国伦，其次即列寄李顺德诗。是其为五子诗时，已当在李、谢不合后，而不以一时之私废天下公论，其于友朋风谊，有足纪者。"《明史》卷一百七十五评后七子："诸人多少年，才高气锐，互相标榜，视当世无人，七才子之名播天下。"

十四

王逸塘[一]《今传是楼诗话》，载湘阴郭筠仙[二]侍郎，与左恪靖[三]同里旧交，迄后恪靖督粤，筠仙以巡抚同城，卒挤而去之。筠仙由粤东假归，《述怀留别》诗有云："谁言肺腑戈矛起，惭愧平生取友心。"即为恪靖而发。按筠仙与恪靖生同里闬[四]，重以婚姻，（侍郎女配恪靖犹子[五]，又为其孙聘恪靖侄孙为妇。）恪靖乃一再倾之。其始末备载侍郎所为自叙。略云：吾与某公至交，垂三十年，一生为之尽力。自权粤府，某公忽来书，自谓百战艰难，乃得开府[六]，鄙人竟安坐得之。虽属戏言，然忮心[七]亦甚矣。嗣是一意相与为难，绝不晓其所为。终以四折纠参[八]，迫使去位而后已。意城自湖南寓书，（意城名昆焘，侍郎弟。）告以某公力相倾轧，鄙人尚责其不应听信浮言，迨奉开缺[九]之旨，始知其相逼之甚也。某公所上四折，大都以不能筹饷相责。则吾自信以一人支拄大军月饷三四十万，皆出一心筹画，实为有功无过。最后一折，专及潮州厘务[十]，皆不容事理，不究情实，用其诡变凌轹[十一]之气，使朝廷耳目全蔽，以枉鄙人之志事。其言诬，其心亦太酷矣。区区一官，攘以与人，无足较也。穷极诞诬，以求必遂其志，而使无以自申，然后朋友之谊以绝。往在胡文忠[十二]营，文忠尝言天下糜烂，岂能安坐而事礼让，当以一身任天下之谤，但得军饷稍给，吾身有何顾恤。每举以告某公。为文忠悲，亦重以自悲也。

【注】：

[一] 王逸塘（1878—1946）：字慎吾，安徽合肥人。有《今传是楼诗话》等。

[二] 郭筠仙：郭嵩焘（1818—1891），字伯琛，号筠仙，湖南湘阴人。有《礼记质疑》《郭嵩焘日记》等。

[三] 左恪靖：左宗棠（1812—1885），字季高，湖南湘阴人。有《左文襄公全集》。

[四] 闬（hàn）：同乡。

[五] 犹子：古代对兄弟之子的称呼。

[六]开府：古代指高级官员。

[七]忮（zhì）心：嫉恨之心。

[八]纠参：弹劾。

[九]开缺：旧时官吏因故不能留任，免其职，准备另外选人充任。

[十]厘务：管理政事。

[十一]凌轹：欺凌。

[十二]胡文忠：胡林翼（1812—1861），字贶生，湖南益阳人。有《读史兵略》等。

十五

清顺治开科殿撰[一]为东昌傅相国以渐[二]。相国尝扈驾随行，骑蹇驴[三]归行帐。世祖在高处眺望，摹写其形状，为图以赐。改唐人诗句戏题云："状元归去驴如飞。"其图作两奴左右侍，一执鞭拥驴项而驰，一回顾若有所语。骑驴者微须，若四十许人，以手扶其肩。衣履悉如清式，惟貂冠朱缨，无顶戴，盖国初制尚未定，至雍正十年始加顶戴也。图为相国子孙什藏，至光绪中，陈代卿[四]犹见之。载于《御画恭纪》。

【注】：

[一]殿撰：状元。

[二]傅以渐（1609—1665），字于磐，号星岩，东昌府聊城（今山东聊城）人。有《易经通注》等。

[三]蹇（jiǎn）驴：跛脚的驴。《汉书·叙传上》卷一百："驽蹇之乘，不骋千里之途。燕雀之俦，不奋六翮之用。"

[四]陈代卿：生卒年不详，字云笙，四川宜宾人。

十六

云南赘婿为子，浇风[一]恶俗，极碍文化进步。余于清季主《云南日报》笔政，及民国二年[二]任教育司时，均有恳切之文告，劝导禁止。师荔扉[三]先生《滇系》中，亦有极警辟之文字。兹阅《雪桥诗话》[四]，乃知此风由来已久。鄞县[五]袁德达字性三，号近斋，乾隆初年以郎中[六]出为永北知府[七]。永北治金沙江外万山中，贫瘠顽悍无礼教。无子则以婿为子，不立宗法，乖离忿怨之声不绝。至则理谕法禁，令晓伦理、知羞恶。居二年，以礼去官，归作《东归篇》，其略曰："满目荒山榛，山城一壶系。悬隔金沙外，谁复思抚字。地僻杂夷獠[八]，生狞多猛气。利乖父子恩，诟谇[九]况兄弟。族乱宗法亡，无子子赘婿。锢婢[十]囮[十一]众雏，生子非伉俪[十二]。济济胶庠[十三]英，耳不闻六艺。吁嗟俗如此，掉首不忍视。疲氓[十四]似巢禽，板屋架岩际。二月春雨生，锄櫌[十五]杂奴娣[十六]。乐岁一饱难，身无完衣衣。甫释行李艰，又对此凋敝。龚黄[十七]召杜[十八]贤，才薄何由继。郁结摧心胸，设施虑无自。为之凌故渠，宛转引灌溉。为之营始耕，开仓给廪饩[十九]。为之平旧徵[二十]，铢粒必亲莅。为之董[二十一]塾师，训课依传记。时复虑囚余，亲指六经义。放筯行田间，劳动不辞瘁。譬彼蚕三眠，温厚以为饲。又如病起初，药石忌猛厉。绸缪二载中，稍稍起颠踬[二十二]。嗟乎风木悲，北堂[二十三]凶问至。方寸既已摧，何能复谈治。"一片慈祥，勤勤教养，亦良二千石[二十四]也。

【注】：

［一］浇风：社会风尚浮浅庸俗。

［二］民国二年：1913年。

［三］荔扉：师范（1751—1811），字端人，号荔扉，白族，云南弥

渡人,清乾隆三十九年(1774)举人。有《金华山樵诗文集》《二余堂诗稿》等。

[四]《雪桥诗话》:杨钟羲(1865—1940)撰。钟羲字子勤,辽宁辽阳人。

[五] 鄞县:今属浙江宁波。

[六] 郎中:官名。战国时为郎官通称。清初六部诸司长官则称理事官,康熙年间改为正五品,光绪中先后成立外务部、民政部、法部等,其所属各司亦置。

[七] 永北知府:今属云南丽江永胜县。清设置永北府,民国改为县。

[八] 夷獠:中国古代对西南少数民族的贬称。《后汉书·西南夷传》卷八十六:"夷獠咸以竹王非血气所生,甚重之,求为立后。"

[九] 诟谇(suì):辱骂。

[十] 锢婢:禁止婢女婚嫁。

[十一] 囮(é):诱骗。

[十二] 伉俪:古时称正妻,此句意指生孩子的非正妻。

[十三] 胶庠:《礼记·王制》:"周人养国老于东胶,养庶老于虞庠。"《礼记·学记》:"古之教者,家有塾,党有庠。"后世以"胶庠"通称学校。

[十四] 疲氓:疲惫困乏的百姓。

[十五] 耰(yōu):古代的一种农具。

[十六] 姒娣(sì dì):古时群妾合称,也称娣姒,一为俗称妯娌。

[十七] 龚黄:汉代循吏龚遂与黄霸的并称。

[十八] 召杜:西汉召信臣和东汉杜诗,简称"召杜"。

[十九] 廪饩(xì):生活物质。

[二十] 徵:征税。

[二十一] 董:督查。《尚书·大禹谟》:"戒之用休,董之用威。"

[二十二] 颠踬:喻困境。杜甫《送顾八分文学(顾戒奢)适洪吉

州》:"故旧独依然,时危话颠踬。"

[二十三] 北堂:代指母亲。《诗经·卫风·伯兮》:"焉得谖草,言树之背。"背,北堂。李白《赠历阳褚司马》云:"北堂千万寿,侍奉有光辉。"

[二十四] 良二千石:称职的郡守。汉制,郡守俸禄为二千石。

【笺】:

赘婚古已有之。许慎《说文解字》第六下,释"赘":"以物质钱。从敖贝,敖者犹放,贝当复取之也。"《史记·滑稽列传》卷一百二十六:"淳于髡者,齐之赘婿也。"《汉书·贾谊传》卷四十八:"家贫子壮则出赘。"清钱大昕《潜研堂文集》卷十二:"秦人子壮出赘,谓其父子不相顾,惟利是嗜,捐弃骨肉,降为奴婢而不耻也。其赘而不赎,主家以女匹之,则谓之赘婿,故当时贱之。"《西游记》对赘婚亦有叙述,第八回"我佛造经传极乐,观音奉旨上长安":"山中有一洞,叫做云栈洞。洞里原有个卵二姐。她见我有些武艺,招我做了家长,又唤做'倒踏门'。不上一年,她死了,将一洞的家当尽归我受用。"第十八回"观音院唐僧脱难,高老庄大圣除魔":"只是老拙不幸,不曾有子,只生三个女儿:大的唤名香兰,第二的名玉兰,第三的名翠兰。那两个从小儿配与本庄人家,只有个小的,要招个女婿,指望他与我同家过活,做个养老女婿,撑门抵户,做活当差。不期三年前,有一个汉子,模样儿倒也精致,他说是福陵山上人家,姓猪,上无父母,下无兄弟,愿与人家做个女婿。我老拙见是这般一个无根无绊的人,就招了他。"钱大昕在《潜研堂文集·答问第九》中,对历史上男贫女富的赘婚现象提供了一个弱反驳:"窃疑婚姻论门户,贫富谅必相当。子就富家,贫者固得所愿,恐非女家所乐。若富家有女,安肯与贫人婚?"问题在于,若门当户对,贫富相当,何来赘婚?

十七

阮文达[一]有《题大理石画》诗云："洱海十九峰，云气出其穴。温则合为雨，寒则霏成屑。即使为彩云，变化同一瞥。异哉石中云，舒卷自怡悦。石可使云生，亦可使云结。终未散于风，千年不磨灭。"又七言云："苍山平列十九峰，峰峰黛色参天浓。惟第十峰居正中，最高常与云霞冲。"又云："造物笔墨何手持，何年穴山为画师。岂独胜于画师画，更得巧合诗人诗。"见金湜生[二]《粟香随笔》，文达《研经室集》中不载。（《续集》中未识曾收入否。）又宋芷湾[三]《大观楼》七言古诗："大观楼外水茫茫，大观楼内客飞觞。楼外波光楼上酒，相映湖山罨画[四]苍。"亦不载《红杏山房诗集》中。

【注】：

[一] 阮文达：阮元（1764—1849），字伯元，清代学者，江苏扬州人。有《儒林传稿》等。

[二] 金湜生（1841—1924）：字武祥，清末学者，江苏江阴人。

[三] 宋芷湾：宋湘（1757—1826），字焕襄，号芷湾，嘉庆四年（1799）进士，广东梅州人。有《红杏山房集》等。

[四] 罨（yǎn）画：色彩鲜明的绘画。清纳兰性德《浣纱溪》："一水浓阴如罨画，数峰无恙又晴晖。"

十八

《粟香随笔》谓"《北江诗话》[一]云：顺德黎明经[二]简[三]年甫四十而卒，所存诸诗，尚足睥睨一世。余按二樵[四]之卒，已逾古稀，足迹未出岭南，与北江本未识面，故有此误"。以上为随笔语。又近人王逸塘《今传是楼诗话》亦云："北江于同时诗人，独取岭南黎简、云间姚椿[五]，以其能拔帜自成一家。"又云："作诗造句难，造字更难，若造境造意，则非大家不能。近日顺德黎明经简，颇擅此长。年甫四十而卒，然所存诸诗，尚足以睥睨一世。二樵卒年，似不止四十，容续考之。"以上皆王君诗话语。余按二樵卒年五十二，见其所著《五百四峰草堂诗》中。金君久宦岭南，乃谓其年逾古稀，不免失之眉睫矣。又王君诗话中，载郑叔问[六]《杨柳枝》词仅五首。郑词系廿四首，皆佳，固不仅五首也。张鸣珂[七]《寒松阁谈艺录》备载之。

【注】：

[一]《北江诗话》：清代洪亮吉撰。

[二] 明经：贡生别称。

[三] 简：黎简（1748—1799），字简民，号二樵，广东顺德人。

[四] 二樵：黎简。

[五] 云间姚椿（1777—1853）：云间，地名，松江。姚椿，字春木，江苏娄县（今上海松江）人。有《晚学斋文录》《通艺阁诗录》等。

[六] 郑叔问（1856—1918）：郑文焯，字叔问，奉天铁岭（今属辽宁）人。有《樵风乐府》等。

[七] 张鸣珂（1829—1908）：字玉珊，浙江嘉兴人。有《寒松阁诗》等。

【笺】：

顾炎武《日知录》卷十六：明经今人但以贡生为明经，非也。唐制有六科：一曰秀才，二曰明经，三曰进士，四曰明法，五曰书，六曰算。（《大唐新语》：隋炀帝置明经、进士二科。国家因隋制，增置秀才、明经、进士、明法、明书、明算。并前为六科。）当时以诗赋取者谓之进士，以经义取者谓之明经。今罢诗赋而用经义，则今之进士乃唐之明经也。

十九

二樵诗意境字句，均极新警。如集中《答同学问仆诗》所云："霜警钟候鸣，悲壮秋清爽。草暖虫细吟，幽咽春骀荡[一]。"其自况最为真切。句如："屋后数叠山，低昂赫而平。盘盘蓄气势，结为一石青。"又："四时转两鬓，万感赴独立。"又："岸阴渔板白，潮大水村寒。"又："灯明树间扉，犬吠花上月。"又："日薄瀹[二]花气，风恬软鸟声。"七言如："长卿[三]白首怀琴畔，小杜[四]青春付竹西[五]。""旧客独深今雨契，一宫初罢百骸[六]尊。"绝句如："春潮春草绿满野，桃花李花明压檐。高楼远色冷于水，细雨斜风人下帘。"又："横江渡头江水蓝，东风旗影落澄潭。人生莫作横江吏[七]，日日江头数别帆。"四言如："世人望我，我方闭门。薜萝[八]幽深，外有白云。"均极遒警清旷之致。若"生后尚生辰，生辰哭死人"诸语，则粗直不成诗矣。二樵制题小序，亦极隽永。如：《华首台[九]后至洗衲石[十]》云："时青天空寥，白云未急。幽鸟一声，山翠已落。"《冲虚观[十一]至朱明洞[十二]》云："地深天高，石危人小。万树负势，泉洒中林。盖太古以来日色未展也。"又："山中古泉，若可汲引。松梢白云，与人去留。"又《黄龙观[十三]寻陈琴知不得》云："云萝既深，日月自远。姓名已更，形貌亦闷[十四]。空山漫漫，滋我太息。"与大谢制题之"山南树园，激流植援[十五]"、谭友夏[十六]西山诸作，清夐[十七]幽峭，后先媲美。

【注】：

[一] 骀（dài）荡：舒缓荡漾，形容春天景色。

[二] 滃（wěng）：云气涌起。

[三] 长卿：司马相如（前179—前117），字长卿，西汉辞赋家，蜀郡成都人。

[四] 小杜：杜牧（803—853），字牧之，京兆万年（今陕西西安）人，号樊川居士，文宗太和二年（828）进士，晚唐诗人。有《樊川文集》。

[五] 竹西：扬州。

[六] 百骸：全身。

[七] 横江吏：管理渡江的小吏。李白《横江词》："横江馆前津吏迎，向余东指海云生。"

[八] 薜（bì）萝：植物名称。薜，薜荔；萝，女萝。《楚辞·九歌·山鬼》云："若有人兮山之阿，被薜荔兮带女萝。"

[九] 华首台：又名华首寺，罗浮山西南麓，背倚孤青峰，被誉为"第一禅林"。

[十] 洗衲石：华首台东侧，有跃雪潭，旁有大石，刻"洗衲"二字。清人韩珠船有诗云："百尺泉溅洗衲石，万株松锁雨花台。"

[十一] 冲虚观：罗浮山北麓，初为葛洪修道之处，唐天宝年间扩为观。元祐二年（1087），宋哲宗赐名"冲虚观"。陈恭尹《宿冲虚观》云："碧削群峰列四垣，仙宫高坐不知寒。春前萤火明丹灶，夜静流星落斗坛。几穴雕梁巢白蚁，一家衰草住黄冠。山尊对语梅花下，福地而今路亦难。"

[十二] 朱明洞：洞，洞天，道教神仙居所。唐张南史《送李侍御入茅山采药》诗云："江海生歧路，云霞入洞天。"朱明洞由象山、狮山、梅花山、马山合围而成，乃罗浮山洞天之首，内有冲虚观、东坡亭、洗药池等古迹。明学者湛若水晚年曾在此讲学。

[十三] 黄龙观：罗浮山西南麓，洞天奇景之一。

[十四] 閟（bì）：隐藏。杜甫《陪章留后惠义寺饯嘉州崔都督赴州》云"……出尘閟轨躅，毕景遗炎蒸。永愿坐长夏，将衰栖大乘。羁旅惜

宴会，艰难怀友朋。劳生共几何，离恨兼相仍。"

[十五] 激流植援：激流，筑坝引水；植援，植树当篱（垣）。南朝谢灵运有《田南树园激流植援》诗云："……激涧代汲井，插槿当列墉。群木既罗户，众山亦对窗……"

[十六] 谭友夏：谭元春（1586—1637），字友夏，明代竟陵（今湖北天门）人。有《岳归堂集》《简远堂诗》等。

[十七] 敻（xiòng）：深远。

【笺】：

二樵诗《龙门滩》亦窈峭天真："西江几千里，有力使倒流。狞石张厥角，直欲砺我舟，竹缆如枯藤，袅袅山上头。失势倘一落，万钧亦浮沤。浔州两江水，其北导柳州。上逼铜鼓滩，下握相思洲。龙门在其中，神物居其幽。往往一夕泊，晓不辨马牛。龙堂洞警夜，瑶天风雨秋。翳予屡经历，不为风波愁。肃然慎前途，毋为二人忧。"

《华首台后至洗衲石》（并小记）："华首台之路，四五里不见天日。叶翠满衣，拂之不去。观雨花桥之水，若颓山怪云。至台，台平；至堂，堂折。自香积厨沿览得径，为合掌岩。岩左侧，落为洗衲石。石故坦坦，飞泉照人。于是与同游二子卧石上，时青天空寥，白云未急，幽鸟一声，山翠已落……"

《冲虚观至朱明洞》（并小记）："仙人已远，山水在兹，兴至慨深，信疑交立。自冲虚观入朱明洞，地深天高，石危人小，万树负势，泉洒中林。盖太古以来日色未展也。力厌藤葛，乃至于此。见其巨石横下，上有古屋，于是登之。言通小有之天，未绾池之穴。斯则遐想神踪，徒存灵构者耳。登临既倦，胜赏弥欣。既丹灶之可窥，何羽化之莫继？山中古泉，若可汲引，松梢白云，与人去留……"

《黄龙观寻陈琴知不得》（并小序）："陈琴知，吾邑人也。淹通诞傲，所之辄穷。妻氏中逝，又无子女。乃自栖元道山，亲友莫踪。枯隐兹观，经术遂废，云萝既深，日月自远，姓名已更，形貌亦网。空山漫漫，滋我太息……"

湛若水《朱明洞记》："甘泉子，弘治丙辰同李世卿与诸子游博罗。因曾子鲁、胡子学造冲虚观，历大小石楼，以览黄龙诸胜。辛酉，偕赵元默由增江而入经梅花村，以宿冲虚观。亟以书报曾胡二氏，黄时卿氏来会焉。求古所谓朱明洞者而卜筑焉，以为退居之地。朱明在冲虚观之后，左倚虾蟆玉女诸峰，临以飞云之顶，右把麻姑峰，诸秀掩映，流水虢虢，绕洞前而出。冲虚有大石刻，曰朱明洞者，当其前，盖古迹湮没已久。人所不到，极幽邃之处也。于是亟令人伐木剪荆，定卜焉。栖霞道士李以贤曰：吾等当力为之。于是内为寝者五间，前为堂者五间，又前为门者，如寝室之数。两廊翼之者八间；缭以周垣，引泉入于厨。经始于丁酉之冬，迄工于戊戌之秋。张千总世武视工焉。又诗：卜筑朱明西，乃兼朱明东。东西如日月，天地留元同。何以爱东洞？虾蟆起青空。何以爱西洞？麻姑秀芙蓉。朝日未出时，先见东海红；新月欲吐夜，坐待西岩中。日月互来往，吾以观无穷。

曾焕章按：所谓朱明两洞者，当是以涧水东为东洞，涧水西为西洞……其青霞谷之精舍，有楼曰青霞，叶化甫尝与客会于此，有青霞楼宴集诗。汤若望罗浮赋序，所谓"夜火青霞谷口，有湛公楼七槛，仙鼠居之"。欧桢伯游记所谓"湛氏石阁岿然可登"者是也……然今已废为田，余每游谷中，犹想见其楼外清池，荷花万柄也。"

二十

嶍峨[一]周立崖[二]先生，尝偕诸名士小饮。屏间有画碧桃白头翁一幅，为题赋诗。众苦缀合不易，立崖先成，落句云："蟠根合有三千岁，青鸟飞来也白头。"座客叹服。（见汤大奎[三]《炙砚琐谈》。）

【注】：

[一] 嶍（xí）峨：嶍峨县，今云南峨山县。

[二]周立崖（1720—1778）：周于礼，字绥远，一字亦园，号立崖，彝族，云南玉溪峨山人，乾隆十六年（1751）进士，工诗，精书法。《清史列传》卷五："于礼书法东坡，藏宋元真迹尤多，尝取褚、颜、蔡、苏、黄、米六家勒于石。"编有《听雨楼法帖》，著有《敦彝堂集》《听雨楼诗草》等。

[三]汤大奎：《清史稿》卷四八九云："汤大奎，字纬堂，江苏武进人。乾隆二十八年（1763）进士。"

【笺】：

周立崖《家信寄滇》云："七年边郡一空囊，万里书成少寄将。纸上殷勤齐劝诫，家中子弟远膏粱。对床风雨终留约，举案盐齑也费量。晚背秋灯悲囊训，好余清白问穹苍。"《晓发》云："乱山迷向背，一径忽东西。晓日明征路，清风送马蹄。仰瞻天宇阔，乍觉岭云低。遥忆金华叟。寻羊遍几溪？"《送江药船省觐东归》云："如此江山入梦无，金焦东指海云孤。忆曾取道从淮水，便认归帆即镜湖。握手难忘文字饮，他年好话雨风炉。方轮坐笑成双挽，五十还留负米图。"《晚菘》云："寄将嘉种自滇云，秋晚依稀认故园，趁我余闲堪学灌，邀君并过好重论。转因饱食怀蔬米，莫以虚名误菜根。半亩就荒今几载，尚思清味薄鸡豚。"

二十一

无锡秦大樽（朝釪）[一]，一字岫斋，由部郎[二]出守楚雄，以古循吏[三]自期。后丁内艰[四]，遂不复出山。著有《消寒诗话》一卷，笔力简括，惟间有过当语。如云："至贵州镇远府[五]登陆，其地高于武陵几千丈。由镇远至贵阳府[六]其高更几千丈。由贵阳至云南府会城[七]，其高更万丈。故滇南视天为稍近，星辰皆较大，光芒煜煜逼人。更可异者，滇省一交冬至，地气全温煦如春和时，梅花尽放。至正月桃李满山，烂如云锦。且中原冬至，日景最短，而滇南冬至日景长与春分后仿佛。此非身历者不知，语中原人，或未之信也"云云。按今日实测，自海防至滇，渐上渐高，至昆明约高出海面五千尺，何至高逾万丈、星辰皆较大耶？惟春气较早，花开较内地为先，亦不致于冬至后日景反长也。秦颇工诗，有《蛟蜑[八]瓶歌》最奇辟。其五、七字如"霜钟殷四壁，夜坐似深山"，"风梳平野树，云涌一楼山"，"山容入室僧初定，庭际无花草亦香"，"一枕春风眠不住，门前知卖马兰芽"。俱有佳致。

【注】：

[一] 秦大樽：秦朝釪（yú），字大樽，生卒年不详，江苏无锡人。

[二] 部郎：明清六部诸清吏司郎官，员外郎。

[三] 循吏："奉职循理"，以礼教为政的官吏。

[四] 丁内艰：古代朝廷官员遭母丧，丁忧守制，称丁内艰。

[五] 镇远府：今贵州镇远县。

[六] 贵阳府：今贵阳市。清代辖境有贵阳、开阳、惠水、长顺、修文等地。

[七] 云南府会城：会城，省城。顾祖禹《读史方舆纪要》卷一百十四："元初，置鄯阐万户府。至元十三年，改中庆路。明洪武十五年，改云南府，领州四，县九。"

[八] 蜑（dàn）：古代南方少数民族之一。宋周去非《岭外代答·蜑蛮》："……以舟为室，视水如陆，浮生江海者，蜑也。钦之蜑有三：一为鱼蜑，善举网垂纶；二为蚝蜑，善没海取蚝；三为木蜑，善伐山取材。凡蜑极贫，衣皆鹑结。得掬米，妻子共之。夫妇居短篷之下，生子乃猥多，一舟不下十子。儿自能孩，其母以软帛束之背上，荡桨自如。儿能匍匐，则以长绳系其腰，于绳末系短木焉，儿忽堕水，则缘绳汲出

之。儿学行，往来篷脊，殊不惊也。能行，则已能浮没。蜑舟泊岸，群儿聚戏沙中，冬夏身无一缕，真类獭然。蜑之浮生，似若浩荡莫能驯者，然亦各有统属，各有界分，各有役于官，以是知无逃乎天地之间。广州有蜑一种，名曰卢停，善水战。"

【笺】：

宋范成大《桂海虞衡志》："蜑海上水居蛮也。以舟楫为家。采海物为生，且生食之。入水能视。合浦珠池蚌蛤，惟蜑能没水采取。旁人以绳系其腰，绳动摇则引而上。先煮毳衲极热，出水急覆之。不然寒栗而死……"

岑仲勉《隋唐史》："广东有所谓'蜑家'，始见于柳宗元《飨军堂记》（'胡夷蜑蛮'）。《说文》，蜑，南方夷也，或以为即《淮南子》'使但吹竽'之'但'。考之五代以前书说，于湘有天门蜑（《晋书》九，今石门），于蜀有让（或作獽）蜑（《华阳国志》一，在涪陵郡即今彭水之北），于桂则称洞蜑（《昌黎集》二七《房公墓碣》），于滇则称夷蜑、蛮蜑（《蛮书》十，《唐语林》七，又作'蛮坦'）及姚蜑，于安南则称蛮蜑（《鉴诫录》二），称谓绝不一，面积亦极广，按《隋书》三一'长沙郡又杂有夷蜑，名曰莫徭'，《杨素传》四八有巴蜑卒，《南蛮传》八二序称蜑为南蛮杂类之一，又《蛮书》十'蜑即蛮之别名'，合观前引各例之用法，'蜑'字似为极泛之称谓，与'蛮'字略同，近世苏人犹称鲁人为蛮子（见章太炎《新方言》），吾乡呼广州语及其他语言为'蛮声'，简言之，即谓'与我们有所不同'而已，'但家'未必是原来种族之区别。"（江西教育出版社2021年版，第352—353页。）

饶宗颐《潮汕地方史论集》："（一）见于记载之蜑，依常璩所记獽蜑感朱辰德惠之事，似汉时已有其名，惟《世本》廪君出于巫诞，诞与蜑尚难证明为一事……（二）六朝时，蜑有二系：萧绎《职贡图》中有天门蜑、建平蜑，前者即荆州之蜑，后者即所谓巴蜑。蛮蜑，往往即指上列二地之蜑。其后演为泛称，以指南方不宾服蛮人，若畲民之莫徭，亦得夷蜑（如《隋书》），故武陵蛮雷满亦可有蛮蜒之称，盖即梁时天门蜑之裔也。其蜑字每与其他夷蛮名聊称者，晋为獽蜑，梁有蛮蜑，唐有戎蜑，宋有蜑獠，元有猺蜑，皆其著例。蜑字异文亦作蜒……（三）海上居民之蜑，依宋朱翌、曾三异等之书，即唐愈诗之龙户，宋人已持此说。巴蜑习于用舟，有土舟神话及船棺风俗；故南海舟居之人，亦被以蜑名，谓即巴蜑荆蜑之播迁，自有可能，《四夷县道记》所述，可为佐证……"（饶宗颐《潮汕地方史论集》，汕头大学出版社1996年版，第135—136页。）

朱筱园《筱园诗话》："孔子曰：'过犹不及。'又曰：'中庸不可能也。'《尚书》亦曰：'允执厥中。'释氏炼妙明心，归于一乘妙法；道家九转功成，内结圣胎，同是一'中'字至理。盖超凡入圣，自有此神化境界。诗家造诣，何独不然！人力既尽，天工合符，所作之诗，自然如'初写《黄庭》，恰到好处'，从心所欲，纵笔所之，无不水到渠成，若天造地设，一定而不可易矣。此方是得心应手之技，故出人意外者，仍在人意中也。若夫不及者，固不足道，即过者，其病亦历历可指。是以太奇则凡，太巧则纤，太刻则拙，太新则庸，太浓则俗，太切则卑，太清则薄，太深则晦，太高则枯，太厚则滞，太雄则粗，太快则剽，太放则冗，太收则蹙，皆诗家大病也，学者不可不知。必造到适中之境，恰好地步，始无遗憾也。"

二十二

《消寒诗话》记温泉一则云：温泉余所试者三处。离京五十里曰汤山，有泉甚热，必放水一时许而后可浴。江南和州[一]曰香泉。二泉皆琉璜气。云南安宁州有温泉，水清而和，浴有浮垢，转瞬即流去，杨升庵题曰"域外华清"。去泉百许步，有古寺曰云涛，颇宏敞，室宇精洁，士夫浴温泉者寓焉。山茶二株，高二三十丈，花时红照天半。红梅二株，唐宋物也，大合抱，香闻十里。余曾有诗云："水暖自然滋草木，山空都作好楼台。"余每至会城，辄枉道三十里一过焉。又纪：禄丰[二]县于府为极西，过县则楚雄境矣。有阨塞曰老鸦关[三]，两山倚云，中通一径，骑不并，舆不双，往来相遇，一人急趣岩畔，贴岩立，让来者过，然后可行。如此六七里抵关，关有居民百余家。过关乘高而下，行陇亩中，里许，复升高崖巅。鸟道萦纡[四]，一线百折。如此十余里曰狮子口，盖在昔用兵所必争之险。过此二险，地渐坦夷，山石秀丽，如小李将军[五]画。水声潺潺，石桥横跨，曰启明桥。桥畔多紫薇花，开时粲粲如锦绮。余曾作小词，今仅记其半云："鸾鹤飘摇无处所，绛云飞下层霄。玲珑石畔紫薇娇。便应携玉笛，吹过启明桥。"万里蛮荒，亦自有洞天福地。叙启明桥前后风景，尚系实录。又叙杨林海，谓似西湖，与其幕友宋君相倡和，亦有一绝云："君怜千顷澄湖面，我忆双旌[六]使粤西。八面望衡湘水曲，停桡三日为浯溪。"按杨林海即嘉丽泽[七]，秦以为又似浯溪[八]也。

【注】：

[一] 和州：今安徽省和县。

[二] 禄丰：春秋为百濮地，初名秦臧县，隋时，秦臧县属昆州，今属云南楚雄州。

[三] 老鸦关：《禄丰县志》："老鸦关，建于明洪武二十六年（1393）在县东70里，即县辖三乡官族往来停宿处，有公署一所。《禄丰县交通志》："关中设巡检司，设流官巡检一员，弓兵14人防守。清时沿用，清末渐废。"民国李根源《宿老鸦关》诗云："青龙哨外千嶂树，草堡驿边万重山。日暮山中啼怪鸟，行行又上老鸦关。"

[四] 萦纡（yíng yū）：曲折环绕。王阳明《七盘》："鸟道萦纡下七盘，古藤苍木峡声寒。"

[五] 小李将军：画家李思训，受封为右武卫将军，人称大李将军，

他儿子李昭道曾任扬州大都督府参军,人称小李将军。

[六]双旌:旌,军中旗帜。《新唐书·百官志》卷三十九:"节度使掌总军旅,颛诛杀,初授,具帑,抹兵仗。诣兵部,辞见。观察,使亦如之。辞日,赐双旌、双节。"

[七]嘉丽泽:嘉利泽,嵩明东南,南临杨林河,原高原湖泊,后改"利"为"丽"。

[八]浯溪:《祁阳县志》"浯溪胜景,天地生成一木一石,别饶雅趣,四时游赏,如入山荫道上,应接不暇。"

【笺】:

明徐霞客《徐霞客游记·楚游日记·游浯溪》:"初十日。余念浯溪之胜,不可不一登,病亦稍差,而舟人以候客未发,乃力疾起。沿江市而南,五里,渡江而东,已在浯溪下矣。第所谓狮子袱者,在县南滨江二里,乃所经行地,而问之已不可得。岂沙积流移,石亦不免沧桑耶?浯溪由东而西入于湘,其流甚细。溪北三崖骈峙,西临湘江,而中崖最高,颜鲁公所书《中兴颂》高镌崖壁,其侧则石镜嵌焉。石长二尺,阔尺五,一面光黑如漆,以水喷之,近而崖边亭石,远而隔江村树,历历俱照彻其间。不知从何处来,从何时置,此岂亦元次山所遗,遂与颜书媲胜耶!宋陈衍云:'元氏始命之意,因水以为浯溪,因山以为峿山,作室以为㢈亭,三吾之称,我所自也。制字从水、从山从广,我所命也。三者之目,皆自吾焉,我所擅而有也。'崖前有亭,下临湘水,崖巅石巉簇,如芙蓉丛萼。其北亦有亭焉,今置伏魔大帝像。崖之东麓为元颜祠,祠空而陋。前有室三楹,为驻游之所,而无守者。越浯溪而东,有寺北向,是为中宫寺,即漫宅旧址也,倾颓已甚,不胜吊古之感。时余病怯行,卧崖边石上待舟久之,恨磨崖碑拓架未彻而无拓者,为之怅怅!既午舟至又行二十里,过媳妇娘塘,江北岸有石娉婷立岩端,矫首作西望状。其下有鱼曰竹鱼,小而甚肥,八九月重一二斤,他处所无也。时余卧病舱中,与媳妇觌面而过。又十里,泊舟滴水崖而后知之。矫首东望,已隔江云几曲矣。滴水崖在江南岸,危岩亘空,江流寂然,荒村无几,不知舟人何以泊此?是日共行三十五里……

永州三溪,浯溪为元次山所居,在祁阳,愚溪为柳子厚所谪;在永,濂溪为周元公所生;在道州,而浯溪最胜。鲁公之磨崖千古不朽,石镜之悬照,一丝莫遁。有此二奇,谁能鼎足!浯溪之吾有三,愚溪之愚有八,濂溪之濂有二。有三与八者,皆本地之山川亭岛也。濂则一其所生在道州,一其所寓在九江,相去二千里矣。

元次山题朝阳岩诗:'朝阳岩下湘水深,朝阳洞口寒泉清。'其岩在永州南潇水上,其时尚未合于湘。次山身履其上,岂不知之,而一时趁笔,千古遂无正之者,不几令潇、湘易位耶?"

明钱邦芑《浯溪记》:"去祁阳城三里许,隔江为浯溪。溪水自双井发源,绕漫郎宅书院前,过中宫禅寺之左,经渡香桥下,与潇湘水合。唐元次山为道州刺史,至此,爱其胜,遂卜居焉。次山自号漫郎,故后人呼其宅为漫郎宅。元至元中,即其地建浯溪书院,今故址存焉。

渡香桥架石为之,平阔安步。溪左右古树百余株,丛阴森翳,甚宜幽赏。溪口之左,石崖陡立,镌'寒泉'二字,其泉则不可考矣。溪东北二十余丈……崖壁陡绝,高五十余尺左临深溪,有大樟树覆阴。旧有小亭,今亦废。

溪之东百余步,石崖俯大江,高五六十丈……怪石纵横,古树倒垂,藤萝竹箭遍满崖隙。崖之麓为磨崖碑,以今尺较之,高八尺五寸,阔九尺许。其文即次山《大唐中兴颂》,颜鲁公所书也。字形大四寸七分,为平原生平第一得意书,亦元公之文有以助其笔力,故与山水相映发耳。元人题为'磨崖三绝',作堂以表之。

碑左有镜石,高一尺四寸,横二尺五寸,光莹如乌玉,以溪水洗之,则江山人物草木舟楫毕见。碑之左翻崖凹入一尺五寸勒'圣寿万年'四大字,字阔四尺八寸。上下崖壁二十丈许,尽前人摹勒题识。宋熙宁中,柳应辰为道州刺史,屡过其下,有押记。崖之巅有亭三间……中宫禅寺殿宇二层,门庑俱备,佛像拙陋,惟山水幽胜,真非凡境。然而千载下所以系人怀思者，一则鲁公书为天地留忠义之气，一则次山风流未坠耳。盖山水之胜，非其人不传，夫岂妄哉？予所以三过其下，每为之徘徊赋吟，而不忍遽去也。"

二十三

《今传是楼诗话》纪左恪靖[一]倾郭侍郎筠仙[二]去位事，《说元室述闻》[三]《凌霄一士随笔》[四]均载之。《诗话》又纪翁常熟[五]排挤张广雅[六]事，谓闻之陈弢庵[七]。广雅绝句，系泛言当时朝局中人，并非专指常熟而言。诗系《过张绳庵[八]宅》四首，其末首云："廿年奇气伏菰芦，虎豹当关气势粗。知有卫公[九]精爽在，可能示梦儆令狐[十]。"诗意虽以赞皇[十一]譬绳庵，以令狐比常熟，然亦藉以抒愤，诋斥叔平[十二]，词意显然。《石遗室诗话》[十三]卷十一引《抱冰堂弟子记》[十四]于《送同年翁仲渊[十五]殿撰[十六]从尊甫药房先生[十七]出塞》诗，自注诗后云："药房先生在诏狱时，余两次入狱省视之。录此诗以见余与翁氏，分谊不浅。后来叔平相国，一意倾陷，仅免于死，不亚奇章[十八]之于赞皇。此等孽缘，不可解也"云云。然则谓"虎豹当关"之诗，系泛言朝局，非确论矣。清光绪初，左恪靖入为枢臣，为恭忠亲王[十九]等所摈，不能久于其位，出督两江。仁和吴子俊[二十]（观礼）久客文襄[二十一]幕，亦有诗道其事。其《冢妇[二十二]篇》"小姑暨诸妇，或恐志不侔"等语，即为恪靖发也。嫉忌之念，克治为难，其始不过文章位望之私争，继乃影响于朝局时政之得失。吁，可畏哉！

【注】：

[一] 左恪靖：左宗棠。见卷上第十四则。

[二] 筠仙：郭嵩焘。见卷上第十四则。

[三]《说元室述闻》：作者不详。初载《独立周报》，署名菱兹，不知何许人也，后辑入章行严小说集。

[四]《凌霄一士随笔》：徐凌霄、徐一士著。徐凌霄（1886—1961），名仁锦，字云甫，斋名凌霄汉阁；徐一士（1890—1971），字相甫，后改名一士，胞兄凌霄，有《一士类稿》等。

[五]翁常熟：翁同龢。见卷上第八则。

[六]张广雅：张之洞（1837—1909），字孝达，号香涛，又称广雅，直隶南皮（今属河北）人，晚清名臣。

[七]陈弢庵：陈宝琛（1848—1935），字伯潜，号弢庵、福建闽县（今福州）人，"同光体"代表诗人。有《沧趣楼诗集》等。

[八]张绳庵：张佩纶（1848—1903），字幼樵，一字绳庵，直隶丰润（今属河北）人。有《管子学》《涧于集》等。

[九]卫公：李德裕（787—849），字文饶。唐代赵州赞皇（今河北赞皇）人。有《李文饶文集》等。其《登崖州城作》云："独上高楼望帝京，鸟飞犹是半年程。青山似欲留人住，百匝千遭绕郡城。"

[十]令狐：令狐绹（795—872），京兆华原（今陕西耀县）人。《新唐书》卷一百六十六："绹，字子直，举进士，擢累左补阙、右司郎中。出为湖州刺史。"

[十一]赞皇：李德裕。见本则注释九。

[十二]叔平：翁同龢。见卷上第八则。

[十三]《石遗室诗话》：陈衍（1856—1937）撰，字叔伊，号石遗老人，福建侯官（今福州市）人，近代著名文学家。

[十四]《抱冰堂弟子记》：张之洞撰。

[十五]翁仲渊（1834—1887）：翁曾源，字仲渊，江苏常熟人，翁同书之子，同治二年癸亥（1863）科恩科状元。有《寒斋诗稿》等。

[十六]殿撰：翰林院修撰别称。清王用臣《幼学歌·各衙门官职称名》卷四："翰林院修撰称殿撰。"清吴震方《读书质疑》："官名之属，务称古号。如称给事为给谏，状元为殿撰。"

[十七] 药房先生：翁同书（1810—1865），字祖庚，号药房。翁同龢兄长，江苏常熟人。清道光二十年（1840）进士。

[十八] 奇章：牛僧孺（780—848）。《全唐诗》卷四六六："牛僧孺，字思黯，陇西人。贞元中，擢进士第，历相穆、敬两朝，封奇章郡公，后出为武昌节度使。文宗朝，征入再相。夙与李德裕相恶，会昌中，贬循州长史。大中初，还为太子少师，卒。集五卷，今存诗四首。"

[十九] 恭忠亲王：奕䜣。赵尔巽等《清史稿·列传·宣宗诸子》卷二二二："恭忠亲王奕䜣，宣宗第六子。与文宗同在书房，肄武事，共制枪法二十八势、刀法十八势，宣宗赐以名，枪曰'棣华协力'，刀曰'宝锷宣威'，并以白虹刀赐奕䜣。文宗即位，封为恭亲王。咸丰二年四月，分府，命仍在内廷行走。"

[二十] 吴子俊（？—1878）：字子俊、圭庵，浙江仁和（今杭州）人。

[二十一] 文襄：左宗棠谥号文襄。

[二十二] 冢妇：嫡长子的妻子。

【笺】：

由云龙著，冯秀英、彭洪俊点校《滇故琐录校注》卷之二：何文贞死事，《先正事略》《春冰室野乘》纪述各有不同，李次青叙之较详，李岳瑞则以为大节炳然，如颜鲁公之于李希烈。然余曾闻诸一皖人，当时目击其事者，则谓文贞实有自取之道，非鲁公之抗节可比。方世忠之投诚也，众知其诈，唯文贞不疑，开诚以待。既而世忠异志渐露，复欲除之而未能决，乃商诸皖抚福济，又机事不密，其函竟为世忠所得。世忠即设筵，招众委员饮于英山城外，而己则怀书挟刃入城，见文贞，厉声诘责。文贞甫力辩，而身首已断为二矣。世忠既杀文贞，悬其首于树，以铳箭轰击，落水中，众皆惊散。文贞为唐确慎弟子，以道学名，而性颇迂执，非军旅才。其《跋学案小识后》云："自姚江出而道乃大乱，其害不啻洪水猛兽，非得吾师以廓清之，则人道几乎熄矣。"嘻，是何言欤！于文贞死事颇持苛责，然所叙自相矛盾。如云世忠设筵招众委员，则文贞亦在被招之数，世忠于筵上伏兵戕之，文贞以文臣孤掌入虎狼之群，徒以忠义激发，势孤援绝，宜其被戕，文贞固死而无憾。乃既云设筵，又云怀书挟刃入城杀之，则设筵城外一事无着矣。观于后数语，始知作者因学派不同，遂并责文贞迂执，非军旅才，吹毛牵率，深文甚矣。当时如曾、左诸公，尚有谓其非真军旅才，徒以忠诚感动人而成功者，矧为文贞、僧格林沁亦尝有被降贼暗算之事，何不以责文贞者责僧王耶？狼子野心，即军旅才亦难逃其手，矧文贞之推诚者耶？次青所叙，则谓当道嫉其成功，尼之不发饷，又以书属其图贼，故遗其书，为贼所得，于是文贞不能免矣。次青当其时，目见耳闻，必较详确。满清旗员谋国办贼不足道，若倾挤手段固甚高也。

文贞公死节事已见曾文正公《何君殉难记》，早有定论。而李莼客慈铭不轻予褒嘉者，其所论尤足相发明。其咸丰六年六十四日记云："闻安徽简放道（徽、宁、池、太、广兵备道）何桂珍为贼所戕。何云南师宗人，以翰林官御史，有论建，喜谈兵。去年擢安徽道员，谒钦差袁副宪甲三，论讨贼事甚辩，袁大器之，荐之安徽巡抚福济。福济妒且忌，反思有以中伤之。今年夏，予以兵五百，剿颖、亳间土贼。何以贼势盛，留一日。福济即劾其逗留，革职，戴罪自效。比至贼所，先遣人诱之降，而密结贼中人为内应，使诛其魁。事露，贼诈置酒迎何，何单骑往。中宴，出其书告诸贼曹，遂斩其首去。呜呼，朝廷方急人而思自效者，遭忌复如此，可慨也已。"按：文正公只言其粮饷不继，孤军流离，未言福济忌构事，或有所顾避尔。时旗人萎靡不济事，而又忌嫉汉人，挤排之不遗余力，如吴文镕之在湖北，曾国藩之在江西，备受掎龁，仅乃获济。而文贞位望不甚高，遂受其害，而不能自脱矣。

二十四

壬戌[一]津浦[二]道中，遇同学南昌程撷华[三]，彻夜谈诗，极多妙解。近代诗家，最倾服者，范肯堂[四]、桂伯华[五]、查初白[六]诸人。为余诵肯堂《过泰山下》一首云："生长海门[七]狎江水，腹中泰岱[八]一峥嵘。空余揽辔雄心在，复此当前黛色横。蜿蜒痴龙怀宝睡，蹒跚病马踏莎行。嗟予即逝天高处，开阖云雷傥未惊。"雄健郁律，不愧作家。伯华初名赤，后易名念祖，皈依佛法，勇猛精进。所为诗不离佛化，而浑脱浏亮，不染板重晦涩之弊。其《题撷华易庐集》，叠十一真韵至五六次，而各有精意。如押真字："定中面目本来真""蒲团坐破始全真""与谁披豁见天真""木石顽冥也证真""众中留取性情真""问取仙才梅子真"，妙绪层出不穷。其清修梵行，冥心独造，可称末世特出之士。庐江陈子言赠以诗，有"长斋肖摩诘[九]，清啸得苏门"。又："嗟君独高蹈，甘露沃灵根。"可以知其品概矣。至初白诗逾万首，得于玉局[十]、放翁为多，然牵率应酬，率易之笔亦不少。可知诗贵精不贵多也。

【注】：

　　[一] 壬戌：1922年。

　　[二] 津浦：津浦铁路。由天津至江苏浦口，宣统元年（1909）开通，后延伸更名为京沪铁路。

　　[三] 程撷华：程臻，字撷华，早年毕业于京师大学堂。其余不详。

　　[四] 范肯堂（1854—1905）：范当世，字无错，号肯堂、伯子，江苏通州人，晚清诗人。有《范伯子诗集》等。

　　[五] 桂伯华（1861—1915）：名念祖，江西九江人。有《大乘起信论科注》等。

　　[六] 查初白：查慎行（1650—1727），字夏重，后改名慎行，浙江海宁人。有《敬业堂诗集》等。

　　[七] 海门：江苏南通辖区。

　　[八] 泰岱：泰山。

[九] 摩诘：王维（约692—761），字摩诘，太原祁县人，开元九年（721）登进士第。有《王右丞集》。

[十] 玉局：苏轼（1037—1101），字子瞻，号东坡，眉州眉山（今属四川）人。北宋嘉祐二年（1057）进士。宋徽宗时，苏轼曾任提举成都府玉局观（道官），遥领祠禄。苏轼《提举玉局观谢表》云："今行至英州，又奉教授臣朝奉郎提举成都府玉局观。"故称苏玉局。有《东坡乐府》等。

二十五

顾亭林[一]先生诗，用典精切，山阳徐黍宾[二]先生嘉为之一一注明，并明季稗史，清初旧闻，比附牵合，咸具首尾，成《顾诗笺注》二十卷，可谓亭林之功臣。暇日翻阅，略举数首，可以概见。如《汾州祭吴炎[三]潘柽章[四]二节士》云："一代文章亡左马[五]，千秋仁义在吴潘。"用《宋书·孝义传》王韶之[六]赠潘综[七]吴逵[八]诗"仁义伊在，惟吴惟潘"，"投死如归，淑问[九]若兰"。《遇郭林宗[十]墓诗》："应怜此日知名士，到死犹穿吉莫靴[十一]。"用《北齐书·恩幸传》薛荣宗奏曰："向见郭林宗从塚出，着大帽吉莫靴。"《寄同时二三处士被荐者》云："与君成少别，知复念苏纯[十二]。"用《后汉书》苏纯性切直，士友相谓曰："见苏桓公，患其教责人，久不见，又思之。"不言之意均藉苏纯一语，曲曲传出。其精切如此。

【注】：

[一] 顾亭林：顾炎武（1613—1682），原名绛，字宁人，江苏昆山人。有《日知录》《音学五书》《天下郡国利病书》等。

[二] 徐黍宾：不详，待考。

[三] 吴炎（1624—1663）：字赤溟，号赤民，江苏吴江人，与潘柽

章等合撰《明史记》。

[四] 潘柽（chēng）章（1626—1663）：字圣木，号力田，江苏吴江人，明末清初史学家。有《国史考异》等。

[五] 左马：左丘明和司马迁。

[六] 王韶之（380—435）：字休泰，琅邪临沂（今山东临沂）人。

[七] 潘综：南朝宋，吴兴乌程（今浙江湖州）人。其余不详。

[八] 吴逵：南朝宋，吴兴乌程（今浙江湖州）人。其余不详。

[九] 淑问：美名。

[十] 郭林宗（127—169）：郭泰，东汉末年太原郡界休县（今山西介休市）人。

[十一] 吉莫靴：吉莫皮，动物皮的一种，一说鹿皮。

[十二] 苏纯：东汉永平年间，官拜南阳太守。其余不详。

二十六

全椒薛慰农[一]《初抵杭城即事》诗："向晨谒大吏，如妇见舅姑[二]。"及"礼成屈一膝，欲坐仍趑趄[三]。大吏但颔颐[四]，答拜姑徐徐。"写前清官场丑态，惟妙惟肖。又江弢叔[五]《拟寒山诗》："仆持客刺[六]入，主人怒其仆。何不为我辞，劳我具冠服。出乃握客手，若恨来不数。相对笑嘻嘻，谁知真面目。"与薛诗同一机趣。又："张三作窃去，忽建六纛[七]回。李四拥八驺[八]，新自为贼来。天地乐包容，谁论才不才。有口欲谈之，不如衔酒杯。"又："眼见慕势人，求入不可得。利彼体生痔，而以舐树德。"与郑国容[九]之"轩冕者谁子，讥我不善变。禽兽之富贵，宁敌人贫贱"，皆不免于愤懑激急，有失诗人含蓄婉委之旨矣。

【注】：

[一] 薛慰农（1818—1885）：字慰农，号时雨，滁州全椒（今属安

徽）人，清咸丰年进士。有《藤香馆集》等。

[二] 舅姑：公婆。《尔雅》："妇称夫之父曰舅，称夫之母曰姑，姑舅在则曰君舅、君姑，殁则曰先舅、先姑。"

[三] 越趄（zī jū）：欲行又止。

[四] 颔颐：点头。唐白行简《李娃传》："生愤懑绝倒，口不能言，颔颐而已。"

[五] 江弢叔（1818—1885）：江堤，字持正，一字弢叔，清朝诗人，江苏长洲（今吴县）人。

[六] 刺：古人削木写字，故称"刺"。此处指名刺，类似名片。

[七] 六纛（dào）：军中大旗。见卷上第二十二则。

[八] 八驺（zōu）：指古代贵族出行时车马侍从之多。

[九] 郑国容：不详，待考。

【笺】：

许印芳《诗法萃编》："……至于语含不尽之意，如风诗《伐檀》篇刺在位贪鄙，无功受禄，通篇但言君子非其力不食，而刺贪意已悚然言下；《苌楚》篇刺政烦赋重人不堪其苦，但美草木无知之乐，而人有知之苦已恝然言下；《猗嗟》篇刺鲁庄公不能防闲其母，为父报仇，通篇称其威仪技艺之美，每章以'猗嗟'字起，赞叹中寓惋惜，篇末以御乱作结，微词示意，含蓄之至。又如雅诗《鹤鸣》篇，陈善纳诲，迭用比体，不露正意，手法绝高；《白驹》篇刺不用贤，殷勤款留，不听其去，欲使君相自生悔悟，意极深厚。他如《简兮》之思美人，《蒹葭》之从伊人，高瞻远瞩；尤有千秋怀抱，而反复咏叹，读者亦为之低徊不去矣！后人法风雅而为诗，或言在此而意在彼，或言有尽而意无穷。如古诗十九首，阮公《咏怀》诸篇，触类引伸，佳作不少。好学深思者当自得之，不再详引也。"

二十七

梁节庵[一]有《过龙文旧园》七律二首。其一云："鹿已生雏竹有孙，再经华屋怆生存。清光留照当时月，芳意曾题半亩园。遗器东厢吾忍觌[二]，明珠南越世方喧。射雕身手湮沉早，不搏天骄大此门。"按龙氏园在西湖清波门外，即俗所呼南阳小庐也。园不大而位置楚楚，水木明瑟，室中陈设，亦极精雅。余每至西湖，必往作竟日勾留。楼上悬梁手书此诗，并将诗中本事，详注于下。不读其注，不知诗中"芳意""明珠"等语之来历也。梁与龙为中表亲，故梁又有挽陈简持[三]一联云："关中见赏鹿尚书，回思万里驱车，行在烽烟诗一束；天上若逢龙表弟，为道孤臣种树，崇陵[四]风雨泪千行。"所谓龙表弟，亦指龙氏，与鹿巧对，皆当时人也。

【注】：

[一] 梁节庵：梁鼎芬（1859—1919），字星海，一字心海，号节盦，广东番禺（今广州市）人。有《节盦先生遗诗》等。

[二] 觌（dí）：见。

[三] 陈简持（1868—1914）：陈昭常，广东新会人，清光绪甲午年（1894）进士，后授翰林院编修，曾任民国广东民政长。

[四] 崇陵：光绪陵墓。

二十八

明王兆云（元桢）[一]《挥麈诗话》载杨升庵逸词数首，谓系题妓家者，王行甫[二]在滇中得之。升庵在滇，为避谗计，颇风流好事，每多题赠之作。或以其词涉绮靡，故不收入集中，兹录于此。"酝造一场烦恼，只因些子恩情。阳台春梦不曾成，枉度雨云朝暝。　　燕子那知我意，莺儿似唤他名。消除只有话无生，早去心头自省。""倚醉深关朱户，佯羞怕捧金觥[三]。背人弹泪绕花行，唱尽新词懒听。

本是为郎调护，当初枉道无情。英雄摩勒[四]肯重生，赎取佳人薄命。""自有嫩枝柔叶[五]，何须补柳添花。低声昵语似雏鸦，肠断东桥月下。　　香雾清辉[六]何处，春风今夜谁家。五花娇马[七]七香车[八]，趁此小乔[九]未嫁。""玉指管生弦涩，朱唇语颤声羞。动人一味是温柔，为甚两眉长皱。不惯秋娘渡口[十]，乍离阿母池头[十一]。临邛太守最风流，肯许凤求凰否[十二]。"

【注】：

[一] 王兆云：生卒年不详，字元桢，明湖北麻城人。

[二] 王行甫：待考，疑为《耳谈》作者王同轨。

[三] 金觥（gōng）：铜制酒器。

[四] 摩勒：清代郝懿行《宋琐语·言诠》："摩勒，金之至美者也，即紫磨金。"此句意指希冀英雄使金赎美人，令其重生。

[五] 嫩枝柔叶：佳人。

[六] 香雾清辉：杜甫《月夜》："香雾云鬟湿，清辉玉臂寒。"

[七] 五花娇马：五花马，名贵之马，毛色成五瓣花纹。

[八] 七香车：七，多，虚数。车壁用多种香料涂饰而成，泛指华美之车。王维《洛阳女儿行》云："罗帷送上七香车，宝扇迎归九华帐。"

[九] 小乔：三国东吴周瑜之妻。此指美女。

[十] 秋娘渡口：地名，泛指渡口。秋娘，唐名妓。句意为难耐流离之苦。

[十一] 阿母池头：青楼。

[十二] "临邛"句：卓文君私奔司马相如之事。

【笺】：

杜牧《杜秋娘诗》序云："杜秋，金陵女也。年十五为李锜妾。后锜叛灭，籍之入宫，有宠于景陵。穆宗即位，命秋为皇子傅姆。皇子壮，封漳王。郑注用事，诬承相欲去异己者，指王为根，王被罪废削，秋因赐归故乡。予过金陵，感其穷且老，为之赋诗。"

二十九

查夏重[一]（即初白）诗，间有应酬率易之作。金湉生[二]《粟香随笔》云：初白《宾云集》，与竹垞[三]同至闽南联句及纪游诸作，皆集中上乘。惟赠汪悔斋[四]方伯一首，有人评云："煌煌大篇，极口褒奖，究其极不过索一荔枝东道耳，何笔墨之不自重如此。"又云："此种诗不宜存之，不独累诗品，亦累人品。"诸语责之綦[五]严。然如《中山尼》一篇，为宋荔裳[六]女存真，《王文成[七]纪功碑》《洪武铜炮歌》《汉口三月三日》《寒食舟中》《夹马营》《入闸》《闸口观罾鱼者》诸篇，皆洋洋洒洒，诗意兼工。入仕以后，则佳制寥寥，谁谓诗不因境而益工耶。

【注】：

[一] 查夏重：查慎行，见卷上第二十四则。

[二] 金湉生：见卷上第十七则。

[三] 竹垞（chá）：朱彝尊（1629—1709），字锡鬯，号竹垞，清代浙江秀水（今浙江嘉兴）人。有《眉匠词》《江湖载酒集》等。

[四] 汪悔斋（1636—1699）：汪楫，字舟次，号悔斋，江苏江都（今扬州）人。有《悔斋集》等。

[五] 綦（qí）：极，很。

［六］宋荔裳：宋琬（1614—1689），字玉叔，号荔裳，清初著名诗人，山东莱阳人。有《安雅堂文集》等。

［七］王文成：王阳明（1472—1529），名守仁，字伯安，谥文成，浙江绍兴府余姚县人。因筑室会稽山阳明洞，自号阳明子，世称阳明先生。有《传习录》等。

【笺】：

宋欧阳修《梅圣俞诗集序》："予闻世谓诗人少达而多穷。夫岂然哉？盖世所传诗者，多出于古穷人之辞也。凡士之蕴其所有，而不施于事者，多喜自放于山巅水涯，外见虫鱼草木风鸟兽之状类，往往探其怪奇；内有忧思感愤之郁积，其兴于怨刺，以道羁臣寡妇之所叹，而写人情之难言；盖愈穷则愈工。然则非诗之能穷人，殆穷者而后工也。"

三十

宋荔裳自浙西观察[一]，移官四川。康熙壬子[二]，蜀中寇乱，荔裳方在都，闻家人被难，忧愤而卒。有女才及笄，流落至滇中，为王某室。逾年而寡，遂祝发[三]投中山为尼，名道启。有侍婢王氏，亦相随入道，名庆光。至壬戌[四]五月，二人避兵入山，又被悍卒掳之东下，迫胁至再，以死誓不从，卒委之而去。欲往依旧侣海成，随浙商行抵铜仁，为逻卒所疑，送于官。太守叶滋斋[五]廉得[六]其实，欲送还乡里。女以父母俱故，无家可归，求结茅清修，忏除夙孽。时杨自西[七]少司[八]方抚黔，饬[九]所属从其请。查悔余[十]内翰[十一]适在杨幕中，赋《中山尼》一篇，以纪其事。吴槎客[十二]《拜经楼诗话》言之綦详。而盛百二[十三]《柚堂笔谈》载济南教授莱阳周某言，玉叔女实未遭辱，有侍女挺身代之云云。或周以荔裳乡人，为之讳而云然欤。

【注】：

［一］观察："观察史"简称。官名，考察州县官吏政绩，兼管民事等。

［二］康熙壬子：1672年。

［三］祝发：断发。

［四］壬戌：康熙二十一年，1682年。

［五］叶滋斋：不详，待考。

［六］廉得：考察。

［七］杨自西：《清史稿》卷二百七十四：杨雍建，字自西，浙江海宁人，顺治十二年进士，授广东高要知县。有《景疏楼集》等。

［八］少司：历史上官职称少司的有少司马、少司成、少司农、少司空、少司宾和少司寇。此指少司马，明清兵部侍郎俗称。清代许汝霖有《送杨自西少司马终养归里》诗题可证。

［九］饬（chì）：命令、告诫。

［十］查悔余：查慎行。见卷上第二十四则。

［十一］内翰：翰林学士，后来因内阁中书同掌翰墨，故称内翰。

［十二］吴槎客：吴骞（1733—1813），字槎客，又字葵里，清浙江海宁人，藏书家。有《拜经楼诗集》等。

［十三］盛百二（1720—?）：字秦川，清代浙江秀水（今浙江嘉兴）人，乾隆二十一年（1756）举人。有《柚堂笔谈》等。徐世昌《清儒学案》卷二零一："盛百二，字秦川，秀水人。乾隆丙子举人。"

【笺】：

杨钟羲《雪桥诗话》第三集卷三第十六则："宋荔裳女道启，随任蜀中。癸丑，荔裳入觐，随经寇乱，幼弱无依，漂泊入滇中，字于王，逾年而寡，遂祝发入中山寺为尼。侍婢王姓者少小追随，不忍遣去，因与同皈净土，法名庆光。壬戌正月，避兵入山，突遇悍卒悦其姿，强之东下,且迫令蓄发。宋矢志不从,屡以匕首揕胸不得死。卒度终不可夺,行至偏桥委之去。二人彷徨道左,忆旧时道侣有海成者,结茆省溪江口,未知所向。遇浙西商人董某,相倚同行,抵铜仁为逻卒所疑,鸣之官。太守叶滋斋廉之得实,怜其为名家女,年仅三十二,欲遣还乡。女泣谢曰:'妾生不辰,横遭颠踬闻父母均经下世,一身沦落至此,更何面目生还?苟得寄食茅庵,忏除宿孽,私愿足矣。'太守上其事于幕府杨自西中丞,如所请。时查悔余在杨幕中目击之,为赋《中山尼》诗以纪事。吴兔床谓:'秀水盛氏《柚堂笔谈》载,济南教授莱阳周某言,玉叔女实未遭辱,而婢女挺身代之。'或宋乡人为之讳。然其情可悯,其事可传,亦无庸讳也。"

三十一

清道光咸丰之交,内乱外侮,纷至沓来。曾文正[一]、李文忠[二]、胡文忠[三]、许仙屏[四]、郭筠仙[五]辈,先后以词科名人,出而夷[六]大难,膺钜任,丰功伟烈,炳耀旂常[七]。而同时如陆建瀛[八]、何桂清[九]、叶名琛[十]等,亦皆以词科人才,出当大任,身败名裂,殃及国家。何贤不肖相去若是耶?三君之事迹始末,薛叔芸[十一]纪之特详。兹见近人所著《说元室述闻》[十二],纪名琛事尤赅备,为撮记于此,并录其被掳后所作诗,其志亦可悲矣。先是道光二十七年,英人照会广督耆英,请易约。且援闽沪故事,要求入城来往。耆英期以二年。及期,耆已去。徐广缙[十三]为粤督,叶为巡抚,拒之。二人以是得晋子男爵。叶自是遂易视英人。咸丰二年[十四],叶晋粤督,授体仁阁大学士,英人申前请,叶复托词拒之。至六年九月,以水师搜划艇私运烟土事,遂启衅。英人攻陷海珠炮台,叶不为抵御计,但貌似镇静,实一无准备,粤人所以有"不战、不和、不守"之讥也。至七年十一月,英人入广州城,拘名琛下船。八年正月,至孟加喇,初住河边炮台，三月二十五日移大里恩寺花园。居楼上，日唯诵《吕祖经》。至九年三月病殁。所住之楼名镇海楼。在楼年余，侘傺[十五]无聊，有题壁二律云："镇海楼头月色寒，将星翻怕客星单。纵云一饭军中有，争奈诸军壁上观。向戍何心求免死，苏卿无恙劝加餐。任君日把丹青绘，恨态愁容下笔难。""零丁洋[十六]泊叹无家，雁札犹传节度衙。海外难寻高土粟，斗边远泛使臣槎。心惊跃虎筘声急，望断慈乌日影斜。惟有春光依旧返，隔墙开遍木棉花"。

【注】：

[一] 曾文正：曾国藩（1811—1872），字涤生，号伯涵，湖南湘乡人，道光十八年（1838）进士。有《经史百家杂钞》《曾文正公诗文集》等。

[二] 李文忠：李鸿章（1823—1901），字少荃，安徽合肥人，道光二十七年（1847）进士，晚清重臣，洋务运动的主要倡导者之一。有《李文忠公全集》。

[三] 胡文忠：见卷上第十四则。

[四] 许仙屏（1827—1899）：许振祎，字仙屏，江西奉新人。

[五] 郭筠仙：见卷上第十四则。

[六] 夷：消灭，平定。

[七] 旂（qí）常：旂与常，两种旗帜，旂画交龙，常画日月，为王侯所用。

[八] 陆建瀛（1792—1853）：字立夫，仲白，清末湖北沔阳（今仙桃）人，清道光二年（1822）进士，历任云南、江苏巡抚。有《陆文节公遗集》等。

[九] 何桂清（1816—1862）：字丛山，号根云，清末云南昆明人。有《使粤吟》等。

[十] 叶名琛（1807—1859）：字昆臣，清末湖北汉阳人，道光二十

八年（1848）任广东巡抚。

［十一］薛叔芸（1838—1894）：薛福成，字叔耘，号庸庵，江苏无锡人。有《庸庵全集》《出使日记》等。

［十二］《说元室述闻》：见卷上第二十三则。

［十三］徐广缙（1797—1869）：字仲升，安徽太和人，清嘉庆年间进士，历云南巡抚、两广总督和两湖总督等。

［十四］咸丰二年：1852年。

［十五］侘傺（chà chì）：失意的样子。

［十六］零丁洋：地名，今作"伶仃洋"，于广东珠江口崖山之外。

三十二

庚子七月拳匪之乱[一]，滇中谣言四起。有谓北京议和，已将云南割让者；有谓各国在京，别有拥立者。滇中官绅，筹商谋自卫。丁衡三[二]镇军，初以勤王号召，到省后为官绅留办团练。朱筱园[三]先生适在其幕中，示余感事诗五首。其已刊之《穆清堂诗集》中，未及载也。为备录于此。其一云："天柱东倾地轴浮，连兵海国入皇洲。六龙[四]未决轩辕[五]战，八骏[六]非为穆满游[七]。长乐宫前传警跸[八]，定昆池[九]上罢乘舟。关山戎马无消息，不到新亭[十]泪已流。"其二云："红巾如草蔓齐燕，螳臂难当铁甲船。突厥兵先临渭水[十一]，契丹盟未插澶渊[十二]。金戈难挽西斜日，玉弩群惊北极天。二圣[十三]创垂应继武，不堪回忆顺康年。"其三云："大柄谁教竟倒持，争攻景教[十四]毁妖祠。入援边帅飞传檄，告庙纶音[十五]泣誓师。十六国分西晋乱，九重门[十六]启北军[十七]移。滇云恐继燕云割，玉斧[十八]休挥划界时。"其四云："翠华下殿孰勤王，紫色蛙声[十九]闹未央。幸陕[二十]事殊元孝武，入关都定汉高皇。播迁不信三灵[二十一]改，恢复犹期一旅强。自古秦中天府国，从今雪耻胆应尝。"其五云："燕山北望五云[二十二]多，畴誓收京夜枕戈。无复渔阳[二十三]挥铁骑，空怜凤阙[二十四]偃铜驼[二十五]。回銮父老思迎跸，留守公卿唤渡河。宗社有灵王气在，秋风麦秀漫兴歌。"

【注】：

　　[一] 拳匪之乱：义和团运动。

　　[二] 丁衡三（1849—1935）：丁槐，字衡三，云南鹤庆人。

　　[三] 朱筱园（1841—1903）：朱庭珍，字小园，一作筱园，云南石屏县人。

　　[四] 六龙：天子车驾六马，称六龙，后代指皇帝。宋代陈骙《南宋馆阁录·李焘序》卷首："六龙驻跸临安。"

　　[五] 轩辕：黄帝，指国家。

　　[六] 八骏：周穆王的八匹骏马。《穆天子传》卷一："天子之骏：赤骥、盗骊、白义、逾轮、山子、渠黄、华骝、绿耳。"晋郭璞注："八骏皆因其毛色以为名号耳。"亦指天子车马仪仗。

　　[七] 穆满游：周穆王巡游。周穆王，姬姓，名满，周昭王之子。

　　[八] 警跸：《史记·张释之冯唐列传》卷一百二："县人来，闻跸，匿桥下。"《后汉书·杨秉传》卷五四："王者至尊，出入有常，警跸而行。"出称警，入言跸。

　　[九] 定昆池：池名，于长安西南。

　　[十] 新亭：三国东吴建业西南军事故垒，南有"劳劳亭"，东有卫玠墓。南宋史正志《新亭记》："新亭南去城十二里……其势回环险阻，意古之为壁垒者，或曰此六朝所谓新亭是也。"刘义庆《世说新语》："过江诸人，每至美日，辄相邀新亭，藉卉饮宴。周侯中坐而叹曰：'风景不殊，正自有山河之异。'皆相视流泪。唯王丞相愀然变色曰：'当共戮力王室，克复神州，何至作楚囚相对！'"

　　[十一] 突厥兵先临渭水：626年，突厥颉利可汗侵入汾、晋，兵临

渭水，掠男女五千余人。

[十二] 澶渊：澶渊之盟。

[十三] 二圣：已故二帝，非特指。

[十四] 景教：唐初传入中国，基督教教派之一。

[十五] 纶（lún）音：天子诏令。《礼记·缁衣》："王言如丝，其出如纶。"元诗人贡奎《敬亭山》："增秩睹隆典，纶音播明廷。"

[十六] 九重门：代指皇宫。唐钱起《和李员外扈驾幸温泉宫》："未央月晓度疏钟，凤辇时巡出九重。"

[十七] 北军：守卫京师的兵士，因在长安城内北部，故称北军，汉置。

[十八] 玉斧：王权之象征。

[十九] 紫色蛙声：紫色，不正之色；蛙声，淫邪之声。比喻以假乱真。

[二十] 幸陕：广德元年（763）十月，吐蕃犯长安，唐代宗避乱陕州。

[二十一] 三灵：天、地、人。《旧唐书·高祖本纪》卷一："当今九服崩离，三灵改卜，大运去矣。"

[二十二] 五云：五色云彩。五色，一说青、黄、赤、白、黑。祥瑞之意。

[二十三] 渔阳：地名，郡治多有迁移。清代周家楣、缪荃孙编纂《光绪顺天府志》载："武德二年自无终渔阳郡于此。置元州，盖隋渔阳郡治无终，至此，徙治潞县也。"地点大致位于今京津一带。因与少数民族交往密切，历史上渔阳铁骑是一支强大的军事力量。

[二十四] 凤阙：汉代宫阙名，后泛指宫殿、皇宫。

[二十五] 铜驼：铜制骆驼，所铸年代不详。铜驼有二，一说源自西域。晋陆翙《邺中记》载："二铜驼如马形，长一丈，高一丈，足如牛，尾长二尺，脊如马鞍，在中阳门外，夹道相向。"《晋书·索靖传》卷六十："靖有先识远量，知天下将乱，指洛阳宫门铜驼，叹曰：'会见

汝在荆棘中耳。'"后以此喻国家败亡，山河残破之景。

【笺】：

由云龙《南雅社诗稿叙》："诗歌吟咏与盛衰治乱相关，识者于此觇国运焉。三百篇尚矣，魏晋以降，颇伤繁缛国，不竞亦凌，盛中晚唐诗亦与为升降，五代而后渐即空疏，诗格益靡。有宋诸子起而振之，虽文繁理富，要非空疏。率易者所能跻。有明一代诗家辈出，嗣响唐音，其末流仍不免险诐空阔之病。胜清中叶，汉学炽盛，诗特奥博，沿及同光复兴宋体，远绍杜韩，作者云兴典赡拗折骎骎乎。铄古震今矣。共和以来，讽咏未衰，变徵之声，自然流露，讵非时势相缘不能中作欢愉耶。三年前，王君在天津倡集国风诗社，遍采海风歌咏，编为《诗录》，不佞与屏山滁园诸君迭被甄录，因维滇僻一隅，不获与中原名匠掉鞅骚坛，独不可自为倡和以薪切劘之效。壬申夏季，乃以拙作发起相邀为南雅诗社……虽各抒性情之正，变风变雅，亦足徵得失之标，固不仅吟弄风月闲情逸致已也。"

三十三

元遗山[一]《中州集》以诗存人，佳构甚稀。然王渔洋《池北偶谈》称刘无党（迎）[二]之歌行，与李长源（汾）[三]之七律，不减唐人及北宋大家，南宋自陆务观外，无其匹敌，尔时中原人才，可谓极盛云云。说者谓渔洋北方人，不无阿私之见。李越缦[四]亦谓《中州集》可取者无多，标举数首，以概其余。党承旨（怀英）[五]《和道彦至》云："山光凝黛水浮空，地僻偏宜叔夜慵[六]。尚喜年登更冬暖，敢论人厄与天穷。君方有志三重浪，我已无心万里风。拟葺小园师老圃，绿畦春溜引连筒[七]。"诗不过清稳，以合越缦旨趣，特为标出。《分甘余话》则谓胡元瑞[八]历举中州诸人，特标刘迎、李汾，亦是具眼。

然刘不称其歌行，李不举"烟波苍苍孟津戍"一联，谬矣。

【注】：

[一] 元遗山：元好问（1190—1257），字裕之，号遗山，忻州秀容（今山西忻州）人，金代文学家，金亡不仕。有《中州集》《遗山集》。

[二] 刘无党：刘迎（？—1180），字无党，东莱（今山东掖县）人，金代文学家。有《山林长语》等。

[三] 李长源（1192—1232）：原名让，后改名汾，字长源，太原平晋（今山西太原市东南）人。

[四] 李越缦：李莼客。见卷上第八则。

[五] 党承旨：党怀英（1134—1211），字世杰，号竹溪，原籍冯翊（今陕西大荔）人，金代文学家。有《竹溪集》。

[六] 叔夜懒：叔夜，嵇康；懒，疏懒。嵇康《与山巨源绝交书》自述："少加孤露，母兄见骄，不涉经学，性复疏懒，筋驽肉缓。头面常一月十五日不洗，不大闷痒，不能沐也。每常小便而忍不起，令胞中略转乃起耳。又纵逸来久，情意傲散，简与礼相背，懒与慢相成。"王安石《丁年》诗云："垆间寂寞相如病，锻处荒凉叔夜慵。"

[七] 连筒：用竹筒引水的装置。

[八] 胡元瑞：胡应麟（1551—1602），字元瑞，明代文学家。有《诗薮》等。

三十四

西昌吴清渠[一]明经[二]源，清才绩学，惜不中寿，所诣未竟。幼时在蜀，屡闻友人称道其经解史论，窃心服之。于诗颇宗《选》体[三]，多会心之作。犹记其《拟谢朓[四]休沐[五]重还道中》一首云："倦游聊息辙，薄宦思解组[六]。颇怀松菊心，焉知道路阻。伊阙[七]有停云，洛川[八]无近浦。灞柳[九]多飘荡，江花自媚妩。潋滟[十]弄溪沙，鸳鸯鸣中渚。山远楚歌迢，风疾吴帆[十一]舞。登高眺乡原，泪落不可数。感此拨朱徽，遥情激清羽。谁与识予心，劳劳怅归处。才薄怯圭璋，学小亲农圃。明月照金樽，槃阿[十二]可晤语。"清渠为成都尊经书院高材生，常问业于王壬秋[十三]。壬秋《湘绮楼日记》亦记有吴源质问经义事。后病殁于成都。览其诗者，谓"登高眺乡原"数语，殆成语谶云。清渠又有《拟陶渊明读山海经》九首，兹录其六首。其一云："昆仑峙天柱，瑶府飞月精。巍巍此帝都，出入尽百灵。神陆握其柄，开明爰作屏。褰裳[十四]希高躅[十五]，谁与湔[十六]尘形。"其二云："赤泉涣如绮，而乃在圜邱[十七]。神木翼其上，日夕相沉浮。丹井[十八]喷珠沫，橘英耀华流。为问不死国，宁有长年忧。"其三云："招摇有奇树，四照花发光。洞庭多灵草，二女[十九]临傍徨。蘼芜[二十]为佩带，芍药为门堂。如何望苍梧，不能过潇湘。"其四云："造化本无为，斯人任巧智。帝江[二十一]炳灵照，浑敦[二十二]乃神异。妙道法自然，歌舞由一气。无为凿耳目，请谢蒙庄[二十三]议。"其五云："黄帝奋神武，乃与蚩尤战。应龙致风雨，神魃[二十四]下天闲[二十五]。思以荡国忧，而乃为国患。远之赤水旁，叔均[二十六]言可念。"其六云："帝女化瑶草[二十七]，信芳还媚人。相繇[二十八]婴刑戮，沮洳[二十九]不可湮。所性岂殊致，斯理难具论。幽鹦何所喜，山膏何所嗔。"大抵效壬秋所作。壬秋固宗《选》诗，非汉魏以上诗不措意者也。

【注】：

[一] 吴清渠：吴光源，生卒年不详，字清渠，西昌（古称邛都，今属四川凉山）人，尊经书院斋长，善治《公羊春秋》。

[二] 明经：见卷上第十八则。

[三] 《选》体：《昭明文选》所选诗歌。

［四］谢朓（464—499）：字玄晖，陈郡阳夏（今河南太康县）人，官宣城太守，世称"谢宣城"。谢朓与谢灵运齐名，又称"小谢"。

［五］休沐：汉代制度，休息以洗沐，五日一休沐。意为休假。

［六］解组：解取印绶，辞去官职。组，官印的丝带。

［七］伊阙：洛阳龙门。

［八］洛川：洛河。

［九］灞柳：灞柳风雪，西安市东，关中八景之一。

［十］鸂鶒（xī chì）：一种水鸟，形似鸳鸯而稍大。

［十一］吴帆：驶向吴地的船。

［十二］槃阿：隐居。

［十三］王壬秋：王闿运（1833—1916），字壬秋，号湘绮，晚清经学家、文学家，咸丰二年（1852）举人。

［十四］褰（qiān）裳：提（挽）起衣服。

［十五］高躅：高雅的行止。

［十六］湔（jiān）：洗。

［十七］圜邱：圜丘，古代天子祭天地的圆形高坛。

［十八］丹井：炼丹取水之地，亦是仙地之水。

［十九］二女：一说尧之女，娥皇、女英。

［二十］蘪芜（mí wú）：同"蘼芜"。

［二十一］帝江：神话中的歌舞之神。《山海经·西次山经》："又西三百五十里，曰天山，多金玉，有青雄黄。英水出焉，而西南流注于汤谷。有神焉，其状如黄囊，赤如丹火，六足四翼，浑敦无面目，是识歌舞，实惟帝江也。"

［二十二］浑敦：混沌。

［二十三］蒙庄：因庄子是宋国蒙（今河南商丘一带）人，所以庄子亦称蒙庄。

［二十四］魃（bá）：造成旱灾的鬼怪。《诗经·大雅·云汉》："旱魃为虐，如惔如焚。"

[二十五] 闬（hàn）：门。

[二十六] 叔均：传说中用牛耕地的创造者。《山海经·海内经》："稷之孙曰叔均，始作牛耕。"

[二十七] 瑶草：道家传说中的仙草。东方朔《东方大中集·与友人书》："不可使缰名拘锁，怡然长笑，脱去十洲三岛，相期拾瑶草，侍日月之光华……"

[二十八] 相繇：共工的臣属，蛇身九头，所到之处，尽成泽国。《山海经·大荒北经》："共工之臣名曰相繇，九首蛇身，自环，食于九土……即为源泽，不辛乃苦，百兽莫能处，禹湮洪水，杀相繇，其血腥臭，不可生谷；其地多水，不可居也。"

[二十九] 沮洳（rù）：低湿之地。

三十五

余甲辰[一]会试[二]，出刘伯良（元弼）[三]先生房，已备中矣，以策对中有过激语，为主司所摈。尔时少年气盛，固不自知也。场后房考录出，往见先生，为余言之，深致惜焉。先生后以吏科掌印郎中，简云南迤西道[四]。不久即终于任所，未竟厥施也。曾示余旧作数首，《戊戌寄怀义宁陈右铭[五]》二首云："鞅掌[六]栖迟[七]誓不辞，三年铃阁[八]鬓成丝。繁霜自值民讹[九]煽，白日能回帝鉴知。汉扇低徊怜皎洁，楚风寥落有雄雌。喧天万口纡筹策[十]，不是江陵出救时。""玉玦翛然送碧岑[十一]，未堪谣诼[十二]续歌吟。焦原[十三]却立知谁是，沧海横流始自今。投绂[十四]祗如寒士日，杜门[十五]遥识省愆[十六]心。向来笺问成疏阔，翟尉[十七]无劳慨世深。"盖右铭方以党人事获谴家居也。又《七盘岭[十八]大风望长安》一首云："八水[十九]朝宗地脉雄，龙飞王气入关中。郊原霜露如初日，车驾河山起大风。北顾鲸鲵横碣石，东来鸡犬识新丰[二十]。西都形胜千年复，咫尺终南接汉宫。"盖庚子护从西行时作也。《甲辰大梁春闱[二十一]即事》云:"春风猎猎动高旌,静极微闻远市声。隔院楼台疏雨歇,闭门钟鼓夕阳晴。云雷大泽鱼龙出,日月中天稷契[二十二]生。世变奇才须应运,救时端不负科名。"其为时爱才之意,溢于言表。

【注】:

[一] 甲辰:光绪三十年,1904年。

[二] 会试:《明史·选举志》卷七十:"三年大比,以诸生试之直省,曰乡试,中式者为举人。次年,以举人试之京师,曰会试。"

[三] 刘伯良(1858—1910):刘元弼,字伯良,湖北谷城人,光绪进士。

[四] 迤西道:明清代云南地方行政划分,明时称昆明以西为迤西。清乾隆时迤南道设立,迤西辖区有所变化。

[五] 陈右铭:陈宝箴(1831—1900),字右铭,江西义宁(今修水)人。有《陈宝箴集》。

[六] 鞅掌:繁杂,繁忙。《诗经·小雅·北山》:"或栖迟偃仰,或王事鞅掌。"

[七] 栖迟:游而有憩。

[八] 铃阁:铃下,铃斋。将帅、郡守或翰林治事安居之所。有事则役卒摇铃通报。《晋书·羊祜传》卷三四:"(祜)身不披甲,阁之下,侍卫者不过十。"

[九] 民讹:谣言。

[十] 纡(yū)筹策:周密策划。

[十一] 碧岑:青山。

[十二] 谣诼:毁谤。

[十三] 焦原:巨石名,一说山名,于今山东莒县南。《尸子》卷下:"莒国有名焦原者,广数寻,长五十步,临百仞之溪,莒国莫敢近

也。有以勇见莒子者,独却行齐踵焉,此所以服莒国也。"

[十四] 投绂(fú):辞官。

[十五] 杜门:闭门。

[十六] 省愆(qiān):反省。

[十七] 翟尉:翟廷尉之简称。西汉翟公曾任廷尉(朝廷掌管司法官员)之职,在职时,宾客盈门,及废,门可罗雀。刘基《咏史二十一首》诗云:"嗟嗟翟廷尉,慷慨令人伤。"

[十八] 七盘岭:南宋王象之《舆地纪胜》卷一八六:"七盘山,在武连县治之西,左有九龙山,右有七盘山。"

[十九] 八水:晋宋之际戴祚《西征记》:"关内八水,一泾,二渭,三灞,四浐,五涝,六潏,七沣,八滈。"骆宾王《帝京篇》诗:"五纬连影集星躔,八水分流横地轴。"亦用来借指关中地区。

[二十] 新丰:旧地名,今西安临潼东。

[二十一] 春闱:闱,考场。明清会试在春季举行,故名春闱。

[二十二] 稷契:传说中的贤臣。唐虞之时,稷,掌管农业;契,掌管教育。

三十六

同学岭南胡子贤[一](祥麟)父子弟兄俱隽才,子贤尤蕴藉。尝有《癸卯十月行聘》五言律八首,极饶风致。一云:"四海犹多难,何当便有家。山头皆草木,世上少桃花。风雨陶三径[二],文章温八叉[三]。大江东去也,寒月起铜琶。"二云:"故国三千里,当年先大夫。风流唯半刺,宦迹古三吴。远岫[四]倦还鸟,空庭啼夜乌。天高树不静,七尺此顽躯。"三云:"白云飞不见,两点但金焦[五]。萧寺暗凉月,寒江喧暮潮。卅年衣上线,一管市中箫。红树家何在,终天铁瓮桥。"四云:"长兄少多病,今在古匡庐[六]。先子宦游地,频年幕府居。曾携和靖[七]鹤,去食武昌鱼。小阮[八]官如豆,随人匏系[九]初。"五云:"吹埙闻伯氏,仲氏又吹篪[十]。池馆生芹藻,乡园恋荔枝。龙蛇惊落笔,鱼鸟淡忘机。昵昵小儿女,琴声作颖师。[十一]"六云:"行矣投荒似,滇池万里云。谈兵短主簿,掷客大将军。烟雨百蛮险,山河一雁分。先兄行第四,下马亦能文。"七云:"身世同流寓,而公许与齐。从来女子意,不作腐儒妻。故里少君鹿,中宵士稚[十二]鸡。御沟清见底,红叶可能题。"八云:"闻道丈人事,风寒秋半潭。曾官古司马,有子并乘骖。天下多皮相,诸公却眼馋。愧无镜台玉,雅值褚河南[十三]。"其兀臬[十四]不凡之概,可以想见。子贤工书法,逼肖刘文清公[十五]。一别廿年,闻尚官河朔[十六]间。幽燕烽火,草木皆惊,知必有抚时感事之作,恨未得尊酒重论也。

【注】:

[一] 胡子贤:胡祥麟,生卒年不详,字子贤,广东顺德人,与由云龙同毕业于京师大学堂。

[二] 陶三径:指归隐之地。

[三] 温八叉:温庭筠。见卷上第一则。

[四] 远岫(xiù):远山。北宋曾巩《池上即席送梁况之赴宣城》诗:"远岫烟云供醉眼,双溪鱼鸟付新诗。"

[五] 金焦:金山与焦山的合称,两山都在今江苏省镇江市。

[六] 匡庐:庐山。

[七] 和靖:北宋隐逸诗人林逋,嗜好梅鹤,有"梅妻鹤子"之称。

[八] 小阮:阮咸,字仲容,阮瑀之孙,竹林七贤之一。

[九] 匏(páo)系:喻不为世所用。《论语·阳货》:"吾岂匏瓜也哉!焉能系而不食?"

[十] 吹埙(xūn)闻伯氏,仲氏又吹篪(chí):语出《诗经·小雅·何人斯》:"伯氏吹埙,仲氏吹篪。"兄吹埙,弟吹篪。埙篪合奏,

兄弟情深。杜牧《寄内兄和州崔员外十二韵》："恩义同钟李，埙篪实弟兄。"《乐书》："埙之为器，立秋之音也。"

[十一] 昵昵小儿女，琴声作颖师：语出韩愈《听颖师弹琴》："昵昵儿女语，恩怨相尔汝。划然变轩昂，勇士赴敌场。浮云柳絮无根蒂，天地阔远随飞扬。喧啾百鸟群，忽见孤凤凰。跻攀分寸不可上，失势一落千丈强。嗟余有两耳，未省听丝篁。自闻颖师弹，起坐在一旁。推手遽止之，湿衣泪滂滂。颖乎尔诚能，无以冰炭置我肠！"

[十二] 士稚：祖逖（266—321），字士稚，东晋范阳（今河北保定）人。

[十三] 褚河南：褚遂良（596—658），字登善，杭州钱塘人，唐高宗时封河南县公，世称"褚河南"。

[十四] 兀奡（wù ào）：孤傲不羁。

[十五] 刘文清：刘墉（1720—1804），字崇如，号石庵，谥号文清，山东诸城，乾隆十六年（1751）进士。有《刘文清公遗集》等。

[十六] 河朔：黄河以北，今河北、山西与山东部分地区。

【笺】：

李贺《听颖师弹琴歌》："别浦云归桂花渚，蜀国弦中双凤语。芙蓉叶落秋鸾离，越王夜起游天姥。暗珮臣敲水玉，渡海蛾眉乘白鹿。谁看挟剑赴长桥，谁看浸发题春竹？竺僧前立当吾门，梵宫真相眉棱尊。古琴大轸长八尺，峄阳老树非桐孙。凉馆闻弦惊病容，药囊暂别龙须席。请歌直请卿相歌，奉礼官卑复何益？"

苏轼《水调歌头》："欧阳文忠公尝问余：'琴诗何者最善？'答以退之听颖师琴诗。公曰：'此诗固奇丽，然非听琴，乃听琵琶诗也'。余深然之。建安章质夫家善琵琶者乞为歌词，余久不作，特取退之词稍加隐括，使就声律，以遗之云。昵昵儿女语，灯火夜微明。恩怨尔汝来去，弹指泪和声。忽变轩昂勇士，一鼓填然作气，千里不留行。回首暮云远，飞絮搅青冥。众禽里，真彩凤，独不鸣。跻攀寸步千险，一落百寻轻。

烦子指间风雨，置我肠中冰炭，起坐不能平。推手从归去，无泪与君倾。"

三十七

壬寅[一]公车[二]北上，宿霑益[三]，见邸壁有题诗一绝，和诗三首，均思致不凡。曾记于《北征日记》中。因无署款，不知何人所作。后赵樾村[四]丈见之，谓同学何君筱泉[五]曰："其诗余所作也。"为录于此："十二年中两状头[六]，可能忠孝副君求。天津桥[七]上闻鹃叹，漫诩人才冠九州。"似系为贵州赵夏两状头发，后两君皆鲜[八]所表见。樾丈之言，其信矣乎！和章云："逐逐名场等烂头，千金骏骨更谁求。祖龙[九]余劫今犹烈，大错[十]何从铸九州。"又："刀弧帖括[十一]等虚车[十二]，黑大圆光[十三]制策书。持此进身持此取，求才屡诏意何如。"又："痴狂竞说鬼盈车[十四]，哀痛千言有檄书。东去骆驼难厌敌[十五]，当时忠义竟何如。"皆后到者所和，樾丈已不及见矣。

【注】：

[一] 壬寅：1902年。

[二] 公车：举人别称。《清史稿·康有为传》卷四七三："中日议款，有为集各省公车上书。"

[三] 霑益：今属云南曲靖。

[四] 赵樾村：见卷上第十则。

[五] 筱泉：何筱泉，一作小泉，何秉智，昆明人，毕业于京师大学堂，曾任云南省政府秘书，内政部主任秘书等职。有《滇事拾遗》等。

[六] 状头：状元。

[七] 天津桥：古浮桥名，故址在今河南洛阳西南。

[八] 鲜（xiǎn）：少。

[九] 祖龙：秦始皇。《史记·秦始皇本纪》卷六："有人持璧遮使者曰：'为吾遗滈池君。'因言曰：'今年祖龙死。'"裴骃《集解》："苏林曰：'祖，始也；龙，人君象；谓始皇也。'"

[十] 大错：大锉刀，喻错误。《资治通鉴·唐哀帝天祐三年》卷二六五："绍威悔之，谓人曰：'合六州四十三县铁，不能为此错也。'"

[十一] 帖括：《新唐书·选举志下》卷四五："明经者但记帖括。"杜佑《通典·选举三》卷十五认为唐明经科，用帖经法。考官所出试题源自儒家经书，空出部分内容由考生作答，类似填空题。舍义理而重记忆。明清时称科举文章为帖括。

[十二] 虚车：空车，不能载重之车。喻缺少道义。

[十三] 黑大圆光：形容书法形色富丽堂皇。

[十四] 鬼盈车：凶险之境。《周易·睽（kuí）卦》："上九，睽孤见豕负涂，载鬼一车，先张之弧，后说之弧，匪寇婚媾，往遇雨则吉。"三国魏王弼注："见鬼盈车，吁可怪也……贵于遇雨，和阴阳也。阴阳既和，群疑亡也。"

[十五] 此句意指有交流之愿却难以带来和平。骆驼在中土并不常见，石像骆驼则多有守护之责。

【笺】：

宋周敦颐《周子通书·文辞》第二十八："文所以载道也。轮辕饰而人弗庸，徒饰也，况虚车乎？文辞，艺也；道德，实也。笃其实而艺者书之，美则爱，爱则传焉，贤者得以学而至之，是为教。故曰：'言之无文，行之不远。'然不贤者，虽父兄临之，师保勉之，不学也；强之，不从也。不知务道德而第以文辞为能者，艺焉而已。噫！弊也久矣。"

曾国藩道光二十三年（1843）《致刘蓉》书信云："周濂溪氏称文以载道，而以'虚车'讥俗儒。夫'虚车'诚不可，无车又何以行远乎？孔、孟没而道至今存者，赖有此行远之车也。吾辈今日苟有所见，而欲为行远之计又何不早具坚车乎哉？故凡仆之鄙愿，苟于道有所见，不特见之，必实体行之，不特身行之，必求以文字传之后世。虽曰不逮，志则如斯。其于百家之著述，皆就其文字以校其见道之多寡，剖其铢两而殿最焉，于汉、宋二家构讼之端，皆不能左袒，以附一哄；于诸儒崇道贬文之说，尤不敢雷同而苟随。极知狂谬，为有道君子所深屏，然默而不宣，其文过弥甚。"

三十八

壬寅北上，于除夕到镇远府[一]，阻风雪不得前。邸寓无俚[二]，读壁上诗自遣，皆前此公车先辈所作，颇多佳句。曾嘱居停[三]勿抹去，并记于《北征日记》中。有署太瘦生原倡"如"韵一首，和者至十余叠。除已录于日记之四首外，尚有雪道人三首云："慷慨高歌杜老如，秋风秋雨叹茅庐。酒樽更话连床夜，饭颗重逢戴笠[四]初。容易坐销残腊景，相怜犹是异乡居。寒山一笑推窗入，也学吟肩峭耸予。""自笑风尘缚茧如，几番归梦绕田庐。算来百岁会真少，火尽诸家乐志初。卖犊休耕课儿读，白鱼供馔奉亲居。南山有约终当践，载酒东邻更过予。""昕夕[五]都门辱欸庐，凌云才气识相如。剧怜文字多憎命，坐惜林泉赋《遂初》[六]。逐日未应羁骥足，避风聊且学爰居[七]。江湖满地[八]诗怀好，手版[九]劳劳[十]会笑予。"太瘦生即樾丈，雪道人或谓即王仲瑜[十一]廉访[十二]，未知是否。又梦鱼子[十三]三首，录其二。云："北去南来旅燕如，秋风又坐水边庐。无双才子修文早，第一仙人应运初。生死何常真似梦，功名有待且幽居。悲歌不尽年华感，客馆孤灯苦对予。""两载光阴觉昨如，骊歌[十四]又促出蓬庐。书传驿使迢遥远，倚棹江声欸乃[十五]初。汗漫游[十六]来常作客，水山佳处暂留居。与君三十余朝伴，倘问栖栖[十七]不解予。"昆池钓徒[十八]云："大好溪山画不如，何须觌面俲[十九]匡庐。月横野淑[二十]

雪消后，酒醒江城客到初。故旧几人悲梗断，神仙一例好楼居。胸中也有闲邱壑，多愧先生首倡予。""风景乡关那不如，旷观天地亦吾庐。一江暮雪帆归处，三度寒梅梦破初。更喜故人携榼[二十一]至，最难野店枕流居[二十二]。与君漫着烟霞屐[二十三]，底事[二十四]勾留[二十五]莫问予。""频年犊鼻[二十六]困相如，空对青山守故庐。驿路星霜残腊[二十七]后，江城灯火小春初。囊中秋水藏龙气，云里闲巢问鹤居。计到长安花正好，春风有约未忘予。"太瘦生再叠前韵云"一笑须弥芥子[二十八]如，三间归卧有瓜庐。掉头心事寻巢父[二十九]，屈指英雄失本初。去马来牛呼任尔，续凫断鹤[三十]意何居？女嬃不解《离骚》旨，谣啄申申亦詈予。[三十一]"各诗押"初"韵多佳句，仍以太瘦生两首为词超韵稳，非和章所能及也。乡先达诗，传者无多，为备录之。

【注】：

[一] 镇远府：见卷上第二十一则。

[二] 无俚：无聊，没有寄托。

[三] 居停：寄居处所的主人。

[四] 戴笠：形容清贫。李白《戏赠杜甫》："饭颗山头逢杜甫，顶戴笠子日卓午。借问别来太瘦生，总为从前作诗苦。"

[五] 昕（xīn）夕：朝暮，引申为整天。

[六] 赋《遂初》：归隐。

[七] 爰居：一种海鸟，常栖居海岛。《国语·鲁语·展禽论祀爰居》卷四："海鸟曰爰居，止于鲁东门之二日。臧文仲使国人祭之……今兹海其有灾乎？夫广川之鸟兽，恒知而避其灾也。是岁也，海多大风，冬煖（nuǎn）。"

[八] 江湖满地：庙堂之外的山河大地。

[九] 手版：笏。

[十] 劳劳：忙碌。

[十一] 王仲瑜：《定庵诗话续编》下："王仲瑜臬（niè）使（名玉麟，昆明人，贵州粮储道署按察使）之《悠然楼诗稿》……"

[十二] 廉访：清代对按察使的尊称。

[十三] 梦鱼子：不详，疑为沈坤。见《六安州志》。

[十四] 骊歌：离别之歌。《诗经》"逸诗"有《骊驹》云："骊驹在门，仆夫具存；骊驹在路，仆夫整驾。"清黄景仁《浪淘沙·洪对岩》："古渡白云封，今雨楼空。我歌红豆恨重重。才出新词君拍手，花底相逢。骊唱各匆匆，流水西东。马头细草又春风。檀板金樽山月晓，懊煞吴侬。"

[十五] 欸（ǎi）乃：摇橹声。

[十六] 汗漫游：形容漫游远而随意。杜甫《奉送王信州崟（yín）北归》诗："复见陶唐理，甘为汗漫游。"

[十七] 栖栖：忙碌不安。朱熹《集传》："栖栖，犹皇皇不安之貌。"

[十八] 昆池钓徒：杨稚虹，字文斌、文彬，号昆池钓徒，云南蒙自人。

[十九] 侈：大。

[二十] 淑：清湛，明净。

[二十一] 轸（zhěn）：星宿名。

[二十二] 流居：居住异乡。

[二十三] 烟霞屐：烟霞，山水胜景。屐，鞋子。

[二十四] 底事：为什么。唐代晁采《子夜歌十八首》："一年一日雨，底事太多晴。"

[二十五] 勾留：逗留。白居易《春江》："莺声诱引来花下，草色勾留坐水边。"

[二十六] 犊鼻：古时内衣，短裤，造型与牛鼻相似。喻贫穷。

[二十七] 残腊：年终岁尾。

[二十八] 须弥芥子：佛教语。须弥，传说中的山名；芥子，芥菜

子。《维摩诘经·不思议品》:"诸佛菩萨,有解脱名不可思议,若菩萨住是解脱者,以须弥之高广,内芥子中,无所增减,须弥山王本相如故。而四天王忉(dāo)利诸天,不觉不知己之所入,唯应度者,乃见须弥入芥子中,是名住不思议解脱法门。"句意指拈花一笑,了悟真意。

[二十九] 巢父:《艺文类聚》卷三十六:"巢父,尧时隐人。年老,以树为巢,而寝其上,故人号为巢父。"

[三十] 续凫断鹤:喻违背事物本性。《庄子·骈拇》:"长者不为有余,短者不为不足。是故凫胫虽短,续之则忧;鹤胫虽长,继之则悲。"

[三十一] "女媭(xū)"句:语出屈原《离骚》:"女媭之婵媛兮,申申其詈(lì)予。"王逸注:"女媭,屈原姊也。婵媛,犹牵引也。"詈,责骂,屈原姐姐曾指责屈原。谣诼,造谣毁谤。

【笺】:

《贵州图经新志·镇远府》卷之五:《禹贡》荆州南境,天文翼轸分野。秦属黔中郡。汉属武陵郡,即五溪之潕溪,今镇阳江即舞水也。隋为清江郡务川县地。唐武德元年,以是地当牂牁之冲,置务州.寻改思州宁夷郡,领务川、思王、思邛三县。五代时,附于楚,为竖眼大田溪洞之地。宋大观元年,蕃部长田祐恭内附,建思州,领婺川、邛水、安夷三县,寻废,以其地隶黄平。宝祐二年,筑黄平为镇远州。《府志》谓:镇远之名始于元,误矣。属湖北路。元初,置镇远沿边溪洞招讨使司,领镇安、安定、永安三县。至元二十年,改镇远府,俱隶思州军民宣抚司,而宣抚司亦治于此。本朝洪武五年,改为镇远州,隶湖广思南宣慰使司。永乐十一年,仍于州置镇远府,隶贵州布政司。正统三年,州省,领长官司四。正统十年,改施秉长官司为施秉县。弘治十一年,改镇远溪洞金容金达长官司为镇远县,今领长官司三、县二。

清施闰章《施愚山集·女媭》:"李谦庵注云:'举世皆妇人女子也。'从来诠者谓'女媭'为屈原姊,不知何据,互相沿习。按天上有须女星,主管布帛嫁娶,人间使女谓之'须女'。须者,有急则须之谓。

故易曰：'归妹以须，反归以娣。'言'须'乃贱女；及其归也，反以作娣。娣者，居妃之次。古者国君一娶九女，娣侄从之。后人加'女'于'须'下，犹娣侄之文本不从'女'，后人各加'女'于旁也。汉吕后妹樊哙妻名吕媭。盖古人多以贱名于女，祈其易养之意；生女名'须'，犹生男名'奴'耳。屈所云'女媭'明从上文'美人'生端；女媭，谓美人之下辈，见美人迟暮，辄亦无端诟厉。'婵媛'，卖弄之态也；'申申'，所詈不一辞也。丈夫不能遭时遇王，建立奇功，致使小辈揶揄，反来攻君子之短，致败君子逢世之策，斯亦足悲也！"

三十九

巴县[一]梁叔子（正麟）[二]以丁酉拔贡[三]，纳赀[四]官滇，署姚州[五]知州。时予居外家，岁时相晤，颇有倡和。示余《舟过金陵》七古云"昨来新食武昌鱼，倍忆吴淞江口鲈。双轮如驶不得泊，两计日行千里余。就中吴会[六]繁华绝，瓜洲[七]灯火秦淮月。一自城南燕子飞，金陵王气全销歇。三十年前苦战争，上将鏖兵铁瓮城。今日雨花台畔水，潮头犹带鼓鼙声。"《己亥清明日，房陈周三君招由西城出北郭游莲花池[八]即席有作》云："房侯好游老成癖，追欢选胜忘头白。陈季高才不受羁，年少周郎称裙屐[九]。西郊北郊天气清，人来人去唱歌行。烟花照路游丝绕，池柳空青春水生。昨朝一病柴门卧，熟食不饱人无那[十]。喜作斜川[十一]五日游，遂教殷浩[十二]愁城破。他乡春色花争发，酒入空肠芒角[十三]出。千觞不醉宜催诗，相扰还依金谷罚[十四]。诗成酒醉且销忧，欲把昆池[十五]换莫愁。絮飘萍散浑无定，何处明年续旧游。"又《过广通[十六]为蓝大令[十七]邀留即席赋赠》二绝云："我辈而今谈吏治，经心仁术几兼赅。栽花满县寻常事，多少荆榛费剪裁。""寸丝斗粟关怀切，暑雨祁寒[十八]入寐深。只有政声无政迹，一分惠爱一分心。"君时方英年，锐欲有为，惜提庙租、集公款等事，不免操切。新政未举，而民已病矣。

【注】：

　　[一] 巴县：今四川重庆市郊。清顾祖禹《读史方舆纪要》卷六十九："巴县附郭。古巴子国都也。秦置江州县，巴郡治焉。汉以后因之。齐梁间改曰巴县。隋唐以后因之。皆为州郡治。"

　　[二] 梁叔子（1869—1950）：名正麟，字叔子，四川长宁县人。

　　[三] 拔贡：清代贡生入国子监的生员一种。初定六年一次，乾隆中改为十二年一次，每府学二名，州、县学各一名，由各省学政从生员中考选，保送入京，作为拔贡。经朝考合格，可任京官、知县等。

　　[四] 纳赀：见卷上第八则。

　　[五] 姚州：今云南楚雄姚安县。《资治通鉴》卷一八七："大唐麟德元年（664）五月，于昆明之弄栋川置姚州都督府。"唐李吉甫《元和郡县志》卷三十三："姚州，本汉云南县应作郡之地。武德四年（621），安抚大使李英以此州中人多姓姚，故置姚州。"

　　[六] 吴会：吴，指吴郡、吴兴郡和会稽郡。会稽郡治所在吴兴，郡县并称吴会。李白《赠从弟宣州长史昭》："长川豁中流，千里泻吴会。"其《淮南卧病书怀寄蜀中赵征君蕤》亦有"吴会一浮云，飘如远行客"。

　　[七] 瓜洲：瓜洲镇，今江苏扬州南，因形如瓜而得名，位于京杭运河与长江交汇处，南望镇江。

　　[八] 莲花池：昆明商山南麓。

　　[九] 裙屐：裙，下裳；屐，木鞋。指富贵之弟的衣着。

　　[十] 无那：无可奈何。

　　[十一] 斜川：地名，于江西境内，具体不详。典出陶渊明诗《游斜川并序》："辛酉正月五日，天气澄和，风物闲美。与二、三邻曲，同游斜川。临长流，望曾城，鲂鲤跃鳞于将夕，水鸥乘和以翻飞。"后泛指

[十二] 殷浩（？—356）：晋颖川长平（今河南西华县东北）人，善玄理，曾统兵北伐，大败而归，遂被废为庶人。

[十三] 芒角：锐气。苏轼《郭祥正家醉画竹石壁上，郭作诗为谢，且遗古铜剑二》云："空腹得酒芒角出，肝肺槎牙生竹石。"

[十四] 金谷罚：晋石崇《金谷诗序》："遂各赋诗，以叙中怀；或不能者，罚酒三斗。"

[十五] 昆池：滇池。

[十六] 广通：旧县名，今属云南楚雄禄丰县。

[十七] 蓝大令：王庆元，王道成《沈葆桢信札考注》："据云，蓝大令袁香亭之外孙也，顷伤巡捕查复矣。"（《沈葆桢信札考注》巴蜀出版 2014 年版，第 535 页。）其余不详。

[十八] 祁寒：祁，大。《尚书·君牙》："夏暑雨，小民惟曰怨咨；冬祁寒，小民亦惟曰怨咨。"

【笺】：

清赵翼《陔馀丛考·吴会》："会读若贵，西汉会稽郡治，本在吴县，时俗郡县连称，故云吴会。"

洪迈《容斋诗话》：莫愁者，郢州石城人，今郢有莫愁村。画工传其貌，好事者多写寄四远。《唐书·乐志》曰：莫愁曲者，出于石城乐。石城有女子名莫愁，善歌谣。古词曰"莫愁在何处？莫愁石城西。艇子打两桨，吹送莫愁来"者是也。李义山诗"不及卢家有莫愁"，此莫愁者洛阳人。梁武帝《河中之歌》曰："河中之水向东流，洛阳女儿名莫愁。莫愁十三能织绮，十四采桑南陌头。十五嫁为卢家妇，十六生儿字阿侯。"近世周美成乐府《西河》一阙，专咏金陵，所云"莫愁艇子曾系"之语，岂非误指石头城为石城乎？（邓之诚《骨董琐记全编》中国书店出版社，1996 年版，第 387 页。）

四十

吴门[一]潘礼堂[二]，游幕[三]来滇。丰神奕奕，非时流比也。就楚雄府石晋卿[四]先生幕，有《感事》二律云："鸿爪东西记不真，头衔端合[五]署游民。天涯阅候寒更暑，宦海论交越视秦[六]。贤令名高标栗里[七]，故侯风渺忆平津。劳劳车马无聊甚，邓禹[八]旁观欲笑人。""刺虎屠龙愿未酬，磨将菱角作鸡头[九]。乡情易惬皆吴语，旅思难销类楚囚[十]。落叶声乾凄大壑，悲笳梦远度边楼。长城万里期谁许，清泪随风散九州。"

【注】：

[一] 吴门：苏州别称。李白《赠武十七谔》："马如一匹练，明日过吴门。"

[二] 潘礼堂：不详，待考。

[三] 游幕：离乡做幕僚。

[四] 石晋卿：不详，待考。

[五] 端合：应当。

[六] 越视秦：语出韩愈《争臣论》："视政之得失，若越人视秦人之肥瘠，忽焉不加喜戚于其心。"

[七] 栗里：地名，江西九江南陶村西。晋陶渊明曾迁居此。

[八] 邓禹：见卷上第六则。

[九] 磨将菱角作鸡头：菱角，水生植物果实，有棱角；鸡头，芡实，又称鸡头米，睡莲科植物，果实形似鸡头。把菱角磨成鸡头，喻困难重重。陆游《书斋壁》："平生忧患苦萦缠，菱刺磨成芡实圆。"

[十] 楚囚：喻处境艰难。典出《左传·成公九年》："楚子重侵陈以救郑。晋侯观于军府，见钟仪，问之曰：'南冠而絷者，谁也？'有司

对曰：'郑人所献楚囚也。'"

四十一

刘禹三[一]方伯，书法文清[二]，几可乱真。余事并工诗画，尝见其自题山水一绝云："元江[三]一水锁雄关，到此筹边苦未闲。堆案文书方画诺[四]，又将余墨洒云山。"盖在蒙自[五]关道任时作，语意雄阔潇洒，有俯视一切之概。

【注】：

[一] 刘禹三：李鸿章有《致刘方伯》信函。其余不详。

[二] 文清：刘墉。见卷上第三十六则。

[三] 元江：于云南省南部。上源礼社河，出境越南称红河。《元江府志》："地多瘴疠，四时皆热，草木不凋，一岁再收。性懦气柔，唯酋长畜使。"《元江州志》："四时多热，一岁再收。蛮夷杂处，淳悍不同。设流之后，风化渐开，稍知礼义，颇务耕桑。"

[四] 画诺：在官府文书上签字，表同意。

[五] 蒙自：县名，今属云南红河州。

四十二

蜀东魏佐臣[一]孝廉[二]，风流倜傥，吐属不凡。尝见其成都与友人赠答诗数首云："骊歌[三]唱出锦官城[四]，绕郭青青送客行。香草美人添别意，落花流水笑浮生。崎岖世路知无定，贫贱交游最有情。万里云山抛不得，梦魂夜夜绕寒更。""仲宣[五]日日强登楼，迢递关河寄浪游。杯酒寒灯知客味，蛮烟瘴雨逼人愁。迷离云树劳高望，突兀童山夹乱流。惟有中天明月好，清辉一夜照鄜州。""桃花潭水想邻邻,又别江南一度春。觌面便知名下士,谈心恰是个中人。联床风雨应能再,结契苔岑[六]自有真。此道而今如弃土,纷纷轻薄总非伦。""纵横今古几徘徊,余子声华安在哉,不朽功名关学问,倘来富贵总尘埃。知君自是匡时器,笑我难为济世才。榛莽苍苍聊混迹,还期转瞬倚云栽。"

【注】:

[一] 魏佐臣:不详,待考。

[二] 孝廉:明清时对举人的别称。

[三] 骊歌:见卷上第三十八则。

[四] 锦官城:成都别称。

[五] 仲宣:王粲。见卷上第九则。

[六] 结契苔岑:结契,交情深厚;苔岑,志同道合之友。

四十三

杜培之[一]明府[二],工画梅花,老干纵横,不落时下习气。书宗北魏,古味盎然。偶有题画之作,亦落落无尘坌[三]气。尝见其七古一首云:"北风卷地群芳歇,造物破荒生奇杰。傲骨冲寒一夜开,九十春光忽漏泄。我昔北游雁门关,关头八月即飞雪。茫茫世界尽如银,惟有此君心似铁。试为君家一挥毫,犹觉四座英风烈。平生肝胆说向谁,惟有高卧袁安[四]能使我心折。"

【注】:

[一] 杜培之:不详,待考。

[二] 明府:知县。

[三] 尘坌(bèn):尘埃。

[四] 袁安（？—92）：字邵公，汝南郡汝阳县（今河南商水西南）人，东汉名臣。

四十四

李厚安[一]太史[二]《五华山晚眺》诗："海光一线白，山色四围青"，"管弦新月上，灯火酒人归"等联，极能状昆湖翠海[三]景致，今则天时人事，几历迁移。山川犹是，非复当年风味矣！又厚安《秋兴》诗有云："且共老农歌乐岁，霜锋不用淬鹛鹈[四]。"按《尔雅注》："鹛鹈似凫而小，膏可莹刀。鹛，蒲历切；必益切。"杜子美诗："健笔凌鹦鹉[五]，铦锋[六]莹鹛鹈。""王渔洋诗："雄剑霜寒淬鹛鹈。"均作仄声用，厚安用作平声，似未合。

【注】：

[一] 李厚安（1866—1916）：李坤，字厚安，别号思亭，昆明人，光绪癸巳（1893）举人，癸卯（1903）进士。

[二] 太史：明清翰林。

[三] 昆湖翠海：翠湖。

[四] 鹛鹈（pì tí）：野鸭。

[五] 凌鹦鹉：凌，超过；鹦鹉，祢衡有《鹦鹉赋》。

[六] 铦（xiān）锋：刚锐的锋芒。

四十五

金匮杨夔生[一]谓：诗虽有为而作，然古人多以自写其性情。而曲士[二]小生，往往索解于解之外，曰某句刺某事，某章刺某人，温厚和平，荡然无遗。至于字句多引前人之诗，谓其某字本于某人，亦过矣。盖多读书，则落笔自无杜撰，岂择其为某人之字句而用之哉！杨氏之言如此。然古今人读书多，见诗多，作诗多，则摘词[三]命意，不免相袭。其最显者，如李嘉祐[四]之"水田飞白鹭，夏木啭黄鹂。"王摩诘[五]加"漠漠""阴阴"四字而成七言一联。按此系前人旧说。嘉祐行辈似在摩诘后，不应反袭李诗也。又摩诘《汉江临泛》诗："江流天地外，山色有无中。"欧阳文忠[六]公长短句云："平山栏槛倚晴空，山色有无中。"全用王句。陈简斋《伤春诗》："孤臣霜发三千丈，每岁烟花一万重。"实袭元遗山《寄杨飞卿[七]》诗"西风白发三千丈，故国青山一万重。"[八]何逊[九]《入西塞》诗："薄云岩际出，初月波中上。"老杜云："薄云岩际宿，孤月浪中翻。"只易四字。此词意之并同者。又有词少异而意同者，如张曙[十]《途中闻蝉》前四句云："每岁听蝉处，那将此际同。孤村寒色里，野店夕阳中。"李中正《闻子规》前四句云："何处正当闻，声声欲断魂。暖风芳草岸，残日落花村。"蒋钧[十一]《孤雁》后四句云："苇岸风吹雨，沙汀月照霜。还同我兄弟，零落不成行。"又颜之推[十二]《家训》云："《罗浮山记》云：'望平地树若荠。'故戴嵩[十三]诗云：'长安树若荠。'"孟浩然[十四]《秋登方山》诗云："天边树若荠，江畔洲如月。"实用嵩诗。又宋陆农师[十五]《贺王荆公父子俱侍经筵》诗云："润色圣猷[十六]双孔子，调燮[十七]元化[十八]两周公。"盖本于杜诗"侍臣双宋玉，战策两穰苴[十九]。"杜诗语合分际，陆则过矣。荆公《晚年闲居》诗云："细数落花因坐久，缓寻芳草得归迟。"实本于王摩诘"兴阑啼鸟缓，坐久落花多"。徐师川[二十]自谓荆公诗与渠所作"细落李花那可数，偶生芳草步因迟"，系偶似之耶？窃取之耶，善作诗者，不可不辨云云。然徐诗实不如荆公之闲适优游也。与唐人之"山自古来和石瘦，水因秋后漾沙清"，《雪浪斋日记》[二十一]有"背秋转觉山形瘦，新雨还添水面肥"，实本于前句而不及也。又荆公"一水护田将绿绕，两山排闼送青来"，盖本于五代沈彬[二十二]诗"地隈一水迎城转，天约群山附郭来"。沈又本于许丁卯[二十三]之"山形朝阙去，河势抱关来"，而各有胜处。岑嘉州[二十四]诗："渡口欲黄昏，归人争渡喧。"孟襄阳《夜归鹿门》诗云："山寺鸣钟昼已昏，渔梁渡头争渡喧"，盖本于岑诗。王逸少有"山阴路上行，如在镜中游"之句，沈云卿[二十五]遂有"船如天上坐，人似镜中行"，老杜遂有"春水船如天上坐，老年花似雾中看"之句。太白亦有"人行明镜中，鸟度屏风里"一联，盖触类而长之也。杜牧"故乡七十五长亭"，盖用太白"沙碛至梁苑，七十五长亭"句也。老杜"身轻一鸟过"，本于虞世南[二十六]之"横空一鸟度"。黄豫章之"断肠声里无声画，画出《阳关》更断肠"，本于李义山之"断肠声里唱《阳关》"。实不胜枚举也。

【注】：

[一] 金匮杨夔生：见卷上第三则。

[二] 曲士：乡曲之士，指孤陋寡闻之人。《庄子·秋水》："井蛙不可以语于海者，拘于虚也；夏虫不可以语于冰者，笃于时也；曲士不可以语于道者，束于教也。"

[三] 摛（chī）词：铺陈文辞。摛，舒展，散布。

[四] 李嘉祐：生卒年不详，唐诗人，字从一，赵州（今河北赵县）人。

[五] 王摩诘：王维。见卷上第二十四则。

[六] 欧阳文忠：欧阳修（1007—1072），字永叔，号醉翁，又号六一居士，卒谥文忠，庐陵（今江西吉安）人，仁宗天圣八年（1030）进士，北宋诗文革新运动领袖，"唐宋八大家"之一。有《新五代史》《欧阳文忠公集》等。

[七] 杨飞卿：杨鹏，字飞卿，汝阳（今河南临汝）人。其余不详。

[八] 由氏此说应误。陈简斋在前，元遗山在后，如何袭元？

[九] 何逊（？—518）：字仲言，东海郯（今山东郯城）人。明张溥辑有《何记室集》一卷。

[十] 张曙：生卒年不详，小字阿灰，南阳（今属河南）人。

[十一] 蒋钧：生卒年不详，字不器，营道（今湖南道县）人。

[十二] 颜之推（约531—591）：字介，琅琊临沂（今山东临沂）人，北齐文学家。有《颜氏家训》等。

[十三] 戴嵩：疑为戴暠（hào），南朝梁人，生平不详。逯钦立《先秦汉魏晋南北朝诗》辑其诗十首。

[十四] 孟浩然（689—740）：《新唐书》卷二百三："孟浩然，字浩然，襄州襄阳人。少好节义，喜振人患难。隐鹿门山，年四十，乃游京师。"

[十五] 陆农师：《宋史·陆佃传》卷三四三："陆佃字农师，越州山阴人。居贫苦学，夜无灯，映月光读书……遂罢为中大夫知亳州，数月卒，年六十一。"有《埤雅》等。

[十六] 圣猷：圣谟，皇帝的谋略。

[十七] 调燮：调和。燮，和。《尚书·洪范》："燮友柔克。"

[十八] 元化：社稷。李商隐《有感》："九服归元化，三灵叶睿图。"

[十九] 穰苴：《史记·司马穰苴列传》卷六四："司马穰苴者，田完之苗裔也。"

[二十] 徐师川：徐俯，字师川，北宋徐禧之子。

[二十一]《雪浪斋日记》：原书已佚，作者不详。

[二十二] 沈彬：生卒年不详，字子文，唐末高安（今属江西）人。科场失意，游湖湘，又游岭表，与诗僧虚中、齐己为友。有《沈彬集》《闲居集》等，已佚。

[二十三] 许丁卯：许浑（约791—约858），字用晦，圉师之后，润州丹阳（今属江苏）人。有《丁卯集》。

[二十四] 岑嘉州：岑参（约715—770），江陵（今属湖北）人，

郡望南阳（今属河南），天宝三年（744）登进士第。有《岑嘉州集》。

[二十五] 沈云卿：沈佺期（约656—715），字云卿，相州内黄（今河南安阳内黄县）人，唐代诗人。

[二十六] 虞世南（558—638）：字伯施，越州余姚（今属浙江）人，唐代书法家、文学家。有《虞秘监集》。

【笺】：

宋代吴开《优古堂诗话·沿袭不失为佳》亦云：诗人有沿袭不失为佳者。张曙《途中闻蝉》前四句云："每岁听蝉处，那将此际同。孤村寒色里，野店夕阳中。"李中正《闻子规》前四句云："何处正当闻，声声欲断魂。暖风芳草岸，残日落花村。"蒋钧《孤雁》后四句云："苇岸风吹雨，沙汀月照霜。还同我兄弟，零落不成行。"

四十六

近时诗家，多有脱胎古人名作而意境增新者。如：陈太初（沆）[一]《出都诗》"不有霜雪威，讵识阳和德"，实本于唐吕温[二]《孟冬蒲州[三]关河亭》诗"严冬不肃杀，何以见阳春"。其曾孙陈仁先[四]《天宁寺听松声》诗："斜阳红满地，雷雨忽在巅。仰看四沉寥[五]，声出双松间。属耳倏已远，飞度万壑泉。"写听松声，神韵欲绝。然实本于黄涪翁[六]之"日晴四无人，声出高林际"。仁先演为三韵六句，意境较深长矣。李拔可[七]《夜坐示贞壮[八]并寄剑丞江南》诗"眼中时事益纷纷，默坐相看我与君"，实本于元遗山《眼中》诗"眼中时事益纷然，拥被寒窗夜不眠"，均为起句。曾蛰庵[九]《花朝江亭宴集》诗"疲蹇倦皇路，游邀欣近郊。所思缓郁纡，得闲轻脱逃"，实本于柳柳州[十]《游西亭》诗"谪弃殊隐沦，登陟非远郊。所怀缓伊郁，讵欲肩夷巢[十一]"。蛰庵五言古诗多摹《选》体，此则实出柳州。江叔海[十二]五言古，亦瓣香[十三]《选》诗，多有酷似者。

【注】：

[一] 陈沆（1785—1826）：原名学濂，字太初，号秋舫，清代著名诗人。有《简学斋诗存》等。

[二] 吕温（772—811）：字和叔，又字化光，唐代河中（今山西永济）人，贞元进士。有《吕衡州集》。

[三] 蒲州：今山西永济等地。

[四] 陈仁先（1878—1949）：字仁先，湖北蕲水人，光绪二十九年（1903）进士。

[五] 泬（xuè）寥：空旷晴朗。

[六] 黄涪翁：黄庭坚。见卷上第五则。

[七] 李拔可（1876—1953）：李宣龚，字拔可，近代诗人，福建闽县人。有《墨巢词》等。

[八] 贞壮：诸宗元（1875—1932），字贞壮，浙江绍兴人，南社发起人之一，早年加入同盟会。有《大至阁诗》等。

[九] 曾蛰庵（1867—1926）：曾习经，字刚甫，号蛰庵，广东揭阳人，光绪十六年（1890）进士。有《蛰庵诗存》等。

[十] 柳柳州：柳宗元（773—819），字子厚，祖籍河东（今山西永济）人，贞元九年（793）进士。有《柳河东集》。

[十一] 夷巢：夷，伯夷；巢，巢父。二人皆世之高洁隐士。

[十二] 江叔海：江瀚（1857—1935），字叔海，号石翁，福建长汀人，近现代著名学者、教育家和诗人。

[十三] 瓣香：佛教语，师承。

四十七

王仲宣[一]《公宴诗》："见眷良不翅[二]，守分岂能违。"李善注：

"言上见恩遇,不翅过于本望。"杜子美诗"方驾曹刘不翅过",即本王诗。《家语》孔子曰:"爱人之谓德教,何翅惠哉!"不翅,犹过多也。见《能改斋漫录》。近人李审言[三]笺注汪容甫[四]《自序》文"受诈兴公,勃溪[五]累岁",久觅出处未获,后得之于《世说新语·假谲》篇。王文度[六]弟阿智,恶乃不翅,当年长而无人与婚。孙兴公[七]有一女,亦僻错,又无嫁娶理,见阿智乃言"此定可,殊不如人所传"。后乃知兴公之诈,为之欣喜。解不翅二字,只引《说文》段注。再以《漫录》所引证之,益见明确。

【注】:

[一] 王仲宣:王粲。见卷上第九则。

[二] 不翅:不啻。

[三] 李审言(1859—1931):李详,字审言,号窳生,扬州兴化县人。有《二研堂全集》等。

[四] 汪容甫(1745—1794):汪中,字容甫,江都(今江苏扬州)人,工骈文。有《述学》等。

[五] 勃溪:吵架,争斗。

[六] 王文度(330—375):王坦之,字文度,王述之子,晋太原(今山西太原)人。有《王坦之集》等。

[七] 孙兴公:孙绰(314—371),字兴公,太原中都(今山西平遥)人,东晋文学家。有《孙绰集》等。

四十八

当科举时以状头[一]为荣。而父子兄弟鼎甲者,尤为罕见。宋代除二宋兄弟魁元外,祥符[二]中梁固[三]、张师德[四],皆第一人及第。固,状元灏之子也。师德,亦状元去华之子。两家父子状元,魏野[五]以诗贺之云："封禅汾阴连岁榜，状元俱是状元儿。"见王辟之[六]《渑水燕谈录》。《渑水》又云："孙何[七]孙仅[八]，学行文辞，倾动场屋。何既为状元，王黄州[九]览仅文编，书其后曰：'明年再就尧阶[十]试，应被人呼小状元。'后榜仅果第一。黄州复以诗寄之曰：'病中何幸忽开颜，记得诗称小状元。粉壁乍悬龙虎榜，锦标终属鹡鸰原[十一]。'"路谓二孙先得状头，亦是科名盛事，而黄州之诗，若符券然，又大好一则诗话也。见陈锡路[十二]《黄妳余话》。而汤大奎（曾辂）[十三]《炙砚琐谈》载庄氏弟兄鼎甲，亦佳话也。阳湖庄本淳（培因）[十四]学士，少负才华，不作第二人想。乾隆乙丑，令兄方耕[十五]先生（存与）以第二人及第，学士赋诗调之，落句云："他年令弟魁天下，始信人间有宋祁。"后果中甲戌状元。与梁张韵事[十六]并同，后先辉映。

【注】：

[一] 状头：见卷上第三十七则。

[二] 祥符：北宋真宗年号。

[三] 梁固（987—1019）：字仲坚，北宋郓州须城（今山东东平）人。有《汉春秋》等。

[四] 张师德（978—1026）：字尚贤，开封襄邑（今河南睢县西）人。

[五] 魏野（960—1019）：字仲先，号草堂居士，陕州（今河南陕县）人，北宋前期诗人。有《东观集》等。

[六] 王辟之（1031—?）：字圣涂，北宋齐州临淄（今山东淄博）人。

[七] 孙何（961—1004）：字汉公，北宋蔡州汝阳（河南汝南）人，少以诗文知名，淳化三年（992）进士。有《孙何文集》。

[八] 孙仅（969—1017）：字邻几，孙庸次子，北宋蔡州汝阳（河

南汝南）人。有《甘棠文集》。

[九] 王黄州：王禹偁（954—1001），字元之，北宋济州巨野（今山东菏泽）人。有《小畜集》等。

[十] 尧阶：传说帝尧所居之地为茅屋土阶。指朝廷。

[十一] 鹡鸰原：鹡鸰，脊令，一种水鸟。《诗经·小雅·常棣》："脊令在原，兄弟急难，每有良朋，况也永叹。"喻兄弟纾困。

[十二] 陈锡路：锡，原为"铭"，误。字玉田，浙江归安乌程（今浙江湖州）人。其余不详。

[十三] 汤大奎（1728—1786）：字曾辂，一字纬堂，清代江苏武进人，乾隆进士。有《纬堂诗略》等。

[十四] 庄本淳（1723—1759）：庄培因，字本淳，号仲醇，江南阳湖（今江苏武进）人，清乾隆十九年（1754）甲戌科进士第一人。有《虚一斋集》等。

[十五] 方耕：庄存与（1719—1788），字方耕，号养恬，江苏武进人，乾隆十年（1745）进士，常州学派创始人。有《春秋正辞》《系辞传论》等。

[十六] 韵事：风雅之事。

四十九

古人诗虽单词只字，俱经细意琢磨，往往脱简[一]流传，后人极意拟之，不能得者，诗话中散见非一。杜集有"身轻一鸟"，鸟下脱一字。有补"疾"字者，有补"落"字者，有补"起"字者，"下"字者，后得完本，乃知系"过"字。盖本张景阳[二]诗"人生瀛海内，忽如鸟过目"。故东坡有句云："如观老杜飞鸟句，脱字欲补知无缘。"即谓此也。又孟浩然有"到得重阳日，还来就菊花"之句，刻本脱一"就"字。有拟作"醉"、作"赏"、作"泛"、作"对"者，后得完本是"就"字,乃知其妙。东坡谓渊明诗"采菊东篱下,悠然见南山",有以"见"为"望"者,不啻碔砆[三]之与美玉。韦苏州[四]"采菊露未晞,举头见秋山",颇得渊明诗意。明李茶陵[五]《怀麓堂集·上陵》诗,有"野行愁夜虎,林卧起秋鹰"之句,其子兆先[六]易"愁"字为"迥"字,茶陵赞之为一字师。李越缦[七]谓为恶札,讥其有誉儿癖。盖一字关系全诗神理,不可不慎。陈玉田[八]论"还来就菊花",九字皆俗,有此一"就"字下之,便字字飞动,化俗为雅。苕溪渔隐[九]所谓诗句以一字为工,如灵丹一粒,点铁成金,其妙固不可思议也。又今李杜集《醉时歌》"清夜沉沉动春酌[十],灯前细雨檐花落",有刊为"檐前细雨灯花落"者,俗眼见之,以为近理,实则意味索然矣。山谷《次韵盖郎中率郭郎中休官》诗:"桃叶柳花明晓市,荻芽蒲笋上春洲。"有刊为"柳叶桃花明晓市"者,其失与前同。又杜诗"犬迎曾宿客",唐顾陶[十一]本作"犬憎闲宿客"。又《对月》诗"斫却[十二]月中桂",陶本作"折尽月中桂"。均不可从。惟《寄高适》诗"天上多鸿雁,池中足鲤鱼",陶本为"河中",则"河"字似较"池"字为胜。

【注】:

[一] 脱简:文字有脱漏或书有缺页。清代俞樾《古书疑义举例·简策错乱例》:"按《易》穷则变二十字,以上下文法言之,殊为不伦。疑《易》'穷则变,变则通,通则久',乃上篇'动则观其变而玩其占'以下之脱简。"

[二] 张景阳:张协(?—307),字景阳,西晋文学家,安平(今河北安平)人,与兄张载、弟张亢并称为"三张"。有《杂诗》等。

[三] 碔砆(wǔ fū):玉一样的石头,喻以假为真。

[四] 韦苏州:韦应物,生卒年不详,京兆万年(今陕西西安)人,中唐诗人。有《韦苏州集》。

[五]李茶陵：李东阳（1447—1516），字宾之，号西涯，长沙府茶陵（今湖南茶陵）人，明天顺八年（1464）进士。有《怀麓堂集》等。

[六]兆先：字徵伯，湖南茶陵人，以荫入国子监，早卒。

[七]李越缦：见卷上第八则。

[八]陈玉田：见卷上第四十八则。

[九]苕溪渔隐：胡仔（1110—1170），字元任，徽州绩溪（今安徽绩溪县）人，有《苕溪渔隐丛话》。

[十]春酌：春日宴饮。

[十一]顾陶：生卒年不详，唐钱塘（今浙江杭州）人，武宗会昌四年（844）进士。编有《唐诗类选》。

[十二]却：原为"邵"，应为"却"。依文意改。

【笺】：

炼字之说，古今多有探赜。如王寿昌《小清华园诗谈》上编：炼字不如炼句，炼句不如炼意，炼意不如炼格。何谓炼字？曰：如王子安之"兰气薰山酌，松声韵野弦"；岑嘉州之"涧花然暮雨，潭树暖春云"之类是也。何谓炼句？曰：如少陵之"美花多映竹，好鸟不归山"；太白之"山随平野尽，江入大荒流"；刘随州（长卿）之"竹怜新雨后，山爱夕阳时"之类是也。何谓炼意？如左太冲之"非必丝与竹，山水有清音"；庾子山之"今朝梅树下，定有咏花人"；常少府之"天际一帆影，预悬离别心"；暨王湾之"客路青山外，行舟绿水前。潮平两岸阔，风正一帆悬。海日生残夜，江春入旧年。乡书何处达？归雁洛阳边"（《次北固山下》）之类是也。何谓炼格？如古之"橘柚垂华实，乃在深山侧。闻君好我甘，窃独自雕饰。委身玉盘中，历年冀见食。芳菲不相投，青黄忽改色。人倘欲我知，因君为羽翼"；及右丞之"绝域阳关道，胡沙与塞尘。三春时有雁，万里少行人。首蓿随天马，葡萄逐汉臣。当令外国惧，不敢觅和亲"。（《送刘司直赴安西》）少陵之"西蜀樱桃也自红，野人相赠满筠笼。数回细写愁仍破，万颗匀圆讶许同。忆昨赐沾门下省，退朝擎出大明宫。金盘玉箸无消息,此日尝新任转蓬。"(《野人送朱樱》)其余如《秋兴》八首、《诸将》五篇等作,皆格之最整炼者也。

五十

元和[一]汪衮甫(荣宝)[二],屡膺东西洋使命,文采斐然,无惭专对[三]。其诗夙宗义山,具体而微。前年[四]海藏[五]赴辽[六],俨然佐命[七],衮甫心非之。曾寄以《咏史》七言一律云:"中原亡鹿不堪求,阻海犹能主一州。涸辙能无升斗沽[八],随阳岂有稻粱谋。蓬莱未必多仙药,松杏依然是故邱。白发迴天粗已了,江湖迟子入扁舟。"涸辙一联,虽系为瀛国[九]曲谅,但当局处置不善,致迫而出此,亦未必非事实。末联则为友谊进忠告,语意肫肫[十]。此等诗真可谓不虚作者。惜君于今年夏间,以微疾遽归道山。老成凋谢,国之戚也。

【注】:

[一] 元和:地名,今属江苏吴县。

[二] 汪衮甫(1878—1933):汪荣宝,字衮父、衮甫,号太玄,江苏吴县人。

[三] 专对:《春秋公羊传·庄公十九年》:"聘礼:大夫受命,不受辞。"何休注:"以外事不素制,不豫设,故云尔。"汉何休解诂,唐徐彦疏《春秋公羊传正义》:"出竟(境)有可以安社稷利国家者,则专之可也。"意谓外交事务中受命君王之命而无其辞,只要安社稷,利国家,可自撰文辞。

[四] 前年:以汪衮甫"惜君于今年夏间,以微疾遽归道山"推断,应为1931年。

[五] 海藏:郑孝胥(1860—1938),字苏龛、苏堪,一字太夷,号海藏,福建闽县(今属福州)人,光绪八年(1882)举人。有《海藏楼

[六] 赴辽："九一八"事变后，郑孝胥出任"伪满洲国国务总理"。

[七] 佐命：佐，辅佐；命，天命。指辅佐君王之人。范晔《后汉书·二十八将论》列传卷十二："咸能感会风云，奋其智勇，称为佐命，亦各智能之士也。"

[八] 涸辙能无升斗沽：一作"失水正须升斗活"。

[九] 瀛国：日本。

[十] 肫肫（zhūn zhūn）：诚恳的样子。

【笺】：

唐刘知几《史通·内篇·言语》卷二十："盖枢机之发，荣辱之主，言之不文，行之不远，则知饰词专对，古之所重也。"

五十一

余自退职家居，葺小园一区，杂莳[一]花木，有楼三楹，插架万卷。每日晨兴，翻阅书史，点勘群籍，迄于瞑不倦。盖以炳烛光阴，老学晚盖[二]，故有汲汲孜孜[三]日不暇给之势。读陈仁先[四]《过青岛访潜楼[五]》诗，殆不啻为余写照也。诗云："浩浩东海滨，清晖霭一庐。主人手种树，参天仰扶疏。当阶芍药花，娟娟表春余。有楼书插架，十万琳琅如。主人朝盥罢，竟日何为娱？掩书即作字，辍笔还读书。黾勉[六]日不暇，岁月忘居诸。庭芜日夜深，足不至门闾。独乐岂真乐，乾坤极疮痏。斯人著此间，天意终何如？"诗境极佳，惟末二语则非余之所敢承耳。

【注】：

[一] 莳（shì）：种植，移栽。

[二] 晚盖：以后善掩前恶。《国语·晋语》卷七："彼将恶始而美终，以晚盖者也。"韦昭注："美，善也。晚，后也。盖，掩也。言以后善掩前恶。"

[三] 汲汲孜孜：汲汲，急切；孜孜，勤勉貌。

[四] 陈仁先：见卷上第四十六则。

[五] 潜楼：清末官员刘廷琛府邸。刘廷琛（1868—1933），字幼云，晚号潜楼老人，江西德化（今九江）人。

[六] 黾（mǐn）勉：努力。

五十二

揭阳曾蛰庵[一]（习经）五言古诗，工为《选》体，间摹韩柳。近体则出入唐宋。前曾举其似柳州五古一首。其近体《读书题词》十五绝句，最为出色。其《咏子建》一首，注云"子建[二]沉挚，敦于性情。锺记室[三]谓情兼雅怨，是也。昔王弇州[四]读'谒帝承明庐'便回环往复百数十遍，不可休。予于'初秋凉气发'一篇，亦然。每至'子其宁尔心，交亲义不薄'，盖不知涕之何从也"云云。子建处其兄文帝猜忌之时，而能肫肫相感如此，诚不愧性情中人。予每读蛰庵所举二诗，盖匪独回肠荡气，实不禁吞声饮泣矣。

【注】：

[一] 曾蛰庵：见卷上第四十六则。

[二] 子建：曹植（192—232），字子建，沛国谯县（今安徽亳州）人，曹操第三子，曹丕之弟，封陈王，谥"思"。有《陈思王集》。

[三] 锺记室：锺嵘（约468—518），字仲伟，颍川长社（今河南长葛）人，南朝梁文学理论批评家。有《诗品》。

[四] 王弇（yǎn）州：王世贞（1526—1590），字元美，号凤洲、

弇州山人，明太仓（今属江苏）人，"后七子"之一。有《艺苑卮言》等。

五十三

新建[一]范藕舫[二]明府[三]金镛由进土谒选，补云南曲靖府宝宁县。到任甫数月。与秦宥横[四]太守不合，被劾去官。授图画于省校，朝夕倾谈，致相得也。君工诗画，嗜饮酒。数杯之后，辄扼腕数当世人物，少所当意，顾独拳拳于余，许为表里兼到之人。余深自愧勉。君画善人物花鸟，工致脱俗。尝夜燃烛作《百菊图》，时年已六十余，几忘寝食。予劝其少息养神。君曰，余固乐此不疲也。诗宗温李，而亦间有槎枒[五]之作。词则入草窗[六]之室。刻有《心香室诗钞》四卷，《诗余》一卷。宣统末年，滇督锡清弼[七]为奏准开复原官，而君已垂垂老矣。后解铜[八]入京，覆舟几不免，到京未久，即归道山。尝赠余诗集一部，末附跋语千数百言，全用仄声字，苍峭拔俗，诗亦清隽。时作艳体乐府，记其五言《赠栖云上人》云："出山不见寺，入寺不见山。山云自来去，山僧坐其间。云来寺门开，云去寺门关，云来与云去，山僧心自闲。"六言云："王维是诗天子，沈生乃意圣人。道境空言水月，佛说亦是波旬[九]。"[十]又："温飞卿[十一]叉手八，李长吉[十二]唾地三[十三]。论才不怕米贵[十四]，说士胜于肉甘[十五]。"具见其兀傲之态。七言《泊穿石即事》云："有人知是范莱芜[十六]，落落扁舟伴遂孤。薄宦半生寒乞相，秋山一幅夜游图。波摇金碧天垂幕，霞泛红蓝月吐珠。怪底南来犹意气，此邦形势胜三吴。"皆佳。其女弟子鹤俦[十七]亦工诗词，断句如："浣女白双足，樵童绿一肩。"词如《蝶恋花》云："凉月一丸团似饼。踏遍莓苔，没个人儿省。罗袜透痕冰样冷，明朝留下纤纤印。算是今宵眠不稳。两鬓蓬松，揉破珊瑚枕[十八]。珠馆[十九]风微莲漏永。梧桐遮断西楼影。"皆隽永有致。

惜词涉纤巧，得之于髫年女子，殊不易也。

【注】：

　　[一] 新建：今属江西南昌。

　　[二] 范藕舫：范金镛（1853—1914），又名明榕，字福廷，号藕舫，江西新建县人。光绪六年（1880）进士，清末画家、诗人。有《心香室诗钞》等。

　　[三] 明府：见卷上第四十三则。

　　[四] 秦宥横（？—1926）：秦树声，字宥横，河南固始人，光绪十二年（1886）进士，曾出任云南曲靖知府。

　　[五] 槎枒（chá yā）：原意为树枝出杈，此处引申为参差不齐。

　　[六] 草窗：周密（1232—1298），字公谨，号草窗，祖籍济南，后随宋南渡后居浙江湖州。有《草窗词》等。

　　[七] 锡清弼：锡良（1853—1917），字清弼，蒙古镶蓝旗人，同治进士，1907年任云贵总督，创练陆军，设讲武堂。

　　[八] 解铜：押运贡铜入京。

　　[九] 波旬：佛教传说中的魔王，常率眷属到人间破坏佛道。

　　[十] 由云龙认为此诗属范金镛作，误。范金镛当以熊宝泰诗为题画之作。熊宝泰（1742—1816）《藕颐类稿》卷八《闲居戏吟》其一："王维是诗天子，沈生乃意圣人。道境空言水月，佛说亦是波旬。"（见陈才智《杜甫研究学刊》2023年第2期《论"诗王"：杜甫接受史的一个别样角度》）

　　[十一] 温飞卿：温庭筠。见卷上第一则。

　　[十二] 李长吉：李贺（790—816），字长吉，河南福昌（今河南宜阳）人，郡望陇西，家居福昌之昌谷，世称李昌谷。有《昌谷集》。

　　[十三] 唾地三：唐代冯贽《云仙散录》引《文笔襟喉》云："有人谒李贺，见其久而不言，唾地者三，俄而成文三篇。"

[十四]"米贵":南宋尤袤《全唐诗话》卷二:"乐天未冠,以文谒顾况,况睹姓名,熟视曰:'长安米贵,居大不易。'及披卷读其《芳草诗》,至'野火烧不尽,春风吹又生',叹曰:'我谓斯文遂绝,今复得子矣,前言戏之耳。'"

[十五]说士胜于肉甘:南朝宋范晔《后汉书·独行列传·李充传》卷八十一:"李充字大逊,陈留人也……大将军邓骘贵戚倾时,无所下借,以充高节,每卑敬之。尝置酒请充,宾客满堂,酒酣,骘跪曰:'幸托椒房,位列上将,幕府初开,欲辟天下奇伟,以匡不逮,惟诸君博求其器。'充乃为陈海内隐居怀道之士,颇有不合。骘欲绝其说,以肉啖之。充抵肉于地,曰:'说士犹甘于肉!'遂出,径去……"

[十六]范莱芜:南朝宋范晔《后汉书·独行列传·范冉传》卷八十一:"桓帝时,以冉为莱芜长,遭母忧,不到官。后辟太尉府,以捐急不能从俗,常佩韦于朝。议者欲以为侍御史,因遁身逃命于梁沛之间,徒行敝服卖卜于市。遭党人禁锢,遂推鹿车,载妻子,捃拾自资。或寓息客庐,或依宿树荫。如此十余年,乃结草室而居焉。所止单陋,有时粮粒尽,穷居自若,言貌无改。闾里歌之曰:'甑中生尘范史云,釜中生鱼范莱芜。'及党禁解,为三府所辟,乃应司空命。是时西羌反叛,黄巾作难,制诸府掾属,不得妄有去就。冉首自劾退,诏书特原不理罪。又辟太尉府,以疾不行。"

[十七]鹤俦:彭若梅,字鹤俦,江西乐平人。有《岁寒吟》《妙香阁诗余》等。

[十八]珊瑚枕:以珊瑚为饰的枕头,泛指华美之枕,多红色。

[十九]珠馆:精美馆舍。

【笺】:

《〈清实录〉有关云南史料汇编》:光绪三十三年八月癸亥(1807.9.11)。谕内阁:"前据署贵州提学使陈荣昌奏参司道大员,请旨查办一折,当经谕令岑春煊确查。兹据查明复奏,贵州布政使兴禄有意欺蒙，辜恩溺职，著即行革职。前署云南迤西道调任陕西陕安道石鸿韶办理要务，诸多乖谬，嗜好甚深，声名恶劣，著革职永不叙用。姚州知州李金鳌、大姚县知县谢怀宣、罗次县知县范金镛随办要务，亦多乖谬，均著即行革职。前任云贵总督丁振铎用人不当，咎无可辞，业经革职，著免其置议。"（云南省历史研究所著《〈清实录〉有关云南史料汇编》云南人民出版社1984年版，第197—198页。）

《申报》庚戌年六月二十九日（1910年8月4日）（第十版）《云南通信》："滇运大宗京铜失事。滇省前派赴川省采购京铜委员范金镛顷电禀滇督，以所办念八批京铜经雇民舟装运，不料行至万县双鱼子滩，舟为石撞，以致沉没京铜八万余斤计，共一千八百余条，损失甚巨。当经李制军严电该员，限期十日捞获，违则饬令赔偿并行参革云。"

彭若梅《清平乐》："遥山翠染，眉影当窗敛。粉壁题诗尘半掩，添上新苔几点。别来幽梦难通，碧阑朱槛重重。谁放绿杨花入？卷帘低骂东风。"

李商隐《李贺小传》："……长吉细瘦，通眉，长指爪，能苦吟，疾书。最先为昌黎韩愈所知，所与游者，王参元、杨敬之、权璩、崔植为密。每旦日出与诸公游，未尝得题然后为诗，如他人思量牵合，以及程限为意……背一古破锦囊；遇有所得，即书投囊中。及暮归，太夫人使婢受囊，出之，见所书多，辄曰：'是儿要当呕出心始已耳！'上灯与食，长吉从婢取书，研墨、叠纸，足成之，投他囊中。非大醉及吊丧日，率如此；过，亦不复省……长吉将死时，忽昼见一绯衣人，驾赤虬，持一版，书若太古篆，或霹雳石文者，云当召长吉……长吉独泣，边人尽见之。少之，长吉气绝……呜呼！天苍苍而高也，上果有帝耶？……"

五十四

建康古迹较多，江山雄俊。诗家每涉及秣陵[一]六朝事者，恒多佳句。如韦端已[二]之"六朝如梦鸟空啼"，龚芝麓[三]之"流水青山送六朝"，锺晓[四]之"一笛残阳旧六朝"。仪征[五]周维镛[六]（椒镫）有绝句云："夜夜秦淮夜夜箫，鲻鱼[七]时节涨春潮。曾经丁字帘前[八]坐，细雨青灯话六朝。"赵秋谷[九]亦有绝句云："水色山光入梦遥，十三陵树晚萧萧。中原事业如江左，草色何须怨六朝。"皆丰神秀绝。

【注】：

[一] 秣陵：南京。

[二] 韦端已：韦庄（约836—910），字端已，京兆杜陵（今陕西西安）人。有《浣花集》。

[三] 龚芝麓（1615—1673）：龚鼎孳，字孝升，号芝麓，合肥人，明崇祯七年（1634）进士。有《定山堂诗集》。

[四] 锺晓：字景阳，顺德人，弘治五年（1492）举人，官至知府，其余不详。

[五] 仪征：地名，今属江苏扬州。

[六] 周维镛：不详，待考。

[七] 鲻鱼：乌鱼，肥而味美。

[八] 丁字帘前：地名。清代珠泉居士《续板桥杂记·轶事》卷下："丁字帘前，厥名旧矣，今利涉桥之西，水榭三间，最为轩豁，玉箸篆额，尚悬楣间，纵非当日故居，当亦相去不远。《桃花扇》传奇云：'桃根桃叶无人问，丁字帘前是断桥。'可证也。"

[九] 赵秋谷：赵执信（1662—1744），字伸符，号秋谷，青州益都（今山东淄博）人，清康熙十八年（1679）进士。有《饴山堂集》等。

【笺】：

杨锺羲《雪桥诗话》（第三集）卷七："扬子周维墉椒镫《白门》绝句云：'夜夜秦淮夜夜箫，鲻鱼时节长春潮。曾经丁字帘前坐，细雨青灯话六朝。'颇见风致。"

清末陈作霖《东城志略·志水》："傍南岸者，以合肥刘氏河厅为冠，盖在丁字帘前遗址左右，对河水歧出，如丁字形，所谓帘前丁字水也。或曰，即丁继之水亭，复社会文处也。"

朱偰《金陵古迹图考》："丁继之水亭秦淮两岸，试馆如林，率筑台榭。傍南岸者，以合肥刘氏河厅为冠，盖在丁字帘前遗址左右（对河水港歧出如丁字形，所谓帘前丁字水也）。或曰即丁继之水亭，复社会文处也。《桃花扇》尝纪其事，常张灯，曰'复社会文，闲人免进'。"（朱偰著《金陵古迹图考》，中华书局出版社2019年版，第216页。）

清钱谦益《留题秦淮丁家水阁》："苑外杨花待暮潮，隔溪桃叶限红桥。夕阳凝望春如水，丁字帘前是六朝。"

纳兰性德《秣陵怀古》："山色江声共寂寥，十三陵树晚萧萧。中原事业如江左，芳草何须怨六朝。"

五十五

讲求声调平仄，则有赵秋谷之《声调谱》、翟仪仲[一]（翚）之《声调谱拾遗》、王文简[二]之《古诗平仄论》、翁覃溪[三]之《五言七言平仄举隅》诸书。讲求格律，则有《历代诗话》，及纪晓岚之《瀛奎律髓》[四]、许五塘[五]之《律髓辑要》《诗法萃编》诸书，皆论之详尽。学诗者可自寻求，无俟繁复征引。兹所欲言者，则诗家之宗尚派别也。其天资高、学力厚、兼采众长、不名一家者，固未可拘于宗派之说，从而拟议之。至于宗尚古人，学专一派，其间是非得失，有可得而论列者。自来言诗者，靡不以唐为宗。吴门吴修龄[六]《围炉诗话》，尤力主之。惟学之仅得皮毛者，则痛斥之不稍假借。其诋明代之大复[七]、空同[八]等，至谓为"蚓响蛙声，牛吼[九]驴鸣"，意气凌蔑，岂得为平情之论耶？夫唐承六代繁褥之余，振起中声，规复正始。格律完整，情韵绵邈，诚为诗歌极则。特步趋不易，往往肤浅空阔，流弊无穷。在仲默[十]、元美[十一]、于鳞[十二]辈，各有独至，非扶墙摸壁者可比。集中间有遗神袭貌之作，其雄篇佳制，固不可掩。若夫浅学之徒，家李杜而户元白，肤词俗调，挥毫立就，巴曲俚语，摇笔即来。甚者假托神韵，藉口性灵。无论贵贱老少，末学小生，皆可作诗。身后遗集，人各一编，几成定例。汗牛充栋，奚止[十三]覆瓿代薪[十四]。故赵瓯北[十五]《长夏曝书有作》云："文人例有一篇稿，锲枣锓梨[十六]纷不了。若使都传在世间，塞破乾坤尚嫌小。"此近今诗家，所以有祧唐祖宋，力避陈腐，固趋势之所不得不至此也。盖宋诗非读书多、积理厚，不能率尔成章，试观山谷[十七]、荆公[十八]、后山[十九]、宛陵[二十]、简斋[二十一]之诗，奥衍深微，包举万象，岂粗疏者所能学步。披沙拣金，振衰救弊，舍斯莫属。故与其学唐而流为庸俗之词，毋宁学宋而犹不失为学人之制也。然如散原[二十二]、子培[二十三]，生辣晦涩，殊乏涵泳优游之趣。渐西、晚翠[二十四]，亦不免于过为奥僻。其得风人之旨，有书有笔，雅俗共赏者，其惟海藏[二十五]、听水[二十六]之伦乎！故余论今之为诗者，当以汉魏六朝三唐为根柢，而以宋代诸大家为规臬[二十七]，其庶乎不失于浅俗庸滥者矣！

【注】：

[一] 翟仪仲（1752—1792）：翟翚（huī），字树公，名槐，安徽泾县人，乾隆三十年（1775）进士，曾任云南主考官和楚雄知府。有《居敬堂集》。

[二] 王文简：王士禛。见卷上第七则。

[三] 翁覃溪：翁方纲（1733—1818），字正三，号覃溪，顺天大兴（今北京市大兴区）人，乾隆十七年壬申（1752）进士，提倡"肌理说"。有《复初斋诗文集》等。

[四] 纪晓岚之《瀛奎律髓》：误，《瀛奎律髓》，元代方回著。

［五］许五塘：许印芳（1832—1901），字苎山，一字麟篆，号五塘，云南石屏人。清同治举人。

［六］吴修龄：吴乔（1611—1695），一名殳，字修龄，太仓（今属江苏）人。

［七］大复：何景明（1483—1521），字仲默，号大复，信阳（今属河南）人，弘治十五年（1502）进士，"前七子"之一。有《大复集》。

［八］空同：李梦阳（1473—1530），字天赐，号空同子，庆阳（今属甘肃）人，徙居开封，明文学家，弘治进士，"前七子"领袖。有《空同集》。

［九］听（hòu）：《说文解字》卷九上："厚怒声。从口后，后亦声。"

［十］仲默：何景明。

［十一］元美：王世贞。见卷上第五十二则。

［十二］于鳞：李攀龙。见卷上第十三则。

［十三］奚止：何止。

［十四］覆瓿（bù）代薪：覆瓿，《汉书·扬雄传》卷八七："雄以病免，复召为大夫。家素贫，耆酒，人希至其门。时有好事者载酒肴从游学，而巨鹿侯芭常从雄居，受其《太玄》《法言》焉。刘歆亦尝观之，谓雄曰：'空自苦！今学者有禄利，然尚不能明《易》，又如《玄》何？吾恐后人用覆酱瓿也。'雄笑而不应。"代薪，当柴烧。喻作品不被重视或无价值。

［十五］赵瓯北：赵翼（1727—1814），字云崧，号瓯北，常州阳湖（今江苏武进）人。有《瓯北集》。

［十六］锲枣锓（qǐn）梨：锓，雕刻。意谓书籍出版。古代印版木材多选用梨木、枣木等。

［十七］山谷：见卷上第五则。

［十八］荆公：王安石（1021—1086），字介甫，号半山，抚州临川（今属江西抚州）人，庆历二年（1042）进士，熙宁二年（1069），任参

知政事，熙宁三年（1070年）同中书门下平章事，推行新法。后退居江宁（今江苏南京），封荆国公，世称"荆公"。有《临川集》等。

[十九] 后山：陈师道（1053—1102），字无己，又字履常，别号后山居士，彭城（今江苏徐州）人，"苏门六君子"之一。严羽称其诗歌为"后山体"。有《后山集》。

[二十] 宛陵：梅尧臣（1002—1060），字圣俞，北宋宣州宣城（今属安徽）人，宣城汉代名宛陵，故世称宛陵先生。《宋史·梅尧臣》卷四四三载：梅尧臣，字圣俞，宣州宣城人。有《毛诗小传》等。

[二十一] 简斋：陈与义（1090—1138），字去非，号简斋，洛阳（今属河南）人。有《无住词》等。

[二十二] 散原：陈三立（1852—1937），字伯严，号散原，江西义宁（今修水）人，光绪十五年（1889）进士。有《散原精舍诗》等。

[二十三] 子培：沈曾植（1850—1922），字子培，号乙盦，浙江嘉兴人，光绪六年（1880）进士。有《海日楼诗集》等。

[二十四] 晚翠：林旭（1875—1898），字暾谷，号晚翠，福建侯官（今福州市）人，中国近代史上著名的"戊戌六君子"之一。有《晚翠轩集》。

[二十五] 海藏：见卷上第五十则。

[二十六] 听水：陈宝琛，号听水老人。见卷上第二十三则。

[二十七] 规臬：圭臬。

【笺】：

王逸塘《今传是楼诗话·为诗勿贪多》："爱好贪多，文士结习，而贪多之病，贤者不免。唐宋以来诗之多者，首推白、陆，他人无其才力，妄冀流传，等之自郐，又何讥焉？赵瓯北《长夏曝书有作》云：'文人例有一篇稿，锼枣镂梨纷不了。若使都传在世间，塞破乾坤尚嫌小。'盖慨乎其言矣。余最喜樊榭论诗'多作不如多改，善改不如善删'之语，以此告人，并时以自箴。"

许印芳《诗法萃编》中编谈及《沧浪诗话》云："学者读严氏书，当知学诗以多读书多穷理为根柢，而取法汉唐，更当上溯雅颂风骚以养其源，下揽宋金元明以参其变。"

五十六

吴修龄[一]《答万季野[二]诗问》，曰："问今人忽尚宋诗如何？"答曰："为此说者，由于无得于唐也。唐诗如父母然，岂有能识父母，更认他人者乎？宋之最著者为苏黄，全失唐人一唱三叹之致，况放翁辈乎？但有偶然撞著[三]者，如明道[四]云'未须愁日暮，天际是轻阴'，忠厚和平，不减义山之'夕阳无限好，只是近黄昏'矣。唐人大率如此，宋诗鲜也。唐人作诗，自述己意，不必求人知之，亦不在人人说好。宋人皆欲人人知我意，明人必欲人人说好，故不相入。然宋诗亦非一种，如梅圣俞[五]却有古诗意，陈去非[六]得少陵实落处。不知今世学宋诗者，尊尚谁人也。子瞻、鲁直、放翁，一泻千里，不堪咀嚼，文也，非诗矣。"修龄之言如此。然苏黄之诗，未尝无一唱三叹者，未尝无言近旨远者，吴氏一笔抹杀，未得为定论也。大抵唐人之时代，去古未远，故自成其为唐人浑沦渊雅之诗。宋人去古已遥，故不能不为真率新辟之句，固时势然也。以《论语》与《孟子》较，则《论语》浑沦矣；然而孟子之时势，不能不作《孟子》之言也。所谓"予岂好辩哉，予不得已也"。以扬雄之《太玄》《法言》学《论语》，而已失之太远，以王莽而学《周官》亦然，况诗之为道乎！夫诗与文皆学术之所流露，而与学术为同一之趋势者也。自有明末造，学者以空疏气节相高。及其末流，入于禅学，空言心性，士皆以读书为非，无应用之实学，而明之亡也忽焉。清初黄梨洲[七]、顾亭林[八]诸先生出，究心实学，放言高论，及其后乃演成文字之祸，而风气始大变矣。故明末遗老及清初名人，其诗文皆能直抒胸臆，畅所欲言。沧桑陵谷[九]之感，种族存亡之思，见于歌咏者至多。迨文字狱兴，学者始箝口结舌，遁于声音考据之学。乾嘉之际，虽词章经术，飚起云涌，但多摭拾细微，少言经世，苟以耗日力，明哲保身而已。其时之为诗者，亦皆词华典赡，雍容揄扬。嘉道间程春海[十]诗文突兀拗折，颇足振拔一时，惟所造未竟，仅传其学于巢经巢[十一]等辈。道咸以来，国事日非。非讲求经世之学，不足以济时；非主张通变之道，不足以应用。于是今文之学[十二]兴，《公羊》三世[十三]之学说盛。其时之学者，如龚定庵[十四]、魏默深[十五]辈，皆今文学家，喜谈经济。而其诗亦皆廉悍坚卓，趋于有宋诸大家。洎祁文端[十六]、曾文正出，而显然主张宋诗。其门生属吏遍天下，承流向化，莫不瓣香双井[十七]，希踪二陈[十八]。迄于同光之交，郑子尹[十九]、莫子偲[二十]倡于前，袁渐西[二十一]、林晚翠[二十二]暨散原[二十三]、石遗[二十四]、海藏[二十五]诸公继于后，他如诸贞壮[二十六]、李拔可[二十七]、夏剑丞[二十八]皆出入南北宋，标举山谷[二十九]、荆公[三十]、后山[三十一]、宛陵[三十二]、简斋[三十三]以为宗尚。清新警拔，涵盖万有。浅薄之夫，蹙眉咋舌，不能升堂而哗[三十四]其藏[三十五]。论者谓为诗学之颓波，余则以为诗家之真诣自今日而始显，固有可为知者道，难为俗人言者矣！

【注】：

[一] 吴修龄：见卷上第五十五则。

[二] 万季野（1638—1702）：万斯同，字季野，号石园，浙江鄞县（今浙江宁波）人，清初著名史学家。有《石园诗文集》等。

[三] 撞著：撞，冲突；著，语气词。指前后矛盾。

[四] 明道：程颢（1032—1085），字伯淳，世称明道先生，北宋河南府（今河南洛阳）人，"洛学"的代表人物。有《明道先生文集》等。

[五] 梅圣俞：见卷上第五十五则。

[六] 陈去非：陈简斋。见卷上第五十五则。

[七] 黄梨洲：黄宗羲（1610—1695），字太冲，号南雷，浙江余姚人，世称梨洲先生。有《宋元学案》《明儒学案》《明夷待访录》等。

[八] 顾亭林：见卷上第二十五则。

[九] 沧桑陵谷：高陵为谷，深谷为陵。比喻世事沧桑。

[十] 程春海（1785—1837）：字云芬，号春海，安徽歙县，嘉庆进士。

[十一] 巢经巢：郑珍（1806—1864），字子尹，号柴翁，别号巢经巢主，遵义人，道光十七年（1837）举人。有《巢经巢集》《郑学录》等。

[十二] 今文之学：今文经学，经学学派之一，始自西汉，阐发儒家经典的"微言大义"，讲究"通经致用"。董仲舒《春秋繁露》认为"《诗》无达诂，《易》无达占，《春秋》无达辞"。

[十三]《公羊》三世：公羊学派的社会发展理论。西汉董仲舒把《春秋》鲁国十二君的历史分为"有见、有闻、有传闻"；东汉经学家何休由此提出三世说：衰乱、升平、太平；清末，康有为提出"据乱世、升平世、太平世"三个阶段。

[十四] 龚定庵：龚自珍（1792—1841），号定庵，浙江仁和（今杭州）人，乾隆己丑（1769）进士，官至云南迤南兵备道。有《定盦文集》等。

[十五] 魏默深：魏源（1794—1857），字默深，湖南邵阳人，道光二十四年（1844）进士，与龚自珍齐名，世称"龚魏"，讲求学术"经世致用"。有《诗古微》《海国图志》等。

[十六] 祁文端（1793—1866）：祁寯（jùn）藻，字叔颖，一字淳甫，号春圃，山西寿阳人，嘉庆十九年（1814）进士，谥号文端。有《勤学斋笔记》等。

[十七] 双井：黄庭坚。见卷上第五则。

[十八] 二陈：陈圣洛、陈圣泽。陈圣洛，字二川，清代西安县（今浙江衢县）人；陈圣泽，字云崿，号橘洲。乾嘉时人。

[十九] 郑子尹：见本则注释十一。

[二十] 莫子偲（1811—1871）：莫友芝，字子偲，自号邵亭，贵州独山人，道光十一年（1831）举人。有《影山词》等。

[二十一] 袁渐西：袁昶（1846—1900），字重黎，又字爽秋，浙江桐庐人，清末学者，光绪二年（1876）进士，曾任总理衙门章京。有《渐西村人集》等。

[二十二] 林晚翠：见卷上第五十五则。

[二十三] 散原：见卷上第五十五则。

[二十四] 石遗：见卷上第二十三则。

[二十五] 海藏：见卷上第五十则。

[二十六] 贞壮：见卷上第四十六则。

[二十七] 李拔可：见卷上第四十六则。

[二十八] 夏剑丞（1875—1953），夏敬观，字剑丞，号映庵，江西新建人，光绪二十年（1894）举人。有《忍古楼诗》等。

[二十九] 山谷：见卷上第五则。

[三十] 荆公：见卷上第五十五则。

[三十一] 后山：见卷上第五十五则。

[三十二] 宛陵：见卷上第五十五则。

[三十三] 简斋：见卷上第五十五则。

[三十四] 哜（jì）：尝（滋味）。

[三十五] 胾（zì）：切成大块的肉。此句意指浅薄之人无法登堂入室

【笺】：

朱庭珍《筱园诗话》卷二："宋人承唐人之后，而能不袭唐贤衣冠面目，别辟门户，独树壁垒，其才力学术自非后世所及。如苏、黄二公，可谓一朝大家，前无古人后无来者也。半山、欧公、放翁，亦皆一代作手，自有面目，不傍前贤篱下，虽逊东坡、山谷两家一格，亦卓然在大

家之列。"

陈三立《书感》:"八骏西游问劫灰,关河中断有余哀。更闻谢敌诛晁错,侭觉求贤始郭隗。补衮经纶留草昧,干霄芽蘖满蒿莱。飘零旧日巢堂燕,犹盼花时啄蕊回。"

五十七

滇之先哲,能诗者甚多,大都远宗三唐,近法明代。其能讲求两宋、涉猎西江者盖寡。自维谫陋[一],未能遍读先正各诗。以所知者衡之,则钱南园[二]虽际乾隆盛时,而其诗朴实说理,于陶、白、宋人为近。刘寄庵[三]先生诗亦以陶为宗,而出入于储、孟、韦、柳,晚年极崇老杜。次则黄文节(琮)[四]、朱丹木(䑳)[五]、张天船(星柳)[六]颇多接近宋人之作。然黄朱二公,古体出入杜韩。天船专宗玉局[七],晚年一变而生刻沈挚,颇参入昌黎[八]、豫章[九]境界矣。宜良严匡山[十]父子,极斥宋体,严守唐规,秋槎[十一]《药栏诗话》可见也。《筱园诗话》亦倡唐风,《穆清堂集》格律精密,风度浑成,入后亦稍惜熟练而少变化,盖未参以宋人规模,力求新警之笔也。郭松亭[十二]序戴云帆[十三]集,谓其由三唐溯汉魏,深观潜玩,历三十年不倦。戴古村[十四]诗笔力坚卓,波澜老成,得力于工部、王、孟诸家。《抱素堂诗》清新俊逸,唐之元白、宋之陆范[十五]为近矣。仁和[十六]汪云壑[十七]殿撰[十八],督学滇中,极倾倒于龚簪崖[十九]、罗琴山[二十],曾合序其集。且谓琴山具体王孟,簪崖出入于遗山[二十一]、青邱[二十二],此外或宗温李[二十三],或效陶白[二十四],皆于宋人未达。惟师荔扉[二十五]称晋宁[二十六]张溟洲[二十七]造语生辣,颇多可采。玉溪严仲良[二十八]有时步趋山谷,亦多妙悟,其殆后起之秀乎。

【注】:

[一] 谫(jiǎn)陋:浅陋。

[二] 钱南园（1740—1795）：钱沣，字东注，一字约甫，号南园，云南昆明人，乾隆辛卯（1771年）进士。有《南园集》。

[三] 刘寄庵：刘大绅（1747—1828），字寄庵，清乾隆三十七年（1772）进士，祖籍江西临川，其曾祖由临川落籍于云南华宁（今晋宁）。有《寄庵诗钞》等。

[四] 黄文节（1798—1863）：黄琮，字象坤，号矩卿，昆明人，道光六年（1826）进士，曾掌五华书院。有《知蔬味斋诗抄》《滇诗嗣音集》等。

[五] 朱丹木（1794—1852）：朱䗖，字丹木，清代云南石屏人。道光己丑（1829）进士。其侄子为朱庭珍（字筱园）。有《朱丹木诗集》等。

[六] 张天船：张星柳，原名星源，字天船，昆明人，光绪丙子（1876）举人。有《天船诗集》。

[七] 玉局：苏轼。见卷上第二十四则。

[八] 昌黎：韩愈（768—824），字退之，河南河阳（今河南孟州）人，贞元间进士。自谓郡望昌黎，世称韩昌黎。有《昌黎先生集》。

[九] 豫章：黄庭坚。见卷上第五则。

[十] 严匡山：严烺（1765—1818），字存吾，号匡山，别署红茗山人，严廷中之父，云南宜良人，乾隆五十一年（1786）举人，嘉庆元年（1796）进士。有《红茗山房诗》。

[十一] 秋槎：严廷中（1795—1864），字石卿，号秋槎居士、红豆道人，云南宜良人。有《红蕉吟馆诗存》等。

[十二] 郭松亭：不详，待考。

[十三] 戴云帆：戴炯孙，字袭盂，别号筠帆，昆明人，五华五子之一，嘉庆己卯（1819）举人，道光己丑（1829）进士。有《昆明县志》等。

[十四] 戴古村（1790—1868）：戴淳，字朴夫，号古村，呈贡人，道光乙酉（1825）拔贡，"五华五子"之一。有《晚翠轩诗抄》。

[十五] 陆范：陆游与范成大。

[十六] 仁和：今属杭州。

[十七] 汪云壑（1755—1794）：汪如洋，字润民，号云壑，乾隆四十五年（1780）进士。

[十八] 殿撰：见卷上第二十三则。

[十九] 龚簪崖（1733—1781）：龚锡瑞，字信臣，号簪崖，大理赵州（今属凤仪镇）人。有《簪崖诗存稿》等。

[二十] 罗琴山：袁嘉谷评石屏诗家云："'……张月槎鸿博汉，罗琴山孝廉觐恩……朱筱园孝廉庭珍，名家也，其余不可指数。'今纂《石屏县志》，附录编中设艺文附录，选明清屏人部分诗歌作文征，或咏地方史事，或诵地方风物，或录作者得意之作，或叙作者生平，以补志书之缺，以佐史事之证。"（石屏县志编纂委员会编纂《石屏县志》，云南人民出版社1990年版，第848页。）其余不详。

[二十一] 遗山：元好问。见卷上第三十三则。

[二十二] 青邱：高启（1336—1373），字季迪，号槎轩，自号青邱子，元末明初著名诗人。有《高青邱诗集》。

[二十三] 温李：温庭筠与李商隐。

[二十四] 陶白：陶渊明与白居易。

[二十五] 荔扉：见卷上第十六则。

[二十六] 晋宁：今隶属昆明。

[二十七] 张溟洲（1761—1819）：张鹏升，晋宁人，清乾隆进士，曾任济南知府等职。方树梅赞誉其"别积弊，理冤狱，赈孤寒，捍水灾"。有《东山吟草》等。

[二十八] 严仲良（1868—1927）：严天骏，字仲良，号仲叟，云南玉溪人，有《仲叟诗存》等。

【笺】：

严廷中《药栏诗话》："每见今人论诗，动谓尊汉魏学六朝。吁！此真人云亦云,耳食之论也。汉魏六朝诗骨自高,以去三百篇未远耳。然诗中往往取字之晦者句之涩者入之,读之令人口齿不利。间有一二性情之作可以动人,而终觉古人之言情太直,未若后人之曲也;古人之言情太浅,未若后人之深也。岂古人之情薄于后人耶?抑古人之言拙于后人耶?'明月照高楼'、'池塘生春草'等句,皆平平耳,何以遂传诵今古也?此中急切索解人不得。仆之不解者,此其一。又有祖工部抱韩苏以自夸格调者。吁!伪矣!工部一代大家,名重今古,仆何人,斯敢置一喙?……此非工部之误后人,宋人之诗话误之也;亦非尽宋人之诗话误之,后人以耳为目自误之也。至诗以温柔和平、缠绵雅丽为主,韩苏集中无此也。韩以排奡为主,苏亦以排奡为主;韩不善言情,苏亦不善言情;韩以文为诗,苏亦以文为诗,其失一也。且二公集中,五七古犹可,五七律绝则不可,短于言情,刚而不柔故也。盘空硬语,诘曲聱牙,岂诗之正格哉!"

由云龙著,冯秀英、彭洪俊点校《滇故琐录校注》卷之三:"《滇诗嗣音集》稿本皆琮所书,既登梨枣,犹以前哲遗墨,不忍烬之,爰葬诸太华之山,而为之铭曰:'郁郁佳城,群峦作辅;穷达一邱,翰墨千古。士为国光,桑梓所望;兼之不朽。何假词章。遇蹇才丰,实多往哲;短咏长谣,一腔心血。寿诸剞劂,遗草斑斑;卜云其吉,藏之名山。光辉莫遏,腾跃郊野;碧形似鸡,金形似马。其气上升,结为彩云;旁植文梓,下生香芸。于以封互,如山岌嶪;我为斯铭,配文泉子。咸丰六年丙辰三月。'按:此碑尚存太华山麓,约高五尺,阔一尺五寸,上书'诗冢'二大字,下为铭。每年清明、寒食,好事者辄以酒酹之。"

黄琮《增建云南提学道署记》:"事之兴也,不知其所以然而实有不得不然者。余以己酉之夏入滇,初校士云南府,见其蓬亭狭窄,试不过三百人,而已肩摩背接,防范难施,至憸嶅瘅埝,昼日无光,绕缴苦窳,风雨摇湿,则诸生固甚苦之。询其费,有岁编具在,而闾阎之所供办、胥皂之所求索,实倍蓰无算,私叹蓬亭一役,何使民视为厉府,而诸生曾不得实用乃尔!且也,岁而校,亦岁而构,是扰民终无已时也。去扰求安,非革不可,惟时以偲遽未遑……夫是岂尽初念也?革则俱革,以一蓬亭故致此。然自蓬亭具,而士就试者始获一日之安,小民之视岁考也始免供办挟索之苦,即往日岁编,且从此可永裁。则虽以百烦费而博此一便,私心犹窃快之。是真所谓'不知其然而实有不得不然'者。盖昔王仲淹有言:'劳人逸己,胡宁是营?'此龙门令所以不累广舍也。是于广舍事颇类,顾如前云者,为诸生,为细民,果且出逸己否?余不得而隐者,抑古人兴作,类尽役民。今物取诸直,工取诸佣,小民名托子来,实以恋糈至耳,果且出劳民否?余又不得而隐也。非逸己,非劳民,《革》所谓'征吉无咎',余不知有合乎否也。姑述所以,令观者得从而是非之……"

《续修昆明县志·人物志》卷四:"戴炯孙,字袭盂,别号筠帆,五华五子之一,道光己丑九年(1829)进士,工部主事。咸丰间官御史。奏请召见大臣举行日讲。又言:翰林官宜讲求经济与谏官同以拾遗补阙为职,庶于实政有裨,不宜专求工于小楷试帖。疏入,上嘉纳之。旋引疾归里,掌教五华,奖掖后进,成就甚众。生平无书不读,以诗、古文负海内重名。诗歌雄健古丽,自成一家,文亦淡雅简净,骈体似初唐人。炯孙幼失怙恃,依人庑下生活,顾能自立于学,弱冠即有声,学使顾莼,太守宋湘皆器其才,极嘉勉之。性好学,自通籍至退老于家,无一日释卷者,故其造诣在五子中足称巨擘。著有《昆明县志》《味雪斋文钞、诗钞》皆梓行于世。"

由云龙《定庵诗话续编》卷上:"玉溪严仲良(天骏),凤工诗,学涪翁有逼似处。惟不甚修边幅,冠盖京华,斯人悴憔,妇人醇酒,遂戕其生。然瑕不掩瑜,其才地实可惜也。其辛亥在长阳,有《山农》一首云:'山农今年有喜色,蜀黍高于青竹梢。薯蓣硕大又繁衍,斗量车载堆堂坳。广场夜月老瓦盆,婆娑醉舞歌笙匏。山岩雨盛雪练下,画笔翻描千丈蛟。宁知低原半泽国,江汉之浒皆滔滔。五溪烟深三峡倒,所至横扫全堤牢。近间荆沙潜沔民,其鱼百万纷鸿嗷。谁系玉绳鸣河鼓,彼苍者天毋乃劳。国家比岁正多故,内府久已空泉刀。偏灾屡见不一见,鬻爵亦刮龟背毛。书空咄咄且三叹，荒林叶战长风号。'《望黄柏山》云：'突兀祝融堆石廪，岧峣太华压咸池。精金秘宝有光气，大药苗苗无尽时。观古疑编《灵异记》，云开容索陋儒诗。会须绝顶登临遍，手挈浮丘采紫芝。'摘句如《公余韵语》云：'雪后篔筜（竹子）明晚翠，风中橘柚递寒香。'皆得力于双井者。"

五十八

昔人谓五律为四十贤人，著一屠沽[一]不得，其难其慎，盖弱一字不可也。然要以神韵绵邈、风格高骞为归。若无神韵行乎其间，则起结之外，四句对偶，平板呆滞，何所取焉。古人五律诗，格律完整，雄阔壮丽者，如孟襄阳"八月湖水平"一首，老杜"国破山河在"一首。其他音韵铿锵而神思绵邈者，约举数首，可为五律则效也。李太白《夜泊牛渚怀古》一首云："牛渚西江夜，青天无片云。登舟望秋月，空忆谢将军。余亦能高咏，斯人不可闻。明朝挂帆去，枫叶落纷纷。"又孟襄阳《泊舟浔阳望匡庐峰》诗："挂席几千里，名山都未逢。泊舟浔阳郭，始见香炉峰。尝读远公[二]传，永怀尘外踪。东林精舍近，日暮空闻钟。"二诗皆一片神行，飘飘欲仙。又清初宣城施愚山[三]（闰章）一首云："秋风一夕起，庭树叶皆飞。孤宦百忧集，故人千里归。岳云寒不散，江燕去还稀。迟暮兼离别，愁君雪满衣。"渔洋极称此诗，谓昔人称《古诗十九首》，以为惊心动魄，一字千金，此虽近体，岂愧《十九首》耶？施本工于五律，而此首尤其集中杰作也。又南海邝湛若[四]（露）《巴陵琴酌送羽人游青城》云："弹琴劝君酒，君去少知音。此曲岂不古，拨弦人尽今。夜移河汉浅，花落洞庭阴。小别成千岁，依然此夕心。"南海谭叔裕[五]（宗浚）《送人入蜀》云："折柳与君别，君行何日还？成都千万柳，一半我曾攀。此去偶登眺，相思应解颜。明年飞絮后，吾亦返乡关。"

二诗纯以神行，化尽笔墨痕迹者。又湘潭王壬秋（闿运）[六]《张督部鄂中饯行二首》其一云："再见东南定，重叨饯饮欢。新亭十年泪，白发两人看。浪暖催王鲔[七]，春荣放牡丹。深杯情话永，未觉夕阳残。"其二云："五十年来事，闲谈即史书。谤人诚不暇，观我意何如。坐阅升沉惯，行惭岁月虚。青骊[八]路千里，春好独归欤。"壬秋不多作近体，而此二诗，则格律浑成，深情逸韵，实近体之佳构也。

【注】：

[一] 屠沽：原意为宰牲和卖酒。此处引申为微贱，与贤人相对。

[二] 远公：东晋慧远法师。

[三] 施愚山：施闰章（1618—1683），字尚白，一字屺云，号愚山，江南宣城（今安徽宣城）人，清顺治六年（1649）进士。有诗集《使粤纪行》等。

[四] 邝湛若（1604—1650）：邝露，字湛若，明末南海（今广东广州）人。有《赤雅》等。

[五] 谭叔裕（1846—1888）：谭宗浚，原名懋安，字叔裕，广东南海人（今广州），清同治十三年（1874）进士。有《希古堂文集》等。

[六] 王壬秋：见卷上第三十四则。

[七] 王鲔（wěi）：物大者，谓之王。鲔，鲟鱼，多生活于热带海洋。王鲔：大鱼。

[八] 青骊：黑色的马。

【笺】：

许印芳《诗法萃编》："五律起句之妙，唐人最多，如陈子昂'故乡杳无际，日暮且孤征'……诸作各有妙境，要以苍莽、高浑、雄杰、突兀、峭拔、矫健、排奡、沉著为上，悲壮、豪放、朴老、庄重次之，清远、遒劲、岩逸、脱洒又次之。"

五十九

七言绝句，唐人工者极多。太白、龙标[一]、牧之[二]、义山、飞卿诸家，尤为擅长。宋人则玉局、双井、荆公、放翁佳制甚多。元明则雁门[三]、沧溟[四]、子相[五]、松圆[六]外，可采较稀。清初则渔洋、樊榭[七]极工此体。自当以绵邈超逸为贵，若如老杜荆公之四句裁对，诗中本有此格，（因绝句者系截首尾四句，或截去中四句。平常多截去中四句而为绝句，故绝句亦作截句也。）然工稳则有之，殊索索无生动气矣。兹就所记忆者略举十余首以概其余，不能备举也。太白《下江陵》云："朝辞白帝彩云间，千里江陵一日还。两岸猿声啼不住，轻舟已过万重山。"王昌龄《芙蓉楼送辛渐》云："寒雨连江夜入吴，平明送客楚山孤。洛阳亲友如相问，一片冰心在玉壶。"杜牧之《题齐州[八]城楼》云："呜咽江城角一声，残阳潋潋落寒汀。不用凭栏苦回首，故乡七十五长亭。"杨诚斋[九]举杜牧一首云："清江漾漾白鸥飞，绿净春深好染衣。南去北来人自老，夕阳长送钓船归。"以为四句皆佳。贾岛[十]《渡桑乾》云："客舍并州[十一]已十霜，归心日夜忆咸阳。无端更渡桑乾水[十二]，却望并州是故乡。"此外如王龙标"秦时明月"一首，张祜[十三]《金陵渡》《游淮南》，徐凝[十四]《忆扬州》，戎昱[十五]《移家别湖上亭》，李益[十六]《汴河曲》等作，王翰[十七]《凉州曲》，王之涣[十八]《出塞曲》皆佳。大抵唐人皆工此体，而晚唐佳者尤多也。东坡《南堂》云："扫地焚香闭阁眠，簟[十九]纹如水帐如烟。客来梦觉知何处，挂起西窗浪接天。"山谷《病起荆江亭即事》云："翰墨场中老伏波[二十]，菩提坊[二十一]里病维摩[二十二]。近人积水无鸥鹭，时有归牛浮鼻过。"荆公《金陵即事》云："水际柴门一半开，小桥分路入青苔。背人照影无穷柳，隔屋吹香并是梅。"杨诚斋王什公诗话，均极称此诗。郑仲贤（文宝）[二十三]

绝句云："亭亭画舸系春潭，只待游人酒半酣。不管烟波与风雨，载将离恨过江南。"此诗或作张耒[二十四]作。陈简斋绝句云："中庭地白夜三更，白露洗空河汉明。莫遣西风吹叶尽，却愁无处著秋声。"渔洋与朱竹垞[二十五]论宋人绝句，举可追踪唐贤者殆数十首，因不仅此数也。李越缦举元遗山《出都》一首云："春闺斜月晓闻莺，信马都门半醉醒。官柳青青莫回首，短长亭是断肠亭。"又举元王子宣[二十六]、萨天锡[二十七]《宫词》各一首。王云："南风吹断采莲歌，夜雨新添太液波。水殿云房三十六，不知何处月明多。"萨云："清夜宫车出上央，紫衣小队两三行。石阑干外银灯过，照见芙蓉叶上霜。"以为不减唐人风调。又举明张灵[二十八]一首云："隐隐江城玉漏催，劝君且尽掌中杯。高楼明月清歌夜，知是人生第几回。"以为深情悁悁，有尽而不尽之意。又张灵《春尽送人》一首云："三月正当三十日，一琴一鹤一孤身。马蹄乱踏杨花去，半送行人半送春。"亦佳。元撒掌[二十九]《送郭佑之[三十]》云："南口青山北口云，天涯何地又逢君。陌头杨柳西行马，画角三声不忍闻。"施愚山诗话录石刻《灞桥诗》二首，以为不减唐人。其一云："渭水东流不见人，摩挲高塚石麒麟。千秋万岁功名骨，尽化咸阳原上尘。""汉苑秦宫尽夕阳，几家墟落野花香。灞桥斫尽青青柳，不是行人也断肠。"王子予（绶）[三十一]送《常熟李瑞卿[三十二]》云："柳暗花明风雨天，鹁鸠[三十三]声里一归船。重逢已是十年后，为问人生几十年。"潘高（孟升）[三十四]《绝句》云："黄鸦[三十五]谷谷雨疏疏，燕麦风轻上紫鱼。记得去年寒食节，全家上塚泊船初。"葛一龙[三十六]《八月十五夜盘龙寺》云："历历三年看月愁，燕山楚水白门楼。不知何处明年夜，更忆盘龙寺里秋。"王壬秋[三十七]《彭城怀古》云："烟锁彭城暮色秋，绕城无复旧河流。惟余节度东楼月，照尽行人照尽愁。"又《过衡岳下》云："岳色寒云淡似烟，交流中沚故依然。沧洲渔子头应白，记买霜鳊卅二年。"渔洋《真州绝句》云："江干多是钓人居，柳陌菱塘一路疏。最好日斜风定后，半江红树卖鲈鱼。"《蝴矶夫人庙》[三十八]云："霸气江东久寂寥，永安宫殿莽萧萧。都将家国无穷恨，分付浔阳上下潮。"以上所举各诗，情韵兼到，无事时偶一讽咏咀嚼，令人怅触不已，愿与同调者共赏之。

【注】：

[一] 龙标：王昌龄（约698—约756），字少伯，京兆长安（今陕西西安）人，开元十五年（727）进士。因事贬龙标尉，世称王江宁、王龙标，唐朝著名边塞诗人。被后人誉为"七绝圣手。

[二] 牧之：杜牧。见卷上第十九则。

[三] 雁门：萨都剌（约1300—？），字天锡，号直斋，回族，一说蒙古族。萨都剌生于代州（今山西代县）即古之雁门，故萨都剌自称雁门人。

[四] 沧溟：李攀龙。见卷上第十三则。

[五] 子相：宗臣（1525—1560），字子相，号方城，扬州兴化（今属江苏）人，嘉靖进士，"后七子"之一。有《宗子相集》。

[六] 松圆：程嘉燧（1565—1643），字孟阳，号松圆老人，明徽州府休宁（今属安徽）人，"嘉定四先生"之一。有《浪涛集》等。

[七] 樊榭：厉鹗（1692—1752），字太鸿，号樊榭，钱塘（今浙江杭州）人，清康熙五十九年（1720）举人。有《湖船录》等。

[八] 齐州：疑为齐安，此诗为杜牧任黄州刺史时所作。

[九] 杨诚斋：杨万里（1127—1206），字廷秀，号诚斋，江西吉水（今吉安）人，南宋四大家之一。有《杨诚斋集》。

[十] 贾岛（779—843）：字浪仙，一作阆仙，范阳（今北京）人，初为僧，名无本。有《长江集》等。

[十一] 并州：今山西太原。

[十二] 桑乾水：桑乾河，源出山西桑乾山，经河北入海。

[十三] 张祜（约792—约853）：字承吉，唐代清河（今邢台）人，寓居苏州。有《张承吉文集》。

[十四] 徐凝：生卒年不详。唐睦州人。《全唐诗》存其诗一卷。

[十五] 戎昱：生卒年不详。唐大历诗人，现存诗一百二十余首。

[十六] 李益（748—约829）：字君虞，凉州姑臧（今甘肃武威）人，大历四年（769）进士，大历十才子之一，有《李君虞集》。

[十七] 王翰：生卒年不详。字子羽，并州晋阳（今山西太原）人，唐睿宗景云元年（710）进士。《全唐诗》存其诗十四首。

[十八] 王之涣（688—742）：字季凌，郡望晋阳（今山西太原），《全唐诗》存其绝句六首。

[十九] 簟（diàn）：竹席。

[二十] 伏波：东汉马援，曾被封伏波将军，此为诗人自况。

[二十一] 菩提坊：佛寺，道场。

[二十二] 维摩：维摩诘，常以"病"说法。诗人自喻。

[二十三] 郑文宝（953—1013）：字仲贤，一字伯玉，北宋初汀洲宁化（今属福建）人，太平兴国八年（983）进士。有《南唐近事》等。

[二十四] 张耒（1054—1114）：字文潜，号柯山，祖籍亳州谯县，长于楚州淮阴（今属江苏），晚年居陈（今河南淮阳，陈古名宛丘），世称宛丘先生，宋神宗熙宁六年（1073）进士，"苏门四学士"之一。有《柯山集》《张右史文集》《宛丘集》等。

[二十五] 朱竹垞：见卷上第二十九则。

[二十六] 王子宣：王旬，字子宣，元末明初人，其余不详。一说作者为王蒙（1300—1385），字叔明，号黄鹤山樵，吴兴（今浙江湖州市）人，元代画家。

[二十七] 萨天锡：萨都剌。

[二十八] 张灵：字梦晋，吴县（今江苏苏州）人，祝允明弟子。

[二十九] 撒擎：撒，应为"撤"。撤擎，字彦擎。元代诗人。

[三十] 郭佑之：郭天锡，字佑之，号北山，金城（今山西应县）

人。其余不详。

[三十一] 王子予：王绶，字子予，江阴人。其余不详。

[三十二] 李瑞卿：不详，待考。

[三十三] 鹁鸠：鸟名，一说斑鸠。

[三十四] 潘高：生卒年不详，字孟升，号鹤江，清初金坛（今属江苏）人。

[三十五] 黄鸦：鸦名，鸦之一种。

[三十六] 葛一龙（1566—1640）：字震甫，明吴县（今江苏吴县）人。有《震甫集》。

[三十七] 王壬秋：见卷上第三十四则。

[三十八] 《蟂（xiāo）矶夫人庙》：《蟂矶灵泽夫人祠》，蟂，原为"蜗"，误。蟂矶，地名，今安徽芜湖江岸，石上有孙夫人祠。灵泽夫人，刘备夫人，孙权之妹。

【笺】：

元辛文房《唐才子传》："之涣，蓟门人，少有侠气，所从游皆五陵少年，击剑悲歌，从禽纵酒。后折节工文，十年名誉日振。耻困场屋，遂交谒名公。为诗情致雅畅，得齐、梁之风，每有作，乐工辄取以被声律。与王昌龄、高适、畅当忘形尔汝。尝共诣旗亭，有梨园名部继至，昌龄等曰：'我辈擅诗名，未定甲乙。可观诸伶讴诗，以多者为优。'一伶唱昌龄二绝句，一唱适一绝句。之涣曰：'乐人所唱皆下俚之词。'须臾，一佳妓唱曰：'黄河远上白云间，一片孤城万仞山。羌笛何须怨杨柳，春风不度玉门关。'复唱二绝，皆之涣词。三子大笑，曰：'田舍奴，吾岂妄哉！'诸伶竟不谕其故，拜曰：'肉眼不识神仙。'三子从之，酣醉终日，其狂放如此云。有诗传于今。"

六十

　　七言律诗，自唐而始盛，唐以前只有七言八句之乐府诗耳。自唐人以声律对偶限之，遂相沿为律体。唐初好古之士，犹厌薄[一]不多作，故陈子昂、李太白集皆古体，罕有律诗。洎中唐韩昌黎号为复古，亦鲜律体。孟东野、李长吉集中，直无一篇。然遇朝庆典礼及应制诸作，则不得不用律诗。风会所趋，迭演迭盛，材桀之士，头角竞出，名篇俊语，层出不穷。崔灏《黄鹤楼》一首，古律相参，推为绝唱，太白《凤凰台》诗，思效之而不及也。此外如王摩诘、李东川[二]、岑嘉州辈，最工此体。至子美沉雄高阔，集其大成，后之作者，莫能过也。晚唐李义山、温飞卿、刘梦得[三]等，生面别开，自成馨逸。迨及金宋，元遗山、王半山、黄山谷、陆放翁、陈后山[四]、陈简斋诸大家继起，步武唐人，而各有变化独到之处。元之虞道园[五]、赵子昂亦称能手，虞近古而赵近俗。有明高季迪[六]、何大复、李空同、王元美、陈子龙[七]、陈恭尹[八]、杨用修诸家，于七律皆多杰构，固不独乐府古诗为足称也。清代查初白、王渔洋、姚姬传[九]及末季之海藏[十]、听水[十一]，清苍峭秀，佳构极多，并可师法。今就诸家所作，略为标举[十二]，堪以隅反矣。

【注】：

　　[一] 厌薄：厌弃，鄙薄。《唐才子传》评李颀云："性疏简，厌薄世务。"

　　[二] 李东川：李颀（690—751），唐代诗人，玄宗开元二十三年（735）进士及第，郡望赵郡（今河北赵县）人，居颍阳（今河南登封）颍水支流东川旁，后人因称"李东川"。《全唐诗》存诗三卷。

　　[三] 刘梦得（772—842）：刘禹锡，字梦得，洛阳人，唐德宗贞元

[四] 陈后山：陈师道。见卷上第五十五则。

[五] 虞道园：虞集（1272—1348），字伯生，号道园，世称邵庵先生，祖籍仁寿（今属四川），迁崇仁（今属江西），元代诗人。有《道园学古录》等。

[六] 高季迪：高启。见卷上第五十七则。

[七] 陈子龙（1608—1647）：字卧子，号大樽，华亭（今上海松江）人，明崇祯十年（1637）进士。有《陈忠裕公全集》。

[八] 陈恭尹：见卷上第一则。

[九] 姚姬传：姚鼐（1732—1815），字姬传，一字梦谷，桐城（今属安徽）人，清乾隆二十八年（1763）进士。有《惜抱轩文集》等。

[十] 海藏：见卷上第五十则。

[十一] 听水：见卷上第五十五则。

[十二] 略为标举：第六十一则略举初唐至明人诸作；第六十二则多举清末宋诗派七律。虽略举，堪以隅反矣。

六十一

初唐沈佺期[一]"卢家少妇"一首，摩诘之《积雨辋川庄》一首，岑嘉州《和贾至[二]早朝》一首，李东川[三]"朝闻游子"一首，皆格律浑成，为律诗正体。至老杜之《登高》《野望》《登楼》《宿府》《恨别》《闻官军收河南河北》《客至》《南邻》《蜀相庙》诸作，则格老气苍，雄视百代，诚高不可及矣。温李二家，雄浑秀丽，开后人无数法门，然要在善学，使气骨藻采相副[四]，便为上乘。否则偏于纤缛，便落凡近，此之不可不慎也。元遗山《桐川[五]与仁卿[六]饮》《卫州[七]感事》《出都》《颍亭》诸作皆佳。虞道园[八]《挽文山丞相[九]》，赵子昂[十]《岳鄂王[十一]墓》，并为佳制。荆公《示长安君[十二]》云："少年离别意非轻，老去相逢亦怆情。草草杯盘供笑语，昏昏灯火话平生。自怜湖海三年隔，又作尘沙万里行。欲问后期何日是，寄书应见雁南征。"《葛溪驿[十三]》云："缺月昏昏漏未央，一灯明灭照秋床。病身最觉风露早，归梦不知山水长。坐感岁时歌慷慨，起看天地色凄凉。鸣蝉更乱行人耳，正抱疏桐叶半黄。"《次韵舍弟[十四]赏心亭即事》云："槛折檐倾野水傍，台城[十五]佳气已消亡。难披梗莽寻千古，独倚青冥望八荒。坐觉尘沙昏远眼，忽看风雨破骄阳。扁舟此日东南兴，欲尽江流万里长。"山谷《登快阁[十六]》云："痴儿[十七]了却公家事，快阁东西倚晚晴。落木千山天远大，澄江一道月分明。朱弦已为佳人绝，青眼聊因美酒横。万里归船弄长笛，此心吾与白鸥盟。"《次韵奉寄子由[十八]》[十九]云："半世交亲随逝水，几人图画入凌烟[二十]。春风春雨花经眼，江北江南水拍天。欲解铜章[二十一]行问道，定知石友[二十二]许忘年。鹡鸰[二十三]各有思归恨，日月相催雪满巅。"《和师厚[二十四]郊居示里中诸君》云："篱边黄菊关心事，窗外青山不世情。江橘千头供岁计，秋蛙一部洗朝酲。归鸿往燕竞时节，宿草新坟多友生。身后功名空自重，眼前尊酒未宜轻。"《和高仲本[二十五]喜相见》[二十六]云："雨昏南浦曾相对，雪满荆州喜再逢。有子才如不羁马，知君心是后凋松。闲寻书册应多味，老傍人门想更慵。何日晴窗亲笔砚，一杯相属[二十七]要从容。"陈后山《九日[二十八]寄秦观[二十九]》云："疾风回雨水明霞，沙步[三十]丛祠[三十一]欲暮鸦。九日清尊欺白发，十年为客负黄花。登高怀远心如在，向老逢辰意有加。淮海少年[三十二]天下士，独能无地脱乌纱[三十三]。"陈简斋[三十四]《巴邱[三十五]书事》云："三分书里识巴邱，临老避胡初一游。晚木声酣洞庭野，晴天影抱岳阳楼。四年风露悲游子，十月江湖吐乱洲。未必上流须鲁肃，腐儒空白九分头。"陆放翁苍凉感喟之作极多，举其苍浑雄阔似工部者。《感愤》云："今皇神武是周宣[三十六]，谁赋南征北伐篇。四海一家天历数，两河百郡宋山川。诸公尚守和亲策，志士虚捐少壮年。京洛雪消春又动，永昌陵[三十七]上草芊芊。"《书愤》云："早岁那知世事艰，中原北望气如山。楼船夜雪瓜洲渡，戎马秋风大散关。塞上长城空自许，镜中衰鬓已先斑。《出师》一表真名世，千载谁堪伯仲间。"《九月三日泛舟湖中》云："儿童随笑放翁狂，又向湖边上野航。鱼市人家满斜日，菊花天气近新霜。重重红树秋山晚，猎猎青帘社酒香。邻曲不辞同一醉，十年客里度重阳。"东坡长于七古，纵横排奡[三十八]，不受拘束，故律诗往往出调。渔洋是以有东坡不工七律之语。而许五塘[三十九]不以为然。究而论之，东坡亦有流走飘逸之作，究不可为律诗法也。以上所列有宋诸家之作，皆格律浑成，气息深厚，非一味生涩槎枒可比，而每首中必有一二联精到名隽之句，后之海藏[四十]、散原[四十一]、听水[四十二]诸家，亦如是也。明人陈卧子[四十三]《怀古》《秋感》诸诗，不减老杜风裁。恭尹[四十四]《怀古》诸作亦然。高季迪[四十五]《送沈左司[四十六]从汪参政[四十七]分省[四十八]陕西》一首云："重臣分陕去台端[四十九]，宾从[五十]威仪尽汉官[五十一]。四塞河山归版籍，百年父老见衣冠。函关月落听鸡度，华岳[五十二]云开立马看。知尔西行定回首，如今江左[五十三]是长安。"李梦阳[五十四]《出塞》云："黄河白草莽萧萧，青海银州杀气遥。关塞岂无秦日月，旌旗独忆汉嫖姚[五十五]。往来饮马时寻窟，弓箭行人日在腰。晨发灵洲[五十六]更西望，贺兰[五十七]千丈果云霄。"《秋望》云："黄河水绕汉宫墙，河上秋风燕[五十八]几行。客子过濠[五十九]追野马[六十]，将军弢箭[六十一]射天狼[六十二]。黄尘古渡迷飞挽[六十三]，白日[六十四]横空冷战场。闻道朔方[六十五]多勇略，只今谁是郭汾阳[六十六]？"何景明[六十七]《得献吉[六十八]江西书》云："近得浔阳江上书，遥思李白[六十九]更愁予。天边魑魅[七十]窥人过，日暮鼋鼍[七十一]傍客居。鼓柂[七十二]襄江[七十三]应未得，买田阳羡[七十四]定何如？他年淮水能相访，桐柏山[七十五]中共结庐。"《登谢台》云："故国萧条登此台，暮云春色转相催。蓬蒿满地悲风起，楼观当空倒影来。山鸟不随歌舞散，野花曾傍绮罗开。今来古往无穷事，万载消沉共一哀。"杨用修[七十六]《春兴》[七十七]云："最高楼[七十八]上俯晴川，万里登临绝塞[七十九]边。碣石[八十]东浮三绛[八十一]色，秀峰西合点苍[八十二]烟。天涯游子悬双泪，海畔孤臣谪九年。虚拟[八十三]短衣随李广[八十四]，汉家[八十五]无事勒燕然[八十六]。"上列明人诸作，皆步趋唐人，能得其神髓者，非邯郸之步，东家之颦可比也。

【注】：

[一] 沈佺期：见卷上第四十五则。

[二] 贾至（718—772）：字幼邻，洛阳（今河南洛阳）人，唐天宝十年（751）明经及第。

[三] 李东川：李颀。见卷上第六十则。

[四] 相副：相符。

[五] 桐川：一作"桐河"，今同河，源于山西原平市，北端流入滹沱河。

[六] 仁卿：李冶（1192—1279），字仁卿，号敬斋，真定府栾城（今河北石家庄栾城）人，金元时期数学家。有《敬斋集》等。

[七] 卫州：河南汲县（今属新乡卫辉）。

[八] 虞道园：虞集。见卷上第六十则。

[九] 文山丞相：文天祥（1236—1283），字宋瑞，一字履善，号文山，吉州庐陵（今江西吉安）人，宝祐四年（1256）进士，南宋文学家。有《文山先生全集》。

[十] 赵子昂：见卷上第十三则。

[十一] 岳鄂王：岳飞（1103—1142），字鹏举，相州汤阴（今河南安阳汤阴）人，后被追封鄂王，其墓在杭州西湖栖霞岭下。

[十二] 长安君：王文淑，王安石妹妹，被封为长安县君。

[十三] 葛溪驿：江西弋阳县西南。《大清一统志》卷二百四十二：

"江西广信府,葛溪在弋阳县西二里,亦名西溪。葛溪驿在弋阳县南。"

[十四] 舍弟:王纯甫,王安石小弟。

[十五] 台城:一曰苑城,六朝宫城之地,今南京玄武湖畔。《舆地纪胜》云:"台城一曰苑城,本吴后苑也。晋咸和中作新宫,遂为宫城,下及梁、陈,宫皆在此。晋、宋时谓朝廷禁省为台,故谓宫城为台城。"

[十六] 快阁:故址于吉州太和(今江西泰和)县东澄江。

[十七] 痴儿:作者自指。

[十八] 子由:苏辙(1039—1112),字子由,北宋眉州眉山(今四川眉山)人,苏轼胞弟,与父苏洵、兄苏轼合称"三苏"。

[十九] 《次韵奉寄子由》:一作《次元明(黄山谷之兄)韵奉寄子由》。

[二十] 凌烟:阁名,于唐长安太极宫内。唐太宗曾令阎立本绘二十四功臣画像,置像于凌烟阁内。

[二十一] 解铜章:辞官。铜章,县令之印。

[二十二] 石友:堪比金石的友谊。

[二十三] 鹡鸰:见卷上第四十八则。

[二十四] 师厚(1020—1084):谢景初,字师厚,号今是翁,浙江杭州富阳人,仁宗庆历间进士。清陆心源《宋史翼》卷三:"谢景初字师厚,钱塘人。荫为太庙斋郎。中进士甲科,进大理评事。知越州余姚县,九迁至司封郎中,历通判秀州、汾州、唐州、海州,成都府路提点刑狱。为怨者所诬,左免,复除职方员外郎,以病求分司西京。元丰七年(1084)卒,年六十五。"

[二十五] 高仲本:万州知州。其余不详。

[二十六] 《东坡集》亦载此诗,题为《赠仲勉子文》。

[二十七] 属:劝、请。

[二十八] 九日:农历九月九日,重阳节。

[二十九] 秦观(1049—1100):字少游,又字太虚,号淮海居士,扬州高邮(今江苏高邮县)人,"苏门四学士"之一。有《淮海集》等。

云按：此处应为秦觏（gòu），秦观弟。见《四部丛刊·后山诗注》卷二。

[三十] 沙步：岸边系船供人上下之地。步，通"埠"。柳宗元《永州铁炉步志》："江之浒，凡舟可縻而上下者曰步。"

[三十一] 丛祠：乡野林间，草木丛生处的神祠。

[三十二] 淮海少年：秦觏。

[三十三] 脱乌纱：落帽，意谓逢辰登高赋诗文。《晋书·孟嘉传》卷九八："嘉为桓温参军。九月九日，温游龙山，僚佐毕集，佐吏并着戎服。有风至，吹嘉帽堕落，嘉不之觉。温命孙盛作文嘲嘉，嘉亦为文答之，其文甚美。"

[三十四] 陈简斋：见卷上第五十五则。

[三十五] 巴邱：湖南岳阳。

[三十六] 周宣：周宣王。

[三十七] 永昌陵：宋太祖赵匡胤的陵墓。

[三十八] 排奡（ào）：刚健遒劲。

[三十九] 许五塘：见卷上第五十五则。

[四十] 海藏：见卷上第五十则。

[四十一] 散原：见卷上第五十五则。

[四十二] 听水：见卷上第二十三则。

[四十三] 陈卧子：见卷上第六十则。

[四十四] 恭尹：见卷上第一则。

[四十五] 高季迪：见卷上第五十七则。

[四十六] 沈左司：左司，左司郎中，中书省属官；沈，不详，待考。

[四十七] 汪参政：汪广洋（？—1380），字朝宗，江苏高邮人，元末进士。后随朱元璋起兵，曾任陕西参政等职。有《凤池吟稿》等。

[四十八] 分省：地方行省，明初置，后改为布政使。

[四十九] 去台端：去，离开；台端，御史台。

[五十] 宾从：随从属官。

[五十一] 汉官：汉代以来传统的官制礼仪。

[五十二] 华岳：西岳华山。

[五十三] 江左：长江下游地区。此指明首都金陵。

[五十四] 李梦阳：见卷上第五十五则。

[五十五] 汉嫖姚：汉将军霍去病。《汉书·卫青霍去病传》卷五五："霍去病……善骑射，再从大将军。大将军受诏，予壮士，为票姚校尉……"颜师古注："票姚，疾劲之貌也。"

[五十六] 灵洲：今宁夏灵武县黄河滩渚上，一说今中宁县黄河滩渚上。

[五十七] 贺兰：贺兰山。

[五十八] 燕：应为"雁"，据文意改。

[五十九] 客子过濠：客子，游子；濠，护城河。

[六十] 野马：浮游之云气。《庄子·逍遥游》："野马也，尘埃也，生物之以息相吹也。"

[六十一] 弢箭：一作"韬"。弢，箭袋；弢箭，把箭放入袋中。

[六十二] 天狼：星名。古人认为，天狼星预示边疆安危。《楚辞·九歌·东君》："青云衣兮白霓裳，举长矢兮射天狼。"

[六十三] 飞挽：飞刍挽粮或飞刍挽粟的省称。飞，快运；刍，草料；挽，拉引。指快速运送粮草。清张廷玉《明史·武文定》卷八三："叛酋称乱之初，势尚可抚。而文定决意进兵，一无顾惜。飞刍挽粮，糜数十万。及有诏罢师，尚不肯已。"汉班固《汉书·主父偃传》卷六四："又使天下飞刍挽粟。"颜师古注："运载刍稿令其疾至，故曰飞刍也，挽谓引车船也。"

[六十四] 白日：一作"白月"。

[六十五] 朔方：古郡名，汉置，泛指北方。

[六十六] 郭汾阳：郭子仪，被封为汾阳郡王。汾州，唐州名，今山西中部。

[六十七] 何景明：见卷上第五十五则。

[六十八] 献吉：李梦阳。

[六十九] 李白：代指李梦阳。

[七十] 魑魅（chī mèi）：鬼怪，喻奸佞小人。化用杜甫《天末怀李白》"文章憎命达，魑魅喜人过"句。

[七十一] 鼋鼍（yuán tuó）：鼋，大鳖；鼍，鼍龙，扬子鳄。

[七十二] 鼓柁：泛舟。柁，通舵。

[七十三] 襄江：汉水，一作"湘江"。

[七十四] 阳羡：今江苏宜兴南。意谓隐居。苏轼《菩萨蛮》云："买田阳羡吾将老，从来只为溪山好。来往一虚舟，聊随物外游。"

[七十五] 桐柏山：河南桐柏县西南，豫鄂交界处，淮河发源处。何景明家信阳，李梦阳家开封，离桐柏山不远，故有共结庐之说。

[七十六] 杨用修：杨慎。见卷上第一则。

[七十七] 《春兴》：春日遣兴。原有八首，这里选的是第一首。

[七十八] 最高楼：一作"遥岑楼"，安宁太守王白庵为杨慎所建。

[七十九] 绝塞：荒远边塞。

[八十] 碣石：古山名，这里指春兴所见之山。

[八十一] 三绛：县名，西汉置，治所在今云南元谋县北金沙江北。东汉改为三缝县，西晋废，东晋复置。

[八十二] 点苍：大理苍山，洱海之西。

[八十三] 虚拟：空打算。

[八十四] 短衣随李广：杜甫《曲江三章》："短衣匹马随李广，看射猛虎终残年。"

[八十五] 汉家：明王朝。

[八十六] 勒燕然：勒，雕刻；燕然，燕然山，今蒙古杭爱山。《后汉书·窦宪传》卷二三："窦宪，字伯度……与北单于战于稽落山，大破之，虏众崩溃，单于遁走，追击诸部……宪、秉遂登燕然山，去塞三千余里，刻石勒功，纪汉威德，令班固作铭。"

【笺】：

清曾国藩《十八家诗钞》卷二十三：山谷之兄元明《寄子由》诗云："钟鼎勋名淹管库，朝廷翰墨写风烟。"管库，谓子由监筠州盐酒税也。子由思东坡，山谷思元明，故曰"脊令各有恨"也。

属，劝请，其习见者为劝酒。韩愈《八月十五夜赠张功曹》诗"沙平水息声影绝，一杯相属君当歌。"《唐诗三百首》章燮注引师古曰："属，付也，犹今之舞讫相劝也。"王安石《北客置酒》诗："为胡止饮且少安，一杯相属非偶然。"王令《初闻思归鸟忆昨寄崔伯易朱元弼》诗："余诗告尔东海志，子笑属我南山杯。"范成大《次韵李器之编修灵石山万寿藤歌》："诗成一斗属太白，擘笺挥扫如云烟。"黄庭坚《和高仲本喜相见》诗："何日晴轩观笔砚，一尊相属要从容。"又《念奴娇》词："共倒金荷家万里，难得尊前相属。""属"的这种用法，六朝散文中即有例可证。《世说新语·雅量》："太元末，长星见，孝武心甚恶之。夜，华林园中饮酒，举杯属星曰：'长星，劝尔一杯酒，自古何时有万岁天子？'""属"与"劝"上下文互见。

"属"表"劝""请"义不限于劝酒。《世说新语·雅量》："须臾食下，二王都不得餐，唯属羊不暇。"这是指劝食。秦观《西城宴集元祐七年三月上巳诏赐馆阁官花酒》诗："已烦逸少书陈迹，更属相如赋《上林》。"这是指劝人或请人赋诗。苏轼有诗题为：《病中大雪数日，未尝起观，虢令赵荐以诗相属，戏用其韵答之》。义亦同。范成大《满江红》词（冬至）："清昼永，佳眠熟；门外事，何时足？且团栾同社，笑歌相属。"也是以歌相邀相劝以尽欢之意。此外，"属"所劝的内容还可以是舞蹈，而且用得更早。《史记·魏其武安侯列传》："及饮酒酣，夫起舞属丞相，丞相不起。"《后汉书·蔡邕传》："邕得罪徙武原，遇赦归。将就还路，五原太守王智饯之。酒酣，智起舞，属邕，邕不为报。"均为其例。按苏轼《前赤壁赋》有"举酒属客"之句，或以为"属"为"注"之借字，实未允当。（王锳《诗词曲语辞续考》，《语言学论

129

丛》第 24 辑，商务印书馆 2001 年版，第 235—236 页。)

六十二

清初六家，查王尤工律绝。初白[一]《邯郸怀古》《集愿学堂留别诸友》，渔洋[二]《潼关》《沔县[三]谒武侯祠》《和徐健庵[四]宫赞[五]喜吴汉槎[六]入关》诸作，皆遥踵唐音，近肩何李[七]。迄于乾嘉之际，王昙[八]、孙子潇[九]、舒位[十]、黄仲则[十一]之伦，浪使才情，往往流于俳谐薄弱，不规正体，未敢援以为法。迄宋派既兴，曾文正实为先导，其《读吴南屏[十二]集》《送毛西垣[十三]之即墨长歌》《即题其集》二律，规摹涪翁[十四]，几于淄渑[十五]莫辨矣。诗云："十载乡园独尔思，眼明今日见新诗。尝忧大雅终将绝，岂意吾侪睹此奇。木落千山初瘦削，风回大海乍平夷。此中真意君能会，持似旁人那得知。""人间肮脏一毛[十六]生，与子交期如弟兄。忽出国门骑瘦马，去看东海擎长鲸。放歌一吊田横岛[十七]，酾酒[十八]重临乐毅城[十九]。并入先生诗句里，干戈离别古今情。"大抵善学宋者，须学其典雅浑成，奇奥排宕之笔；若一味效其僻涩深晦，则失之远矣。海藏[二十]、沧趣[二十一]虽不专宗一派，初亦规步宋人，而以变化出之。苍浑精切，突过前人矣。海藏《枕上》云："闲身急景暗中过，枕上方惊去日多。月影渐寒秋浩洞[二十二]，柝声弥厉夜嵯峨[二十三]。养生候密须逢子[二十四]，学道心繁总着魔。是事故应思熟烂，不将美睡换奔波。"《泰安道中》云："陇上清晨得纵眸，停车聊自释幽忧。乱峰出没争初日，残雪高低带数州。回首会成沉陆叹，收身行作入山谋。渡河登岱增萧瑟，莫信时人说壮游。"《西湖初泛》云："乍喜杭州入眼新，便呼小艇载闲身。抱城岚影浮初日，侵岸湖光上早春。只觉楼台胜人物，欲凭山水远风尘。酒垆正在宫墙外，带醉凭栏独怆神。"《寄栗生[二十五]兄》云："商盐[二十六]未了持家事，灯火惟余课弟编。料理儿曹聊晚计，浮湛[二十七]闾里忽中年。好乘佳日舒心眼，莫遣新霜拂鬓边。准拟江淮乞郡倅[二十八]，为兄先办杖头钱[二十九]。"《春归》云："正是春归却送归，斜街长日见花飞。茶能破睡人终倦，诗与排愁意已微。三十不官宁有道，一生负气恐全非。昨宵索共红裙醉，清泪无端欲满衣。"《沧趣楼诗》，浑脱处稍稍不及海藏，而清切隽永，有过之无不及也。《七月二十五夜山中怀蒉斋[三十]》云："东坡饮啖想平安，塞上秋风又戒寒。久别更添无限感，即归岂复曩时欢。数声去雁霜将降，一片荒鸡月易残。独自听钟兼听水，山楼醒眼夜漫漫。"《七月十九日同嘿园[三十一]游翠微庐师诸寺》云："山灵不愠我来迟，急雨回风与洗悲。破刹伤心公主塔，坏墙掩泪偶斋[三十二]诗。后生谁识承平事，皓首曾无会合期。三十年来听琴处，秘魔崖[三十三]下坐移时。"《题伯严[三十四]诗卷》云："老于文者必能诗，此道只今亦少衰。生世相怜《骚》《雅》近，赋才独得杜韩遗。江湖浩荡身行老，肝肺槎枒[三十五]俗固疑。牢落[三十六]年来欢会少，始知高论未须卑。"《上元游厂肆[三十七]》云："岁华犹属旧皇都，士女肩摩了不殊。时好略从陈列见，昔游遍数辈流无。烽尘稍远宜知幸，羁绁[三十八]余闲偶寄娱。廿有一番度元夕，未忘夜饮两峰图。"汪衮甫[三十九]亦有《陪听水老人[四十]游火神庙列肆[四十一]》云："钜海[四十二]烽烟照夕明，旧都庙市尚春声。江河浩荡师儒[四十三]在，风日喧妍杖履轻。闲向尘嚣觅[四十四]古逸，略从丧乱见承平。集中倘有《斜川记》[四十五]，衰钝何期附姓名。"衮甫固学樊南[四十六]者，此首则极力拟似弢庵[四十七]一派。又曾蛰庵[四十八]有《崇效寺[四十九]看花》一首，风神婉约，格调自然，可作七律范也。诗云："怅卧春归十日阴，落花台殿更清深。被阑碧叶如相语，辞世青鸾[五十]不可寻。物外精蓝[五十一]谁舍宅[五十二]，乱余梗莽自成林。迷阳却曲[五十三]饶忧患，那得端居长道心。"《筱园诗话》录有《怀古》数首，雄浑奇恣，亦似宋人之学杜者。严遂成[五十四]《三垂冈[五十五]》云："英雄立马起沙陀[五十六]，奈此朱梁[五十七]跋扈何！赤[五十八]手难扶唐社稷，连城犹拥晋山河。风云帐下奇儿在，鼓角声中老泪多。萧瑟三垂冈畔路，至今人唱《百年歌》[五十九]。"蒋士铨[六十]《题南史》云："半壁销沉霸业荒，髑髅腥带粉痕香。皇天好杀非无故，乱世多才定不祥。六代文章藏虎豹，百年花月化鸳鸯。南朝几片风流地，酒色乾坤战马场。"朱丹木[六十一]《甲马营[六十二]》云："天心厌乱真人出，甲马营同石纽村[六十三]。五季[六十四]腥风污日月，一儿香气[六十五]荡乾坤。黄袍开国君臣义，金匮[六十六]传家母子恩。南渡文孙承大统，可怜引领望中原。"朱次民[六十七]《紫柏山[六十八]留侯祠》云："少时任侠老游仙，龙虎风云壮盛年。天眷汉家成帝业，人从秦季得师传。五湖臣节开先路，三顾君恩让后贤。岂有赤松游世外，空余紫柏满祠前。"此等诗必须史事熟练，胸襟广博，琢词命意，始得奇伟之趣。若率尔操觚效之，必流于诞怪不经之弊，故不可为法也。要之作七律诗，其初仍守唐人起承转合、一情一景之成规，迨后读书多、用力久，自然纵横变化而不失矩度。若一入手便学邪僻之语，空滑之调，则终身碌碌，岂能有胜人处耶。

【注】：

[一] 初白：查慎行。见卷上第二十四则。

[二] 渔洋：王士禛。见卷上第七则。

[三] 沔县：今陕西勉县。

[四] 徐健庵（1631—1694）：徐乾学，字原一，号健庵，江苏昆山人，康熙进士，曾编修《大清一统志》，有《碧山集》等。建有著名藏书楼，"传是楼"。

[五] 宫赞：太子东宫赞善大夫的简称，为太子属下侍从。

[六] 吴汉槎（1631—1684）：吴兆骞，字汉槎，号季子，吴江（今属江苏）人，顺治举人，以科场案流放宁古塔（今黑龙江宁安）二十余年。有《秋茄集》。

〔七〕何李：何景明与李梦阳。

〔八〕王昙（1760—1817）：名良士，字仲瞿，秀水（今浙江嘉兴）人，清乾隆五十九年（1794）举人。有《烟霞万古楼集》。

〔九〕孙子潇（1760—1829）：孙原湘，字子潇，号心青，昭文（今江苏常熟）人，清嘉庆十年（1805）进士，尝受业于袁枚，是"性灵派"的重要作家。有《天真阁集》。

〔十〕舒位（1765—1815）：字立人，号铁云，直隶大兴（今属北京）人，清乾隆五十三年（1788）举人，与王昙、孙子潇并称三君子。有《瓶水斋诗集》。

〔十一〕黄仲则（1749—1783）：黄景仁，字汉镛，一字仲则，武进（今属江苏）人，清乾隆三十年（1765）秀才。有《两当轩集》。

〔十二〕吴南屏（1805—1873）：字本深，号南屏，湖南巴陵（今岳阳）人，道光举人。有《柈湖文录》等。

〔十三〕毛西垣（1805—1853）：毛贵铭，字彦翔，湖南巴陵（今岳阳）人，道光二十年（1840）举人。《越缦堂日记》载，彦翔，道光庚子顺天举人，本名文翰。有《西垣诗钞》等。

〔十四〕涪翁：黄庭坚。见卷上第五则。

〔十五〕淄渑（zī miǎn）：《淮南子》卷一二："淄渑之水和，易牙尝而知之。"淄水和渑水皆属临淄境内，味不同，合而难辨。

〔十六〕一毛：凤凰羽毛，喻难得之人才。杜甫《奉送苏州李二十五长史丈之任》："一毛生凤穴，三尺献龙泉。"《世说新语·容止》："王敬伦（劭）风姿似父（王导），作侍中。加授桓公，公服从大门入，桓公望之曰：'大奴（王劭）固自有凤毛。'"

〔十七〕田横岛：山东即墨县东的海岛。《史记·田儋列传》卷九四："汉灭项籍，汉王立为皇帝，以彭越为梁王。田横惧诛，而与其徒属五百余人入海，居岛中……高帝闻之，乃大惊，以田横之客皆贤：'吾闻其余尚五百人在海中。'使使召之。至则闻田横死，亦皆自杀。于是乃知田横兄弟能得士也……田横之高节，宾客慕义而从横死，岂非至贤！"

[十八] 釃（shī）酒：滤酒。

[十九] 乐毅城：《魏书·地形志（中）》卷六："有乐毅城，即墨郡治。"

[二十] 海藏：郑孝胥。见卷上第五十则。

[二十一] 沧趣：陈宝琛。见卷上第二十三则。

[二十二] 浩洞：疑为"颃洞"，弥漫无际。

[二十三] 嵯（cuó）峨：高峻貌。

[二十四] 养生候密须逢子：须待子时养生才会有所领悟。

[二十五] 栗生：不详，待考。

[二十六] 齑（jī）盐：腌菜和盐，指清贫生活。

[二十七] 浮湛：浮沉。

[二十八] 郡倅（cuì）：郡佐，郡太守的副职，即通判。

[二十九] 杖头钱：也称杖百钱、杖钱、杖头。《世说新语》："阮宣子常步行，以百钱挂杖头，至酒店，便独酣畅，虽当世贵盛不肯诣也。"

[三十] 蒉斋：张佩纶。见卷上第二十三则。

[三十一] 嘿园：黄懋谦，字嘿园，福建永福（今永泰）人。

[三十二] 偶斋：宝廷（1840—?），满族，原名宝贤，字竹坡，同治六年（1867）进士。有《偶斋诗草》。

[三十三] 秘魔崖：北京西山南麓，古刹之一证果寺，俗称秘魔崖。

[三十四] 伯严：陈三立。见卷上第五十五则。

[三十五] 槎枒：见卷上第五十三则。

[三十六] 牢落：孤寂失意貌。

[三十七] 厂肆：店铺。

[三十八] 羁绁（xiè）：羁绊，束缚。

[三十九] 汪衮甫：汪荣宝。见卷上第五十则。

[四十] 听水老人：陈宝琛。见卷上第二十三则。

[四十一] 列肆：商铺。

[四十二] 钜海：大海。

[四十三] 师儒：《周礼·地官·大司徒》："四曰联师儒，五曰联朋友。"郑玄注："师儒，乡里教以道艺者。"明余庭璧《事物异名·君臣·国子监祭酒》卷上："国子监祭酒，称之师儒。"

[四十四] 蒐（sōu）：通"搜"。

[四十五]《斜川记》：陶渊明有《游斜川》，刘辰翁有《小斜川记》。疑指山水之意及家国之思。

[四十六] 樊南：李商隐有《樊南先生文集》，故常以樊南称之。

[四十七] 弢庵：陈宝琛。见卷上第二十三则。

[四十八] 曾蛰庵：曾习经。见卷上第四十六则。

[四十九] 崇效寺：于北京宣武门外西南，建自唐贞观初年，元代赐"崇效"，清代为游览胜地。

[五十] 青鸾：青鸟。《广雅·释鸟》："鸾鸟，凤凰属也。"《山海经·大荒西经》"有三青鸟，赤首黑目，一名曰大鹜，一名曰少鹜，一名曰青鸟。"《史记》卷一一七："三足乌，青乌也。主为西王母取食，在昆墟之北。"

[五十一] 精蓝：佛寺，精舍与伽蓝的合称。南宋高翥《常熟县破山寺》云："古县沧浪外，精蓝缥缈间。"

[五十二] 舍宅：舍宅为寺，始于南北朝时期，一些达官或富商将自己的宅第改为佛寺。《洛阳伽蓝记》记载的佛寺有十余处由宅院改建而成。

[五十三] 迷阳却曲：迷阳，荆棘；却曲，曲折而行。《庄子·人间世》："迷阳迷阳，无伤吾行！却曲却曲，无伤吾足！"

[五十四] 严遂成（1694—?）：字崧瞻，一作崧占，号海珊，乌程（今浙江吴兴）人。有《海珊诗钞》等。

[五十五] 三垂冈：今山西屯留县东南。晋王李存勖曾在此设伏，破后梁。

[五十六] 沙陀：古族名，西突厥别部，又称沙陀突厥。晋王李克用为沙陀人。

[五十七] 朱梁：后梁朱温。句意指李克用面对飞扬跋扈的后梁朱温也无可奈何。

[五十八] 赤：一作"只"。

[五十九]《百年歌》：乐曲名。《新五代史·唐纪》卷五："存勖，克用长子也。初，克用破孟方立于邢州，还军上党，置酒三垂冈，伶人奏《百年歌》，至于衰老之际，声甚悲，座上皆凄怆。时存勖在侧，方五岁，克用慨然捋须，指而笑曰：'吾行老矣，此奇儿也。后二十年，其能代我战于此乎？'"

[六十] 蒋士铨（1725—1785）：字心余、苕生，号清容居士，又号藏园，铅山（今属江西）人，乾隆二十二年（1757）进士，官翰林院编修。有《忠雅堂诗文集》。

[六十一] 朱丹木：见卷上第五十七则。

[六十二] 甲马营：夹马营，古军营名，今洛阳城东北。宋太祖赵匡胤出生地。《宋史·太祖本纪》卷一："太祖，宣祖仲子也，母杜氏。后唐天成二年（927），生于洛阳夹马营，赤光绕室，异香经宿不散，体有金色，三日不变。既长，容貌雄伟，器度豁如，识者知其非常人。"

[六十三] 石纽村：《元和郡县志》："禹，汶山广柔人，生于石纽村。"

[六十四] 五季：指后梁、后唐、后晋、后汉、后周五代。

[六十五] 一儿香气：指赵匡胤出生时香气经宿不散。

[六十六] 金匮：帝王珍藏贵重物品之器具。

[六十七] 朱次民（1824—1894）：朱在勤，字幼木，号次民，朱丹木之子，云南石屏人，咸丰元年（1851）举人。有《次民诗钞》等。

[六十八] 紫柏山：秦岭南麓汉中市留坝县境内，太白山支脉。山多紫柏，故名紫柏山。上有留侯祠，相传为张良辟谷之所。

【笺】：

清颜光猷《秘魔崖》："翠微山窗日初红，早起不栉思鸿濛。日出三竿方到地，乃裹糇粮还投东。东来盘桓刚二里，松柏粟橡杂丰茸。百转山溪穷绝岭，千尺阴崖生长风。汗流力尽不能度，忽行忽止来龙宫。龙宫北去入古刹，门仄巷圮烟尘封。山鼓不鸣钟在地，寂无人声心忡忡。欲寻秘魔不知处，殿侧石径玲珑通。万年之松巍然在，摩莘挲石碣识卢公。卢公卢公何神绝，道高行修来双龙。双龙行雨遍四野，大元矢报卢师功。一朝殿宇扩山内，丹黄金碧凌苍穹。昔年何盛今何没，令人感慨回五衷。宝珠洞僧人五百，一时炫耀势何雄。吁嗟！地之兴废真有时，宝剑尚须人磨砻。不见当年平坡寺，千百野马牧其中。"

清袁枚《随园诗话》卷二：咏物诗无寄托，便是儿童猜谜。读史诗无新义，便成《二十一史弹词》。虽着议论，无隽永之味，又似史赞一派，俱非诗也。余最爱常州刘大猷《岳墓》云："地下若逢于少保，南朝天子竟生还。"罗两峰《咏始皇》云："焚书早种阿房火，收铁还留博浪椎。"周钦来《咏始皇》云："蓬莱觅得长生药，眼见诸侯尽入关。"松江徐氏女《咏岳墓》云："青山有幸埋忠骨，白铁无辜铸佞臣。"皆妙。尤隽者严海珊《咏张魏公》云："传中功过如何序，为有南轩下笔难。"冷峭蕴藉，恐朱子在九泉，亦当干笑。海珊自负咏古为第一，余读之果然。《三垂冈》云："英雄立马起沙陀，奈此朱梁跋扈何？赤手难扶唐社稷，连城犹拥晋山河。风云帐下奇儿在，鼓角灯前老泪多。萧瑟三垂冈下路，至今人唱百年歌。"

明张岱《夜航船·辨疑》："大禹东巡，崩于会稽。现存陵寝，岂有差讹？且史载夏启封其少子无余于会稽，号曰'於越'，以奉禹祀，则又确确可据。今杨升庵争禹穴在四川，则荒诞极矣。升庵言石泉县之石纽村，石穴深杳，人迹不到，得石碑有'禹穴'二字，乃李白所书，取以为证。盖大禹生于四川，所言禹穴者，生禹之穴，非葬禹之穴也。此言可辨千古之疑。"

清朱庭珍《筱园诗话》："家叔方伯公丹木先生《甲马营》云：'天心厌乱真人出，甲马营同石纽村。五季腥风污日月，一儿香气荡乾坤。黄袍开国君臣义，金匮传家母子恩。南渡文孙承大统，可怜引领望中原。'家兄次民观察《紫柏山留侯祠》云：'少时任侠老游仙，龙虎风云壮盛年。天眷汉家成帝业，人从秦季得师传。五湖臣节开先路，三顾君恩让后贤。岂有赤松游世外，空余紫柏满祠前。'以上诸作或高浑沈雄，或生辣苍凉，或清丽超妙，均属盖代名篇，怀古诗中卓然可传之笔，学者所当熟玩而以为法者也。"

六十三

五言古诗，肇自西汉，苏李[一]赠别，卓文君[二]《白头吟》，李延年歌[三]，皆其滥觞也。《十九首》有谓为枚乘[四]作者，古音古节，宛转顿挫，非汉魏以后人所能假托。殊非一时一事，亦不仅十九首，昭明[五]以之入《选》[六]者，止此数耳。模山范水之作，大谢[七]为最。宣城[八]工于发端，左思[九]、鲍照[十]工于咏古，步兵[十一]善于写怀，皆雄杰抗厉。渊明旷达，独具精诣，后来取法，舍斯莫属。严秋槎[十二]《药栏诗话》颇嫌六朝人之琢词炼句，过于穿凿。然五言节短音长，非琢炼何能工妙耶？其后唐人如岑、王、孟、韦、储、柳，虽稍变格，仍不能出前人窠臼。昌黎尤长于遒炼，音节亦骎骎[十三]近古。明清如谢[十四]、谭[十五]、王[十六]、厉[十七]诸家闲适之作，及近人投赠之什，均多可采。渔洋谓五言古着议论不得，亦不尽然也。作者多取六朝人及唐之李、杜、王、孟、岑、韦、昌黎诸家，汰其繁芜，涵咏讽诵，自得其真。若杂填风云月露之词，生凑险僻迂曲之字，以为学谢学韩，影响比附，则入魔道矣。李越缦[十八]评此体诗，举汉魏之枚叔[十九]、苏、李、子建[二十]、仲宣[二十一]、嗣宗[二十二]、太冲[二十三]、景纯[二十四]、渊明、康乐[二十五]、延年[二十六]、明远[二十七]、元晖[二十八]、仲言[二十九]、休文[三十]、文通[三十一]、子寿[三十二]、襄阳[三十三]、摩诘[三十四]、嘉州[三十五]、常尉[三十六]、太祝[三十七]、太白、子美、苏州[三十八]、退之、子厚，以及宋之子瞻，元之雁门[三十九]、道园[四十]，明之青田[四十一]、君采[四十二]、空同[四十三]、大复[四十四]，清之樊榭[四十五]，皆诣力精深，卓绝千古。惟谓道光以后，惟潘四农[四十六]之五古，差有真意；则取才未免过狭。沈归愚[四十七]《古诗源》所选五言，差强人意，较之其他各代诗《别裁》为胜，堪以取则。唐人则太白乐府诸篇，工部《新婚别》《无家别》《垂老别》《石壕吏》《新安吏》、前后《出塞》《自京赴奉先》《北征》诸什，洋洋洒洒，蔚为大篇。其余如岑之《登慈恩寺塔》，韦之《郡斋燕集》，允推佳构。王之《渭川田家》《青溪》《蓝田山石门精舍》，孟之《寻香山湛上人[四十八]》《夏日南亭怀辛大》《秋登万山寄张五》，柳之《晨诣超师院读禅经》《游西亭》，韩之《秋怀十一首》《赠张彻张籍》及《送惠师》诸首，皆音节近古，几经锤炼而成。郊寒岛瘦[四十九]，要足以振拔陈言，开辟意境。香山五古，多讽谕之作，但词涉直露。学陶白而流于迂俗浅率，反不如学孟贾之较新警也。宋人除玉局[五十]、山谷[五十一]外，宛陵[五十二]之《河豚》诗，少游之《端午日》诗，皆卓卓可传。明之谭友夏[五十三]，清之黎二樵[五十四]《五百四峰草堂》，陈太初[五十五]《简学斋》，魏默深[五十六]《清夜斋》，江弢叔[五十七]之《伏敔[五十八]堂》，金亚匏[五十九]之《秋蟪吟馆》，并多幽秀峭挺之作。人境庐[六十]《新离别》诸作，抑扬顿挫，生面别开。太初曾孙仁先，五古诗雄深雅健，善学荆公、山谷。陈石遗[六十一]评其《游天宁寺》《听松声》《往太清观》诸篇，谓可抗衡嘉州少陵《登慈恩寺塔》《玉华宫》《大云寺》《赞公房》诸作。至全首音节高亢，如空堂之答人响，则以平韵古体诗，出句末字，多用平音也。此秘韩孟始发之。韩如《遣疟鬼》《示儿》《庭楸》《读东方朔杂事》等篇皆是，孟尤多云云。出句末字用平音，弥觉铿锵溜亮，自六朝人已发之。如大谢《登池上楼》《石门新营》诸诗皆是。李杜亦间有之。石遗何言自韩孟始耶？梁节庵[六十二]《得伯严[六十三]书》一首，超逸沉郁，不可多得之作也。诗云："千年浩不属，君乃沉痛之。神思可到处，缱绻通其词。穷山何所乐，余心忽然疑。试君置我处，魂梦当自知。把书阖且开，情语生微漪。出见东流水，汤汤将待谁。"王壬秋[六十四]、邓弥之[六十五]力追汉魏，故全集中五言古体尤多。兹录王壬秋得意之作二首，以见一斑。《入彭蠡[六十六]望庐山作》云："轻舟纵巨壑，独载神风高。孤行无四邻，窅然[六十七]丧尘劳。晴日光皎皎，庐山不可招。扬帆挂浮云，拥楫玩波涛。昔人观九江，千里望神皋。浩荡开荆扬，潆洝[六十八]听来潮。圣游岂能从，阳岛尚嶣峣。川灵翳桂旗，仙客阒金膏。委怀空明际，慨然歌且谣。"自注："俗人论诗，以为不可入议论，不可入经义训诂，是歧经史文辞而裂之也。余幼时守格律甚严，及后贯彻，乃能屈刀为铁，点磁成金。如此诗皋、潮、峣韵，考证辨驳俱有之，若不自注，谁知其迹，熔经铸史，此之谓欤。"又《望巫山作》云："神山夙所经，未至已超夷。况兹澄波棹，翼彼祥风吹。真灵无定形，九面异圆亏。晴云穴内蒸，积石露欹奇。江潮汩无声，浩荡复逶迤。呼风凌紫烟，嗽玉吸琼脂。赏心不可期，游识道层累。若有人世情，暂来被尘羁。"自注："与前诗皆学谢，赤石帆海，光阴往来，神光离合，五言上乘也。诗涉情韵议论，空妙超远，究有神而无色，必得藻采发之，乃有鲜新之光。故专学陶阮诗，必至枯淡。此'脂'韵与上篇'膏'韵皆点景之句，而通首尽成烟云矣。'江潮'两句，尤能写出真景，江行者自知之。"

【注】：

[一] 苏李：苏武与李陵。

[二] 卓文君：生卒年不详。西汉蜀郡临邛（今四川邛崃县）人，巨商卓王孙之女，年17而寡居，貌美，好音。《西京杂记》卷三："相如将聘茂陵人女为妾，卓文君作《白头吟》以自绝，相如乃止。"

[三] 李延年歌：李延年，生卒年不详。"性知音，善歌舞"，中山（今河北定县）人。其妹因"妙丽善舞"受汉武帝宠幸，号李夫人。《李

延年歌》为李延年所作,诗云:"北方有佳人,绝世而独立。一顾倾人城,再顾倾人国。宁不知倾城与倾国,佳人难再得!"

[四] 枚乘(?—前140):字叔,淮阴(今属江苏)人,西汉辞赋家,代表作有《七发》等。

[五] 昭明:昭明太子,萧统。《南史·昭明太子传》卷五三:"昭明太子统字德施,高祖长子也……性宽和容众,喜愠不形于色。引纳才学之士,赏爱无倦。"

[六]《选》:《昭明文选》。

[七] 大谢:谢灵运(385—433),小字客儿,南朝宋陈郡阳夏(今河南太康)人,谢玄之孙,袭封康乐公,世称谢康乐。

[八] 宣城:谢宣城。见卷上第三十四则。

[九] 左思:生卒年不详。字太冲,齐国临淄(今山东淄博)人。有《咏史》《三都赋》等。

[十] 鲍照(约414—466):字明远,上党(今山西长治市)人,后迁居东海(今江苏连云港东)。有《鲍参军集》。

[十一] 步兵:阮籍(210—263),字嗣宗,陈留尉氏(今河南尉氏)人,竹林七贤之一,曾任步兵校尉,世称"阮步兵"。有《阮步兵集》。

[十二] 严秋槎:严廷中。见卷上第五十七则。

[十三] 骎骎(qīn):逐渐。

[十四] 谢:谢榛。见卷上第十三则。

[十五] 谭:谭元春。见卷上第十九则。

[十六] 王:王渔洋。见卷上第七则。

[十七] 厉:厉鹗。见卷上第五十九则。

[十八] 李越缦:李莼客。见卷上第八则。

[十九] 枚叔:枚乘。见本则注四。

[二十] 子建:曹植。见卷上第五十二则。

[二十一] 仲宣:王粲。见卷上第九则。

[二十二] 嗣宗：阮籍。见本则注十一。

[二十三] 太冲：左思。见本则注九。

[二十四] 景纯：郭璞（277—324），字景纯，晋河东闻喜（今山西闻喜县）人。有《游仙诗》等。

[二十五] 康乐：谢灵运。见本则注七。

[二十六] 延年：颜延之（384—456），字延年，南朝宋琅琊临沂（今山东临沂）人，与谢灵运并称"颜谢"。有《颜光禄集》。

[二十七] 明远：鲍照。见本则注十。

[二十八] 元晖：谢朓。见卷上第三十四则。

[二十九] 仲言：何逊（？—518），字仲言，东海郯（今山东郯城）人。明张溥辑有《何记室集》一卷。

[三十] 休文：沈约（441—513），字休文，南朝吴兴武康（今浙江德清）人，齐梁文坛领袖。有《沈隐侯集》等。

[三十一] 文通：江淹（444—505），字文通，济阳考城（今河南兰考）人。有《江文通集》。

[三十二] 子寿：张九龄（678—740），字子寿，韶州曲江（今广东韶关）人，唐中宗景龙初年进士。有《曲江集》。

[三十三] 襄阳：孟浩然。见卷上第四十五则。

[三十四] 摩诘：王维。见卷上第二十四则。

[三十五] 嘉州：岑参。见卷上第四十五则。

[三十六] 常尉：常建，生卒年不详。长安（今陕西西安）人，开元十五年（727）登进士第，曾任盱眙尉。有《常建诗集》。

[三十七] 太祝：储光羲（约706—约763），润州延陵（今江苏丹阳）人，郡望兖州（今属山东），开元十四年（726）登进士第。太祝，官名。储光羲曾任太祝，世称储太祝。有《储光羲集》。

[三十八] 苏州：韦苏州。见卷上第四十九则。

[三十九] 雁门：萨都剌。见卷上第五十九则。

[四十] 道园：虞集。见卷上第六十则。

[四十一] 青田：刘基（1311—1375），字伯温，明代青田（今浙江青田）人。有《郁离子》等。

[四十二] 君采：薛蕙（1489—1541），字君采，明亳州（今安徽亳县）人，正德九年（1514）进士。诗求性情，清醇雅丽。有《考功集》。

[四十三] 空同：李梦阳。见卷上第五十五则。

[四十四] 大复：何景明。见卷上第五十五则。

[四十五] 樊榭：厉鹗。见卷上第五十九则。

[四十六] 潘四农：潘德舆（1785—1839），字彦辅，一字四农，清山阳（今江苏淮安）人。有《养一斋集》等。

[四十七] 沈归愚：沈德潜。见卷上第十三则。

[四十八] 淇上人：应为"湛上人"。指开元时僧人湛然。据文意改。

[四十九] 郊寒岛瘦：郊，孟郊；岛，贾岛。指孟郊与贾岛诗风寒瘦幽峭。语出苏轼《祭柳子玉文》："元轻白俗，郊寒岛瘦。"《新唐书·孟郊传》卷一百七十六："郊为诗有理致……然诗苦奇涩。"《新唐书·贾岛传》卷一百七十七："岛字浪仙，范阳人……当其苦吟，虽逢值公卿贵人，皆不知觉也。"

[五十] 玉局：苏轼。见卷上第二十四则。

[五十一] 山谷：黄庭坚。见卷上第五则。

[五十二] 宛陵：梅尧臣。见卷上第五十五则。

[五十三] 谭友夏：谭元春。见卷上第十九则。

[五十四] 黎二樵：黎简。见卷上第十八则。

[五十五] 陈太初：陈沆。见卷上第四十六则。

[五十六] 魏默深：魏源。见卷上第五十六则。

[五十七] 江弢叔：江湜。见卷上第二十六则。

[五十八] 敔（yǔ）：古乐器。乐将终，击敔使演奏停止。

[五十九] 金亚匏（páo）（1818—1885）：金和，字弓叔，号亚匏，清代诗人，江苏上元（今江苏南京）人。

[六十] 人境庐：黄遵宪（1848—1905），字公度，号人境庐主人，广东嘉应州（今梅州）人，光绪二年（1876）中举。有《人境庐诗草》等。

[六十一] 陈石遗：陈衍。见卷上第二十三则。

[六十二] 梁节庵：梁鼎芬。见卷上第二十七则。

[六十三] 伯严：陈三立。见卷上第五十五则。

[六十四] 王壬秋：王闿运。见卷上第三十四则。

[六十五] 邓弥之（1828—1893）：邓辅纶，字弥之，湖南武冈人，晚年主讲金陵文正书院。有《白香亭诗文集》。

[六十六] 彭蠡（lǐ）：古泽薮名，今鄱阳湖。于江西九江庐山以南。

[六十七] 窅（yǎo）然：深远而怅然。

[六十八] 潨（cōng）淙：流水声。

【笺】：

卓文君《白头吟》："皑如山上雪，皎若云间月。闻君有两意，故来相决绝。今日斗酒会，明旦沟水头。躞蹀御沟上，沟水东西流。凄凄复凄凄，嫁娶不须啼。愿得一心人，白头不相离。竹竿何袅袅，鱼尾何簁簁。男儿重意气，何用钱刀为！"

六十四

七言古诗，最忌平铺直叙。故须阳开阴合，如江海之波，一波未平，一波又起。如兵家之阵，方以为奇，又复为正；方以为正，又复为奇。出入变化，不可纪极，则天下无敌。备此法者惟李杜。此元杨仲宏[一]之言也。王元美[二]云："歌行有三难：起调，一也；转节，二也；收场，三也。"《筱园诗话》云："七古起处，直破空叫起，高唱入云。中间具纵横排荡之势，镇以渊静之神，故往而能回，疾而不剽。于密处叠造警句，于疏处轩起层波。至接笔则或挺接、反接、遥接，无平接者。转笔则或疾转、逆转、突转，无顺转者，故倍形生动。结处宜层层绾合，面面周到，而势则悬崖勒马，突然而止，使词尽而意不尽。此皆作七古之笔法也。"

【注】：

[一] 杨仲宏（1271—1323）：杨载，字仲宏，元代浦城（今属福建）人，后徙居杭州。有《仲宏诗集》。

[二] 王元美：王世贞，见卷上第五十二则。

【笺】：

王寿昌《小清华园诗谈》："唐人七古气势纵横，文情变幻，如神龙翔空，离奇夭矫，不可方物，诚为诗境奇观。然只可谓之唐体，不可谓之古体。何也？以古气皆已发泄无遗也。"

六十五

纵横变化，李杜为之大宗。嘉州、东川[一]，悲壮苍凉，工于边塞征战之作。常侍[二]、摩诘，兼为雄丽。昌黎兀傲排奡，音节最高。子瞻、放翁，沉雄喷薄。遗山、青邱、空同、大复，高视阔步，嗣响唐音。梅村[三]踵武[四]元白，典赡华丽，自成别调。初白力追玉局，颇多巨制。至近代巢经巢[五]、范伯子[六]，并学杜、韩、东坡，淋漓挥洒，如天马行空，不可羁勒。残膏余馥，沾溉后学不少。学宋诗者往往借途经巢，非必直接苏黄也。张濂卿[七]选有清三家诗，取施愚山[八]之五古五律，郑子尹[九]之七古，姚姬传[十]之七律，谓足津逮后人，诚知言也。江西诗人蒋心余[十一]，力学昌黎、山谷，其诗沉雄拗峭，意境亦厚。黎二樵《五百四峰草堂诗》中，七古几占多数，意境词笔，迥不犹人。程春海[十二]诗亦生辣，而多硬直处。以其力避凡庸，刻意新响，而知者反稀。陈弢庵[十三]意深词隽，李拔可[十四]工于叹嗟，宋派之杰出也，夏映庵[十五]力摹宛陵，有神似者。兹录梅夏各一首，可以见其概焉。宛陵《答裴送序意》云："我欲之许子有赠，为我为学勿所偏。诚知子心苦爱我，欲我文字无不全。居常见我足吟咏，乃以述作为不然。始曰子知今则否，固亦未能无谕焉。我于诗言岂徒尔，因事激风成小篇。辞虽浅陋颇刻苦，未到《二雅》未忍捐。安取唐季二三子，区区物象磨穷年。苦苦著书岂无意，贫希禄廪尘俗牵。书辞辩说多碌碌，吾敢虚语同后先。唯当稍稍缉铭志，愿以直法书诸贤。恐子未喻我此意，把笔慨叹临长川。"映庵《云栖寺[十六]竹径》云："理安[十七]长枏[十八]直插地，云栖大竹高参天。二寺复然[十九]到圣处，枏不蠹朽竹愈坚。昔称理安景无对，未看云栖真枉然。顷窥幽径避白日，步步到寺循花砖。又如茸叶作廊覆，左右柱立皆修椽。露骨专车岩壑底，表影累尺僧房巅。空亭佳足一遐想，夜至风露宜娟娟。人言此寺惟有竹，他景不称名虚传。正惟有竹便佳绝，杂树亦众何称焉。愿笋勿剧[二十]尽成竹，连坡长到澄江边。"其转折处皆效宛陵，而较宛陵前诗为有色泽矣。原诗中多四句，删去较紧拔。七古中拗峭生动不涉枯淡者，经巢及范伯子、黎二樵皆然，兹各录其一首。又朱竹垞[二十一]《玉带生歌》，沈乙盦[二十二]《病僧行》，实为近代奇作。见《曝书亭集》及陈石遗所选《近代诗钞》中，不备列矣。经巢《留别程春海[二十三]先生》云："我读先生古体诗，蟠虬[二十四]咆熊生蛟螭[二十五]。我读先生古文辞，商敦[二十六]夏卣[二十七]周尊彝[二十八]。其中涵纳非涔蹄[二十九]，若涉大水无津涯。捣烂经子[三十]作醯醢[三十一]，一串贯自轩与羲[三十二]。下迄宋元靡参差，当厥[三十三]兴酣落笔时。峭者拗者旷者驰，宏肆而奥者相随。譬铁勃卢铁蒺藜[三十四]，戛摩揭擦[三十五]争撑持。不袭旧垒残旍麾，中军特创为鱼丽[三十六]。此道不振知何时，遂尔疲苶[三十七]及今兹。学语小儿强喔呀[三十八]，雕章绘句何卑卑。鸡林[三十九]盲瞽[四十]为所欺，传观过市群夥颐[四十一]，厚颜亦自居不疑。间有大黠[四十二]奋厥衰[四十三]，鼎未及扛膑已危[四十四]。其腹不果则力羸[四十五]，其气不盛则声雌。固念宛转呻念尸[四十六]，非病夸毗[四十七]即戚施[四十八]。黄钟一振立起痿，伟哉夫子[四十九]文章医，当今山斗[五十]非公谁？种[五十一]我门墙[五十二]藩以篱，臃肿拳曲难为枝[五十三]。络之荆南驱使骓[五十四]，野马复不受罥[五十五]羁。锡[五十六]我美字令我晞[五十七]，以乡先哲尹公[五十八]期。无双叔重[五十九]公是推，道真北学南变夷。此岂脆质能攀追，敬再拜受请力之，头童牙豁[六十]或庶几。槐黄催人作丛黑[六十一]，定王城[六十二]下离舟维。春风冬雪惯因依，出送抚背莫涕挥，东流淙淙识所归，有质卖田趋洛师[六十三]。"范伯子《和虞山言謇博[六十四]韵》云："世说小范十万兵，不能战胜徒其名。空提两拳向四壁，推排日月驱风霆。帐中突兀建吾子，忽复自顾大莫京。岂无羽翼在天地，远莫能致孤难行。语子瑰文猛如虎，伏而不出如处女。浩如积水千倍余，千一之效流成渠。天仙化人妙肌理，堕马啼妆[六十五]百不须。莫学世间小丈夫，容光滑腻心神枯。少壮真当识途径，看余中老已垂胡。"伯子又有《过赤壁下》一首，亦奇恣。诗云："江水汤汤五千里，苏家发源我家收。东坡下游我上溯，慌忽遇之江中流。不遇此公一长啸，无人知我临高秋。公之精灵抱明月，照见我心无限愁。"二樵《慈度寺[六十六]松障歌》[六十七]云："饥乌食榕不果腹，飞入空村啄大屋。屋山横雨海刮风，窜逐风势飞入松。村静月寒哀彻骨，尾劳毕逋[六十八]落口实。胡髯匝臣[六十九]古氅[七十]莎，长带窈窕山鬼萝。窍虚辍乐鼠塞窦，根欑[七十一]迸沫蛇盘巢[七十二]。年深物化若蒙鞔[七十三]，摄迷毁体如病魔。之而[七十四]鳞甲身半露，撑攫[七十五]风雷气凭怒。痛箍不放入定身，解缚谁能持咒护。千缕沧波喷啮痕，前朝老衲手爪存。可怜是病非四大[七十六]，当此直指不二门。吾师慧剑金刚宝，此物根尘葛藤老，漫留不割说法了。此法要使人尽晓，一声霹雳笑绝倒。是时冰雪归故林，吾与居士观其心。"以上数诗，因其诗集不常见，故录之。至七古长篇，要在波澜壮阔，沉郁顿挫，亦富丽，亦峭绝，纵横变化而不失其矩度。试取杜、韩、苏、黄诸大家之作，涵泳循绎，当自得之。若必拘于旧法之分段、过段、突兀、用字、赞叹、再起、归题、送尾，则泥矣。

【注】：

[一] 东川：李颀。见卷上第六十则。

[二] 常侍：高适（约704—765），字达夫，渤海蓨（今河北景县）人。天宝八载（749），举有道科，及第，授封丘尉，后任西川节度使、终散骑常侍。《全唐诗》存诗四卷。

[三] 梅村：吴伟业（1609—1672），字骏公，号梅村，江苏太仓人，崇祯四年辛未（1631）进士。长于七言歌行，后人称之为"梅村体"。

[四] 踵武：借喻继续先王之遗迹。此处为效法。《离骚》："忽奔走以先后兮，及前王之踵武。"

[五] 巢经巢：郑珍。见卷上第五十六则。

[六] 范伯子：范肯堂。见卷上第二十四则。

[七] 张濂卿（1823—1894）：张裕钊，字廉卿，一作濂卿，湖北武昌人，咸丰举人，官至内阁中书，师事曾国藩，与黎庶昌、薛福成、吴汝纶称"曾门四弟子"。有《濂亭文集》。

[八] 施愚山：施闰章。见卷上第五十八则。

[九] 郑子尹：郑珍。见卷上第五十六则。

[十] 姚姬传：姚鼐。见卷上第六十则。

[十一] 蒋心余：蒋士铨。见卷上第六十二则。

[十二] 程春海（1785—1837）：字云芬，号春海，安徽歙县人，嘉庆十六年（1811）进士，官至户部右侍郎。

[十三] 陈弢庵：陈宝琛。见卷上第二十三则。

[十四] 李拔可：李宣龚。见卷上第四十六则。

[十五] 夏吷庵：夏敬观。见卷上第五十六则。

[十六] 云栖寺：寺名。于杭州西湖南，五云山下，今已不存。

[十七] 理安：理安寺。于杭州九溪南涧，今已不存。

[十八] 枬：楠，南方名贵树木，质地坚实，气味芳香。

[十九] 夐（xiòng）然：辽远、久远貌。

[二十] 劚（zhú）：《说文解字》第十四上：劚，斫也。从斤，属声。

[二十一] 朱竹垞：朱彝尊。见卷上第二十九则。

[二十二] 沈乙盦：沈曾植。见卷上第五十五则。

[二十三] 程春海：程云芬。见卷上第五十六则。

[二十四] 蟠虯：蟠虬，盘曲的虬龙。

[二十五] 蛟螭（chī）：蛟龙。此句意为程春海古体诗气魄很大。

[二十六] 商敦（duì）：商代器皿，盛黍稷。

[二十七] 夏卣（yǒu）：夏时期酒器，多为铜质。

[二十八] 尊彝：酒尊。见卷上第八则。

[二十九] 涔蹄：蹄迹之水，形容水极少。

[三十] 经子：经书与子书。

[三十一] 醢齯（hǎi ní）：带骨之肉酱。

[三十二] 轩与羲：轩辕氏与伏羲氏。

[三十三] 厥：代词，指程春海。

[三十四] 铁勃卢铁蒺藜：勃卢，矛名；铁蒺藜，蒺藜棒。

[三十五] 戛摩揭擦：兵器相撞之声。

[三十六] 鱼丽：鱼丽阵，古代战阵名，产生于春秋时期，以战车为中心，以步兵为侧翼，相互协同。《左传》载："曼伯为右拒，祭仲足为左拒，原繁、高渠弥以中军奉公，为鱼丽之陈……"

[三十七] 苶（nié）：疲倦，精神不振。

[三十八] 喔吚：强笑貌。

[三十九] 鸡林：鸡林贾。鸡林，古新罗，朝鲜半岛古国之一。贾，商人。《新唐书·新罗国传》卷二二〇："龙朔元年，以其国为鸡林州。"《新唐书·白居易传》卷一一九："居易于文章精切，然最工诗……当时士人争传。鸡林行贾售其国相，率篇易一金，甚伪者，相辄能辨之。"姜夔《白石诗话》："一家之语，自有一家之风味……模仿者语虽似之，韵亦无矣。鸡林其可欺哉！"

[四十] 盲瞽：东汉王充《论衡·谢短篇》卷一二："知古不知今，谓之陆沉（愚昧无知），知今不知古，谓之盲瞽（喻见识短浅）。"一作"盲贾"。

[四十一] 夥颐（huǒ yí）：叹词，表惊讶。《史记·陈涉世家》卷四八："客曰：'夥颐！涉之为王沉沉者。'"

[四十二] 大黠：极聪明之人。

[四十三] 厥衰：衰微之意。

[四十四] 鼎未及扛膑已危：举鼎绝膑。《史记·秦本纪》卷五："（秦）武王有力好戏。力士任鄙、乌获、孟说皆至大官，王与孟说举鼎，绝膑。"

[四十五] 力羸：应为"力羸"，据文意改。原意为腹中不充实，气力就会羸弱。

[四十六] 呻念尸：呻吟。尸，同屎（xī）。殿屎，痛苦呻吟。《诗经·大雅·板》："民之方殿屎，则莫我敢葵。"

[四十七] 夸毗：没有骨气，谄媚之人。《日知录·夸毗》卷三："然则丧乱之所从生，岂不阶于夸毗之辈乎？"

[四十八] 戚施：驼背，喻丑陋之人。《国语·晋语》："蘧蒢不可使俯，戚施不可使仰，僬侥不可使举，侏儒不可使援……聋聩不可使听，童昏不可使谋。"

[四十九] 夫子：指程春海。

[五十] 山斗：泰山北斗。

[五十一] 种：栽培，教诲。

[五十二] 门墙：师门。《论语·子张》："夫子之墙数仞，不得其门而入，不见宗庙之美，百官之富。"

[五十三] 臃肿拳曲难为枝：《庄子·逍遥游》："惠子谓庄子曰：'吾有大树，人谓之樗。其大本臃肿而不中绳墨，其小枝卷曲而不中规矩。立之途，匠者不顾。今子之言，大而无用，众所同去也。'"

[五十四] 络之荆南驱使騑（fēi）：句意指程春海调任湖南学政后，郑珍始游幕于湘。

[五十五] 馽（zhí）：同"絷"。

[五十六] 锡：同"赐"。程春海曾赐郑珍字"子尹"。

[五十七] 晞：应为"睎"，据文意改。

[五十八] 尹公：尹珍，贵州人。《后汉书·西南夷传》卷八六："桓帝时，郡人尹珍，自以生于荒裔，不知礼义，乃从汝南许慎、应奉受经书图纬，学成还乡里教授，于是南域始有学焉。珍官至荆州刺史。"

[五十九] 无双叔重：许慎。《后汉书·儒林传》卷七九："许慎，字叔重，汝南召陵人也。性淳笃，少博学经籍，马融常推敬之，时人为之语曰：'《五经》无双许叔重。'"

[六十] 头童牙豁：头童，头发脱落；牙豁，牙齿掉落，指年老。

[六十一] 槐黄催人作丛黑：槐黄，槐花泛黄，指农历七八月间，举子忙于准备科举考试。唐李淖《秦中岁时记》："进士下第，当年七月复献新文，求拔解，曰'槐花黄，举子忙'。"丛黑，科举考试。韩愈《寄崔二十六立之》："西城员外丞，心迹两屈奇。往岁战词赋，不将势力随。下驴入省门，左右惊纷披。傲兀坐试席，深丛见孤黑。文如翻水成，初不用意为。四座各低面，不敢揳眼窥。升阶揖侍郎，归舍日未欹。佳句喧众口，考官敢瑕疵。连年收科第，若摘颔底髭。回首卿相位，通途无他歧……"

[六十二] 定王城：长沙古城。郦道元《水经注》卷三十八："汉高

祖五年，以封吴芮为长沙王，是城即芮筑也。汉景帝二年，封唐姬子发为王，都此。"

[六十三] 洛师：指程春海。

[六十四] 虞山言睿博：虞山，地名，今江苏常熟；言睿博，字有章，其余不详。

[六十五] 堕马啼妆：《后汉书·五行志一》卷一三："桓帝元嘉中，京都妇女作愁眉、啼妆、堕马髻、折要步、龋齿笑。所谓愁眉者，细而曲折。啼妆者，薄拭目下，若啼处。堕马髻者，作一边。折要步者，足不在体下。龋齿笑者，若齿痛，乐不欣欣。始自大将军梁冀家所为，京都歙然，诸夏皆放效。此近服妖也。"

[六十六] 慈度寺：《番禺县志》："旧在城东，五代南汉大宝间始创，岁久圮。宋宝祐中，郡人李忠简因读书海珠登第，后捐资与僧监义徙创于此，仍以慈度匾之，侍郎王野书额。寺内有文溪祠。"

[六十七] 诗前有序，兹录之："慈度寺晚饭讫，与致师观叹门外巨松，其半已为榕矣。物之障物如是也夫！作歌请师去其厄。"

[六十八] 毕逋：乌鸦尾摆动的样子。《后汉书·五行志一》卷一三："桓帝之初，京都童谣曰：'城上乌，尾毕逋，公为吏，子为徒。'"

[六十九] 匼（kē）：周匝环绕。

[七十] 甃（zhòu）：许慎《说文解字》第十二下："甃，井壁也。"

[七十一] 襻（pàn）：连起来绕住。

[七十二] 巢：从诗韵来看，应为"窠"。

[七十三] 鞹（kuò）：蒙在车轼或车前的兽皮。孔颖达疏《诗经·大雅·韩奕》："《说文》云'鞹，革也'，兽皮治去其毛曰革……"

[七十四] 之而：须、毛发。《周礼·考工记·梓人》："凡攫杀、援噬之类，必深其爪，出其目，作其鳞之而。深其爪，出其目，作其鳞之而，则于视必拨尔而怒。苟拨尔而怒，则于任重宜动物学，且其匪色，必似鸣矣。爪不深，目不出，鳞之而不作，则必颓尔如委矣。苟颓尔如委，则加任焉，则必如将废措，其匪色必似不鸣矣。"戴震注："颊侧上

出者曰之，下垂者曰而，须属也。"

[七十五] 撑攫：撑，支撑；攫，抓取。

[七十六] 四大：佛教理论中的地、水、火、风。唐孙思邈《备急千金要方》："经说：地水火风，和合成人。凡人火气不调，举身蒸热；风气不调，全身僵直，诸毛孔闭塞；水气不调，身体浮肿，气满喘粗；土气不调，四肢不举，言无音声。火去则身冷，风止则气绝，水竭则无血，土散则身裂，然愚医不思脉道，及治其病，使藏中五行，共相克切，如火炽然，重加其油，不可不慎。凡四气合德，四神安和……"

【笺】：

元稹《白氏长庆集序》："乐天《秦中吟》《贺雨》讽谕等篇，时人罕能知者。然而廿年间，禁省、观寺、邮候墙壁之上无不书，王公妾妇、牛童马走之口无不道……又鸡林贾人求市颇切，自云：'本国宰相每以一百金换一篇。其甚伪者，宰相辄能辨别之。自篇章以来，未有如是流传之广者。'"

《华阳国志·南中志》卷四："明、章之世，毋敛人尹珍，字道真，以生遐裔，未渐庠序，乃远从汝南许叔重授五经，又师事应世叔学图纬，通三才，还以教授，于是南域始有学焉。珍以经术选用，历尚书丞郎、荆州刺史，而世叔为司隶校尉，师生并显。"

《后汉书·梁冀传》卷三四："寿（梁冀之妻）色美而善为妖态，作愁眉，啼妆，堕马髻，折腰步，龋齿笑，以为媚惑。冀亦改易舆服之制，作平上軿车，埤帻，狭冠，折上巾，拥身扇，狐尾单衣。寿性钳忌，能制御冀，冀甚宠惮之。"

屈大均《广东新语·石语》卷五："会城有三石，东曰海印，西曰浮丘，中曰海珠，皆地之脉也。海珠在越王台南，广袤数十丈，东西二江水环之，虽巨浸稽天不能没。语云：'南海有沉水之香，亦有浮水之石。'谓此也。相传有贾胡持摩尼珠至此，珠飞入水，夜辄有光怪，故此海名'珠海'，浦曰'沉珠'，其石则曰'海珠'云。石上有慈度寺，古

· 153 ·

榕十余株，四边蟠结，游人往往息舟其阴。"

六十六

五言绝句，起自古乐府。节短音长，最难措手。唐人李白、崔国辅[一]最为擅场。王维、裴迪[二]，辋川唱和，佳什甚多。钱[三]、刘[四]、韦[五]、柳[六]多古淡清逸之作。祖咏[七]《终南[八]残雪》云："终南阴岭秀，积雪浮云端。林表明霁色，城中增暮寒。"二十字诗意已足。其词尽而意不尽者，太白《敬亭独坐》云："众鸟高飞尽，孤云独去闲。相看两不厌，只有敬亭山[九]。"不着一字，而势交炎凉、孤芳自赏之意，言外自见。薛涛[十]妓女，乃有《呈高联乐府》[十一]四句云："闻说边城苦，如今到始知。好将筵上曲[十二]，唱与陇头儿[十三]。"婉转讽谕，不露形迹，诗中上乘也。陶通明[十四]云："山中何所有，岭上多白云。只可自怡悦，不堪持赠君。"金昌绪[十五]云："打起黄莺儿，莫教枝上啼。啼时惊妾梦，不得到辽西。"王元美称二诗不惟语意高妙，其篇法圆紧，中间增一意不得，易一字不得，起结极斩绝。然中自纡缦[十六]，无余法而有余味。以此求之，有余师矣。

【注】：

[一] 崔国辅：吴郡（今江苏苏州）人，生卒年不详。开元十四年（726）登进士第，历任山阴尉、许昌令等职。《全唐诗》存诗一卷。

[二] 裴迪：关中（今属陕西）人，生卒年不详。《唐诗品汇》载，裴迪，关中人。《唐诗纪事》载，裴迪早年与王维过从甚密。天宝后，为蜀州刺史，与杜甫交善，晚年隐居终南山，与王维多有唱和。《全唐诗》存诗二十九首。

[三] 钱钱起（约722—约780），字仲文，吴兴（今浙江湖州）人。早岁数次赴长安应试，皆不第，至天宝九年（750）登进士第，"大历十

才子"之一。有《钱考功集》。

[四] 刘：刘禹锡。见卷上第六十则。

[五] 韦：韦应物。见卷上第四十九则。

[六] 柳：柳宗元。见卷上第四十六则。

[七] 祖咏：生卒年不详，河南洛阳人，开元十二年（724）进士。《全唐诗》存其诗一卷。有《祖咏集》。

[八] 终南：终南山，又称南山，位于秦岭山脉中段，西安市南。

[九] 敬亭山：宣州（今安徽宣城）北，黄山支脉，上有敬亭。李白一生七游宣州。宣州为六朝江南名郡，谢灵运、谢朓曾为郡守。

[十] 薛涛（约770—832）：字洪度，长安人，唐代女诗人。《全唐诗》存其诗一卷。有《薛涛诗》。

[十一]《呈高联乐府》：高联，应为"高骈"。联、骈字形相近，故有此误。《升庵诗话》："……此薛涛在高骈宴上闻边报乐府也。有讽谕而不露，得诗人之妙。使李白见之亦当叩首。元、白流纷纷停笔，不亦宜乎？涛有诗集，此首不载。"《柳亭诗话》："薛涛以女校书驰名当世，其诗颇有可观。若高骈筵上闻边报一首，竟似高、岑短什矣。"《全唐诗》卷八百三题为《罚赴边有怀上韦令公二首》，诗云："闻道边城苦，今来到始知。羞将筵上曲，唱与陇头儿。黠虏犹违命，烽烟直北愁。却教严谴妾，不敢向松州。"云按：唐僖宗乾符元年（874），高骈移镇成都，为西川节度使。而薛涛于832年已经去世。两者相差四十二年。应以《全唐诗》诗题为是。

[十二] 筵上曲：唐官府宴会，乐伎应到筵前侑酒歌唱。

[十三] 陇头儿：戍边将士。

[十四] 陶通明：陶弘景（456—536），字通明，南朝齐梁时丹阳秣陵（今江苏南京）人。有《陶隐居集》等。

[十五] 金昌绪：生卒年不详。玄宗时余杭（今浙江杭州）人。《全唐诗》存其诗一首。

[十六] 纡缦（yū màn）：曲折而萦回。

【笺】：

元辛文房《唐才子传》卷六："涛，字洪度，成都乐妓也。性辨惠，调翰墨。居浣花里，种菖蒲满门。傍即东北走长安道也。往来车马留连。元和中，元微之使蜀，密意求访，府公严司空知之，遣涛往侍。微之登翰林，以诗寄之曰：'锦江滑腻峨嵋秀，幻出文君与薛涛。言语巧偷鹦鹉舌，文章分得凤凰毛。纷纷词客皆停笔，个个公侯欲梦刀。别后相思隔烟水，菖蒲花发五云高。'及武元衡入相，奏授校书郎。蜀人呼妓为"校书"，自涛始也。后胡曾赠诗曰：'万里桥边女校书，枇杷树下闭门居。扫眉才子知多少，管领春风总不如。'涛工为小诗，惜成都笺幅大，遂皆制狭之，人以便焉名曰"薛涛笺"。且机警闲捷，座间谈笑风生。高骈镇蜀门日命之佐酒，改一字慊音令，且得形象，曰：'口似没梁斗。'答曰：'川似三条椽。'公曰：'奈一条曲何？'曰：'相公为西川节度，尚用一破斗，况穷酒佐杂一曲椽，何足怪哉！'其敏捷类此特多，座客赏叹。其所作诗，稍欺良匠，词意不苟，情尽笔墨，翰苑崇高，辄能攀附……太和中卒。有《锦江集》五卷，今传，中多名公赠答云。"

六十七

作诗自以品格为第一，故择地择人为要。若不论其人其地，随意涂抹唱酬，诗虽佳无取也。近时名流，喜与倡优往还，自命风流高尚。诗集或诗话中，往往有赠某郎诗，和某郎句者，余见之便随笔抹去，以其诗格既低，不欲观也。此风自李越缦始，后贤踵之，益复公然无忌。夫北平狎优[一]之风，最为恶劣，断袖余桃[二]，何能为讳，人道已坠，遑论其他。而乃讻讻曰文明，曰平等，未免自欺欺人耳。又名人诗话，喜引乩笔[三]，亦是一病。夫扶鸾降乩[四]，类多假托，而乃郑重书之，以为太白之作也，渔洋之咏也，皆不值一噱。降乩之事，余曾据佛法作专文，以考证其详。不谙其理者，至诧为仙笔而纪载之，殊涉荒诞。窃愿同调诗家，勿蹈此辙，致害诗格也。按牧斋[五]、梅村[六]亦多有赠歌郎之作。

【注】：

[一] 狎优：狎，亲近，不庄重。优，旧时称演戏之人。狎之对象不包括老生，只是旦角。

[二] 断袖余桃：旧指男宠，同性恋之隐词。典出《汉书·佞幸传·董贤》卷九三："（董贤）为人美丽自喜，哀帝望见，说其仪貌……贤宠爱日甚，为驸马都尉侍中，出则参乘，入御左右，旬月间赏赐累巨万，贵震朝廷。常与上卧起。尝昼寝，偏藉上袖，上欲起，贤未觉，不欲动贤，乃断袖而起。其恩爱至此。"《韩非子·说难》卷四："昔者弥子瑕有宠于卫君。卫国之法：窃驾君车者罪刖。弥子瑕母病，人间往夜告弥子，弥子矫驾君车以出。君闻而贤之，曰：'孝哉！为母之故忘其刖罪。'异日，与君游于果园，食桃而甘，不尽，以其半啖君。君曰：'爱我哉！忘其口味，以啖寡人。'"

[三] 乩（jī）笔：迷信者在扶乩中假托神灵所示的预测吉凶之言。

[四] 扶鸾降乩：扶鸾、降乩，即扶乩，古代占卜法之一种。巫者用T或Y形木架下的木锥，写字于沙盘之中，假托神灵附身，降下旨意。

[五] 牧斋：钱谦益。见卷上第十三则。

[六] 梅村：吴伟业。见卷上第六十五则。

【笺】：

民国何刚德《春明梦录》："京官挟（狎）优挟妓，例所不许；然挟优尚可通融，而挟妓则人不齿之。妓寮在前门外八大胡同，麇集一隅，地极湫秽，稍自爱者绝不敢往。而优则不然，优以唱戏为生，唱青衣花旦者，貌美如好女，人以像姑名之，谐音遂呼为相公。"

李慈铭《越缦堂日记》："丁兰谷邀饮福兴居，招芷秋、心兰数郎。丁士彬丑秽之状，更不可堪，至与心兰互脱其绔……地狱变相，乃止于此。"

六十八

明诗之坏，自学唐始。学唐而不得其渊雅蕴藉、含蓄不尽之旨，徒袭其皮毛腔调，遂流为空阔，继失于险怪。此于鳞[一]、公安诸子[二]，所以为世诟病也。自乾嘉以后，称诗家皆讳言宋，至举以相訾謷[三]。故宋人诗集，庋阁[四]不观。明诗之弊，直至末造而无可救药。清初沿明余习，自朱[五]、王[六]、施[七]、赵[八]、宋[九]、查[十]诸大家出，始渐摆脱，各树一帜，以自发挥其兴趣。迨乾嘉之际，国际承平，朝多忌讳，又失于俳谐靡丽，而真诣不显。袁子才辈，益创为性灵之说，海内靡然向风从之。空滑浅俗，诗体益卑，靡不足观矣。近五十年来，始尚宋诗。吴孟举[十一]序《宋诗钞》曰："黜宋者曰腐，此未见宋诗也。今之尊唐者，目未及唐诗之全，守嘉隆[十二]间固陋之本，陈陈相因，千喙一倡，乃所谓腐也。"又曰："嘉隆之谓唐，唐之臭腐也。宋人化之，斯神奇矣。"其意在救唐之弊，故立论如此。盖唐之作者多人，不尽皆可法也。即一人之诗，亦不尽可法也。宋人亦何独不然。学唐如欧、王、苏、黄、二陈[十三]诸家，斯为善学矣。若如李于鳞《唐诗选》，乃独取境隘而辞肤者以为准，则已陈之刍狗，尚堪再蓄用乎？钟[十四]谭[十五]之《诗归》[十六]，尖新诡僻，又岂可取法者。宋人中如子瞻之博大，山谷之遒健，放翁之浑成，宛陵、后山之宛委沉郁，皆得之于唐人。而其过于率易槎枒处亦不少，则学之亦岂可不善取裁者。故余之宗尚宋人者，亦以近之作诗者，恒率易出之。黄茅白苇[十七]，触目皆是。故示以宋人之诗，非读书多、学力厚不易成章。救弊补偏，不得不尔。而特举海藏、听水之伦，皆善学宋者，其佳处固不仅在槎枒生涩，而松秀浑脱之句，亦复见长。但能意境生新，笔力健举，即宋人之妙境，唐人亦不外是矣。

【注】：

[一] 于鳞：李攀龙。见卷上第十三则。

[二] 公安诸子：公安派的袁宗道、袁宏道、袁中道三兄弟，籍贯为湖北公安，故名。云按：公安派主张"性灵说"，其"独抒性灵，不拘格套"之文学观念与后七子"于鳞"之复古说差异甚大。由云龙所谓"明诗之坏，自学唐始。学唐而不得其渊雅蕴藉、含蓄不尽之旨，徒袭其皮毛腔调，遂流为空阔，继失于险怪"，似与公安诸子无涉。

[三] 訾謷（zǐ áo）：攻讦诋毁。

[四] 庋（guǐ）阁：庋，放置，收藏。意为搁置于柜子里。

[五] 朱：朱彝尊。见卷上第二十九则。

[六] 王：王渔洋。见卷上第七则。

[七] 施：施闰章。见卷上第五十八则。

[八] 赵：赵翼。见卷上第五十五则。

[九] 宋：宋湘。见卷上第十七则。

[十] 查：查慎行。见卷上第二十四则。

[十一] 吴孟举（1640—1717）：名之振，字孟举，浙江石门（今属桐乡市）人。辑有《宋诗钞》。

[十二] 嘉隆：指明代嘉靖（1522—1566）与隆庆（1567—1572）年间。

[十三] 二陈：陈师道与陈与义。见卷上第五十五则。

[十四] 锺：锺惺（1574—1624），字伯敬，号退谷，明竟陵（今湖北天门）人，万历三十八年（1610）进士，与同里谭元春开创"竟陵派"。有《隐秀轩集》等。

[十五] 谭：谭元春（1586—1637），字友夏，号鹄湾、黄翁等，明

竟陵（今湖北天门）人。有《鹄湾集》《岳归堂稿》等。

[十六]《诗归》：锺惺与谭元春合编的诗集，内容有"古诗归""唐诗归"两部分。

[十七] 黄茅白苇：成片的黄色茅草与白色芦苇，意谓单调，不丰富。

【笺】：

钱谦益《题怀麓堂诗钞》："近代诗病，其证凡三变：沿宋、元之窠臼，排章俪句，支缀蹈袭，此弱病也；剽唐《选》之余沈，生脱活剥，叫号隳突，此狂病也；搜郊、岛之旁门，蝇声蚓窍，晦昧结情，此鬼病也。救弱病者，必之乎狂，救狂病者，必之乎鬼。传染日深，膏肓之病日甚。"

卷

下

一

《永乐大典》内载唐时《鞶鉴图》[一]，已失名。王勃[二]为之序，称"南海好事者示余，云当今才妇人作"，后有令狐楚[三]跋。其图盘曲纠结，转轮钩枝，为八出铭语，排次其上，左右回旋，读之皆成韵。又于铭心作菱花，花上八字，枝间又八字，并回环可诵，递相为韵。王勃《鞶鉴图铭序》云："上元二年[四]，岁次[五]乙亥，十有一月庚午朔，七日丙子。予将之交趾[六]，旅次[七]南海。有好事者以转轮钩枝八花鉴铭示余云：'当今之才妇人作也。'观其丽藻反复，文字萦回，句读屈曲，韵谐高雅。有陈规起讽之意，可以鉴前烈，辉映将来者也。昔孔诗十兴，不遗姜卫。[八]江篇拟古，无隔班媛。[九]以其超俊颖拔，同符[十]君子者矣。呜呼！何勒[十一]非戒，何述非才。风律[十二]苟存，士女何算[十三]。聊抚镜以长想，遂援笔而作序。王勃撰。"（于时不暇刊润，书于石亭寺东廊。）

【注】：

[一]《鞶（pán）鉴图》：又名《转轮钩枝八花鉴铭》。鞶鉴，古代大铜镜。唐陆德明《经典释文》："鞶，又作盘。"《广雅·释诂》："般，大也。"鉴，铜镜。一说鞶鉴为皮带佩饰物，误。见鲁毅《说鞶鉴》（《文献》1996年第1期）一文。

[二] 王勃（650—675）：字子安，绛州龙门（今山西省河津市）人，初唐四杰之一。有《王子安集》。

[三] 令狐楚（766—837）：《旧唐书·令狐楚传》卷一七二载："令狐楚，字壳士，自言国初十八学士德棻之裔。祖崇亮，绵州昌明县令。

父承简,太原府功曹。家世儒素。楚儿童时已学属文,弱冠应进士,贞元七年(791)登第。"刘禹锡《唐故相国赠司空令狐公集序》:"公名楚,字壳士,敦煌人,今占数于长安右部。"有《漆奁集》等。

[四] 上元二年:675 年。上元,唐高宗年号。

[五] 岁次:岁在。

[六] 交趾:越南别称。

[七] 旅次:旅途中暂住之处。

[八] 昔孔诗十兴,不遗姜卫:《论语》谈论《诗经》的,有十余处。《八佾》篇提到了《卫风·硕人》,子夏问曰:"'巧笑倩兮,美目盼兮,素以为绚兮'何谓也?"子曰:"绘事后素。"曰:"礼后乎?"子曰:"起予者商也,始可与言《诗》已矣。"《左传》及朱熹均认为《硕人》是怜悯庄姜之作。故称"不遗姜卫"。

[九] 江篇拟古,无隔班媛:江篇,江淹的作品有《杂体诗三十首》,其中有《班婕妤咏扇》。班婕妤即班媛。

[十] 同符:相合。

[十一] 勒:刻。见卷上第六十一则。

[十二] 风律:风教律令。

[十三] 士女何算:男女何别,指没有分别。

【笺】:

顾炎武《日知录·年月朔日子》卷二十:今人谓日,多曰日子。日者,初一、初二之类是也。子者,甲子、乙丑之类是也。《周礼·职内》注曰:"若言某月某日某甲诏书,或言甲,或言子,一也。"《文选》,陈琳《檄吴将校部曲文》:"年月朔日子",李周翰注曰:"子,发檄时也。"汉人未有称夜半为子时者,误矣。古人文字,年月之下必系以朔,必言朔之第几日,而又系之干支,故曰朔日子也。如鲁相瑛《孔子庙碑》云:"元嘉三年三月丙子朔,廿七日壬寅",又云"永兴元年六月甲辰朔,十八日辛酉"。史晨《孔子庙碑》云"建宁二年三月癸卯朔,七日己酉"。樊毅《复华下民租碑》云："光和二年十二月庚午朔，十三日壬午。"是也。此日子之称所自起。若史家之文，则有子而无日，《春秋》是也。《后汉书》隗嚣檄文曰："汉复元年七月己酉朔、己巳。"不言廿一日。然在朔言朔，在晦言晦，而"旁死魄""哉生明"之文见于《尚书》，则有兼日而书者矣。

二

右列《罄鉴图》，其盘屈纠结为八枝者，左旋读之，当就"支""脂"字韵，右旋读之，当就"先""仙"字韵。后有令狐楚[一]跋云："元和十三年[二]二月八日，予为中书舍人[三]翰林学士[四]，夜值禁中，奉旨进旨检事[五]。因开前库东间[六]，于架上阅古今撰集，凡数百家。偶于王勃集中卷末，获此图并序，爱玩久之。翌日遂自摹写，贮于箱箧。宝历二年[七]，乃命随军潘元敏[八]绘于缣[九]素，传诸好事者。令狐楚记。"景定[十]中，会稽[十一]王橚[十二]又为之笺。其词云："驰光匦启，设象台悬。诗崇礼阅，己后人先。奇标象列，耀炳光宣。施章德懿，配合枢旋。媣妍萃尽，饰著华铅。熙雍[十三]合雅，约隐章篇。词分彩绘，义等简笙。移时变代，寿益延年。规天矩地，引派分源。池清透影，羽翠含鲜。卑尊尔敬，志节斯全。眉分翠柳，鬓约轻蝉。摘词[十四]掩映，鹊动翩联。披云拂雪，戒后瞻前。随形动质，义衍词编。姿凝素月，质表芳莲。疲忘怨释，垢涤瑕捐。枝芳表影，玉缀凝烟。仪齐罔象，道配虚圆。闺闱谨守，暮早思虔。漪涟配色，绣锦齐妍。垂芳振藻，月引星连。缁磷[十五]异迹，澈莹惟坚。厘毫引照，古远芳传。"此系右旋回读之文。若自左旋回读，则自"悬台象设，启匦光驰。传芳远古，照引毫厘"起，至"先人后己，阅礼崇诗"止。花上右旋，"晓月清波，皎月澄河"八字皆可起读。左旋亦然。但自"晓"字起，右旋读之为通。枝间左旋，"耀日菱芳，照室冰光"八字皆可起读。右旋亦然。但自"耀"字起，左旋读之为通。王橚跋云："鉴有铭，圣志也，有儆戒之道焉。轮钩八花，彤管有炜[十六]。辞旨典则，终和且平。视《玑图》锦织，根于忌怨而作者，万不侔[十七]矣。予得而玩之不忘，顾骤读者，莫知其端以为病。理郡[十八]清暇[十九]，与东江王君味言绅乂[二十]，探索起止。随笔为笺，亦粗得其概。呜呼！石亭之书泯，库架之藏逸。幸而仅存者，可不实用而广其传哉。景定四年[二十一]岁在癸亥十有二月乙亥，会稽王橚书于彬治修然堂。"又陈伯大[二十二]后跋云："会稽先生博物洽闻，读书如禹之治水，苟涉词义，率不肯草草目过，虽唐人《磬鉴录》，亦寻颠末为之笺。自'驰光匣启'而发语，至'古远芳传'而卒章。始言启匣以对镜，终言托铭以传远也。闲尝视仆而证之，曰八方布卦，震实位东，震其启明之地乎。花上八字，晓实直北，晓其窥照之时乎。右旋读之，于此起文，信矣。若稽枝间，东曰耀日，南为菱芳。照室居西，冰光在北。方义各著，震起艮止之意寓焉。左旋读之，又当自'悬台象设'而发语，至'阅礼崇诗'而卒章。始言悬台以置镜，终言作诗以崇规也。盖'驰光'起于晓字而右旋，右属阴，故月在晓之右。'悬台'起于耀字而左旋，左属阳，故日在耀之左。左右不同，而起于震则一也。噫！造化无停，日夜不息。循环无端，天运之不穷也。彼默而识之，此研而索之。发制作之初心，照潜伏之秘蕴，是之推耳，鉴铭云乎哉！先生既梓而置诸泮，敢疏管见于编末。景定四年，岁在昭阳大渊献[二十三]丙子除夕，郡文学掾[二十四]玉笥峰[二十五]前陈伯大敬堂书于燕喜堂。"是图曾由清高宗[二十六]命书局呈阅，御制七言律诗，题于简端。详见无锡邹晓屏[二十七]《午风堂丛谈》。其图之巧，诚过于苏蕙回文[二十八]。然回环读之，均只四言韵语耳。而清嘉庆年间，山阴金礼嬴[二十九]所制《拟赵阳台[三十]回文诗》，其精巧过此远甚，诚巾帼中绝代才人也。女士字云门，幼名纤纤，自号昭明阁内史。为秀水王仲瞿[三十一]（昙）继室。通书史，能吟咏，善绘人物花鸟，嘉道间女士画称为大家。惜未三十即卒。回文诗限于篇幅，不具录。只录其自为跋语，知取裁于《璿鉴铭》，而青胜于蓝，令人惊叹欲绝。跋云："苏蕙织锦回文，予嫌其名曰'璇玑'，图无团[三十二]体。今年同外子读书会稽山中，戏代其弃妾赵阳台亦制一本，凡一千五百二十一字。读成短长古律、铭、谣、赞、颂，凡万七千余首。中含三垣[三十三]斗柄、二十八宿[三十四]及一切图象，其方罫[三十五]则列国舆图[三十六]、风云天地、八阵游兵，共图一幅。分图为四十有九，交龙翔凤，万转千环。握奇变化之数，虽儿女心思，善读者亦知为文章壁垒乎。嘉庆丙辰[三十七]春日，山阴金礼嬴云门氏识于昭明阁中。"其起句为"珠缠珽系，玑绾星陈。"左右上下，无不回环成文，各有意义。慧心灵质，巧不可阶[三十八]。女士著有《秋红丈室诗稿》。仲瞿亦才子，本有唱随之乐，而急近功名，几罹祸患，中年困陁以没。云门釐居[三十九]，皈依佛法，曾有《礼观音大士》诗云："同感杨枝净孽尘，心香一瓣共朝真。神仙堕落为名士，菩萨慈悲念女身。前度姻缘成小劫，下方夫妇是凡人。望娘滩远潮音近，惟有闻思是至亲。"按：徐仲可[四十]《清稗类钞》载全釐居后二诗。仲可浙人，当必有据。惟据《烟霞万古楼文集》有金氏五云墓志铭，似金氏殁在仲瞿先，且铭词有"织锦写太平五言之颂，回文书天宝八百之诗"。自注："年十三手书予所作织锦回文，为蹇修[四十一]之始。"则是仲瞿先有回文诗，而云门复效为之耶。

【注】：

[一] 令狐楚：见卷下第一则。

[二] 元和十三年：818年。元和，唐宪宗年号。

[三] 中书舍人：任职中书省，参与诏令的草撰及政务决断。杜佑《通典·职官·中书省·舍人》卷二十一："自永淳（唐高宗李治年号）以来，天下文章道盛，台阁（尚书台）髦彦（人才），无不以文章达。

故中书舍人为文士之极任，朝廷之盛选，诸官莫比焉。"

［四］翰林学士：唐初设置翰林院，在行政系统之外，专为内廷服务。翰林学士负责起草文书诏制，分割了中书舍人的职能，被称为内制，与中书舍人（外制）合称两制。此句疑为"予为中书，入翰林学士"。

［五］奉旨进旨检事：疑有误。清仇巨川《羊城古钞·南海女子》卷六："夜值禁中，奏进旨检事。"

［六］间：一作"阁"。

［七］宝历二年：826年。宝历，唐敬宗年号。

［八］潘元敏：不详，待考。

［九］缣（jiān）：《说文解字》第十三上："缣，并丝缯也。"单丝为绢，双丝为缣，可供书写作画。

［十］景定：宋理宗年号。

［十一］会稽：今浙江绍兴。

［十二］王楠：字茂悦，号会溪，南宋理宗景定中知郴州，宝祐四年知临安县，除福建市舶。其余不详。

［十三］熙雍：和睦欢悦。

［十四］摘词：见卷上第四十五则。

［十五］缁磷：《论语·阳货》："不曰坚乎？磨而不磷；不曰白乎？涅而不缁。"何晏集解：孔曰：磷，薄也；涅，可以染皂。言至坚者，磨之而不薄；至白者，染之于涅而不黑。意谓君子虽在浊乱，浊乱不能污。

［十六］炜：鲜明有光彩。语出《诗经·邶风·静女》："静女其姝，俟我于城隅。爱而不见，搔首踟蹰。静女其娈，贻我彤管。彤管有炜，说怿女美。自牧归荑，洵美且异。匪女之为美，美人之贻。"

［十七］不侔（móu）：不相等，比不上。

［十八］理郡：办理郡中公务。

［十九］清暇：清静安闲。

［二十］紬（chōu）义：紬，紬引，理出头绪。探寻原委寻求义理。

［二十一］景定四年：1263年。

[二十二] 陈伯大：生卒年不详，临江军（临江路）新淦（今江西新干）人，开庆元年（1259）进士。其余不详。

[二十三] 昭阳大渊献：癸亥。昭阳，天干中"癸"的别称。《尔雅·释天》："在癸曰昭阳。"取阳气始萌，万物合生之意。大渊献，地支中"亥"的别称。《尔雅·释天》："在亥曰大渊献。"万物落于亥，大小藏于渊，以待而迎阳。献，迎。

[二十四] 郡文学掾（yuàn）：官职名，掌管郡内教育、教化与礼仪之事，宋以后废。

[二十五] 玉笥峰：会稽山南。

[二十六] 清高宗：乾隆。

[二十七] 邹晓屏（1741—1820）：邹炳泰，字仲文，号晓屏，江苏无锡人，藏书家。"午风堂"是其藏书楼之名。有《午风堂丛谈》《午风堂诗集》等。

[二十八] 苏蕙回文：前秦女诗人苏蕙赠予丈夫窦滔的回文诗《璇玑图》。《晋书·列女传》卷九六载："滔，苻坚时为秦州刺史，被徙流沙，苏氏思之，织绵为回文旋图诗以赠，宛转循环以读之，词甚凄惋，凡四百八十字。"

[二十九] 金礼嬴（1772—1807）：字云门，又字秋红，号五云，山阴（今浙江绍兴）人，嘉兴王昙（仲瞿）继室。有《秋红丈室遗诗》等。

[三十] 赵阳台：窦滔宠姬。题目意为"戏代其（窦滔）弃妾赵阳台亦制"。

[三十一] 王仲瞿（1760—1817）：王昙，名良士，字仲瞿，浙江秀水（今嘉兴）人，乾隆五十九年（1794）举人。有《烟霞万古楼集》等。

[三十二] 团：疑为"图"。

[三十三] 三垣：古人把北斗附近的星群分为三个区域，称为三垣，即紫微垣、太微垣和天市垣。

[三十四] 二十八宿：古代划分的星空区域。为了观测日月五星运动及季节变化，古人把黄道、赤道附近的星空分为四象（东方苍龙、北方玄武、西方白虎、南方朱雀），为了精确又把四象分为二十八宿。

[三十五] 方罫（guǎi 或 huà）：方格。

[三十六] 舆图：地图。

[三十七] 嘉庆丙辰：1796 年。

[三十八] 巧不可阶：奇妙得无法赶上。阶，台阶，引申为赶上。

[三十九] 嫠（lí）居：寡居。《说文新附》：嫠，无夫也。

[四十] 徐仲可：徐珂（1868—1928），字仲可，浙江杭县（今杭州市），光绪十五年（1889）举人。有《清稗类钞》《纯飞馆词》等。

[四十一] 蹇（jiǎn）修：神话中的媒人。《楚辞·离骚》："吾令丰隆乘云兮，求宓妃之所在。解佩纕以结言兮，吾令蹇修以为理。"

【笺】：

由云龙著，冯秀英、彭洪俊点校《滇故琐录校注》卷之二：袁子才《随园诗话》云："丙辰召试，有康熙癸巳编修云南张月槎先生，名汉，年七十余，重入词馆。先生以前辈自居，而丙辰翰林欲以同年视之，彼此牴牾。后五十年，余游粤东，饮封川邑宰彭公竹林署中。西席张旭出见，询知为先生嫡孙，急问先生遗稿，渠仅记《秋夜回文》一首云：'烟深卧阁草凝愁，冷梦惊回几树秋。悬壁四山云上下，隔帘一水月沉浮。翩翩影落飞鸿雁，皎皎光寒静斗牛。前路客归萤点点，边城夜火似星流。'余按：回文诗相传始于苏若兰，其实非也。《文心雕龙》云：'回文所兴，道原为始。'傅咸有回文反覆诗，温太真亦有回文诗，俱在窦滔之前。"先生佳作甚多，此特其游戏笔墨耳。

唐武则天《璇玑图序》：前秦苻坚时秦州刺史扶风窦滔妻苏氏，陈留令武功道质第三女也。名蕙字若兰，识知精明，仪容秀丽，谦默自守，不求显扬。行年十六，归于窦氏，滔甚敬之。然苏性近于急，颇伤嫉妒。滔字连波，右将军子真之孙、朗之第二子也，风神秀伟，该通经史，允文允武，时论高之。苻坚委以心膂之任，备历显职，皆有政闻。迁秦州刺史，以忤旨谪戍敦煌，会坚寇晋襄阳，虑有危逼，藉滔才略，乃拜安南将军，留守襄阳焉。初滔有宠姬赵阳台，歌舞之妙，无出其右。滔置之别所，苏氏知之，求而获焉，苦加捶辱，滔深以为憾；阳台又专形苏氏之短，谮毁交至，滔益忿焉。苏氏时年二十一，及滔将镇襄阳，邀其同往，苏氏忿之，不与偕行；滔遂携阳台之任，断其音问。苏氏悔恨自伤，因织锦回文，五彩相宣，莹心耀目。其锦纵横八寸，题诗二百余首，计八百余言，纵横反覆，皆成章句；其文点画无缺，才情之妙，超今迈古，名曰《璇玑图》。然读者不能尽通，苏氏笑而谓人曰："徘徊宛转，自成文章。非我佳人，莫之能解。"遂发苍头赍致襄阳焉。滔省览锦字，感其妙绝，因送阳台之关中，而具车徒盛礼邀迎苏氏，归于汉南，恩好愈重。苏氏著文词五千余言，属隋季丧乱，文字散落，追求不获；而锦字回文盛见传写，为近代闺怨之宗旨，属文之士咸龟镜焉，朕听政之暇，留心坟典，散帙之次，偶见斯图。因述若兰之才，复美连波之悔过，遂制此记，朕以示将来也。如意元年五月一日大周天册金轮皇帝御制。

三

明代李空同、程松圆[一]辈，佳句极多，徒以貌袭唐人，遂贻优孟衣冠[二]之诮。而吴修龄[三]、伍既庭[四]、李越缦诸君，未尝不叹赏其佳处，正不得一笔抹杀也。修龄答万季野[五]问诗曰："空同唯是心粗气浮，横戴少陵于额上，轻蔑一世，是可厌贱。若其匠心而出，如'卧病一春违报主，啼莺千里伴还乡'，上句叙坐狱，得昌黎'臣罪当诛，天王圣明'造语之法；下句言人情凉薄，从《楚词》'波滔滔兮来迎，鱼鳞鳞兮媵予'而来，岂余人所及，以此诗情事，用不著少陵，只得匠心而出，所以优柔敦厚，深入唐人之室。若平生尽然，岂可涯量也。"阳湖伍既庭（字澄）《饮渌轩随笔》云："吾邑邵青门[六]先生长蘅论诗，极诋休宁程松圆（嘉燧），云诗多堕落旁趣。闲就《列朝诗集》[七]中略为抉摘：如'风情缸面[八]清明酒，节物山头谷雨茶'，非村学究对偶乎？'不嫌昼漏三眠促，方信春宵一刻争'，淫秽鄙亵，非剧本中花面诨语乎？'纸里已空难爱惜，瓶储欲罄未知谋'，非破窑剧中落场诗乎？'远雁如尘飞水面，乱帆疑叶下吴头[九]'，'梦里楚江昏似墨，画中湖雨白于丝'，'剩添风月闲家具，凭占烟波小钓舟'，非张打油、胡钉铰[十]之瓣香乎？松圆于启祯间[十一]为虞山[十二]所激赏，所抉摘中如'远雁如尘'一联，'梦里楚江'一联，'风情缸面'一联，当时已脍炙人口。渔洋采入诗话中，叹为不愧古作者，而比之学究、打油，何纰缪乃尔！青门素嫉虞山，故不自知其诋斥之谬也。"

【注】：

[一] 程松圆（1565—1643）：程嘉燧，字孟阳，号松圆，明徽州府休宁人，寓居嘉定。有《浪淘集》。

[二] 优孟衣冠：优孟，春秋时楚人，穿戴已故楚相孙叔敖的衣帽，劝谏楚王。喻模仿古人或他人。

[三] 吴修龄：吴乔。见卷上第五十五则。

[四] 伍既庭（1745—1785）：伍宇澄，字既庭，阳湖（今江苏常州）人，事迹存于《毗陵名人疑年录》。有《饮渌轩随笔》二卷。

[五] 万季野：万斯同。见卷上第五十六则。

[六] 邵青门（1637—1704）：邵长蘅，字子湘，号青门山人，江苏武进人。有《青门集》等。

[七] 《列朝诗集》：清钱谦益著。

[八] 缸面：刚酿成开缸的酒。

[九] 吴头：楚尾吴头，吴楚两地相接之处，泛指长江中下游一带。

[十] 张打油、胡钉铰：唐代浅俗诗人之代表。宋钱易《南部新

书》:"有胡钉铰、张打油二人,皆能为诗。"一说,胡钉铰为虚构之人物。

[十一] 启祯间:明代天启和崇祯年间。

[十二] 虞山:钱谦益。见卷上第十三则。

四

宋吴曾[一]《能改斋漫录》,考证详确,诸家多征引之。钱蒙叟[二]注杜诗屡引其书。顾其第八卷"沿袭类",自"桃花乱落如红雨"至"太液披香"共四十六条,全录吴开(正仲)[三]《优古堂诗话》,即次第亦仍其旧。盖其书虽系杂记,辨正经史诗文,而诗话特多,恐余类中抄袭他种诗话,亦不少也。吴开在徽宗时使金被留,金人欲立张邦昌[四],令其与莫俦[五]往返传道意旨,时人讥之为捷疾鬼,故其书亦不甚传。虎臣[六]以荀彧[七]为忠臣,以冯道[八]为大人,孙仲鳌[九]有《秦桧诗》,亦经载入。是非乖刺,党附权奸,为《四库提要》所指斥。特以其记诵渊博,考据精核,故仍著录其书。后之读其书者,咸称道之。

【注】:

[一] 吴曾:吴虎臣。见卷上第三则。

[二] 钱蒙叟:钱谦益。见卷上第十三则。

[三] 吴开:生卒年不详,字正仲,宋滁州(今属安徽)人。

[四] 张邦昌(1081—1127):字子能,永静军东光(今河北东光县)人,北宋末宰相,主和派代表人物。

[五] 莫俦(1089—1164):两宋平江府吴县(今江苏苏州)人,字寿朋。金军破开封,莫俦任权签书枢密院事,南宋初,坐罪贬为宁江军节度副使。有《真一居士集》等。

[六] 虎臣：吴曾。见卷上第三则。

[七] 荀彧（163—212）：《三国志·荀彧传》卷十："荀彧字文若，颍川颍阴人也。祖父淑，字季和，朗陵令。当汉顺、桓之间，知名当世。"

[八] 冯道（882—954）：字可道，瀛洲景城（今河北沧州）人，五代时期，历任四朝。

[九] 孙仲鳌（？—1158）：字道山，两宋之际温州永嘉（今浙江温州）人，高宗绍兴五年（1135）进士。事见《南宋馆阁录》。

五

秦大樽[一]《消寒诗话》复有记芍药及梨二事，亦与今时不同。其记芍药云："余在滇时，曾一置酒于芍药花前。花既远不如京洛，徒增望阙之思耳。'北海樽[二]开露未干，鼠姑[三]风细麦秋寒。崆峒山畔群仙集，底事邀灵黑牡丹。'"又云："楚雄在滇南，为迤西[四]首郡，土厚民淳，不产珍异，惟梨绝佳。故事[五]：梨熟，郡县辄将境内梨树封禁，以官价取百数十万颗，送会城[六]，馈上官。吏缘为奸，小民失业多矣。余至郡革之，且志以诗：'使君公暇偶吟诗，不学君谟谱荔枝[七]。但愿吾民勤且俭，只栽桑枣莫栽梨。'"秦君风裁如此，胜于俗吏多矣。惟今日楚郡梨实不佳，惟大理以雪梨著名，意自秦君劝戒后，种梨者遂渐稀欤。芍药自楚雄至大理丽江一带，均尚有之，特不如燕齐之盛耳。

【注】：

[一] 秦大樽：秦朝釪。见卷上第二十一则。

[二] 北海樽：孔融曾任北海国相等职，时称孔北海。《后汉书·孔融传》卷七十载，孔融嗜酒好客，宾客盈门。常叹曰："坐上客恒满，

尊中酒不空，吾无忧矣。"

［三］鼠姑：《神农本草经》载，鼠姑乃牡丹。一说鼠妇。《本草纲目·虫之三·鼠妇》，鼠姑，犹鼠妇也。应以前说为是。

［四］迤西：迤西道。见卷上第三十五则。

［五］故事：原文如此。应源于徐珂《清稗类钞·植物类》："楚雄为滇南迤西首郡，产梨绝佳，梨熟，郡县辄将境内梨树封禁，以官价取百数十万颗，送会城，馈上官。"

［六］会城：省城。见卷上第二十一则。

［七］君谟谱荔枝：指宋蔡襄所著的《荔枝谱》。蔡襄（1012—1067），字君谟，福建仙游人，"宋四家"之一。

【笺】：

徐珂《清稗类钞·植物类》："京师芍药奇丽，其香较牡丹为蕴籍，花容细腻，则又过之，玉瓣千层，红丝一缕，殊艳绝也。而北人每呼之曰抓破脸。秦大樽官京师时，闻之，辄为绝倒。"

六

昆明布衣郭舟屋[一]《竹枝词》一首，及"湖势欲浮双塔去，山形如拥五华来"一联，为升庵[二]、竹垞[三]、渔洋[四]所称道，以为不减唐人。升庵在滇时，所与游者甚多。渔洋《居易录》所载，自六学士外，又有隐士董难[五]。难字西羽，太和人，尝辑转注古音，著《韵谱》。《滇志》列之于《隐逸传》。曾有《题玉局寺》诗，甚佳："杜鹃枝上春可怜，杜鹃声里雨如烟。萋萋满目芳草碧，杳杳一发青山悬。忽悲麦秀[六]客游次，却忆楝风花信前[七]。惆怅池塘绿阴树，惊心一曲南薰弦[八]。"风格宛似升庵，与舟屋《竹枝词》音节亦复相近。

【注】：

[一] 郭舟屋：《新纂云南通志》载，郭舟屋，名文，号舟屋，生卒年不详，字仲炳，昆明人，明景泰间布衣，以诗文著于时，买舟青草湖，故号舟屋。有《舟屋集》。

[二] 升庵：杨慎。见卷上第一则。

[三] 竹垞：朱彝尊。见卷上第二十九则。

[四] 渔洋：王士禛。见卷上第七则。

[五] 董难（1498—1566）：字西羽，一字西孙，号凤伯，太和（今云南大理）人，白族。《滇南诗略》录其诗五首。文仅《百濮考》一篇。

[六] 麦秀：亡国之痛。《史记·宋微子世家》卷三八："箕子朝周，过故殷虚，感宫室毁坏，生禾黍，箕子伤之，欲哭则不可，欲泣为其近妇人，乃作《麦秀之诗》以歌咏之。其诗曰：'麦秀渐渐兮，禾黍油油。彼狡僮兮，不与我好兮！'"

[七] 却忆楝风花信前：一作"却忆楝花风信前"。

[八] 南薰弦：五弦琴。《史记·乐书》卷二四："昔者舜作五弦之琴，以歌《南风》。"

【笺】：

《孔子家语》："舜弹五弦之琴，歌《南风》之诗，其诗曰：'南风之薰兮，可以解吾民之愠兮，南风之时兮，可以阜吾民之财兮。'"

七

维扬[一]"二分明月"、"廿四红桥"，为诗人兴会之场，而绝句风调，多有相似者。陈迦陵[二]云："雨余垂柳鸭头绿，日落吴天卵色红[三]。绝似侬家罨画[四]里，几层杨柳几层风。"沧州张桂岩（赐宁)[五]云："十里桃花十里溪，一层杨柳一层堤。可怜多少闲池馆，每到春来鸟乱啼。"今日扬州风月，已无人过问。惟杭州西湖，楼阁别墅，弥望皆是，而主人年不数至，只供啼鸟游人之自为去来而已。

【注】：

[一] 维扬：扬州。

[二] 陈迦陵：陈维崧（1625—1682），字其年，号迦陵，宜兴（今属江苏）人，清著名词人，"阳羡词派"领袖。有《湖海楼诗集》八卷，《迦陵词》三十卷。

[三] 卵色红：卵色，一说柳色。元代郭翼《雪履斋笔记》载，风雨积五六日，江上初霁，遥望天际作月白色，间作淡黄色，所谓卵色天。

[四] 罨（yǎn）画：杂色艳丽之画。

[五] 张桂岩（1743—?）：张赐宁，字坤一，号桂岩，清代画家，直隶沧州（今属河北）人。

八

谭嗣同[一]《莽苍苍斋论艺绝句》云："意思幽深节奏谐，朱弦寥落久成灰。灞桥[二]两岸萧萧柳，曾听贞元[三]乐府来。"自注："新乐府工者代不数篇。盖取声繁促，而情易径直；命意深曲，而词或啴缓[四]。尝于灞桥旅壁见一首云：'柳色黄于陌上尘，秋来长是翠眉颦。一弯月更黄于柳，愁煞桥南系马人。'[五]读竟狂喜，以为所见新乐府斯为第一也。"

【注】：

[一] 谭嗣同（1865—1898）：字复生，号壮飞，湖南浏阳人，戊戌六君子之一。有《莽苍苍斋诗》等。

[二] 灞桥：桥名，于今西安市东，灞水之上，古人离别之地。

[三] 贞元：唐德宗年号（785—805）。

[四] 啴（chǎn）缓：柔和舒缓。

[五] 此诗作者为樊增祥（山）。按：钱仲联《论近代诗四十首》（见《社会科学战线》1983年第2期）一文云："'柳色黄于陌上尘，秋来长是翠眉颦。一弯月更黄于柳，愁煞桥南系马人。'此谭嗣同《论艺绝句》所举不知谁之灞桥旅壁绝句，而盛赞为'意思幽深节奏谐，朱弦寥落久成灰。灞桥两岸萧萧柳，曾听贞元乐府来。'以为'所见新乐府，斯为第一'者也。今此诗实见于《樊山集》中。樊山诗取径随园、瓯北，上及梅村，长于才调，风格不高。"

九

戊戌六君子所为诗歌，皆近宋体，而林晚翠[一]尤甚。其《张园[二]呈石遗[三]》云："深篁傍水摇蛛网，三两拒霜[四]照眼明。穷巷幽姿端可比，秋风斜日若为情。残荷昔日看犹在，远客临行思自生。且欲留诗当报礼，仁人一序[五]敌连城。"此其刻意为之者。若《沪寓即事》云："隔浦车尘涨暮天，虹边门巷渐含烟。独谣[六]负手谁能喻，百计安心或未贤。王粲[七]忧来空假日，嗣宗[八]醉后只酣眠。河流树色宁知我，眼底怜渠尽意妍。"《上海胡家闸[九]茶楼[十]》云："已近乡心那得休，谁曾一笑妄成留。依回避疫情何怯，牵率言欢意易遒。十里人声趋短夜，百年海水变东流。闲来独倚原无事，只为凉风爱此楼。"已近自然，不见雕琢形迹。"独谣负手"一联，"十里人声"一联，尤见精采。晚翠为闽江后起之秀，其被祸年未三十，诗家争为诗悼惜之。

【注】：

[一] 林晚翠：林旭。见卷上第五十五则。

[二] 张园：张家（张叔和）花园，又名味莼园，晚清著名花园及公共娱乐场所，于上海静安寺路（今南京西路）南。

[三] 石遗：陈衍。见卷上第二十三则。

[四] 拒霜：木芙蓉别称。

[五] 仁人一序：仁人，陈衍；一序，林旭《晚翠轩集》刊刻之时，陈衍曾为之作序。

[六] 独谣：独自歌唱。《尔雅·释乐》云："徒歌谓之谣。"

[七] 王粲：见卷上第九则。

[八] 嗣宗：阮籍。见卷上第六十三则。

[九] 胡家闸：胡家宅，今上海福州路大新街东。

[十] 茶楼：一作"酒楼"。

十

渐西村人袁爽秋（昶）[一]诗，亦学宋体者，而好用僻典，与嘉兴沈乙盦[二]有同调焉。其《咏谯[三]南土风》云："澹烟飞絮景堪摹，借此幽栖聊自娱。藤架蜂糖秋漫吃，桤林[四]鸡葤午[五]频呼。舒凫[六]户炙频相馈，浮蚁[七]家刍不用沽。偶应邻翁招社饮，村童争出看潜夫[八]。"《喜高仲瀛[九]秋捷[十]》云："戏摄须弥归芥子[十一]，解于漆桶[十二]放光明。地轮[十三]缩入径寸纸，玉直能连三十城。与俗参差姑守拙。问民疾苦未能平。官家要得严徐[十四]用，公辈何堪逃世荣[十五]。"其槎枒奥僻，可见一斑。惟《寿石门校官[十六]高丈学治[十七]》二首，白描清警，不可多得也。录其一云："今人岂尚同，古非好异。异不违于物，同胡丧诸己。一日适有今，三十须臾耳。积日成年寿，如尺从黍[十八]起。于人中求古，麟角亦稀矣。在古人视今，名实不藉史。恃有灵台寸，不受电光驶。因兹慄然惧，得失不可诡。无寒暑雨风，如铜之谓士。兹言丈当之，进德不可止。"

【注】：

［一］袁爽秋：袁昶。见卷上第五十六则。

［二］沈乙盦：沈曾植。见卷上第五十五则。

［三］谯：今安徽亳州。

［四］桤（qī）林：桤，树名，三年成荫。杜甫《凭何十一少府邕觅桤木栽》："草堂堑西无树林，非子谁复见幽心。饱闻桤木三年大，与致溪边十亩阴。"

［五］午：原作"千"。据《民国诗话丛编》改。

［六］舒凫：《尔雅·释鸟》："舒凫，鹜。"晋郭璞注："鸭也。"清郝懿行疏："谓之舒者，以其行步舒迟也。"

［七］浮蚁：酒，原指漂浮在酒上泡沫。唐代郑谷《自适》："浮蚁满杯难暂舍，贯珠一曲莫辞听。春风只有九十日，可合花前半日醒。"

［八］潜夫：隐士。

［九］高仲瀛：高骖麟，字仲瀛，曾任大沽船坞总办。其余不详。

［十］秋捷：秋试考中举人。

［十一］须弥归芥子：见卷上第三十八则。

［十二］解于漆桶：意谓"打破漆桶"，脱离迷妄，豁然了悟。《碧岩录》九十七则，有"打破漆桶来相见"的禅宗公案。漆桶多呈黑色，喻众生烦恼之重。

［十三］地轮：地球。

［十四］严徐：汉代严安、徐乐的并称。汉武帝时二人上书言事，皆拜郎中。后泛指有才识之士。见《史记·平津侯主父列传》卷一一二。

［十五］世荣：世俗的荣华富贵。

［十六］校官：清代府、州、县学教官的总名。

［十七］高文学治：高宰平，生卒年不详，字叔荃，浙江杭州人，廪生，官台州府教授，曾辑《西泠四家印谱》。

[十八] 尺从黍：古时以黍衡定长度，百黍长一尺。《宋史·律历志》卷七一："自前世以来，累黍为尺以制律。"

【笺】：

袁昶《哀山人》："公生公死骑尾箕，剑也短衣日边哭。公去金精动桂林，为虺毋摧何毒淫。武昌鱼烂石头踞，九婴窫窳戈鋋森。剑也共伏大海阴，何不与彼木石同喑瘖。犹为周舍日谔谔，泪尽继血沾衣襟。康砖蝉翼俗方宝，何为瞠目爱汝双南金。剑也瘴疠攻人心。连连蚩尤斩中冀。月氏好头颅，何时作饮器。剑也张目未快意，一蛇四蛇异位置。海风吹堕幽州云，光气夜烛云间文。只鸡斗酒欲酹汝，剑也地下何当闻。"

章太炎《高先生传》："炳麟见先生，先生年七十五六矣，犹日读书，朝必写百名，昼虽倦，不卧也。问经事，辄随口应，且令读陈乔枞书。炳麟曰：'若不逮陈奂矣。'先生曰：'长洲陈君过拘牵，不得聘。'炳麟问孙星衍，且及《逸书》。先生曰：'《逸书》置之……'先生语炳麟：'惠戴以降，朴学之士，炳炳有行列矣，然行义无卓绝可称者……夫处陵夷之世，刻志典籍，而操行不衰，常为法式，斯所谓易直弸中，君子也。小子志之！'炳麟拜受教"

十一

沈乙盦深于内典[一]，故诗中常见佛法，然多晦僻不可解者，不如钱牧斋、桂伯华[二]之精富浑脱也。其《西摩[三]路》一首云："秋老物将息，羁怀藐何依。海滨常绿树，慰我淮南悲[四]。峻宇闳人迹，旷涂舒息吹。投林鸟有宅，脱挽车方归。黄叶故械械[五]，秋阳迥离离。欣然名字即[六]，已释尘沙疑[七]。老母米潘[八]因，晚华曼陀[九]姿。就体复不妄，无缘豫焉随。远见西南江，暮帆去何之。昭文[十]琴可鼓，象罔[十一]殊方遗。"其"欣然名字即"二语，用天台宗[十二]

化法四教[十三]，藏[十四]、通[十五]、别[十六]、圆[十七]。又分为六即[十八]，所谓理即[十九]、名字即、观行即[二十]、相似即[二十一]、分证即[二十二]、究竟即[二十三]。诗亦精深沉郁，惟"老母米潘因"一语，仍不得其解也。

【注】：

[一] 内典：佛教典籍。

[二] 桂伯华：见卷上第二十四则。

[三] 西摩：原诗序云："梵语悦意曰西摩，阿弥陀所居国土曰须摩提，文殊师利所居城曰苏摩邪，释义皆同。西、须、苏，一字之异写耳。……余所居迤西南曰西摩路，不知邪寐尼苏当作何解？中天语则悦意释也。路为出入所必经，感此嘉名，彰以雅咏。"（见沈曾植著，钱仲联笺《沈曾植集校注》，中华书局2001年版，第701页。）

[四] 淮南悲：悲秋。《淮南子·说山训》卷一六有"桑叶落而长年悲也"的说法。

[五] 槭槭：象声词，状风吹叶动之声。又作"瑟瑟"。

[六] 名字即：佛教用语，从善知识及经卷闻见此言，为名字即。

[七] 尘沙疑：尘沙惑。大乘佛教认为，除了度我之外，还要度人。但众生如恒河沙数，烦恼无量，此类障碍称为尘沙惑，又名化道惑。值得注意的是，不是惑多如尘沙，而是难以通达如尘如沙的无量法门，教化众生。（见释圣严《天台心钥——教观纲宗贯注》。）

[八] 米潘：米汁。一说，"老母"一句用《大智度论》供设米潘予佛的典故，然此意仍晦涩不明。

[九] 曼陀：曼陀罗。

[十] 昭文：古代琴师。《庄子·齐物论》："有成与亏，故昭氏之鼓琴也；无成与亏，故昭氏之不鼓琴也。"

[十一] 象罔：《庄子·天地》："黄帝游乎赤水之北，登乎昆仑之丘

而南望，还归，遗其玄珠。使知索之而不得，使离朱索之而不得，使吃诟索之而不得也。乃使象罔，象罔得之。黄帝曰：'异哉！象罔乃可以得之乎？'"

[十二] 天台宗：中国佛教流派之一，因以《法华经》为宗，亦称法华宗，创始人为陈隋之际的智顗，核心教义有一心三观、一念三千及圆融三谛等。

[十三] 化法四教：天台宗依据佛陀不同时期教化众生内容难易深浅所作的四种分类，分别为藏教、通教、别教和圆教。教，对教义的判释。

[十四] 藏：藏教，三藏（经、律、论）教的简称。讲授对象是初学者，内容是以《阿含经》为主的小乘教义。智顗《四教义》云："此教明因缘生灭、四圣谛理，正教小乘，傍化菩萨。"

[十五] 通：通教，贯通声闻、辟支、菩萨三乘，义有大小深浅，故称通教。内容有《维摩诘经》《大般若经》等。

[十六] 别：别教，专为菩萨讲的纯粹大乘经义。因持守"中道"，有别于前两教的"空"，故称别教。内容有《华严经》等。

[十七] 圆：圆教，天台宗认为《法华经》圆满圆融，无分别，故称圆教。内容有《法华经》《涅槃经》等。

[十八] 六即：天台宗依圆教创立的修行成佛的六个位次。即，事（修）理（性）不二之意。

[十九] 理即：理即佛。一切众生，虽尚未闻佛法，亦未解行证，但本具理性，当体即佛，是位次的出发点。

[二十] 观行即：观行即佛。由学习佛学名理（名字即）到观行活动。心观明了，理慧相应，行如所言，尚未契理，若观心不止，如射之矢，终有所中。观行即又分五品：随喜品、读诵品、说法品、兼行六度品、正行六度品。

[二十一] 相似即：相似即佛（即菩提）。观行有得，愈观愈明，虽未完全契合真如，但已接近真证，于理仿佛，如眼中有翳，略见花红，

故称相似即。

[二十二] 分证即：分证（真）即佛。此阶段，无明渐减，佛性渐增，证得一分成一分，如月将满，却还朦胧。

[二十三] 究竟即：究竟即佛。断四十二品无明，佛性开显，原来真皆妄，今时妄皆真。

【笺】：

今人张尔田《海日楼诗注序》："诗非待注而传也，而传者又或不能不待注，则亦视乎其时焉。嘉禾沈寐叟邃于佛，湛于史，凡稗编脞录、书评画鉴，下及四裔之书，三洞之笈，神经怪牒，纷纶在手，而一用以资为诗。故其于诗也，不取一法而亦不舍一法。其蓄之也厚，故其出之也富，非注无以发之。曩谓叟海日楼，叟手一篇诗，曰：'子谂佛故者，此中佛典，子宜为我注。'余曰：'注自优为之，顾今之意则何如？'叟曰：'是固然，子姑注其典耳。诗人之意，岂尽人而知耶？'"

智顗《法华玄义》卷十："乳为众味之初，譬顿在众教之首，故以《华严》为乳耳。三教分别即名顿教，亦即醍醐五味分别即名乳教……佛本以大乘拟度众生，其不堪者寻思方便……于一乘道分别说三，即是开三藏教也……于顿教未转，全生如乳，三藏中转草凡成圣，喻变乳为酪。即是次第相生，为第二时教。不取浓淡优劣为喻也……所以次小说大者，佛本授大，众生不堪，抽大出小，令断结成圣，虽有此益，非佛本怀。次说方等《维摩》……讥刺三藏断灭之非……喻如烹酪作生苏，即此义也。按《无量义》，得知方等是三藏之后，为第三时教也……故方等之后次说《般若》，为第四时教也。复言熟苏味者，命令转教领知众物，心渐通泰。自知萤火不及日光，敬伏之情倍更转熟。如从生苏转成熟苏也……齐《法华》也，亦第五时教也。复言醍醐者是众味之后也。《涅槃》称为醍醐，此经名大王膳，故知二经俱是醍醐。又灯明佛说《法华经》竟，即于中夜唱入涅槃，彼佛一化，初说《华严》后说《法华》。迦叶佛时亦复如是，悉不明《涅槃》，皆以《法华》为后教后味。今佛熟前番人，以《法华》为醍醐。更熟后段人，重将《般若》洮汰方入《涅槃》，复以《涅槃》为后教后味。譬如田家，先种先熟先收，晚种后熟后收。《法华》八千声闻，无量损生菩萨，即是前熟果实。于《法华》中收，更无所作。若五千自起，人天被移，皆是后熟《涅槃》中收……"

十二

商丘宋牧仲[一]，惩于明末诸子学唐之弊，颇崇宋诗。其所著《漫堂诗话》，曾示其旨，特尔时唐风尚盛，不敢显为标举。但言唐之臭腐，宋人化之，斯神奇矣。顾迩来学宋者，遗其骨理而挦[二]扯其皮毛，弃其精深而描摹其陋劣，是今人之谓宋，又宋之臭腐而已。谁为障狂澜[三]于既倒耶？语最扼要。其论宋代诸家云：宋初晏殊[四]、钱惟演[五]、杨亿[六]号"西昆体"[七]。仁宗时，欧阳修、梅尧臣、苏舜钦[八]谓之欧梅，亦称苏梅。诸君多学杜韩。王安石稍后，亦学杜韩。神宗时，苏轼、黄庭坚谓之苏黄。又黄与晁补之[九]、张耒[十]、陈师道、秦观、李廌[十一]称苏门六君子。庭坚别开江西诗派[十二]，为江西初祖。南渡后，陆游学杜苏，号为大宗。又有范成大[十三]、尤袤[十四]、陈与义、刘克庄[十五]诸人，大概杜苏之支分派别也。其后又有江西四灵徐照[十六]、翁卷[十七]等，专攻晚唐五言，益卑卑不足道云。牧仲督学江西时，以江西诗派论课士[十八]，士率昧于题旨。新建张扶长（泰来）[十九]吏部，致政家居，耄年好学，乃撰《江西诗派图录》。首述吕居仁[二十]所定宗派，次总论，次小传，次与客问答。江西派共二十五人，其次第则首山谷。渔洋《论诗绝句》："一代高名孰主宾？中天坡谷两嶙峋。瓣香只下涪翁拜，宗派江西第几人？"宋派如王荆公、欧阳文忠、苏玉局、黄涪翁、陆放翁均为大家。乃后之宗宋诗者，专标举涪翁、宛陵、荆公、后山、简斋以及浪语[二十一]，以为宗尚。取其枯涩深微，易于见长。若玉局、文忠、放翁均不甚措意。放翁熟调太多，不善学之，恒流于滑易。若文忠、玉局之得唐李杜骨力处甚多，近代如翁覃溪[二十二]、张南皮[二十三]皆学苏而能变化者。雅饰沉炼，奚让黄派[二十四]诸家。徒以学苏者多文从字顺之作，学黄者每出以槎枒。遂觉宋派之诗，非涪翁一家莫能名耳。

【注】：

[一] 宋牧仲（1634—1713）：宋荦，字牧仲，号漫堂，晚号西陂老人，河南商丘人，清初宋诗派重要诗人。有《西陂类稿》等。

[二] 挦（xián）：拉扯，拔取。

[三] 障狂澜：力挽狂澜。障，阻挡。

[四] 晏殊（991—1055），字同叔，北宋临川（今江西抚州）人。赐同进士出身，卒谥元献。有清人所辑《晏元献遗文》等。

[五] 钱惟演（977—1034）：字希圣，北宋浙江临安（今杭州）人，吴越王钱俶之子。西昆体代表人物之一。

[六] 杨亿（974—1020）：字大年，建州浦城（今属福建）人。淳化三年（992）进士，北宋文学家，有《武夷新集》。

[七] 西昆体：北宋初年诗歌流派，效法李商隐，以《西昆酬唱集》而得名。代表人物有杨亿、刘筠、钱惟演等。

[八] 苏舜钦（1008—1048）：字子美，北宋开封人，原籍梓州铜山（今四川中江），仁宗景祐元年（1034）进士。有《苏学士文集》等。

[九] 晁补之（1053—1110）：字无咎，晚号归来子，济州钜野（今山东巨野）人，宋神宗元丰二年（1079）进士。有《鸡肋集》等。

[十] 张耒：见卷上第五十九则。

[十一] 李廌（zhì）（1059—1109）：字方叔，北宋华州（今陕西华县）人，举进士不第，后寓居长社（今河南许昌长葛），布衣终老。"苏门六君子"之一。有《济南集》等。

[十二] 江西诗派：两宋之际的吕本中作《江西诗社宗派图》，认为江西诗派诗法承自黄庭坚（江西人），尊其为诗派之首，下列陈师道、潘大临、谢逸等二十五人。作诗讲求法度，"无一字无来处"，提出"点铁成金"和"脱胎换骨"之妙法。

[十三] 范成大（1126—1193）：字至能，晚号石湖居士，南宋吴郡平江（今江苏苏州）人，宋高宗绍兴二十四年（1154）登进士第。有《石湖集》等。

[十四] 尤袤（1127—1194）：字延之，号遂初居士，南宋无锡（今属江苏）人，绍兴十八年（1148）举进士。有《全唐诗话》六卷。

[十五] 刘克庄（1187—1269）：字潜夫，号后村，南宋莆田（今属福建）人。有《后村先生大全集》。

[十六] 徐照（？—1211）：字道晖，一字灵晖，号山民，永嘉（今浙江温州）人，与徐玑、翁卷、赵师秀并称"永嘉四灵"。有《芳兰轩集》。

[十七] 翁卷：生卒年不详，字灵舒，永嘉（今浙江温州）人，布衣终生。

[十八] 课士：考核士子的学业。《清史稿·选举志》卷一零六："课士之法，月朔望释奠（古代学校祭奠先圣先师的典礼）毕，博士厅（明清国子监所属机构，掌教经义，立课程，并考核其学业）集诸，讲解经书。"

[十九] 张扶长：张泰来，字扶长，江西新建人，后迁居江西丰城，康熙庚戌（1670）进士。

[二十] 吕居仁：吕本中（1084—1145），初名大中，字居仁，世称东莱先生，祖籍寿州（今安徽寿县），后移居开封，宋高宗绍兴六年（1136）赐进士出身。有《东莱集》等。

[二十一] 浪语：薛季宣，字士龙，号艮斋，南宋温州永嘉人。有《浪语集》等。

[二十二] 翁覃溪：翁方纲。见卷上第五十五则。

[二十三]张南皮：张之洞。见卷上第二十三则。

[二十四]黄派：江西诗派。

【笺】：

朱庭珍《筱园诗话》："昔竹垞翁曾讥放翁七律贪秀句而调多重复，词意往往合掌，略无变换，谓比兴乃家六义之一，可偶见而不可屡用，若数见不鲜，转落窠臼。摘其以'如'对'似'之句，多至八十余联，以为诗病。其论甚细，学者不可不知。今星斋、朗夫二联，亦未免放翁故辙。此种句法，秀媚工巧，易招人爱，初学往往效之，作手宜以为戒，如朱竹垞所议，今人不可再犯矣。"

十三

近时诗家为宋派主盟者，陈石遗[一]、陈散原[二]，皆耆年硕学，海内宗仰。散原诗多峭挺奇恣之作，如《雪中游庐山》云："帝缚屃魂闭雪中，初逾南岭拂轻红。遮迎断涧莺吟落，蹴踏层霄鸟道穷。波皱湖光浮日气，石攒刀剑斫天风。须臾雾隐身如豹，埋没来添一秃翁。"又《过黄州忆旧游》云："提携数子经行处，绝好溪山对雪堂。胜地空怜纵歌咏，诸峰犹自作光芒。鼋鼍[三]夜立要人语，城郭灯疏隔雨望。头白重来问兴废，江流绕尽九回肠。"若"松枝影瓦龙留爪，竹籁声窗鼠弄髭"，则过于锤炼，遂近纤涩。"一万年来无此日，二三子肯定吾文"，虽浑成而近于空阔，皆不宜轻易效法。散原与南皮均学宋诗，而两人旨趣各别。南皮《过芜湖吊袁沤簃[四]》诗，至诋"江西诗"为魔派，然亦崇拜半山[五]、双井[六]，自有别择。南皮诗虽力求沉着，而仍贵显豁。散原亦不乏文从字顺之作，而恒涉艰深。若《石遗诗话》所举散原"作健逢辰领元老"之句，为南皮所不喜。谓元老只能领人，何乃尚为人所领？此则南皮骄贵之习，不足以语于诗道，非散原诗之失检也。石遗诗新颖清切，晚近颇喜用俗语俚字搀入，亦是一病。曾有《九日集酒楼时方戒酒》诗云："满城风雨未曾来，只盼霜天雁带回。竹叶于吾尚无分，菊花虽好奈初胎。谁能太华峰头去，并愧齐山[七]笑口开。佳节总须求酩酊，强携啤酒注深杯。"

【注】：

[一] 陈石遗：陈衍。见卷上第二十三则。

[二] 陈散原：陈三立。见卷上第五十五则。

[三] 鼋鼍（yuán tuó）：鼋，大鳖；鼍，鼍龙，扬子鳄。

[四] 袁沤簃：袁昶。见卷上第五十六则。

[五] 半山：王安石。见卷上第五十五则。

[六] 双井：黄庭坚，见卷上第五则。

[七] 齐山：翠微山，于安徽池州。

十四

绵竹杨叔峤[一]京卿，素崇理学，谨饬端重。而亦与谭林[二]同罹戊戌之祸，识者尤深惜之。其被祸时，友人黄仲笙（尚毅）[三]馆其京寓中，为其子宗尹授读。每日叔峤公毕，归寓用膳，必亲至仲笙室，手自搴[四]帘呼之，同入座食。是日归后，亦照例呼仲笙吃饭，尚未入座，而步军统领衙门来人，云署内有要公待商办，促速往。叔峤以公毕始归，颇讶之。匆匆偕往，次越数日已刑于菜市矣。其夫人赴市，被发号呼，尤极悲惨。仲笙为予言之者。至宣统间，其子宗尹捧德宗[五]遗诏，乞昭雪，卒未邀允也。著有《说经堂诗集》，长于咏古。有闽中粤中《怀古》及《前后蜀杂事诗》，共四十余首，均典雅壮丽。五古则仿大谢，亦隽永有味。记其《拟康乐游赤石进帆海》一首云："边海天气清，风静潮未落。解缆及沧波，驾帆戏海若。溟汩无垠崖,辰游泛虚廓。巨灵[六]息威澜,飓母[七]无时作。海白气微凉,波红日初跃。旦见众星淹,晚就羲轮[八]泊。徐市[九]求神山,成连[十]越大壑。采药非空谈,乘槎讵云托。愿结阆风[十一]游,移情付冥漠。"

【注】:

[一] 杨叔峤（1857—1898）:杨锐,字叔峤,清四川绵竹人,"戊戌六君子"之一。有《杨叔峤文集》等。

[二] 谭林:谭嗣同与林旭。

[三] 黄仲笙（1869—1938）:黄尚毅,字仲笙,清光绪二十年（1894）举人。有《文庙通考补遗》等。

[四] 搴（qiān）:撩起。

[五] 德宗:光绪帝,庙号德宗。

[六] 巨灵:传说中的河神。

[七] 飓母:唐代李肇《唐国史补》卷二:"飓风将至,则多虹霓,名曰飓母。"后来飓母演变为飓风之神。

[八] 羲轮:太阳。宋代阮阅《诗话总龟》卷一二:"天上羲轮都易识,人间尧历自难逢。"

[九] 徐市（fú）:徐福。《史记·始皇记》卷六:"遣徐市发童男女数千人,入海求仙人。"

[十] 成连:春秋时人,生卒年不详。《乐府解题》（著者不详）:"伯牙学琴成连,三年而成。"

[十一] 阆风:仙境,相传在昆仑之巅,为仙人所居。也作阆苑。

十五

曩张文襄[一]以河工事至金陵,觞咏流连,有《金陵杂咏》诗十六首。樊山[二]和之,极工。惟第一首云:"老去屏山赋《汴京》,裕之[三]俳体[四]《雪香亭[五]》。名篇十六浑相似,传唱江南不忍听。"以裕之《雪香亭》诗相况,颇切合诗体。惟裕之诗实只十五首,而云十六,究嫌未吻合也。又第三首云:"紫盖黄旗[六]下有人",系用《吴书》陈化[七]使魏对魏文帝[八]及《江表传》[九]刁元使蜀[十]语。又第十一首云:"文采风流递不如,乾嘉未胜道咸初。江南后蟹输前蟹,依傍仓山[十一]有薛庐[十二]。"系指薛慰农之薛庐不如袁子才之随园也。第三句见王君玉[十三]《国老谈苑》。陶穀[十四]使吴越,忠懿王[十五]享以蝤蛑[十六],罗列十余种。穀笑曰:"此谓一代不如一代也。"《谈苑》书不恒见,特表而出之,以见樊山之博雅。又《石遗室诗话》载仁和谭仲修[十七]为顾子朋[十八]题《寒林独步图》七绝一首,谓极似潘孟升[十九]、申凫盟[二十]两绝句。并载申诗云:"日日秋阴命笋舆[二十一],故人天上得双鱼。荷花未老村醪熟,为道无闲作报书。"均极具高致。惟"得双鱼"之"得"字,似属于彼方,语意欠明。应易为"惠双鱼",似较明豁。且古诗"惠我双鲤鱼",亦自有所本也。又载林亮奇[二十二]《崇效寺[二十三]牡丹和众异》诗:"细叶遍看惊茧栗,长波往记惜残云。"按:茧栗多用之于笋及芍药,或牛犊角之类,古人诗词多有之,谓小也。此则亦似作叶间小蕊状,或解作叶上细皱纹如茧栗之形,亦可通。《爱日斋丛钞》[二十四],更始[二十五]徵赵意[二十六]。意年未二十,既见,更始笑曰:"茧栗犊岂能负重致远乎?"《范史》[二十七]注:"犊角如茧栗,言小也。"晋王濬[二十八]《表》:"茧栗之质,当豺狼之路。"以自喻微弱也。东坡诗云:"耆年日凋丧,但有犊角栗。"鲁直诗云:"红药枝头初茧栗。"高绩古[二十九]赋红药词云:"红翻茧栗梢头遍。"姜尧章芍药词亦云:"正茧栗、梢头弄诗句。"取譬花之含蕊为工,鲁直《食笋诗》"茧栗戴地翻",用之于笋尤切。

【注】:

[一] 张文襄:张之洞。见卷上第二十三则。

[二] 樊山：樊增祥（1846—1931），字云门，一字樊山，湖北恩施人，光绪进士，曾师事李慈铭。有《樊山全集》。

[三] 裕之：元好问，见卷上第五十七则。

[四] 俳体：俳谐体，游戏性诗文。

[五] 雪香亭：诗下原注："亭在故汴宫仁安殿西。"

[六] 紫盖黄旗：鲁迅辑录宋代张淏撰《云谷杂记·紫盖黄旗》："《吴书》：'陈化使魏，魏文帝因酒酣嘲问曰：'吴魏峙立，谁将平一海内者乎？'化对曰：'《易》称帝出乎震。化闻先哲知命，旧说紫盖黄旗，运在东南。'帝心奇其辞。'"

[七] 陈化：字元耀，汝南（今河南平舆）人，三国时吴尚书令。见《三国志·吴书》。

[八] 魏文帝：曹丕。

[九]《江表传》：西晋虞溥撰，已佚。清代王仁俊《玉函山房辑佚书补编》有辑本一卷。

[十] 刁元使蜀：鲁迅辑录宋代张淏撰《云谷杂记·紫盖黄旗》："又《江表传》，初，丹阳刁元使蜀，得司马徽与刘廙论运命、历数事。元诈增其文，以诳国人曰：'黄旗紫盖，见于东南，终有天下者，荆扬之君乎？'六朝以来，都于东南。故'黄旗紫盖'之语，文士多引用之。虽皆知其为符瑞事，而罕有究其义者。李善最号博洽，其注《文选》'紫抶黄旗'之句，亦不过引司马徽书而已。予尝见薛道衡《隋高祖功德颂》云：'谈黄旗紫盖之气，龙蟠虎踞之崄。'虽知黄旗紫盖为气，终以未得其所自为恨。一日，读《宋书·符瑞志》云：汉世术士言，黄旗紫盖见于斗牛之间，江东有天子气。胸中于是释然，因知读书不厌于多也。"

[十一] 仓山：小仓山。袁枚曾于小仓山筑随园以居。

[十二] 薛庐：晚清词人薛时雨（慰农）旧居。

[十三] 王君玉：号夷门隐叟，南宋建昌南城（今属江西）人。撰《国老谈苑》二卷，又作《国老闲谈》。

[十四]陶穀（903—970）：字秀实，北宋邠州新平（今陕西彬州）人。有《清异录》等。

[十五]忠懿王（929—988）：名钱俶，初名弘俶，字文德。吴越国国君。在位30年，后纳土归宋。

[十六]蝤蛑（yóu móu）：梭子蟹。

[十七]谭仲修（1832—1901）：原名廷献，字仲修，号复堂，仁和（今浙江杭州）人，同治举人。有《复堂类集》等。

[十八]顾子朋（1845—1906）：顾云，字子朋，号石公，江宁（今江苏南京）人。有《辽阳见闻录》等。

[十九]潘孟升（1624—1678）：潘高，字孟升，号鹤江，金坛（今属江苏）人。有《南村诗稿》二十四卷。

[二十]申凫盟（1619—1677）：申涵光，字和孟，号凫盟，又号聪山，河北永年人。有《聪山集》《荆园小语》等。

[二十一]笋舆：竹轿子。

[二十二]林亮奇（1886—1916）：林景行，原名昶，字亮奇，号寒碧，福建侯官人。有《寒碧集》等。

[二十三]崇效寺：见卷上第六十二则。

[二十四]《爱日斋丛钞》：宋代笔记，原书久佚。叶寘（生卒年不详）撰。叶寘，字子真，号坦斋，池州青阳（今属安徽）人。

[二十五]更始：更始帝刘玄。

[二十六]赵憙（4—80）：字伯阳，东汉南阳宛人。南朝宋范晔《后汉书》卷二十六："赵憙字伯阳，南阳宛人也。少有节操……更始即位，舞阴大姓李氏拥城不下，更始遣柱天将军李宝降之，不肯，云：'闻宛之赵氏有孤孙憙，信义著名，愿得降之。'更始乃征憙。憙年未二十，既引见，更始笑曰：'茧栗犊，岂能负重致远乎？'即除为郎中，行偏将军事，使诣舞阴，而李氏遂降。憙因进入颍川，击诸不下者，历汝南界，还宛。更始大悦，谓憙曰："卿名家驹，努力勉之。"会王莽遣王寻、王邑将兵出关，更始乃拜憙为五威偏将军，使助诸将拒寻、邑于昆阳。光

武破寻、邑,憙被创,有战劳,还拜中郎将,封勇功侯。"

[二十七]《范史》:《后汉书》别称。

[二十八]王濬(206—286):字士治,小字阿童,西晋弘农湖县(今河南灵宝)人。有奇谋,为羊祜所荐,任益州刺史。泰始八年(272),造大舰练水师;晋咸宁五年(279)沿江伐吴,次年克武昌,取建康,灭吴。

[二十九]高续古:高似孙,生卒年不详,字续古,南宋余姚(今属浙江)人,淳熙进士。有《文苑英华钞》《砚笺》等。

【笺】:

南朝宋范晔《后汉书》卷二十六:"更始败,憙为赤眉兵所围,迫急,乃逾屋亡走,与所友善韩仲伯等数十人,携小弱,越山阻,径出武关。仲伯以妇色美,虑有强暴者,而已受其害,欲弃之于道。憙责怒不听,因以泥涂仲伯妇面,载以鹿车,身自推之。每道逢贼,或欲逼略,憙辄言其病状,以此得免。既入丹水,遇更始亲属,皆裸跣涂炭,饥困不能前。憙见之悲感,所装缣帛资粮,悉以与之,将护归乡里。"

十六

宋陈岩肖[一]《庚溪诗话》,论诗颇有抉择,其论江西诗派云:"本朝诗人,与唐世相抗,其所得各不同,而俱自有妙处,不必相盗袭也。至山谷之诗,清新奇峭,颇造前人未尝道处,自为一家,此其妙也。至古体诗,不拘声律,间有歇后语,亦清新奇峭之极也。然近时学其诗者,或未得其妙处,每有所作,必使声韵拗捩,词语艰涩,曰江西格也。此何为哉?吕居仁[二]作《江西诗社宗派图》,以山谷为祖,宜其规行矩步,必踵其迹。今观东莱[三]诗,多浑厚平夷,时出雄伟,不见斧凿痕。社中如谢无逸[四]之徒亦然。正如鲁国男子,善学柳下惠[五]者也。"所论极中肯綮，今之学宋诗者，慎勿徒于艰深拗捩处求之。

【注】：

[一] 陈岩肖：生卒年不详。字子象，号西郊野叟，金华（今属浙江）人，高宗绍兴间赐同进士出身，官至兵部侍郎。有《庚溪诗话》。

[二] 吕居仁：吕本中。见卷下第十二则。

[三] 东莱：吕本中。吕本中有《东莱集》。

[四] 谢无逸（？—1113）：谢逸，字无逸，自号溪堂，宋抚州临川（今江西抚州）人。有《溪堂集》。

[五] 柳下惠：柳下季，春秋鲁国人，本姓展，名获，字禽，一字下季。柳下是其食邑，惠是谥号。

【笺】：

《论语·微子》："柳下惠为士师，三黜。人曰：'子未可以去乎？'曰：'直道而事人，焉往而不三黜！枉道而事人，何必去父母之邦！'"

《孟子·万章下》："柳下惠不羞污君，不卑小官，进不隐贤，必以其道；遗佚而不怨，阨穷而不悯。与乡人处，由由然不忍去也。尔为尔，我为我，虽袒裼裸裎于我侧，尔焉能浼于我哉？故闻柳下惠之风者，鄙夫宽，薄夫敦。"

十七

仪征刘师培[一]，原名光汉，家学相承，博综经史，诗亦词华典赡。其《咏禾中[二]近儒》三首，咏吕晚村[三]、陆稼书[四]、朱竹垞[五]三君子。《稼书》云："伪儒发家[六]缘诗礼，心性空言饰簿书。始信盗名犹盗货，清廉犹自说三鱼[七]。"自注谓："《日知录》言廉易而耻难,今观于稼书所为,益信其言之确矣。"《竹垞》云:"竹垞才名啧江左,著书避世类深宁[八]。一从奏赋承明殿[九],晚节黄花惨不馨。"自注谓:"竹垞早年,固亭林[十]、青主[十一]之流,设隐居不出,不愧纯儒也。"二诗于陆朱[十二]二君,极致不满,不过撝近人苛责之言。实则二君出处所为,固无大损,而刘君[十三]于入民国后,乃翊赞[十四]洪宪[十五],行不践言,其去陆朱二君远矣。

【注】:

[一] 刘师培(1884—1919):字申叔,号左庵,投身革命后,改名光汉,江苏仪征人,光绪二十八年(1902)举人。有《刘申叔先生遗书》。

[二] 禾中:今嘉兴市。

[三] 吕晚村(1629—1683):吕留良,字庄生,一字用晦,号晚村,浙江崇德(今桐乡)人。有《吕晚村文集》等。

[四] 陆稼书(1630—1692):陆陇其,字稼书,平湖(今属浙江)人,康熙进士,清代理学家。有《困勉录》《三鱼堂文集》等。

[五] 朱竹垞:见卷上第二十九则。

[六] 伪儒发冢:《庄子·外物》:"儒以诗礼发冢。大儒胪传曰:'东方作矣!事之何若?'小儒曰:'未解裙襦,口中有珠。'《诗》固有之曰:'青青之麦,生于陵陂。生不布施,死何含珠为?'接其鬓,压其𩒹,而以金椎控其颐,徐别其颊,无伤口中珠。"

[七] 三鱼:陆稼书有《三鱼堂文集》。

[八] 深宁:深宁学派。以南宋王应麟为代表,王应麟号深宁居士,故名。主要人物有胡三省、戴表元、王遂初等。主张"博闻实践"、"不名一师""修辞立诚"和"经史致用"。有《困学纪闻》《资治通鉴音注》《论语孟子考异》等。

[九] 承明殿:汉代未央宫承明殿,朝廷群臣议政之处,传说殿上

设置有进善旌、诽谤木和敢谏鼓。

［十］亭林：顾炎武。见卷上第二十五则。

［十一］青主：傅山（1607—1684），字青主，山西阳曲（今太原）人。主张"经子不分"，首开清代"子学"研究之风气。有《霜红龛集》《荀子评注》等。

［十二］陆朱：陆稼书与朱竹垞。

［十三］刘君：刘师培。

［十四］翊赞：辅佐。《三国志·蜀书》卷三六："今诸葛丞相，英才挺出，深睹未萌，受遗托孤，翊赞季兴。"

［十五］洪宪：1915年，袁世凯复辟帝制，改"中华民国"为"中华帝国"。1916年为"洪宪元年"，史称"洪宪帝制"。

【笺】：

刘师培《励志诗》："麟经殿六艺，素臣属左丘。劝惩史托鲁，替凌道愍周。藻文绚云彩，萧斧森霜秋。兰陵轩谊搴，北平贯绪抽。汉例崇便秩，晋说乃謦欬。洸洸贾服书，祖考劬纂修。跞实绣鏊逭，攟佚湛珠钩。贱子倥侗姿，竦标先业休。迨时失播获，曷云酬芸莍？……"《书扬雄传后》："……紫阳作纲目，笔削更口诛。惟据美新文，遂加莽大夫。吾读华阳志，雄卒居摄初。身未事王莽，兹文将无诬。雄本志淡泊，何至工献谀。班固传信史，微词雄则无。大纯而小疵，韩子语岂疏。宋儒作苛论，此意无乃拘！吾读扬子书，思访扬子居。斯人今则亡，吊古空踟蹰。"

十八

闽县黄莘田[一]《香草斋诗》，七言绝句居其大半，清新俊逸，得晚唐佳致。其五言亦极古实。《筑基行》有云："今年困淫潦，冲决势不支。粒食望已艰，预算金钱糜。县帖昨催筑，先相度土宜。原隰[二]测深浅，形势分险夷。其间腰底面，高厚颁定规。按田派力役，多寡等有差。遂令计程亩，疆界争毫厘。仍有不均怨，弱肉强食之。"迩来公路清丈之役，公私各为其难，具如诗中所道。苟奉行者弊绝风清，善于营办，则一劳永逸，亦未始非人民之福也。

【注】：

[一] 黄莘田（1683—1768）：黄任，字莘田，号十砚老人，永福（今福建永泰）人，清康熙四十一年（1702）举人，官广东四会知县。有《秋江集》等。

[二] 原隰（xí）：广而低湿之地。

十九

宋明人诗话，往往阑入[一]考据议论，而于诗事了无关涉。甚至名为诗话，而谈诗者不过寥寥十余条，其余皆杂辨他事他书，不关吟咏。《石遗室诗话》中亦间有此。如言唐宋以来文集曰百十卷，往往卓然大家，为人作墓志铭、神道碑，而始终不载其人籍贯者，有始终不识其人名字者，甚至有突插一人，称其号，称其字，不知其姓名者云云。又纪易培基[二]为王引之[三]小学及所著各书，皆辩驳文字之事，究于著书体例有乖也。

【注】：

[一] 阑入：掺杂进去。

[二] 易培基（1880—1937）：字寅村，号鹿山，湖南长沙人。有《三国志补注》《楚辞补注》等。

[三] 王引之（1766—1834）：字伯申，号曼卿，江苏高邮人，嘉庆

进士,清经学家、训诂学家。有《有经义述闻》《周秦古字解诂》等。

二十

《石遗室诗话》载潮安石铭吾[一]《读石遗诗集》诗,有云:"石遗老人出,揭橥[二]号'同光'。双井[三]孕散原[四],半山[五]孳海藏[六]。弢庵[七]于二者,亦颇扼其吭。节庵[八]工超逸,中晚多感伤。乙盦[九]喜诘屈,深语难浅商。觚庵[十]学简斋[十一],杜味得苍凉。香宋[十二]比陵阳[十三],精卓莫低昂。剑丞[十四]视伯足[十五],长者或徐行。博丽斗工巧,云门[十六]共龙阳[十七]。暾谷[十八]迨观槿[十九],后山[二十]步趋跄。苍虬起后劲,陈郑[二十一]观彷徨。壬秋[二十二]守汉魏,旧派衍湖湘。公度[二十三]五七言,谢翱[二十四]欲与翔。喜苏不喜黄,南皮一文襄。各不为地囿,道分而镳扬。诸子自一时,石遗实兼长"云云。于近代诗家派别,言之历历。

【注】:

[一] 石铭吾(1878—1961):名维岩,号慵石,广东潮州人。有《慵石室诗钞》等。

[二] 揭橥(zhū):标志。

[三] 双井:黄庭坚。见卷上第五则。

[四] 散原:陈三立。见卷上第五十五则。

[五] 半山:王安石。见卷上第五十五则。

[六] 海藏:郑孝胥。见卷上第五十则。

[七] 弢庵:陈宝琛。见卷上第二十三则。

[八] 节庵:梁鼎芬。见卷上第二十七则。

[九] 乙盦:沈曾植。见卷上第五十五则。

[十] 觚庵(1860—1918):俞明震,字恪士,一字明夷,号觚庵,

· 199 ·

浙江山阴（今绍兴）人。有《舣庵集》。

［十一］简斋：陈与义。见卷上第五十五则。

［十二］香宋（1867—1948）：赵熙，字尧生，号香宋，四川荣县人，光绪十八年壬辰（1892）进士。有《香宋词》三卷。

［十三］陵阳：牟巘（1227—1311），字献甫，一字献之，世称陵阳先生，宋末元初隆州井研（今属四川）人，后徙居湖州（今属浙江）。有《陵阳集》。

［十四］剑丞：夏敬观。见卷上第六十五则。

［十五］伯足：高心夔（1835—1883），字伯足，又字陶堂，江西湖口人，咸丰九年（1859）进士，官江苏吴县知县。有《陶堂志微录》等。

［十六］云门：绍兴人俞明震。云门寺位于浙江绍兴南云门山。

［十七］龙阳：湖南龙阳（今汉寿）人易顺鼎。

［十八］暾谷：林旭，字暾谷。见卷上第五十五则。

［十九］观槿：李拔可，号观槿。见卷上第四十六则。

［二十］后山：陈师道，见卷上第五十五则。

［二十一］陈郑：疑指陈宝琛与郑孝胥。

［二十二］壬秋：王闿运。见卷上第三十四则。

［二十三］公度：黄遵宪，字公度。见卷上第六十三则。

［二十四］谢翱（1249—1295）：字皋羽，号晞发子，南宋福安（今属福建）人。有《晞发集》等。

二十一

王世懋[一]《艺圃撷余》谓："崔灏作《黄鹤楼》诗，青莲短气；后题凤凰台，古今目为勍敌[二]。识者谓前六句不能当，结语深悲慷慨，差为胜耳。"此实的当之评。乃世懋又谓"无论中二联不能及，即结语亦大有辩。言诗须道兴比赋,'日暮乡关'兴而赋也,'浮云蔽日',比而赋也。以此思之:'使人愁'三字虽同,孰为当乎?'日暮乡关''烟波江上',本无指著,登临者自生愁耳。故曰'使人愁',烟波使之愁也。'浮云蔽日'、'长安不见',逐客自应愁,宁须使之。青莲才情,标映万载,宁以予言重轻。尺有所短,寸有所长,此诗不逮,非一端也"云云。未免穿凿,故为立异之谈。夫崔诗之所以胜者,以其时去古诗未远,前六句一气呵成,以古体运于律诗,情韵独绝,非青莲所能及。青莲结语二句,则本之于陆贾[三]《新语》"邪臣蔽贤,犹浮云之障白日",及《史记·龟策传》亦云"日月之明,而时蔽于浮云"。青莲用为比兴,词婉而切,意境实较崔作为深。王乃强解"使人愁"三字,必欲抑之,非确评也。瞿存斋[四](佑)《归田诗话》云:"《凤凰台》可谓十倍曹丕,盖灏结句云:'日暮乡关何处是,烟波江上使人愁',太白云'总为浮云能蔽日,长安不见使人愁',爱君忧国之意,远过乡关之念"云云。可谓独具只眼。

【注】:

[一] 王世懋(1536—1588):字敬美,号麟州,太仓(今属江苏)人,明"后七子"王世贞之弟,嘉靖三十七年(1558)中举人,次年中进士。有《名山游记》《窥天外乘》等。

[二] 勍(qíng)敌:强敌,此处为才艺相当的人。《左传·僖公二十二年》载,子鱼曰:"君未知战。勍敌之人,隘而不列,天赞我也。阻而鼓之,不亦可乎?"唐司空图《戊午三月晦》诗之一:"牛夸棋品无勍敌,谢占诗家作上流。"宋司马光《续诗话》:"李长吉歌'天若有情天亦老',人以为奇绝无对。曼卿对'月如无恨月长圆',人以为勍敌。"

[三] 陆贾:生卒年不详,西汉政论家,辞赋家。有《新语》十二篇。

[四] 瞿存斋:瞿佑(1347—1433),字宗吉,号存斋,浙江钱塘

(今杭州）人，明洪武中以荐授官。有《乐府遗音》《剪灯新话》等。

二十二

明顾元庆[一]《夷白斋诗话》载李西涯[二]在内阁时诗云："六年书诏掌泥封，紫阁春深近九重。阶日暖思吟芍药，水风凉忆种芙蓉。登台未买黄金骏，补衮难成五色龙。多病益愁愁转病，老来归兴十分浓。"顾氏称其"音节浑厚雄壮，不待雕琢，隐然有台阁气象"。明人喜言"台阁体"[三]，亦是一弊。诗亦平平，惟末二句思归情切，盖其时阉宦马永成、刘瑾等用事，尚书韩文、郎中李梦阳劾之，皆罢去；少师刘健、少傅谢迁亦致仕。惟西涯多方解释，救全甚众。当时议论，以西涯贪恋名位，依附逆瑾，不能乞身恬退，故诮让[四]备至。《西园杂记》[五]载西涯久在内阁，务为循默[六]，又不引去。一日有士人入谒，留诗而去云："才名直与斗山[七]齐，伴食中书[八]日已西。回首湘江春草绿，鹧鸪啼罢子规啼。"西涯见之，甚加叹赏。即令人追之，不及。不久遂请老。可见当时舆情，责备西涯甚至，不知西涯当时乞去未允。伍既庭[9]（宇澄）谓尔时果同刘谢二公引去，则国事败坏，何所底止耶？知人论世，故自不易云。按士人之诗，查初白《人海记》亦载之。诗意婉而多讽，传诵一时。致西涯心迹，几难剖白。诗歌之力大矣哉！

【注】：

[一] 顾元庆（1487—1565）：字大有，又称大石先生，明长洲（今属江苏苏州）人。平生以书自娱，多所纂述。有《文房小说》四十二种，《云林遗事》等。

[二] 李西涯：李东阳。见卷上第四十九则。

[三] 台阁体：明朝初年流行的一种诗风。形式雍容典雅，内容缺

少真情实感。以"三杨"(杨士奇、杨荣、杨溥)为代表,因"三杨"皆朝廷台阁重臣,故称"台阁体"。清钱谦益《列朝诗集小传》评杨士奇:"国初相业称三杨,公为之首。其诗文号台阁体……"

[四] 诮让:谴责。唐韩愈《顺宗实录》卷四:"赋税不登,观察使数诮让。"

[五] 《西园杂记》:明徐咸撰,二卷。本书主要记述明代朝政典章、文士遗事逸闻、襄阳民俗民情等。

[六] 循默:又作"循嘿",循常随俗,不表达意见。宋苏舜钦《苏舜钦集》:"今朝廷之患,患在执政大臣不肯主事,或循嘿,或畏避,大抵皆为自安之计也。"

[七] 斗山:北斗与泰山,指敬重之人。

[八] 中书:内阁。

[九] 伍既庭:见卷下第三则。

二十三

世称谢宣城[一]诗工于发端,如"大江流日夜,客心悲未央",是何等气象。其他如《登三山》云:"白日丽飞甍[二]。参差皆可见。余霞散成绮,澄江静如练。"皆吞吐日月,摘摄星辰之句。故李白《登华山落雁峰》有云:"恨不携谢朓惊人诗来,搔首问青天耳。"所谓惊人之句,即此类是也。见明朱承爵[三]《存余堂诗话》。

【注】:

[一] 谢宣城:谢朓。见卷上第三十四则。

[二] 飞甍(méng):飞耸的屋檐,一说屋脊。

[三] 朱承爵(1480—1527):字子儋,号左庵,明常州府江阴(今属江苏)人,一作江陵(今属湖北)人。有《鲤退稿》《灼薪剧谈》等。

【笺】：

　　王寿昌《小清华园诗谈》下卷：发端语如"皎如山上雪，皎如云间月"，明远效之而为"直如朱丝绳，清如玉壶冰"，神气虽减而风味不减。"生年不满百，长怀千岁忧"，太白效之而为"处世若大梦，胡为劳其生"，体格虽逊而工力不逊。他如"渴不饮盗泉水，热不息恶木阴"之排奡，"潜虬媚幽姿，飞鸿响远音"之清丽，"郢客吟《白雪》，逸响飞青天"及"暮从碧山下，山月随人归。却顾所来路，苍苍横翠微"之超俊，"东风何时至，已绿湖上山"及"春草纷碧色，佳人旷无期"之森秀，"挽弓当挽强，用箭当用长"之古劲，"熊黑咆我东，虎豹号我西，我后鬼长啸，我前狨又啼"之突兀险肆，"落日山水好，漾舟信归风"之清丽恬适，"南山塞天地，日月石上生"之奇峭，"江上调玉琴，一弦清一心"之静细，"夜坐不厌湖上月，昼行不厌湖上山"暨"日色欲尽花含烟，月明欲素愁不眠"之潇洒清逸，"君不见黄河之水天上来"与"弃我去者昨日之日不可留，乱我心者今日之日多烦忧"之豪放；近体如"海上生明月，天涯共此时"之清远，"犬吠水声中，桃花带雨浓"及"窗影摇群动，墙阴载一峰"之幽秀，"人事有代谢，往来成古今"之奥衍，"山暝听猿愁，沧江急夜流"暨"南楼渚风起，树杪见沧波"之遒迈，"片雨过城头，黄鹂上戍楼"及"送客飞鸟外，城头楼最高"之俊逸，"天官动将星，汉地柳条青"暨"莽莽万重山，孤城山谷间"之沉毅，"万壑树参天，千山响杜鹃"之浏亮，"夫子何为者？栖栖一代中"暨"世上漫相识，此翁殊不然"之挺老，"万壑树声满，千岩秋气高"之警炼，"孤云与飞鸟，千里片时间"之超远；他如岑嘉州之"亭高出鸟外，客到与云齐"，钱员外之"山色不厌远，我行随趣深"，皇甫侍御之"暝色赴春愁，归人南渡头"，王贞白之"山色四时碧，溪光七里清"，皆可法也。

　　朱庭珍《筱园诗话》卷四：……凡起处最宜经营，贵用岣峭之笔，洒然而来，突然涌出，若天外奇峰，壁立千仞，则入手势便紧健，气自雄壮，格自高，意自奇，不但取调之响也。起笔得势，入手即不同人，以下迎刃而解矣。如陈思王之"惊风飘白日，忽然归西山"；谢康乐之"昏旦变气候，山水含清晖"；谢宣城之"大江流日夜，客心悲未央"；有唐杜审言之"独有宦游人，偏惊物候新"；王右丞之"太乙近天都，连山到海隅"，"万壑树参天，千山响杜鹃"；孟山人之"八月湖水平，涵虚混太清"，"山暝听猿愁，沧江急夜流"；杜工部之"细草微风岸，危樯独夜舟"，"带甲满天地，胡为君远行？""四更山吐月，残夜水明楼"，"莽莽万重山，孤城山谷间"；岑嘉州之"送客飞鸟外，城头楼最高"；皇甫冉之"暝色赴春愁，归人南渡头"；温飞卿之"古戍落黄叶，浩然离故关"；韦端己之"清瑟泛遥夜，绕弦风雨哀"；李玉溪之"高阁客竟去，小园花乱飞"；马戴之"孤云与归鸟，千里片时间"；宋人王半山之"春风取花去，酬我以清阴"，"客思似杨柳，春风千万条"；陈后山之"水净偏明眼，城荒可当山"，"晨起公私迫，昏归鸟雀催"，"留滞常思动，艰虞却悔来"；陈简斋之"白菊生新紫，黄芜失旧青"，"暖日熏杨柳，浓春醉海棠"；葛无怀之"月趁潮头上，山随舵尾行"。以上诸联，或雄厚，或紧道，或生峭，或恣逸，或高老，或沉着，或飘脱，或秀拔，佳处不一，皆高格响调，起句之极有力，最得势者，可为后学法式。作诗宜效此种起笔，自不患平矣。

二十四

宸濠之变[一]，武宗亲征。既得凯旋，驻跸[二]金陵，复渡江幸致仕杨一清[三]第，赐绝句二十首。公[四]又有《应制》律诗四首，《应制贺圣武诗》绝句十二首，编为二卷。名《车驾幸第录》。公自叙谓："虞廷赓歌[五]之后，古帝王有以诗章宠臣下者，不过一篇数言而止；未有连章累牍若是其盛者。至于屈万乘之尊，在位者或有之，然亦鲜矣。若罢政归休者为尤鲜，或有之，岂有至再至三如今日者乎。"守溪王公鏊[六]有四绝句咏其事云："相国移家江水湄，金山[七]望幸已多时。太平金镜无由进，愿得回銮一顾之。""赵普[八]元为社稷臣，君臣鱼水更何人。难虚雪夜相过意[九]，海错[十]尤堪佐酒巡。""北固山[十一]前驻翠华[十二]，殷勤来访相臣家。太湖怪石惭多幸，也得相随载后车。""赓歌千载盛明良，宸翰[十三]如金更炜煌。漫衍鱼龙[十四]看未尽，梨园新部出《西厢》。"（见明顾元庆《夷白斋诗话》）按今刊行之杨文襄公[十五]《石淙诗钞》十五卷，并无在家应制各诗，亦无车驾幸第之目。知公诗之佚者甚多。武宗虽好游晏，然能用李东阳[十六]、谢迁[十七]、王文成[十八]等老成之辈，说者谓其游晏无害于政事者在此。即其优礼文襄一端，亦可见其有识度矣。

【注】：

[一] 宸濠之变：明武宗正德十四年（1519），宁王朱宸濠在南昌发动叛乱，历时四十余日，后由王阳明平定。

[二] 驻跸：跸，帝王车驾。《汉书·梁孝王传》卷四七："得赐天子旌旗，从千乘万骑，出称警，入言跸。"驻跸，帝王出巡，途中停留之处。

[三] 杨一清（1454—1530）：字应宁，号邃庵、别号石淙，晚号"三南居士"，云南安宁人，成化八年（1472）进士，弘治末督理陕西马政。武宗立，命总制延绥、宁夏、甘肃三镇军务，后以不附刘瑾，辞归。嘉靖初，为内阁首辅，进华盖殿大学士，卒谥文襄。前七子中李梦阳、康海皆出其门下。有《关中奏议》《石淙诗钞》等。

[四] 公：杨一清。

[五] 虞廷赓歌：虞廷，帝舜在位时的朝廷，圣朝代称；赓歌，指君臣唱和的吟诗行为。后人多将此类歌诗视为较《诗经》更早的诗歌典范，由此彰显理想的政教样态。

[六] 王公鏊（1450—1524）：字济之，号守溪，明代苏州吴县人，

文学家。有《震泽先生集》等。

[七] 金山：山名，于今江苏镇江西北。

[八] 赵普（922—992）：字则平，幽州蓟州（今天津）人，后徙居洛阳，北宋政治家，宋初任枢密使，乾德二年（964）拜相。为昭勋阁二十四功臣之一。

[九] "难虚"句：难以掩饰雪夜相逢的情意。诗人以宋太祖与赵普的君臣鱼水关系赞颂明武宗与杨一清的君臣之谊。

[十] 海错：《尚书·禹贡》："厥贡盐绨，海物惟错。"孔安国传："错杂非一种。"南朝梁沈约《究竟慈悲论》："秋禽夏卵，比之如浮云；山毛海错，事同于腐鼠。"苏轼《丁公默送蝤蛑》："蛮珍海错闻名久，怪雨腥风入坐寒。"明代以后，海错成为海产的代名词。

[十一] 北固山：山名，江苏镇江北，长江南岸，镇江三山（金山、焦山、北固山）之一。

[十二] 翠华：一种用翠鸟羽毛作装饰的旗，诗文中多指皇帝车驾。杜甫《北征》："都人望翠华，佳气向金阙。"

[十三] 宸翰：帝王的诗文墨迹。

[十四] 漫衍鱼龙：原指古代杂戏名称，后比喻离奇杂乱，变化百出，难以琢磨。《汉书·西域传赞》卷九六："设酒池肉林以飨四夷之客，作巴俞都卢、海中砀极、漫衍鱼龙、角抵之戏以观视之。"

[十五] 杨文襄公：杨一清。

[十六] 李东阳：见卷上第四十九则。

[十七] 谢迁（1449—1531）：字于乔，号木斋，明代余姚（今属浙江）人，成化十年乡试第一，明年举进士，复第一。授翰林院修撰，累迁左庶子。有《归田稿》八卷。

[十八] 王文成：王阳明。见卷上第二十九则。

【笺】：

由云龙著，冯秀英、彭洪俊点校《滇故琐录》卷之三："杨文襄在正德末年，以次揆少傅，居丹阳。适武宗南巡，以征宁庶人为名幸其第，留车驾，前后凡三至焉。上赋绝句十二首赐之，杨以绝句贺上圣武，数亦如之。又有应制律诗诸篇，刻为二编，名《车驾幸第录》。吴中王文恪为诗四章侈其事，其最后一律云：'漫衍鱼龙看未了，梨园新部出西厢。'想其时文襄上南山之觞，以崔、张传奇，命伶人侑玉食，诗盖纪其实也。杨是时特荷殊眷，徒以邀致六飞为荣，而不能力劝旋轸，仅以《册府元龟》等书为献，似乖旧弼之谊。然能沮上苏、浙之行，则功亦足称。今世宗登极，召起再相，尚用词臣润色故事，而格心无闻焉。盖此公杂用权术，逢迎与救正各居其半，宜为张、桂所轻。"云云。愚按：沈所言于文襄之志张永墓，能谅其心，为之开解。张永与史游、张承业等为内官之矫矫者，故史书亦称之。况能听文襄之言以除大憝，即揄扬之亦无愧，况文襄无溢词乎？至武宗幸第，在文襄亦非必以邀致为荣。力劝旋轸，格心无闻，岂武宗之骏横、世宗之愎暴所能者？能止苏、浙之行，已云不易，而嘉惠于闾阎多矣。三代以下之君，非略参权术，讵能格其非心而引之正道？沈乃斷斷苛责，不脱明人习气。中叶以后之言官，大半如是，于国事何补焉？

二十五

"彦周[一]（宋许顗字彦周）《诗话》，谓退之诗'银烛未销窗送曙，金钗欲醉坐添香'，殊不类其为人。余谓铁心石肠，工赋梅花。《闲情》一赋，何伤靖节[二]。正恐惯说钟（中）庸大鹤[三]，却一动也动不得耳。"（见嘉善何文焕[四]《历代诗话考索》）按曾文正有"似曾相识"之联，彭刚直[五]有"美人小姑"之句。近世如樊山[六]尤不乏绮靡风华之作，而其人乃旁无姬侍，素不狎游。盖因物兴感，偶寄闲情，正不必实有其事，要无害其人格耳。

【注】：

[一] 彦周：许顗，南宋人，生卒年不详，字彦周，襄邑（今河南睢县）人。有《彦周诗话》一卷。

[二] 靖节：陶渊明，私谥靖节。

[三] 钟（中）庸大鹤：典出明代冯梦龙《古今谭概·微词·钟（中）庸大鹤》："魏了翁既当路，未及有经略而罢。临安优人装一生儒，手持一鹤。别一生儒与之邂逅，问其姓名，曰：'姓钟，名庸。'问：'所持何物？'曰：'大鹤也。'因倾盖欢然，呼酒对饮。其人大嚼洪吸，酒肉靡有孑遗。忽颠仆于地，群数人曳之不动。一人乃批其颊，大骂曰：'说甚中庸大学！吃了许多酒食，一动也动不得！'遂一笑而罢。"

[四] 何文焕：生卒年不详，字也夫，清代浙江嘉善人。有《历代诗话》等。

[五] 彭刚直：彭玉麟（1817—1890），字雪琴，湖南衡阳人，清末湘军将领，谥刚直。有《彭刚直公集》等。

[六] 樊山：樊增祥。见卷下第十五则。

二十六

《考索》又谓："文人造语，半属子虚。后山[一]辩《高唐赋》，以为'欲界[二]诸天，当有配偶'云云，丑甚。"按以佛法三界[三]论，诚有如后山所言者，不足为怪，何君何所见之不广耶？惟高唐地在山东，宋玉《高唐赋》欲楚王联婚于齐，合力摈秦。巫山神女，指齐女也。《孟子》"绵驹[四]处于高唐"、《左氏》[五] "齐侯登巫山以望晋师"，二者皆齐地。战国时征引所及，不出齐楚等六国之地，罕有及蜀地者。自《襄阳耆旧记》[六]等书诡为帝[七]女瑶姬之说，后人遂以蜀地当之，误矣。见近人邓守瑕[八]《荃察余斋诗集》小注。其《峡中杂诗》云："拒秦端在结齐婚，一赋《高唐》岂寓言。云雨荒台今梦醒，更无神女有啼猿。"此则以为宋玉所言，皆属实有其事，非尽寓言，故援引《孟子》《左氏》之言为证。若属寓言，则不必实有其事其人，更不必胶执为某地某人矣。廖季平[九]《高唐赋新释》，谓高唐即下高唐，指天地言，《诗》"高冈"、《易》"高尚"，即序高、显、广、普之义。巫山即灵山，巫、灵古字通。巫山之女，即十巫[十]之一，当为巫咸[十一]，射姑[十二]山神如处子，至观侧即见四皇。巫女即掌梦之事，来招王魂往游，上至观侧即序所谓"王因幸之"。如穆王神游化人之宫，如封禅之登泰山顶，非幸御妇人之幸也。下、中、上三望，皆神游三界上征下浮之事。高唐本道家神游之说，非蜀地，亦非齐地。如醮百神[十三]，礼太乙[十四]，典礼何等隆重严肃，初何尝涉及男女幽会。后人误解，乃至于此。《文选·神女赋》，亦后人拟《高唐》而作，其附会与《耆旧》同。季平之解如此。殆以辞涉狎亵，与德行相叛，因以是说救其弊欤。经师之言，与词章异趣，故不惜辞而辟之。范景文[十五]《对床夜话》："《高唐赋》楚襄王既幸巫山之女，《神女赋》王又梦与神女遇，诬蔑甚矣。于濆[十六]有诗云：'何山无朝云，彼云亦悠扬。何山无暮雨，彼雨亦微茫。宋玉恃才者，凭虚构高唐。自重文赋名，荒淫归楚襄。峨峨十二峰，永作妖鬼乡。'或可泄此愤于万一"云云。皆不免泥于实事。实则高唐神女，皆一时寓言，如香草美人、藐姑仙子之类，《楚辞》中类此者何可胜数，正不必多为穿凿，以实其事。特高唐之为齐地，固较旧说为胜耳。

【注】：

[一] 后山：陈师道。见卷上第五十五则。

[二] 欲界：佛教用语，指有情众生所居的人间。

[三] 三界：欲界、色界和无色界，佛教指众生轮回之处。

[四] 绵驹：春秋时齐国高唐人，善歌。《孟子·告子下》："绵驹处

于高唐，而齐右善歌。"

[五]《左氏》：指《左传·襄公十八年》："齐侯登巫山以望晋师。"

[六]《襄阳耆旧记》：东晋习凿齿（？—384）撰。本书记载从战国到作者所处时代之事。《隋书·经籍志》载："《襄阳耆旧记》五卷，习凿齿撰。"或称《襄阳耆旧传》。《新唐书·艺文志》和《崇文总目》均录为《传》，分别为三卷和五卷。原书已佚。

[七] 帝：炎帝。

[八] 邓守瑕（1872—1932）：邓镕，字守瑕，四川成都人，清光绪十二年（1886）廪贡生。甲午战败后，渐趋经世之学。有《荃察余斋诗存》等。

[九] 廖季平（1852—1932）：廖平，字季平，晚号六译，近代经学家，四川井研人，光绪进士。治今文经学，尤重《春秋》。有《六译馆丛书》等。

[十] 十巫：《山海经·大荒西经》："巫咸、巫即、巫盼、巫彭、巫姑、巫真、巫礼、巫抵、巫谢、巫罗十巫，从此升降，百药爰在。"

[十一] 巫咸：传说中的神巫。十巫之首。

[十二] 射姑：明代吕调阳《海内经附传》："由列姑射循海东南行，得襄阳府，即射姑国。有投射山与姑射东西相对，故曰射姑。海水环其东北，故曰在海中。此皆在倭北也。"《山海经·海内东经》："列姑射在海河州中。"郭璞注："列姑射，山名也。山有神人。"

[十三] 醮（jiào）百神：祭祀众神。

[十四] 太乙：太一，此处应为道教神名。

[十五] 范景文：范晞文，生卒年不详，字景文，号药庄，南宋钱塘（今浙江杭州）人。有《对床夜话》五卷。

[十六] 于濆：生卒年不详，字子漪，唐代诗人，咸通二年进士。

【笺】：

顾炎武《日知录·巫咸》：夫苟以其名而疑之，则道德之用微，而谬悠之说作，若巫咸者可异焉。《书·君奭篇》："在大戊，时则有若伊陟、臣扈格于上帝。巫咸乂王家，在祖乙时则有若巫贤。"孔安国传："贤，咸子，巫氏。"《史记·殷本纪》："帝祖乙立，殷复兴，巫咸任职。""咸"当为"贤"字之误。《书·序》："伊陟相太戊，亳有祥桑谷共生于朝，伊涉赞于巫咸，作《咸乂》四篇。"孔安国传曰："巫咸臣名。"马融曰："巫，男巫也，名咸，殷之巫也。"孔颖达正义曰："《君奭》传曰：巫，氏也，当以巫为氏名咸。郑玄云：巫咸谓之巫官。按《君奭》，咸子巫贤，父子并为大臣。必不世作巫官，故孔言巫氏是也。"则巫咸之为商贤相，明矣。《史记正义》谓"巫咸及子贤冢，皆在苏州常熟县西海隅山上，盖二子本吴人云"云。《越绝书》云："虞山者，巫咸所出也。"是未可知。而后之言天官者宗焉，言卜筮者宗焉，言巫鬼者宗焉。言天官，则《史记·天官书》所云："昔之传天数者，高辛之前重黎，于唐羲和，有夏昆吾，殷商巫咸者也。"言卜筮，则《吕氏春秋》所谓"巫彭作医，巫咸作筮"者也。《周礼·筮人》："九筮之名，一曰巫更，二曰巫咸，三曰巫式，四曰巫目，五曰巫易，六曰巫比，七曰巫祠，八曰巫参，九曰巫环。"郑玄注："此九巫皆当读为筮，字之误也。"言巫鬼，则《庄子》所云："巫咸诏曰来。"《楚辞·离骚》所云："巫咸将夕降兮，怀椒糈而要之。"《史记·封禅书》所云："巫咸之兴自此始。"索隐曰："孔安国《尚书传》云：巫咸臣名。今云巫咸之兴自此始，则以巫咸为巫觋。然《楚辞》亦以巫咸主神。盖太史公以巫咸是殷臣，以巫接神，事大戊，使禳桑谷之灾，故云然。"许氏《说文》所云："巫咸初作巫。"又其死而为神，则秦《诅楚文》所云："不显大神巫咸"者也。《封禅书》："荆巫祀堂下、巫先、司命、施糜之属。"索隐曰："巫先谓古巫之先有灵者，盖巫咸之类也。"而又或以巫咸为黄帝时人。《归藏》言："黄神将战，筮于巫咸。"是也。以为帝尧时人。郭璞《巫咸山赋序》《地理志》曰："巫咸山在安邑县东。"《水经注》："盐水出东南薄山，西北流，径巫咸山北。"言："巫咸以鸿术为帝尧医"是也。以为春秋时人。《庄子》言："郑有神巫曰季咸。"《列子》言"神巫季咸，自齐来处于郑"是也。枚乘《七发》："扁鹊治内，巫咸治外。"《文选》吕向注："扁鹊、巫咸皆郑人。"按《列子》《庄子》皆言郑有神巫曰季咸，而扁鹊则郑人，字形相混，亦以为郑也。至《山海经·海外西经》言："巫咸国在女丑北，左手操青蛇，右手操赤蛇，在登葆山，群巫所从上下也。"注：采药往来。《大荒西经》言："大荒之中，有山名曰丰沮玉门，日月所入，有灵山，巫咸、巫即、巫盼、巫彭、巫姑、巫真、巫礼、巫抵、巫谢、巫罗十巫，从此升降，百药爰在。"注：群巫上下此山采之也。《淮南子·地形训》言："轩辕丘在西方，巫咸在其北方。"则益荒诞不可稽，而知古贤之名，为后人所假托者多矣。

二十七

清乾隆中无锡孙洙[一]（临西，自号蘅塘退士）选《唐诗三百首》，几于家弦户诵，虽漏略佳作甚多，然亦颇见匠心。故大家名作，甄录尚多。七言律诗首列崔灏《黄鹤楼》诗，起二句云："昔人已乘黄鹤去，此地空余黄鹤楼。"而灏于题下自注云："黄鹤，人名也。"考古本固作"昔人已乘白云去"，云"乘白云"则非"乘鹤"矣，孙本作"乘鹤"，几于点金成铁。盖四句中"白云""黄鹤"参错相对也。《图经》[二]载费文祎乘仙驾鹤于此，张南轩[三]辨费文祎事，妄谓黄鹤以山得名，或者山又因人而名之欤。五言律中《春宫怨》一诗，孙本列杜荀鹤[四]名。其"风暖鸟声碎，日高花影重"一联，最为世所称道。然欧阳文忠《六一诗话》有云："唐之晚年，诗人无复李杜豪放之格，然亦务以精意相高，如周朴[五]者，构思尤艰，每有所得，必极其雕琢，故时人称朴诗月锻季炼，未及成篇，已播人口。其名重当时如此，而今不复传矣。余少时犹见其集，其句有云：'风暖鸟声碎，日高花影重。'又云：'晓来山鸟闹，雨过杏花稀。'诚佳句也。"是"风暖日高"一联，为周作无疑。而世之妄传者，乃谓荀鹤为杜牧

· 213 ·

子，"风暖"一联亦窃取牧作。此与世传东坡家婢已有孕数月，嫁梁而生师道[六]，均未免厚诬古人也。宋周必大[七]《二老堂诗话》云："《池阳[八]集》载杜牧之守郡时，有妾怀娠而出之，以嫁州人杜筠[九]，后生子，即荀鹤也。此事人罕知，余过池尝有诗云：'千古风流杜牧之，诗材犹及杜筠儿。向来稍喜《唐风集》，（荀鹤诗集，名《唐风》。）今悟樊川[十]是父师。'"

【注】：

[一] 孙洙（zhū）（1711—1778）：字苓西，又字临西，清代无锡人。有《蘅堂漫稿》，辑《唐诗三百首》等。

[二]《图经》：地方志，包括图和经两部分，经是图的文字说明。南宋后，易名为地方志。从文意看，应指北宋《图经》一书。

[三] 张南轩（1133—1180）：字敬夫，号南轩，其父张浚为南宋名臣。

[四] 杜荀鹤（846—904）：字彦之，因早年曾读书于九华山，故号九华山人，池州石埭（今安徽石台）人，晚唐诗人，唐昭宗大顺二年（891）登进士第。有《杜荀鹤文集》等。

[五] 周朴：生卒年不详，晚唐吴兴（今浙江湖州）人，寓于闽中僧寺，后为黄巢所杀。

[六] 师道：陈师道。

[七] 周必大（1126—1204）：字子充，号省斋居士，南宋吉州庐陵（今江西吉安）人。

[八] 池阳：古地名，因在池水之阳而得名，故城在今陕西泾阳县西北。

[九] 杜筠：不详，待考。

[十] 樊川：杜牧。见卷上第十九则。

二十八

欧阳文忠公[一]以"昆体"（祥符天禧[二]中，杨大年[三]，钱文禧[四]、晏元献[五]、刘子仪[六]为诗皆宗尚义山[七]，号"西昆体"。）浮靡雕凿，力矫之。其诗以气格为主，故言多平易疏畅，而风尚所趋，流于滑易，遂失其真。半山、山谷辈出，始归于遒炼警策。叶石林[八]举公诗如《崇徽主手痕》云："玉颜自古为身累，肉食何人与国谋。"以为婉丽雄胜，字字不失相对。虽昆体之佳者，亦未易比，顾可以平易少之耶？公之于文亦如是。嘉祐[九]间知贡举[十]，凡士子文之涉奇涩者，皆屏黜之。放榜后，平时有名如刘辉辈皆不与选，士论汹汹，诋公闱中与梅圣俞[十一]唱酬诗："无哗战士衔枚勇，下笔春蚕食叶声。"圣俞诗："万蚁战时春日暖，五星[十二]明处夜堂深。"谓视士人为蚕蚁。自是礼闱[十三]不敢复作诗，然是榜得苏子瞻[十四]、子由[十五]昆仲[十六]及曾子[十七]固等，亦不可谓非得人矣。

【注】：

[一] 欧阳文忠公：欧阳修。见卷上第四十五则。

[二] 祥符天禧：宋真宗年号。祥符（1008—1016），天禧（1017—1021）。

[三] 杨大年：杨亿。见卷下第十二则。

[四] 钱文禧：文禧，一作文僖，即钱惟演。见卷下第十二则。

[五] 晏元献：晏殊。见卷下第十二则。

[六] 刘子仪（971—1031）：刘筠，字子仪，大名（今河北）人，北宋咸平元年（998）进士，与杨艺并称"杨刘"。

[七] 义山：李商隐。

[八] 叶石林：叶梦得（1077—1148），字少蕴，号石林，南宋苏州

长洲人。有《避暑录话》《石林诗话》等。

[九] 嘉祐：宋仁宗年号。

[十] 知贡举：特命主掌贡举考试之意，一般由朝廷有名望的大臣担任。

[十一] 梅圣俞：见卷上第五十五则。

[十二] 五星：五位考官。

[十三] 礼闱：因在京会试为礼部试，故称礼闱。明清会试都在春季举行，又称春闱。

[十四] 苏子瞻：苏轼。

[十五] 子由：苏轼的弟弟苏辙，字子由。

[十六] 昆仲：称呼他人弟兄的敬辞。

[十七] 曾子：曾巩（1019—1083），字子固，北宋建昌南丰（今江西南丰县）人，北宋嘉祐二年（1057）登进士第，早年为欧阳修所赏识，"唐宋八大家"之一。有《元丰类稿》。

二十九

唐诗赓和唱酬，有彼此不相谋，而所为诗乃如同时相与步韵和作者，亦一奇也。如刘中山[一]《诗话》所举刘随州[二]《余干旅舍》诗云："摇落暮天迥，丹枫霜叶稀。孤城向水闭，独鸟背人飞。渡口月初上，邻家渔未归。乡心正欲绝。何处捣征衣。"张籍[三]《宿江上馆》云："楚驿南渡口，夜深来客稀。月明见潮上，江静觉鸥飞。旅宿今已远，此行殊未归。离家久无信，又听捣征衣。"不但用韵如次，即词意亦复极相似云。

【注】：

[一] 刘中山（1023—1089）：刘攽，字贡父，别号公非，江西人。

有《公非集》等。

[二] 刘随州：刘长卿（720?—790?），字文房，宣州（今安徽宣城）人，唐天宝八年进士，官至随州刺史，世称刘随州。有《刘随州集》。

[三] 张籍（766?—830?）：字文昌，原籍苏州，后移居和州（今安徽和县），贞元十五年（799）进士，曾从韩愈问学，世称韩门弟子。

【笺】：

由云龙著，冯秀英、彭洪俊点校《滇故琐录校注》卷之一：杨文襄公《题山南居士待隐图》七绝二首，九龙山人王孟端所作山水长卷也。卷首李西涯篆书"甲申秋日王绂写"七字。文襄题诗云："细把平生履历看，直从湘水到吴山。风帆雨屐知无数，都在王郎尺素间。长林疏影照江村，茆屋萧萧自掩门。莫笑白头无旧业，太平何地不君恩。"跋云："正德丙寅，余在陕西梦中得句，明年丁卯，谢病归江南，续成之。后见涯翁诗，韵偶相类，不复别作。岂吾人神志，真有所谓神交者耶？"

三十

江西派各诗家如谢无逸[一]之富赡，饶德操[二]之萧散，皆不减潘邠老[三]（大临）之精苦。德操为僧后，诗更高妙。宋吕本中[四]《紫薇诗话》尝举其[五]劝本中专意学道诗云："向来相许济时功，大似频伽[六]饷远空。我已定交木上座[七]，君犹求旧管城公[八]。文章不疗百年老[九]，世事能排双颊红[十]。好贷夜窗三十刻[十一]，胡床趺[十二]坐客幡风。"

【注】：

[一] 谢无逸：谢逸。见卷下第十六则。

[二] 饶德操（1065—1129）：饶节，字德操，江西临川人，宋代著

名诗僧。有《倚松老人诗集》。

［三］潘邠老（1060—1108）：潘大临，字邠老，北宋黄州人。有《柯山集》，已佚。

［四］吕本中：见卷下第十二则。

［五］其：饶德操。

［六］频伽：鸟名。声音美妙，佛经中常在极乐净土。唐段成式《酉阳杂俎》："频伽，共命鸟，一头两身。"

［七］木上座：木佛，木莲花座上的佛。上座，佛教语，一寺之长。

［八］管城公：笔的别称。韩愈《毛颖传》，以笔拟人，后遂以管城公（毛颖）代称毛笔。此四句意为，从前我们（饶德操与吕本中）相约建功立业，似把频伽鸟送至远空。如今我（饶德操）已决心向佛求道，你却还执着于文字。

［九］文章不疗百年老：文章无法治愈衰老。

［十］"双颊红"句：世事却能抹去两颊的绯红，让人失去青春。

［十一］"三十刻"句：最好夜对空窗借回一天时光。

［十二］趺：原为"跌"，应为"趺"，据文意改。句意为趺坐在胡床上参究风动还是幡动。

【笺】：

韩愈《毛颖传》：毛颖者，中山人也。其先明眎，佐禹治东方土，养万物有功，因封于卯地，死为十二神。尝曰："吾子孙神明之后，不可与物同，当吐而生。"……秦始皇时，蒙将军恬南伐楚，次中山，将大猎以惧楚……遂猎，围毛氏之族，拔其豪，载颖而归，献俘於章台宫，聚其族而加束缚焉。秦皇帝使恬赐之汤沐，而封诸管城，号曰管城子……颖为人强记而便敏，自结绳之代以及秦事，无不纂录。阴阳、卜筮、占相、医方、族氏、山经、地志、字书、图画、九流、百家、天人之书，及至浮图、老子、外国之说，皆所详悉……

云按：饶德操此诗名为《寄吕居仁》，对诗禅关系尚有边见。诗禅相通犹思诗如一，拘一隅者，心有挂碍，未至中道。人如水，诗如舟，覆载之利害，在水不在舟。之后，饶德操在《送淡上座如余杭刻慈觉老人语录五首》其四中看法则较为通透："时人浩浩说无言，政使无言恰是边。若道阿师能答话，五刑何止更三千。"

三十一

许彦周[一]云："诗话者，辨句法，备古今，纪盛德，录异事，正讹误也。若含讥讽，著过恶，诮纰缪，皆所不取。"又云："人之于诗，嗜好去取，未始同也。强人使同己则不可，以己所见以俟后之人，乌乎而不可哉？"云云。辨句法等数事之外，宜增以正风尚，别伪体，发潜德，阐幽光；虽不可刺讥著恶，纠其谬，矫其失，奚为而不可者？不必强己以徇人，亦不能强人以从己。出己之所见，以质之今世后世，此物此志也。

【注】：

[一] 许彦周：许顗，生卒年不详，字彦周，宋代襄邑（今河南睢县）人，因慕晋人周顗，故名顗。

【笺】：

陈伟勋《酌雅诗话》：《碧溪诗话》又云："举人过失难于当，其尤者，臧孙之犯门斩关，惟孟椒能数之。臧孙（纥）谓国有人焉，必椒也。其难如此！司马相如窃妻涤器开巴蜀以困苦乡邦，其过已多；至为《封禅书》，则谄谀，盖其天性，不复自新矣。子美犹云：'竟无宣室召，徒有茂陵求。'太白亦云：'果得相如草，仍余《封禅文》。'和靖独不然，曰：'茂陵他日求遗稿，犹喜曾无《封禅书》。'言虽不迫，责之深矣。李商隐云：'相如解草《长门赋》，却用文君取酒金。'亦舍其大，论其细也。举其大者，自西湖始。其后有讥其谄谀之态，死而未已，正如捕逐寇盗，先为有力者所获，扼其吭而骑其项矣，余人从旁助拴缚耳！"余谓举人过失，贵举其尤，乃谓有关世道者。如召陵之役，管仲不责楚之僭王，乃责其包茅不入，非舍其大论其细者乎？夫子论晋文曰"谲"，论乡愿曰"贼"，春秋笔削，斧钺加诛，为其关万世之风俗人心矣。孟子卫道，斥杨、墨之说曰"邪"而务息之。韩子《原道》，辟佛老之教曰"怪"而力排之。俱担当世道，与除洪水猛兽之害等。《封禅书》逢君恶，所失不小，故碧溪云然。然只宜谓举人罪案，不当谓举人过失，如人过不在此论者，则扬其小者且不可，况摘其大者乎！马伏波《诫兄子书》云："吾欲汝曹闻人过如闻父母之名，耳可得而闻，口不可得而言也。"程子曰："君子论人，当于有过中求无过，不当于无过中求有过。"至哉言矣！故千古之罪，有不容诛者，当案而断之。一时之过，有不可扬者，当容而隐之。诗以言之曰："春秋笔法挟斧钺，一字之间扶世大。圣人不为已甚者，于人曷曾毁一个？学者学存敦厚心，吾口忍污人面涴？十分可用自治功，半句不可言人过。伏波书及程子语，愿通万遍铭之座。"

三十二

谭浏阳[一]《莽苍苍斋》诗，苍凉悲壮，非同时号能诗者所可及。除合刻之《戊戌六君子遗集》外，又与文及笔记合刊为"旧学"四种。其雅近老杜而无愁苦之音者，如《寄仲兄台湾》云："孤悬沧海外，洲岛一螺轻。狂飓宵移屋，妖氛昼满城。依人王粲恨[二]，采药仲雍行[三]。所愿持忠信，风波险亦平。"末二语乃躬自蹈之而不能免也。悲夫！《出潼关渡河》云："崤函[四]罗半壁，秦晋界长河。"《崆峒》云："隔断尘寰云似海，划开天路岭为门。"《江行》云："渔火随星出，云帆挟浪奔。"均极苍凉沉郁之致。

【注】：

[一] 谭浏阳：谭嗣同。见卷下第八则。

[二] 依人王粲恨：王粲于汉末依附荆州刘表数十年，所托非人，固有恨意，此处意谓仲兄台湾之境遇。

[三] 采药仲雍行：班固《汉书·地理志》卷二八载：大伯，仲雍辞行采药，遂奔荆蛮。

[四] 崤函：崤山和函谷，自古为险要关隘。

三十三

近人陆昆圃[一]（小云）《渡江》二首云："趁晓开江举棹忙，金焦[二]山色斗清苍。分明镜里双螺髻，一是浓妆一淡妆。""四面冲飚激浪声，剪江斜渡片帆轻。算来不比人情险，如此风波尚可行。"末二语殊欠含蓄。然晚近人心所趋，固有如是者，亦可觇[三]时会也。《诚斋诗话》载当时士夫相传有"人情似纸番番薄，世事如棋局局新。"又："饱谙世事慵开眼，会尽人情只点头。"则近"《击壤》"[四]"寒山"[五]一派矣。[六]

【注】：

[一] 陆昆圃：袁枚外孙，其余不详。

[二] 金焦：金山和焦山。见卷上第三十六则。

[三] 觇（chān）：观察，窥探。

[四] 《击壤》：邵雍《伊川击壤集》。从邵雍诗文内容和《伊川击壤集序》意旨看，似有不类。如序云："陋矣。必欲废钟鼓玉帛，则其如礼乐何？人谓风雅之道行于古而不行于今，殆非通论，牵于一身而为言者也。吁！独不念天下为善者少，而害善者多；造危者众，而持危者

寡。志士在畎亩，则以畎亩言，故其诗名之曰《伊川击壤集》。"

［五］寒山：唐代诗僧寒山，生卒年及生平均不详。清纪昀、永瑢等《四库全书总目·寒山子诗集》："其诗有工语、有率语、有庄语、有谐语，至云'不烦郑氏笺，岂待毛公解'，又似儒生语。大抵佛语、菩萨语也。今观所作，皆信手拈弄，全作禅门偈语，不可复于诗格绳之。而机趣横溢，多足以资劝戒。且专集传自唐时，行世已久，今仍著之于录。以备释氏文字之一种焉。"

［六］由云龙此句应源于清纪昀、永瑢等《四库全书总目·寒山子诗集》："寒山子、丰干、拾得，皆贞观中台州僧，世颇传其异迹。是集乃台州刺史闾丘胤令寺僧道翘所搜集。寒山子诗最多，拾得次之，丰干存诗二首而已。其诗多类偈颂，而时有名理。邵子《击壤集》一派，此其滥觞也。"云按：遍览《寒山子诗集》与《伊川击壤集》，与"饱谙世事慵开眼，会尽人情只点头"，偶有相合，十不及一。所谓"滥觞"，当从风格言，而非内容。寒山、邵雍诗歌语言均有自然真实一面。寒山曾被胡适认为"佛教中的白话诗人"。相似者，唯"通俗"而已。

【笺】：

由云龙所谓语欠含蓄，与"曲"相关。王寿昌《小清华园诗谈》云：何谓曲？曰："有心许斧子，言当采五芝。芝草不可得，汝亦不能来。汝来当可得，芝草与汝食"，（《右英夫人吟》）势曲矣，而语未曲也。"不为怜同病，何人到白云"，（刘长卿）语曲矣，而意未曲也。若高常侍之"谪去君无恨，闽中我旧过。大都秋雁少，只是夜猿多。东路云山合，南天瘴疠和。自当逢雨露，行矣慎风波"；（《送郑侍御谪闽中》）暨玉右丞之"明到衡山与洞庭，若为秋月听猿声。愁看北渚三湘远，恶说南风五两轻。青草瘴时过夏口，白头浪里出瞿城。长沙不久留才子，贾谊何须吊屈平"，（《送杨少府贬郴州》）如此深婉，乃为真曲耳。（忆幼时曾有《宫怨》一绝云："闻道君恩重，果然胜太山。遥遥才一望，压损翠眉弯。"似亦得曲字之意者。）

三十四

清林氅云[一]廉访[二]避台乱内渡，《谒江口郑氏[三]庙》云："海山苍莽水泱泱，二百年来旧战场。赐姓延平有遗庙，草堂诸葛尚南阳。""望断燕云十六州，书生涕泪海边愁。重瀛[四]缔造披榛昧[五]，同抱东南半壁忧。""扶襟海砦大王雄，富贵还乡不负公。凭吊沛中诸父老，登台如见旧'歌风'。"此殆甲午之后，割弃台省，有凭吊苍茫之感。今则东北四省又继台而去矣！台湾与东三省、热河，皆设行省未久，昔也日辟，今也日蹙。虞伯生[六]诗云："不须更上新亭[七]望，大不如前洒泪时。"今日之谓也。

【注】：

[一] 林氅云（1846—1901）：林鹤年，字氅云，清末福建人，光绪八年（1882）举人，后宦游台湾。有《福雅堂诗抄》。

[二] 廉访：按察使的别称。见卷上第三十八则。

[三] 郑氏：郑成功（1624—1662），名森，字大木，明清之际收复台湾的名将，福建南安人。永历帝封为延平郡王。

[四] 重瀛：重洋，此指台湾。

[五] 披榛昧：喻创业艰难。榛，草木丛杂，荒凉之景；昧，不明。

[六] 虞伯生：虞集。见卷上第六十则。

[七] 新亭：见卷上第三十二则。

【笺】：

甲午后，陈宝琛《感春四首》云："一春无日可开眉，未及飞红已暗悲。雨甚犹思吹笛验，风来始悔树幡迟。蜂衙撩乱声无准，鸟使逡巡事可知。输却玉尘三万斛，天公不语对枯棋。 倚天照海倏成空，脆薄原知不耐风。忍见化萍随柳絮,倘因集蓼毖桃虫。一场蝶梦谁真觉?满耳鹃声恐未终。苦倚桔槔事浇灌,绿阴涕尺种花翁。"

梁启超《清代学术概论》:"甲午丧师,举国震动,年少气盛之士,疾首扼腕言'维新变法',而疆吏若李鸿章、张之洞辈,亦稍稍和之。而其流行语,则有所谓'中学为体,西学为用'者,张之洞最乐道之,而举国以为至言。"

三十五

王若虚[一]《滹南诗话》,极推崇东坡,而力诋山谷,李越缦谓其拘滞未化,诚为知言。夫山谷荟萃百家句律之长,究极历代体制之变,搜猎奇书,穿穴[二]异闻,作为古律[三],自成一家。虽只字半句不轻出,遂为诗家宗祖。(刘克庄语)比之禅宗上乘,亦无愧让[四]。东坡古体纵横排荡,而律诗往往不协轨度,任意挥洒,未可概为取则。山谷得老杜之格律,昌黎之骨髓,晚唐"西昆"之藻采遒炼,综众长自成一体,非浮泛剽窃者所能望其项背。史称其自黔州[五]以后,句法尤高,实天下之奇作。自宋兴以来,一人而已。其推尊甚至。至其夺胎换骨,点铁成金之说。原为初学入门者发,正不得以此少之也。

【注】:

[一] 王若虚(1174—1243):字从之,号慵夫,金代藁城(今河北藁城)人。有《滹南遗老集》。

[二] 穿穴:研究。

[三] 古律:字、句、韵合律,平仄不合律,似古风,亦称拗律。如崔颢《黄鹤楼》,黄庭坚《汴岸置酒赠黄十七》等,即是著名古律诗。形成于初唐至盛唐初期,后人多效之。

[四] 愧让：逊色。

[五] 黔州：宋属夔州路，绍定元年（1228）改为绍庆府，辖境约今四川彭水、黔江等县。黄庭坚《与公蕴知县书》云："某以谬于史事，远窜黔中，罪大恩宽，惟有感涕，即日俟受命即行。"

笺

《彭水县志》："在县南一里，宋黄山谷游息处也。石壁上刻绿阴轩三字，手迹犹存。"黄庭坚《黔州题名》："杨皓明叔、任刊子修自城西来，会于石间，涪翁题。"

《彭水县志》："道光间，小北门居民掘土得石刻云：'杨皓明叔、任刊子修自城西来，会于石间。凡十六字，旁有涪翁题三字，字画完好，宋代真迹也。'"

三十六

都少穆[一]云："昔人谓诗盛于唐，坏于宋，近亦有谓元诗过宋者，陋哉见也。"刘后村[二]云："宋诗岂惟不愧于唐，盖过之矣。"予观欧、梅、苏、黄、二陈至石湖[三]、放翁诸公，其诗视唐，未可便谓之过，然真无愧色者也。元诗称大家必曰虞[四]、杨[五]、范[六]、揭[七]，以四子[八]而视宋，特太山之卷石耳[九]。方正学[十]诗云："前宋文章配两周，盛时诗律亦无俦。今人未识昆仑派[十一]，却笑黄河是浊流。"又云："天历[十二]诸公制作新，力排旧习祖唐人。粗豪未脱风沙气，难诋熙丰[十三]作后尘。"都、方二君，皆博学多通，具正法眼[十四]者，其所言如此。冯己苍[十五]、王从之[十六]辈之哓哓[十七]喋喋者，可以已矣。升庵亦多苛责之论，如谓"山谷诗'双鬟女弟[十八]如桃李，早年归我第二雏[十九]。'称子妇之颜色于诗句，以赠其兄，信笔乱道"云云。夫桃李不过比其青年潜发，如桃李尽在公门之类，岂必指其颜色。即此可知升庵之吹求矣。

【注】：

[一] 都少穆（1459—1525）：都穆，字玄敬，又称南濠先生，苏州吴县（今江苏苏州）人，明弘治十二年（1499）进士。有《南濠诗话》等。

[二] 刘后村：刘克庄。见卷下第十二则。

[三] 石湖：范成大。见卷下第十二则。

[四] 虞：虞集。见卷上第六十则。

[五] 杨：杨载。见卷上第六十四则。

[六] 范：范梈（1272—1330），字亨父，又字德机，临江清江（今属江西）人，"元诗四大家"之一，曾任翰林院编修官等。有《范德机诗集》《木天禁语》等。

[七] 揭：揭傒斯（1274—1344），字曼硕，谥文安，元代龙兴富州（今江西丰城）人，元延祐（1314）初，荐授翰林国史院编修。有《揭文安公全集》。

[八] 四子：指"元诗四大家"虞集、杨载、范梈、揭傒斯。

[九] 特太山之卷石耳：只是泰山的一块石子罢了，指二者不可相提并论。

[十] 方正学：方孝孺（1357—1402），字希直，宁海（今属浙江）人，从宋濂学，号其书室曰"正学"，亦称"正学先生"。有《逊志斋集》。

[十一] 昆仑派：源于昆仑山之水。派，江河支流。王阳明《赠陈宗鲁》诗云："学文须学古，脱俗去陈言。譬若千丈木，勿为藤蔓缠。又如昆仑派，一泻成大川。人言古今异，此语皆虚传。吾苟得其意，今古何异焉……"

[十二] 天历：元文宗年号（1328—1330）。

[十三] 熙丰：熙，熙宁（1068—1077）；丰，元丰（1078—1085）；均为宋神宗年号。

[十四] 正法眼：正法眼藏，禅语。《五灯会元》卷一："世尊在灵山会上，粘花示众，是时众皆默然，唯迦叶尊者破颜微笑。世尊云：'吾有正法眼藏，涅槃妙心，实相无相，微妙法门，不立文字，教外别传……'"

[十五] 冯己苍：冯舒（1593—1649），字己苍，号默庵，明末海虞（今常熟）人，师从钱谦益。有《墨庵遗稿》等。

[十六] 王从之：王若虚。见卷下第三十五则。

[十七] 哓哓：争辩，喧闹。

[十八] 女弟：古人对妹妹的称呼。《尔雅·释亲》："夫之女弟为女妹。"

[十九] "早年"句：一作"早许归我舍中雏"。

【笺】：

杨慎《升庵诗话》："唐人诗主情，去《三百篇》近；宋人诗主理，去《三百篇》却远矣。匪惟作诗也，其解诗亦然。"清袁枚《答施兰垞论诗书》："夫诗无所谓唐宋也。唐宋者，一代之国号耳，与诗无与也；诗者，各人之性情耳，与唐宋无与也。若拘拘焉持唐宋以相敌，是子之胸中有已亡之国号，而无自得之性情，于诗之本旨已失矣。"

三十七

明顾起纶（玄言）[一]《国雅品》评杨用修[二]、张愈光[三]云："世阀[四]骏英，巍科[五]雄望。嚼咀搜玉，咳唾成珠。其为诗，杨如锦城雪栈，险怪高峻；张如兰津[六]天桥，腾逸浮空。故并锺山川之灵乎！"雪栈兰津，均就蜀滇山水为比。《卮言》又云（按谓《艺苑卮言》）："杨乃铜山金埒[七]，张乃拙匠斧凿，是议其未融化也。杨之'罗衣香未歇，犹是汉宫恩'，'石帆风外蠹，沙镜雨中明'。又'汀洲春雨骞芳杜，茅屋秋风带女萝'，'夜夜月为青冢[八]镜，年年雪作黑山[九]花'。张之'鸿雁不传云外字，芙蓉空照水中花'，'铜柱兼葭鸿雁响，铁城烟雨鹧鸪啼'。此例数篇，非雕饰曼语。往余在滇中，以吏局[十]经高峣[十一]，一访升庵故墅，适至自泸，会于安宁曹溪精舍[十二]，留连信宿[十三]，其落魄不检，形骸放言，指据凿凿惊座，应是超悟人。张尝与启札神交，词多敦素，亦是恬雅人。后余过沅洲[十四]，慈溪冯公[十五]觞余督府，深怜之。杨之才器故博识，特好臧贬先辈。辄攻人沿袭之短，气象遂贬削矣。斯言其长者哉？"云云。论杨张诗格，未必悉合。末数言颇见升庵当时意气。《国雅品》标举明初七十余人，嘉靖以来亦五十余人。而不列竟陵、公安，亦徵微意。

【注】：

[一] 顾起纶（1517—1587）：字玄言，明代无锡人。有《玄言斋集》《国雅》等。

[二] 杨用修：杨慎。见卷上第一则。

[三] 张愈光：张含。见卷上第三则。

[四] 世阀：先世之功勋名望。

[五] 巍科：科举考试名列前茅。

[六] 兰津：兰津古渡口，西南丝绸之路入保山的咽喉之地。开发永昌郡时，有《兰津歌》云："汉德广，开不宾。度博南，越兰津。度兰仓，为他人。"

[七] 铜山金埒（liè）：形容豪富，指杨慎才高。铜山，汉司马迁《史记·佞幸列传》卷一二五："（文帝）赐邓通蜀严道铜山，得自铸钱，'邓氏钱'布天下。其富如此。"金埒，埒，矮墙；用钱币做成的界垣。南朝宋刘义庆《世说新语·汰侈》："王武子被责，移第北邙下。于时人

多地贵，济好马射，买地作垮，编钱匝地竟垮。时人号曰'金垮'。"

[八] 青冢：王昭君之墓。

[九] 黑山：昭君墓附近地名，又名杀虎山。

[十] 吏局：官署。《礼记·曲礼上》：左右有局，各司其局。

[十一] 高峣：见卷上第二则。

[十二] 安宁曹溪精舍：应是昆明安宁曹溪寺。

[十三] 信宿：连续住两晚。北魏郦道元《水经注·江水》卷三四："流连信宿，不觉忘反。"

[十四] 沅洲：今湖南芷江。

[十五] 慈溪冯公：慈溪，地名，今属浙江宁波。冯公，应是冯璋，字如之，号养虚，明代慈溪县（今江北区慈城镇）人，以明经教授学者，赠监察御史。冯璋以军籍中嘉靖十七年（1538）戊戌科进士。云按：冯元飏，字尔赓，亦慈溪人。崇祯元年（1628）进士。此时《艺苑卮言》作者王世贞已去世近四十年，难以与其"筋余督府"。

三十八

李越缦评《中州集》，特举党承旨[一]一首，喜其闲适清旷，前已录之。其诗与《吴礼部诗话》[二]所举僧清一[三]《寄万先辈[四]》诗同一旨趣。诗云："归从衡岳[五]此身清，老校群书眼倍明。白屋[六]有田供伏腊[七]，青云无梦到公卿。频挑野菜招僧至，少着深衣入郭行。早岁自嗟行役远，失将诗律问先生。"又赵紫芝[八]天乐《呈蒋薛二友》云："中夜清寒入缊袍，一杯山茗当香醪[九]。禽翻竹叶霜初下，人立梅花月正高。无欲自然心似水，有营何止事如毛。春来拟约萧闲伴，同上天台看海涛。"亦极萧散。第四句尤超妙。又宜兴吕声谐[十]（士琦）《柴门》一律云："柴门斜对太湖干，湖畔行唫[十一]纵目宽。不雨帆樯还灭没[十二]，无风烟水亦弥漫。就中高土多渔隐，自古神龙

229

此郁蟠。七十二峰曾历遍，峰峰倒插白银盘。"用刘梦得[十三]诗"遥望洞庭湖水面，白银盘里一青螺"，不亚于前二首。出之于陶器商人，尤不易得。

【注】：

[一] 党承旨：见卷上第三十三则。

[二]《吴礼部诗话》：吴师道著。吴师道（1283—1344），字正传，婺州兰溪（今浙江兰溪）人，元英宗至治元年（1321）进士。有《兰阴山房类稿》等。

[三] 僧清一：元代陆友《墨史》载："僧清一，蜀人也。遇异人传墨法，有名江淮间，甚贵重之。"其余不详。

[四] 万先辈：不详，待考。

[五] 衡岳：南岳衡山。

[六] 白屋：白茅覆盖的房屋，指穷士。

[七] 伏腊：伏日和腊日合称，泛指日常生活。

[八] 赵紫芝：赵师秀（1170—1220），字紫芝，号灵秀，又号天乐，永嘉（今浙江温州）人，南宋光宗绍熙元年（1190）进士。有《清苑斋集》。

[九] 香醪：美酒。

[十] 吕声谐：不详，待考。

[十一] 行唫：行吟。

[十二] 灭没：形容马跑得快。《列子·说符》："天下之马者，若灭若没，若亡若失。"

[十三] 刘梦得：见卷上第六十则。

三十九

《升庵诗话》举郭舟屋[一]《竹枝词》及《登太华山》二首外，

又举兰廷瑞[二]诗三首云：滇中诗人兰廷瑞，杨林人也。予过其家，访其稿，仅得数十首。如《夏日》云："终日凭阑对水鸥，园林长夏似深秋。槐龙细洒鹅黄雪，凉意萧萧风满楼。"《冬夜》云："枕上诗成喜不胜，起寻笔砚旋呼灯。银瓶取浸梅花水，已被霜风冻作冰。"《题嫦娥奔月图》云："窃药私奔计已穷，藁砧[三]应恨洞房空。当时射日弓犹在，何事无能近月中。"

【注】：

[一] 郭舟屋：郭文。见卷下第六则。

[二] 兰廷瑞：嵩明杨林人，兰茂之弟。

[三] 藁砧：古时称丈夫的隐语。藁砧称"鈇"，与夫谐音。

四十

林文忠公（则徐）《云左山房诗钞》，世不多见，律诗工切慷[一]爽，其戍边之作，则劲气直达，音节高朗，最近有明七子。相传公戍新疆时，有《出嘉峪关》诗四首。其一云："雄关百尺界天西，万里征人驻马蹄。飞阁遥连秦树直，缭垣斜压陇云低。天山巉削摩肩立，瀚海苍茫入望迷。谁道崤函千古险，回看只是一丸泥。"其二云："东西尉侯[二]往来通，博望[三]星槎[四]笑凿空[五]。塞下传笳歌《敕勒》，楼头倚剑接崆峒[六]。长城饮马寒宵月，古戍盘雕大漠风。除是芦龙[七]山海险，东南谁比此关雄。"其三云："燉煌[八]旧戍委荒烟，今日阳关古酒泉。不比鸿沟分汉地，全收雁碛[九]入遥天。威宣贰负陈尸后[十]，疆拓匈奴断臂前[十一]。西域若非神武定，如何此地罢防边。"其四云："一骑才过即闭关，中原回首泪痕潸。弃繻[十二]人去谁能识，投笔功成老亦还。夺得焉支[十三]颜色冷，唱残《杨柳》[十四]鬓毛斑。我来别有征途感，不为衰龄盼赐环[十五]。"

【注】：

［一］慷：原为"伉"，据《通用规范汉字表》改。

［二］东西尉侯：嘉峪关东西边境。尉，守边的都尉；侯，斥候。《淮南子》："斥，度也。候，视也，望也。"

［三］博望：博望侯张骞。

［四］星槎：泛指舟船。

［五］凿空：凿，开；空，通。

［六］空同：崆峒，此泛指西北一带的山。

［七］芦龙：地名，龙城、芦城，古军事要塞，此应指山海关。句意为除了山海关，东南没有比嘉峪关更雄伟的了。

［八］燉煌：敦煌。

［九］雁碛：边塞之地。

［十］"贰负"句：汉武帝太初三年（前102），以李广利为贰师将军出西域攻伐大宛，汉威远播西域。后李广利出击匈奴，兵败，降匈奴，为单于所杀。

［十一］"断臂"句：开疆拓土是汉王朝联合西域大宛诸国，通过断匈奴右臂实现的。明代王士性《广志绎》："汉置张掖、酒泉、敦煌、武威、金城，谓之河西五郡，南隔羌而断匈奴右臂以通西域。"

［十二］繻：古代通行证所用之帛，出关后即弃之无用。

［十三］焉支：焉支山，又名燕支山、胭脂山，位于甘肃山丹县东南。焉支山产燕支草，可作胭脂、颜料。故《匈奴歌》云："失我焉支山，令我妇女无颜色。"

［十四］《杨柳》：《折杨柳歌辞》，乐府，隋时为官词，唐入教坊。诗人多和此曲，以柳抒别意。

［十五］环：圆形玉器，喻指"还"。《荀子·大略》："绝人以玦，反绝以环。"

四十一

富顺宋育仁[一]（芸仔）《问琴阁诗集》颇多清丽可诵者，如《湘舟夜月》云："南浦清江月，潇湘万里情。故人隔天末，相望若平生。落木亭皋[二]远，孤村驿水明。来鸿看不见，时听向南声。"《晓过徐州》云："纵辔中原去，青山在马头。微云通泰岱[三]，细雨过徐州。绿野垂天尽，黄河改道流。苍茫怀古意，凭轼望曹邱[四]。"《湖南道中》云："人去衡阳在雁先，更无消息寄幽燕。多情芳草随人远，如梦青山到马前。斑竹[五]临湘哀窈窕[六]，芙蓉出水自婵娟。连宵候馆当窗月，照我离家几度圆。"

【注】：

[一] 宋育仁（1858—1931）：字芸仔，号问琴阁主，四川富顺人。有《问琴阁诗钞》等。

[二] 亭皋：水边平地。

[三] 泰岱：泰山，又名岱宗，故称泰岱。

[四] 曹邱：为人引荐者的代称。

[五] 斑竹：湘妃竹，斑如泪痕。相传舜南巡不返，死而葬于苍梧，二妃娥皇、女英将沉湘水，望苍梧而泣，洒泪成斑，多喻相思之情。

[六] 哀窈窕：哀，怜爱。东汉刘熙《释名》："哀犹爱也，爱乃思念之也。"窈窕，娴静、美好貌。一作善心为窈，善容为窕。

四十二

曩见有近代诗家评语，不知何人所作，姑记于此，以质世之读诗者。"李越缦诗如汉廷老吏，不愧虞伯生。樊樊山诗如百战健儿，不愧萨都刺。王湘绮[一]诗如人间五岳，气象光昌。邓弥之[二]诗如天上七星，芒寒色正。易寔甫[三]诗如伶俜妙伎，虽无贞操，不失丰神。郑太夷[四]诗如空谷幽兰，虽乏富丽，殊饶馨逸。陈散原诗如金碧楼台，庄而愈丽。陈石遗诗如着花老树，丑中见妍。曾环夫[五]诗如散花天女，雾鬟风鬓。谭壮飞[六]诗如天外飞仙，时时弄剑。范伯子[七]诗如饥凤悲时，孤麟泣遇；至其力能扛鼎处，又如垓下项王时歌徵羽。陈听水诗如入道老僧，避尘墨客；至其田园萧散处，亦复嗣音王孟，接响黄陈。柳亚子[八]诗如凝妆闺秀，微逗春愁。林浚南[九]诗如烈士中年，渐归秋肃。苏曼殊[十]诗如江城玉笛，余韵荡胸。狄平子[十一]诗如半老徐娘，自饶风韵。金天放[十二]诗如临淮治军，旗垒变色。林琅生[十三]诗如木兰百战，归著云裳。"所评未必悉当，然智者见智，仁者见仁，固未可以方体[十四]论也。

【注】：

[一] 王湘绮：见卷上第三十四则。

[二] 邓弥之：见卷上第六十三则。

[三] 易寔甫（1858—1920）：易顺鼎，字寔甫，号哭庵，湖南龙阳（今汉寿）人。有《琴台梦语》等。

[四] 郑太夷：郑孝胥。见卷上第四十九则。

[五] 曾环夫：不详，待考。

[六] 谭壮飞：谭嗣同。见卷下第八则。

[七] 范伯子：见卷上第二十四则。

[八] 柳亚子（1887—1958）：原名慰高，字安如，号亚子，江苏吴江（今江苏苏州市吴江区）人，南社发起人之一。有《磨剑室诗词集》等。

[九] 林浚南（1896—1941）：林庚白，字众难，原名学衡，福建闽侯人，同盟会领袖之一。太平洋战争爆发后，被日本杀害于香港。有

《丽白楼遗集》等。

[十] 苏曼殊（1884—1918）：字子谷，原名苏戬，广东香山人。有《断鸿零雁记》等。

[十一] 狄平子（1873—1941）：字楚青，号平子，名葆贤，江苏溧阳人，工诗能文，维新派人物之一。

[十二] 金天放（1873—1947）：金天翮，字松岑，江苏吴江人。有《天放楼诗文集》等。

[十三] 林琅生：不详，待考。

[十四] 方体：固定不变。

【笺】：

清赵元祚《我轩诗说》："诗不一人，人不一格。古今不同世，人物不同遇，即一人之身，欣戚荣悴交错于前后者不同情……犹朝夕之不可强而易也。"

四十三

丰润赵国华[一]《江窗山水记》中各诗，洒落可喜，与吾友胡子贤[二]相似，而雄浑过之。如《南游遥寄关中薛子》云："拂衣半天下，年少薛先生。吾亦桑蓬[三]志，今为笠伞行。乱帆明月色，一雁大江声。遥指余杭酒[四]，相思万里情。"《怀何子中州》云："我长荆高[五]里，君生古大梁[六]。千秋尚忼慷，早岁各文章。一别匡山面，相思秋水长。信陵亭屺[七]尽，何事苦还乡？"《闻孙石来下第》云："中郎奄不起，焚尔峄阳桐[八]。下笔人争弃，谈天客尽聋。箪无大力负，酒有老羌同。寂寞高楼晚，秋风渤海东。"《钱塘舟中怀莫大》云："执手淮阴别，南来一叶萍。酒楼游子别[九]，槎客几人星。江水自为白，墓山相与青。渔歌寒未断，惆怅不同听。"

【注】：

[一] 赵国华（1838—1894）：字菁衫，河北丰润人，咸丰八年（1858）举人，同治二年（1863）进士。有《青草堂集》等。

[二] 胡子贤：胡祥麟。见卷上第三十六则。

[三] 桑蓬：桑弧蓬矢，喻四方之志。古时男子出生，以桑木为弓，蓬草为矢，射天地四方。

[四] 余杭酒：余杭，今浙江杭州北。葛洪《神仙传》卷三："方平语经家人曰：'吾欲赐汝辈酒。此酒乃出天厨……非世人所宜饮，饮之或能烂肠。今当以水和之，汝辈勿怪也。'乃以一升酒，合水一斗搅之，赐经家饮一升许。良久酒尽，方平语左右曰：'不足远取也。'以千钱与余杭姥相闻，求其沽酒。须臾信还，得一油囊酒，五斗许。信传余杭姥答言：'恐地上酒不中尊饮耳。'"

[五] 荆高：荆，荆轲；高，高渐离。

[六] 古大梁：大梁，战国时魏国国都，今河南开封。

[七] 信陵亭圮（qǐ）：开封旧时胜游之地，今已不存。

[八] 峄阳桐：峄山之阳的梧桐，做琴佳木。《尚书·禹贡》："峄阳孤桐。"

[九] "游子别"：从诗韵看，疑为"游子意"。前已有"淮阴别"，"别"字重。

四十四

唐人诗能曲尽恒情而不落俚俗者，如张籍[一]云："眼昏书自大，耳重觉声高。""马从同事借，妻怕罢官贫。"窦巩[二]云："鬓发缘愁白，音书为懒稀。"耿㳬[三]云："艰难为客惯，贫贱受恩多。""家贫童仆慢，官罢友朋疏。"老杜云："脱得[四]末契[五]托年少，当面输心背面笑。""虚名但蒙寒暄问,泛爱不救沟壑辱。"贯休[六]云:"口谈羲轩[七]与周孔[八],履行不及屠沽人。""稼穑艰难总不知,五帝三王是何物。"戎昱[九]云:"风尘之士深可亲,心如鸡犬能依人。"语气颇卑,而用意沉痛入骨。宋人《击壤集》[十]之外,石湖[十一]、诚斋常有此等句,薛季宣[十二]亦有"世味刀头蜜,人情屋上乌"二语。近代诗家如巢经巢之"家贫亲戚畏,官退比邻生",周梅泉[十三]之"贫怯势交远,秋袭病躯先",至如江弢叔[十四]、金亚匏[十五]两家,崎岖困苦,诗尤阅透人情矣。

【注】:

[一] 张籍:见卷下第二十九则。

[二] 窦巩(771—831):字友封,扶风平陵(今陕西凤翔)人,唐元和二年(807)登进士第,唐代诗人,现存诗三十九首。

[三] 耿泽:误,应为耿湋,河东(今属山西)人,唐代诗人,生卒年不详,大历十才子之一。湋诗不深琢削,而风格自胜。

[四] 脱得:《全唐诗》为"晚将"。

[五] 末契:亦称契末,指交往情分。陆机《叹逝赋》:"托末契于后生,余将老而为客。"杜甫《莫相疑行》后四句云:"晚将末契托年少,当面输心背面笑。寄谢悠悠世上儿,不争好恶莫相疑。"前两句意谓杜甫被交情浅者所侮辱,他们"当面输心",背后却嘲笑自己。

[六] 贯休(832—912):字德隐,唐代诗僧,俗姓姜,金华兰溪人。有诗集《禅月集》。

[七] 羲轩:见卷上第六十五则。

[八] 周孔:周公与孔子。

[九] 戎昱:见卷上第五十九则。

[十] 《击壤集》:见卷下第三十三则。

[十一] 石湖:范成大。见卷下第十二则。

[十二] 薛季宣：薛士龙。见卷下第十二则。

[十三] 周梅泉（1879—1949）：周今觉，名达，字梅泉，好数学与集邮。有《今觉盦诗》等。

[十四] 江弢叔：江堤。见卷上第二十六则。

[十五] 金亚匏：金和。见卷上第六十三则。

四十五

武进[一]管韫山[二]侍御[三]，文章气节，震襮[四]一时。其八股文以单行见长，与其散文相似，惟诗不多见。《今传是楼诗话》[五]载其《致袁子才毕秋帆》七绝二首，其品格已可概见。余但记其评诗数语，亦极清腴婉妙，略云：五言古诗，琴声也，醇至淡泊，如空山之独往。七言歌行，鼓声也，屈蟠顿挫，如《渔阳》[六]之怒挝[七]。五言律诗，笙声也，云霞缥缈，如鹤背[八]之初传。七言律诗，钟声也，震越浑锽[九]，似蒲牢[十]之乍吼。五言绝句，磬声也，清深促数，想羂馆之朝闻。七言绝句，笛声也，曲折缭亮，类羌笛之暮吹。

【注】：

[一] 武进：地名，今属江苏常州。

[二] 管韫山（1738—1798）：管世铭，字缄若，号韫山，江苏阳湖（常州）人，乾隆四十三年（1778）进士。有《韫山堂集》等。

[三] 侍御：监察御史。

[四] 震襮（bó）：显扬。襮，暴露。

[五]《今传是楼诗话》：见卷上第十四则。

[六]《渔阳》：鼓曲名。南朝宋范晔《后汉书·文苑列传·祢衡传》卷三十二："次至衡，衡方为《渔阳》参挝，容态有异，声节悲壮、听者莫不慷慨。"

［七］挝（zhuā）：击打。

［八］鹤背：古代传说修道成仙者多骑鹤而去。

［九］锽：形容钟声。

［十］蒲牢：古代传说中的一种海兽，吼声极亮，素畏鲸，鲸鱼击蒲牢，辄大鸣。凡钟欲令声大者，故作蒲牢于上。后又以"蒲牢"代指钟。

四十六

新昌胡漱唐[一]侍御，以劾权要罢官归，有《七别诗》为都下[二]传诵。余独爱其《别琉璃厂书贾》云："十载困缁尘[三]，闭门恒碌碌。捐俸求遗书，渐与书贾熟。书贾喜我来，延我入深屋。满架排牙籖，光怪夺绮縠[四]。《四库》所未收，别贮为存目。倾囊悭所求，不翅[五]工择木。有时如居奇，秘笈韫高椟。百计赚之归，雇胥[六]共钞录。荆妻[七]颇安贫，随我餍饘粥。见我挟书回，相对眉暗蹙。徐徐进箴规，谓我无多禄。矫俗辞炭金[八]，又弗贪馆谷[九]。积此充屋梁，饥不果君腹。东家军校官，出门美裘服。西家秘书郎，趋走威童仆。宦游当广交，胡独守敝簏。东西屋两头，列置逾万轴。人寿曾几何，白首难遍读。半部佐太平，自反毋乃缩[十]。有子脱不贤，或竟委墙麓。旧学俗所嗤，榛莽翳白鹿[十一]。略诵新法规，升迁或可卜。我知妇言忠，虽忠却嫌渎[十二]。我知贾心贪，虽贪不嫌黩[十三]。行行厂东门，过门辄停毂。一瓻[十四]时往还，咀嚼甘于肉。整装忽言旋，瞠若车脱辐。临行赠汝诗，戒汝毋炫鬻[十五]。有烛堪助明，有膏堪助沐。秘阁且重开，求售岂在速。不遇奥生牂，汝实未尝牧[十六]。海客从东来，辇金[十七]事搜蓄。夺我陆家庄[十八]，士族同一哭。宁为六丁[十九]收，慎勿资彼族。"

【注】：

[一] 新昌胡漱唐（1870—1922）：新昌，地名，江西新昌（今宜丰）。胡漱唐，即胡思敬，字漱唐，号退庐居士，清光绪十九年（1893）中举。有《退庐诗集》《驴背集》等。

[二] 都下：都城。

[三] 缁尘：黑色灰尘，喻世俗污浊。

[四] 绮縠（hú）：丝织品。

[五] 不翅：见卷上第四十七则。

[六] 胥：小吏。

[七] 荆妻：谦称，古时对人称己妻。汉刘向《列女传》卷一："梁鸿妻孟光，常荆钗布裙。"

[八] 矫俗辞炭金：指"以劾权要罢官归"之事。炭金：旧时称购炭取暖的钱财。

[九] 弗贪馆谷：指为官清廉，又没有其他生活来源。

[十] 自反毋乃缩：语出《孟子·公孙丑上》："昔者曾子谓子襄曰：'子好勇乎？吾尝闻大勇于夫子矣：自反而不缩，虽褐宽博，吾不惴焉。自反而缩，虽千万人，吾往矣。'"

[十一] 榛莽翳白鹿：榛莽，丛杂草木；翳，遮盖；白鹿，多义，此处应指东汉太守郑弘游春，有两白鹿随车而行之故事。北宋李昉等《太平御览》卷九六："郑弘为临淮太守行春，有两白鹿随车侠毂而行。"

[十二] 渎：贪婪。

[十三] 黩：引申为贪求，如"黩货病民"。

[十四] 一鸱（chī）：鸱，陶制酒器。古人借书还书，以此为酬。古语有：借书一鸱，还书一鸱。

[十五] 炫鬻（yù）：炫耀。

[十六] "汝实未尝牧"句：没有畜牧，西南屋角却生出羊来。典出《庄子·徐无鬼》："子綦曰：'歅，汝何足以识之，而梱祥邪？尽于酒

肉，入于鼻口矣，而何足以知其所自来？吾未尝为牧而牂生于奥，未尝好田而鹑生于突，若勿怪，何邪？'"

[十七] 辇金：用车马载运金钱。

[十八] 陆家庄：喻已逝的理想之境。语出明代王鏊《送薛金下第还江阴》："河东三凤不须奇，又见瑶林玉树枝。桂子秋风真有种，杏花春雨岂无时。陆家庄好应夸我，和氏衣存欲付谁。江上幽亭人不到，青山相对了残诗。"

[十九] 六丁：道教神名，取自天干地支，可役使取物。

【笺】：

《庄子·徐无鬼》："吾所与吾子游者，游于天地。吾与之邀乐于天，吾与之邀食于地；吾不与之为事，不与之为谋，不与之为怪；吾与之乘天地之诚，而不以物与之相撄；吾与之一委蛇，而不与之为事所宜。今也，然有世俗之偿焉！凡有怪征者，必有怪行。殆乎！非我与吾子之罪，几天与之也！吾是以泣也。"胡漱唐引《庄子》，实隐忧时愤激之语。

四十七

汉军旗[一]辽阳[二]杨子勤[三]（锺羲）撰《雪桥诗话》十二卷，诗话中捃摭[四]最富者。其书由采诗而及事实，由事实而详制度典礼，略于名大家，详于山林隐逸，而于满洲人物，甄采尤悉。凡世家英贤姓氏，奠系[五]本牒[六]，征事解题，昭然若亲见之。盖君本辽河旧家，隶籍尼堪[七]，居京师者九叶[八]，食德服畴[九]，固宜其熟于京沈[十]掌故，纪载详晰，亦犹刘京叔[十一]《归潜志》、元遗山《中州集》之意向已。论诗颇推重清初之朱[十二]、王[十三]、叶[十四]、沈[十五]，悉取正声，不甚扬袁[十六]、蒋[十七]、赵[十八]之流波。第名大家之作，已别有他书扬扢[十九]，而旗籍才难，又率皆平庸肤廓，求能推陈出新，自成一家者实少，故其书亦不甚行。惟君所著《圣遗诗集》，不乏俊逸之作，亦旗籍中佼佼也。

【注】：

[一] 汉军旗：清天聪七年（1633），皇太极组建以"黑旗为帜"的汉军旗，正式建立了汉军旗；崇德元年（1636），皇太极改"后金"为"大清"，意在以水（清）克火（明），增编了八旗汉军；崇德七年（1642），完成了汉军八旗的建制。

[二] 辽阳：地名，今属辽宁省。

[三] 杨子勤（1865—1940）：原名钟广，后易名锺羲，字子晴，号雪桥。满洲正黄旗人，隶籍尼堪氏，光绪十一年（1885）中举。有《雪桥诗话》《圣遗诗集》等。

[四] 捃摭（jùn zhí）：搜集。

[五] 奠系："奠世系"的省称。王、诸侯、卿大夫氏族的世次谱籍。奠，定，古同音。

[六] 本牒：指《雪桥诗话》。

[七] 尼堪：满语，意为"汉军"，清初汉人入旗者。

[八] 九叶：九代。

[九] 食德服畴：食德，享用祖先恩泽；服畴，服田畴，耕田。《周易·讼卦》："食旧德，贞厉，终吉。"

[十] 京沈：沈，沈阳，后金都城；京，北京，清入关后都城。

[十一] 刘京叔（1203—1250）：刘祁，字京叔，号神川遁士，金代浑源（今山西浑源）人。有《归潜志》等。

[十二] 朱：朱彝尊。见卷上第二十九则。

[十三] 王：王渔洋。见卷上第七则。

[十四] 叶：叶燮（1627—1703），字星期，号已畦，晚年寓居吴县横山，人称横山先生，江苏吴江人，康熙九年（1670年）进士。有《已

畦文集》《原诗》等。

［十五］沈：沈德潜。见卷上第十三则。

［十六］袁：袁枚（1716—1798），字子才，号简斋，晚号随园，浙江钱塘（今杭州）人，乾隆己未（1739）进士，论诗主"性灵"。有《小仓山房集》《随园诗话》等。

［十七］蒋：蒋士铨。见卷上第六十二则。

［十八］赵：赵翼。见卷上第五十五则。

［十九］扬挌（gǔ）：评说。

四十八

升庵谓李太白《梁甫吟》"手接飞猱[一]搏雕虎[二]，侧足焦原[三]未言苦"，盖用《尸子》载中黄伯[四]及莒国[五]勇夫事，而杨子见[六]、萧粹可[七]皆不能注。今录其全文，《尸子》曰："中黄伯曰：余左执太行之猱，而右搏雕虎。"又曰："莒国有石焦原者，广五十步，临百仞之溪，莒国莫敢近也。有以勇见莒子者，独却行齐踵焉。"云云。按清乾隆中王琦[八]（琢崖）辑刻杨子见、萧粹可、胡方辕[九]三家注《太白文集》，已备引《尸子》全文，宝笏楼刊本载之甚明，何升庵尚谓杨萧皆不能注耶？

【注】：

［一］飞猱：猿类，善攀林木，其姿如飞。

［二］雕虎：文虎，有花纹之虎

［三］焦原：巨石名，下有深渊，人莫敢近。

［四］中黄伯：古代的勇士，后泛指勇士。

［五］莒（jǔ）国：西周诸侯国之一，东周考王十年，为楚所灭，故址于今山东莒县附近。

[六] 杨子见：生卒及生平不详。永瑢、纪昀等《四库全书总目》卷一四：" 杨齐贤，宋宁远人，字子见，宁宗庆元五年（1199）进士，官至通直郎。颖悟博学。有《分类补注李太白集》。"

[七] 萧粹可：生卒及生平不详。《江西通志》："萧士赟，字粹可。立等仲子，笃学工诗，与吴文正公友善，著《诗评》二十余篇及《冰崖集》《李白诗补注》行于世。"

[八] 王琦（1696—1774）：字载韩，号琢崖、绎庵，晚号胥山老人，浙江钱塘人。有《医林指月》《李太白诗集注》《李长吉歌诗汇解》。

[九] 胡方辕：不详，待考。

四十九

升庵博闻殚见，颇多创解。如谓"倚马"事乃桓温[一]征慕容[二]时，唤袁虎[三]倚马前作露布[四]，今人罕知。（按"倚马"事今人归之太白。）周伯弱[五]《唐诗三体》以杜常[六]《华清宫》诗为压卷，而引《宋史·文苑传》《范蜀公文集》证知杜为宋人。又杜诗云："行尽江南数十程，晓星残月入华清。朝元阁上西风急，都入长杨作雨声。"解长杨非宫名，晓星之星原作风，与下句重字。又有作晓乘者，亦非。"亭亭画舸系春潭"一绝，乃唐郑仲贤[七]诗，非宋张文潜[八]诗。（升庵弟姚安太守未庵愇[九]引周美成[十]《尉迟杯》注证知。）皆极精当。至解老杜之"舍南舍北"应作"社南社北"，引韦述[十一]《开元谱》云"倡优之人，取媚酒食，居于社南者呼之为社南氏，居于北者呼之为社北氏"，杜甫诗系用此事。又谓《丽人行》中有"足下何所有？红蕖罗袜穿镫银[十二]"。岑之敬[十三]《栖乌曲》截去"明月二八"二句，添入"回眸百万横自陈"一句。李陵"红尘蔽天地"诗添入十二句。又"香云""香雨"并出王嘉[十四]《拾遗记》，而引李贺、元稹[十五]之诗。又以卢象[十六]"云气杳流水"句，误为香字。米元章[十七]"六朝帆影落尊前"引作"六朝山色",皆不免于疏舛[十八]武断也。

【注】:

[一] 桓温(312—373):字元子,东晋谯国龙亢(今安徽怀远西)人。永和元年(345)任荆州刺史,后以大司马镇姑孰(今安徽当涂),专擅朝政。

[二] 慕容:十六国时前燕政权。

[三] 袁虎(328—376):袁宏,字彦伯,小字虎,东晋陈郡阳夏(今河南太康)人。有《后汉纪》等。

[四] 露布:语出南宋洪迈《容斋随笔》卷十:"用兵获胜,则上其功状于朝,谓之露布。"

[五] 周伯弱(1194—?):周弼,字伯弱。南宋汝阳(今河南汝南)人,祖籍汶阳(今山东曲阜),嘉定进士。有《端平诗隽》等。

[六] 杜常:生卒年不详,字正甫,北宋卫州(今河南卫辉)人,英宗治平二年(1065)进士,官至工部尚书,以诗名世。

[七] 郑仲贤:郑文宝,五代末北宋初人。见卷上第五十九则。

[八] 张文潜(1054—1114):名耒,字文潜,号柯山,楚州淮阴(今属江苏)人,祖籍安徽亳州。苏门四学士之一,北宋诗人。有《柯山集》等。

[九] 未庵慥:不详,待考。

[十] 周美成:周邦彦(1056—1121),字美成,号清真居士,钱塘(今浙江杭州)人。精通音律,能自度曲。有《片玉集》。

[十一] 韦述(?—757):京兆万年(今陕西西安)人,唐景龙二年(708)进士,开元五年(717)为栎阳尉。有《高宗实录》《开元谱》等。

[十二] 红藻罗袜穿镫银:红藻罗袜,芙蓉色的罗袜;穿镫银,穿

着镶银边的靴子。按：清钱谦益认为，宋本杜集，均无此两句。应是杨慎伪托。

[十三] 岑之敬（519—579）：字思礼，南朝梁、陈时期南阳棘阳（今河南新野）人。博涉文史，以笃行称于世。作品已佚。

[十四] 王嘉：生卒年不详，前秦时期道士。《晋书》卷九五载："王嘉，字子年，陇西安阳人也。"

[十五] 元稹（779—831）：字微之，唐河内（今河南焦作沁阳）人，元和元年对策举制科第一，任左拾遗。与白居易并称"元白"，倡新乐府。有《元氏长庆集》等。

[十六] 卢象：生卒年不详，字纬卿，左拾遗，唐诗人，任安禄山伪官，后贬永州司户参军。

[十七] 米元章：米芾（1051—1107），字元章，祖籍太原，又迁居湖北襄阳，世称米襄阳，后定居润州（今江苏镇江）。北宋书法家，与蔡襄、苏轼、黄庭坚合称"宋四家"。有《宝晋英光集》等。

[十八] 疏舛：疏漏错误。

五十

《今传是楼诗话》列诗有八病：一曰平头，二曰上尾，三曰鹤膝。王元美[一]谓休文[二]拘滞[三]，不免商君之酷[四]云云，未引诗证。按沈约所举四声八病，各列有证诗，最为明晰。即一曰平头，第一第二字，不得与第六第七字同声。如"今日良宴会，欢乐难具陈"，今欢皆平声。二曰上尾，第五字不得与第十字同声。如"青青河畔草，郁郁园中柳"，草柳皆上声。三曰蜂腰，第二字不得与第五字同声。如"闻君爱我甘，窃欲自修饰"，君甘皆平声，欲饰皆入声。四曰鹤膝，第五字不得与第十五[五]字同声。如"客从远方来，遗我一书札。上言长相思，下言久离别"，来思皆平声。五曰大韵，如声、鸣为韵，上九字不得用莺、倾、平、荣字。六曰小韵，除大一字外，九字中不得有两字同韵，如遥、条不同。七曰旁纽，八曰正纽，十字内两字迭韵为正纽，如不共一纽而有双声为旁纽。如流、久为正纽，流、柳为旁纽。八种惟上尾、鹤膝最忌，余病亦皆通。今之为诗，犯八病者，触目皆是矣。宜王元美之嫌其拘滞也。

【注】：

［一］王元美：王世贞。见卷上第五十二则。

［二］休文：沈约。见卷上第六十三则。

［三］拘滞：拘泥，固执不变。

［四］商君之酷：商君，商鞅；酷，严苛残忍。语出王弇州，胡震亨《唐音癸签》卷一"体凡"引王弇州云："休文之拘滞正与古体相反，惟近律有关耳，然亦不免商君之酷，诚哉是言。"

［五］"五"字原无，据《文境秘府论》卷六"鹤膝诗者，五言诗第五字不得与第十五字同声"补。

【笺】：

徐青《古典诗律史》："鹤膝：据载此病是指五言诗第五字和第十五字同平仄。"（徐青《古典诗律史》，青海人民出版社1980年版，第57页）所言与《文境秘府论》同。徐著接着又指出："据郭绍虞同志考证"，此说"恐是流传有错误"。郭绍虞先生指出：五言诗"一句前两字与后两字用平声，中间的一字用仄声，是鹤膝之病"。（郭绍虞主编、王文生副主编《中国历代文论选》，上海古籍出版社1979年版，第219页）徐青论说道："郭绍虞……认为……鹤膝是两头细中间粗，应是指'平平仄平平'这个声律格式"；"我们认为他这个说法是较有根据的。因为……第五字和第十五字……总是同平仄的，而且也可以是同上、去、入声的，……不可能是一种声病。"（徐青《古典诗律史》，第57页）其实换个角度，也可看出"鹤膝诗者，五言诗第五字不得与第十五字同声"是"流传有错误"的一个传统说法。如所周知，沈约的四声八病之说，是针对如何在两句五言诗内安排、调整字声而提出的，是以达到两句诗十个字在字声差异（《南史·陆厥传》："五字之中音韵各异，两句之内角徵不同"）基础上的整体声音和谐为目的的，因此，八病之一的"鹤膝"是很不可能会去安排、调整五言诗两句之内的字声与任何两句之外字声（第十五字是第三句的末字）的关系的。郭、徐说应是。

五十一

或谓宋诗多质直而少含蓄，与其推宋，不如扬唐。余曰固也，唐诗蕴藉，有词尽而意不尽者，有词意俱不尽令人玩索自得者。温柔敦厚，本为诗家上乘，顾后之学唐者，不得其蕴藉之旨归，徒袭其空阔之窠臼，千篇一律，可彼可此。故不如宗宋以救其弊。傥[一]学宋之精奥慷爽，更益以唐之蕴藉，斯善之善矣。陈石遗不云乎，自咸同[二]以来，学者喜分唐宋，每谓某也学唐诗，某也学宋诗。余谓唐诗至杜韩而下，现诸变相，苏、黄、王、陈、杨、陆诸家，沿其波而参互错综，变本加厉耳。然必欲分之，亦自有辨。余尝叙王君树楠[三]诗《续集》曰：人之言曰，明之人皆为唐诗，清之人多为宋诗，然诗之于唐宋，果异与否，殆未易以断言也。咸同以降，古体诗不转韵，近体诗不尚声，貌之雄浑耳，其敝也蓄积贫薄。翻覆只此数意数言，或作色张之，非其人而为是言，非其时而为是言，与貌为汉、魏、六朝、盛唐者，何以异也。此真抉近日诗家之弊矣。

【注】：

[一] 傥：同"倘"，假如。

[二] 咸同：咸丰与同治。

[三] 树楠：王树楠（1851—1936），字晋卿，号陶庐老人，河北新城人，光绪丙戌（1886）进士。有《陶庐文集》等。

五十二

李越缦论诗，极推崇大复[一]、空同[二]，而于公安、竟陵、松圆[三]、子相[四]亦多节取，非尽如吴修龄[五]辈一概抹杀也。吴县惠定宇[六]徵君[七]，四世传经，父半农居士于群经钻研甚深，有《礼说》《大学说》《春秋说》《易说》等著，并工诗词。居郡城东禅寺，有红豆一株，相传为白鸽禅师[八]所种，因自号红豆主人。诗词著有《红豆斋小草》《咏史乐府》《南中集》《采莼集》《归耕集》《人海集》等，又有《半农诗徵》。其论诗谓唐音古淡一派，前贤隶为逸品[九]，在神品[十]之上，诗画本同趣也。予尝读前明徐昌榖[十一]、高苏门[十二]、杨梦山[十三]、华鸿山[十四]诗，萧然有超世出尘之想。右丞、襄阳历千百载以来，风流未沫，端赖诸公，然世人竞赏王李，不及高徐，惟西樵[六]、渔洋二王，推赏此种，故为诗直入王孟之室。盖红豆家法，皆在新城，故其言如此。

【注】：

[一] 大复：何景明。见卷上第五十五则。

[二] 空同：李梦阳。见卷上第五十五则。

[三] 松圆：程松园。见卷下第三则。

[四] 子相：宗臣。见卷上第五十九则。

[五] 吴修龄：吴乔。见卷上第五十五则。

[六] 惠定宇：惠栋（1697—1758），字定宇，号松崖，江苏元和（今江苏吴县）人。清代汉学中吴派的代表人物。有《周易古义》《古文尚书考》《松崖文钞》等。

[七] 徵君：政府征召而不仕者曰"徵君"。

[八] 白鸽禅师（922—1009）：遇贤，俗姓林，五代末北宋初长洲（今江苏苏州）人。喜养白鸽，人称"白鸽禅师"。

[九] 逸品：亦称"逸格"，四品（神、逸、妙、能）之一。逸，超俗的境界，重表现与写意。

[十] 神品：亦称"神格"，裹于天然，任于造化，出于天成，合乎自然。

[十一] 徐昌穀：徐祯卿（1479—1511），字昌穀，一字昌国，吴县（今江苏苏州）人，明弘治十八年（1505）进士，"吴中四子"之一。有《谈艺录》《迪功集》等。

[十二] 高苏门（1501—1537）：高叔嗣，字子业，号苏门山人，明代祥符（今河南开封）人，嘉靖二年（1523）进士。有《苏门集》。

[十三] 杨梦山（1517—1608）：杨巍，字伯谦，号梦山，山东海丰（今山东无棣县）人，嘉靖二十六年（1547年）进士。有《梦山存家诗稿》。

[十四] 华鸿山（1497—1574）：华察，字子潜，号鸿山，无锡人，明嘉靖五年（1526）进士。有《皇华集》《岩居稿》等。

[十五] 西樵：王士禄（1626—1673），字子底，号西樵山人，山东新城（今桓台）人。清初诗人，与王士禛并称"二王"。有《炊闻词》《西樵诗集》等。

五十三

魏默深[一]诗，造语险峭凝练。如《出峡词》"千曲吝寸直，万刚逃一柔。每逢呀閜际，惟恐两崖闭"等句，读之心骇神悸。而集中闲适夷旷之作，正复不少。《嘉陵江中》二首云："遥岑[二]断烟去，近岸风榛寂。人行孤光内，鱼鸟尽深碧。天留清旷辉，娱此漂荡客。棹随云溯洄，梦与波崩积。空明引悟深，群动涵幽赜[三]。绝碧入高云，何人凿崖石。毋乃遁世士，遗此太古壁。欲往从之游，石径绝行迹。"又："夕与夕烟宿，晨共晨风发。橹声摇断梦，榜人语残月。栖禽浅崖起，宿雾前山合。遂令一苇水，淼若彭蠡阔。方从中流转，忽与孤屿绝。稍稍辨崖树，离离出江月。思归曷忘归，江霞殚归客。"皆极似元遗山《晓发石门渡湍水道中》及《铜鞮次村道中》诸作。惜月字重押。

【注】：

[一] 魏默深：魏源。见卷上第五十六则。

[二] 遥岑：远山。

[三] 幽赜（zé）：幽深玄妙之理。

五十四

清乾隆间，海盐张宗楠[一]所辑渔洋说部诗话三十种，以及文集、诗选中凡例之论诗者，分为六十四类，依次排纂，间附识所引原书出处，李越缦称其有功艺苑。惟复文太多，甚至有重见文字，相差仅数字不同，而亦复列再三。非有深言奥义，堪以绅绎校雠，殊觉徒累篇幅。张君自谓宿曹县旅舍，梦渔洋来寤，自是益殚精渔洋著述，展转购藏，于讲诗话尤津津齿颊间，可知其用力之勤。渔洋论诗，最得正法眼藏，商榷正伪，辨别淄渑[二]，辄能批郤导窾[三]，味彻中边[四]。故海内向风，主诗盟坛坫者垂五十年。张君纂辑是书，尤举其于古诗五言七言分界，与平仄扬抑字例，为发前人所未发。今按《渔洋诗问》中答长山刘大勤[五]（萧亭）问五言古七言古章法不同云：章法未有不同者，但五言著议论不得，用才气驰骋不得；七言则须波澜壮阔，顿挫激昂，大开大阖耳。又云：七古一韵到底者第五字须平声，以妙句弱似律句。要须句法字法撑得住，拓得开。又云：五、七言诗有二体：田园丘壑，当学陶韦；铺叙感慨，当学子美《北征》等篇。又云：五言绝近于乐府，七言绝近于歌行，五言难于七言，以字少最难浑成故也。皆极得诗家三昧。惟谓五言著议论不得，此自当相体为之。盖议论叙事，别是一体，非五言概不得著议论也。

【注】：

[一] 张宗楠（1704—1765）：字汝栋，号吟庐，浙江海盐人。有《吟庐小稿》《度香词》等。

[二] 淄渑：见卷上第六十二则。

[三] 批郤导窾：语出《庄子·养生主》："依乎天理，批大郤，导大窾，因其固然……"批，击；郤，同"隙"；导，沿顺；窾，骨节处。意为划开骨节衔接之处，就会迎刃而解。比喻处事得当。

[四] 中边：佛家语，中道与边见，指诗佳。

[五] 刘大勤：生卒与生平不详，字仔臣，山东长山人。

五十五

纪文达（昀）督学闽中时，有《严江舟中》一绝云："山色空濛淡似烟，参差绿到大江边。斜阳流水推篷望，处处随人欲上船。"自谓系从朱子颖[一]"万山"句脱胎而来。盖文达于乾隆丙子[二]，扈从[三]出古北口，见邸壁一诗，剥落过半，仅识"一水涨喧人语外，万山青到马蹄前"二语。迨壬午[四]顺天乡试[五]，纪文达充同考官，得朱子颖（孝纯），闱后投诗作贽[六]，则是联在焉。因叹针芥之契[七]，似非偶然，而老辈之虚心风雅，为何如也。

【注】：

[一] 朱子颖（1729—1785）：朱孝纯，字子颖，号思堂、海愚。有

《海愚诗钞》等。

[二] 乾隆丙子：乾隆二十一年，1756年。

[三] 扈从：随从。

[四] 壬午：乾隆二十七年，1762年。

[五] 顺天乡试：直隶乡试在顺天府举行，考场在京师礼部贡院，亦称北闱，与南京应天府乡试之南闱相对应。

[六] 贽：挚，古人相见之礼物。典出《礼记·曲礼下》："凡挚，天子鬯，诸侯圭，卿羔，大夫雁，士雉，庶人之挚匹，童子委挚而退。野外军中无挚，以缨拾矢可也。"

[七] 针芥之契：喻细微之处亦相默契。

五十六

邓州彭布政[一]而述《初到滇池》诗云："剑南[二]风物值初秋，万里炎荒[三]据上游。水下澜沧通大夏[四]，山连葱岭[五]接姚州[六]。汉威远播姑缯[七]塞，王爵新分昀町[八]侯。况是《白狼》[九]新作颂，铜标[十]应过海西头[十一]。"为三桂未反以前作。颈联谓澜沧水通大夏，葱岭山接姚州，似于地舆不合。昔人咏滇中山水，以地涉莺远，非耳目所常经，往往想像设词，大率类此。

【注】：

[一] 彭布政：彭而述（1605—1665），字子籛，号禹峰，河南邓州人，明崇祯十三年（1640）进士，入清后任云南布政使和贵州巡抚。有《读史亭诗集》等。

[二] 剑南：在剑阁之南，唐贞观元年（627）置，治所在益州（今成都），辖境于今四川岷山、剑阁以南、云南澜沧江、哀牢山以东等地。此指滇池地区。

［三］炎荒：炎热荒凉。柳宗元《祭弟宗直文》："炎荒万里，毒瘴充塞，汝已久病，来此伴吾。"

［四］大夏：中亚古国名。见《史记·大宛列传》卷一二三。

［五］葱岭：古代对昆仑山及西部山脉的统称。汉设西域都护统辖，唐开元中设安西都护府。

［六］姚州：唐武德四年（621）置，贞元十年后入南诏，称弄栋城。元属大理路，治所在今姚安县城。又《太平御览》卷一六六："姚州，云南郡。盖夷越之地，亦为滇王国。"

［七］姑缯：西南夷之一，今云南邓川。

［八］姁町：《汉书》卷九五："五年，遣军正王平、大鸿胪田广明等并进，姁町侯亡波率其邑君长击反者。"《华阳国志》为"钩钉"。

［九］《白狼》：汉时滇地白狼王所作《白狼王歌》。见《汉书·西南夷列传》。

［十］铜标：铜柱标。马援南征交趾，立铜柱为汉界。盛世和平之意。

［十一］海西头：西域一带。头，边。全诗意谓：滇池边的风物正值初秋，遥想其连接炎热荒凉的广阔上游，汉威已广布贯通西亚和南蛮，何况那时滇地的白狼颂歌新成，看来铜柱应当立到西域以外来标示大汉的国界啊。

【笺】：

由云龙著，冯秀英、彭洪俊点校《滇故琐录校注》卷之一：又《破蒙俭露布》云："俗带白狼，人习贪残之性；河沧赤虺，川多风雨之妖。水积炎氛，山涵毒雾。竹浮三节，木化九隆。郑纯之化不追，孟获之风逾煽。"倪蜕《云南事略》云："丽江，古白狼王所居，而通安即昆明地，宋时么些蛮醋醋据此，段氏不能制。元世祖由吐蕃济江讨平之，始立察罕章管民官。"

五十七

高文良公[一]（其倬字章之，奉天镶白旗）诗才清隽，为旗籍中仅见之才。《随园诗话》《筱园诗话》均盛称之。其《味和堂集》，嗣雅唐音，得诗人讽谕之旨。律诗清切，古体雄深。《今传是楼诗话》举其七律诗数首，其《白燕》二律，体物寓意，尤见匠心。中一联云"有色何尝相假借"，吟至此沉思未对，夫人至，代握笔曰："不群仍恐太分明。"盖文良方抚江苏，与总督赵芸书（宏恩）不洽，赵每龃龉[二]之，文良卓然孤立，喜愠不见于色，故有是语。语意双关，极其超妙。兹录其五言古体一首，以概其余。《南天门》云："低从智[三]井底，仰蹑飞鳌背。豁然天宇开，升岭延胜概。连峰际沧碣，雄劲睨恒岱。右回包神京，左抗扼幽塞。溟涨拍天波，阵出万马队。"文良兄其佩[四]，字且园，工书画，尤长指头画。曾任姚安知府。文良继配季玉夫人，又为绥远将军蔡毓荣[五]女。平吴之役，毓荣与赵襄壮公良栋[六]两路入滇，事平，调云贵总督。招徕流亡，建置衙署，纲目具举，祀名宦祠。文良以雍正元年由广西巡抚迁云贵总督，于滇缘分固不浅也。季玉夫人亦工诗，有《蕴真轩诗钞》二卷。其随任到滇时，有诗云："滇南为先大夫旧莅之地，四十年后，余随夫子督滇，目击胜概犹存，而大人之墓有宿草矣。抚今忆昔，凄然有感，因得八长句，用志追思之痛。《辰龙关》云：'一径登危独悄然，重关寂寂锁寒烟。遗民老剩头间雪，战地秋闲柳外田。闻道万人随匹马，曾经六月堕飞鸢。残碑犹志诸军勇，苔蚀尘封四十年。'《关索岭》云：'山从绝域势遥分，天限西南自昔闻。烽静戍楼狐上屋，风喧古木鸟惊群。横盘石磴危通马，百里松根倒看云。叱驭升平犹觉险，登临还忆旧将军。'《铁锁桥》云：'结构飞梁迹尚存，藓碑遗字满埃尘。三垂铁锁晴虹挂，百叠江声战鼓沉。细柳营[七]空云似幕，霸陵原静草如茵。临风一洒孤儿泪,不见题桥续后人。'《江西坡》云:'西岭千重簇剑芒,曾麾万骑蓦羊肠。鬼灯明灭团青血,野冢荒凉种白杨。梦断层霄空漠漠,事随流水去茫茫。当年耆旧今无几,指点残山说战场。'《九峰寺》云:'萝壁松门古径深,题名犹记旧铺金。苔生尘鼎无香火,经蚀僧厨有蠹蟫。赤手屠鲸千载事,白头归佛一生心。征南部曲今谁是,剩有枯禅守故林。'《鹦鹉峰》云:'鹦鹉峰前怅倚阑,思量遗事独长叹。红旗指处人迎马,白首归来雪满鞍。涧底波流如哽咽,寺门联额半摧残。岂知石上伤心笔,留与孤儿掩泪看。'《云南坡》云:'荣枯浩浩海无边,名就功成自古传。白钺[八]几过新驿路,赤燐[九]曾遍旧山川。吴云已变如苍狗,蜀魄惟能化杜鹃。试看绛侯千户邑,应知懋绩[十]在当年。'《谒祠》云:'肠回百结泪如丝,一奠椒浆[十一]拜旧祠。箕尾[十二]已归应有处,音容何处杳难思。环旋故垒青山在,寂寞虚廊白日移。不谓霜凄云幻后,南人犹惜召棠[十三]枝。'"今地名已易,蔡祠亦久不存,而文良督滇时,距蔡任不过三十余年,所列庙宇名胜,已处处有荒凉颓废之概。可知三十年为一世,人事之不常如此。文良有《题征南图》四首云:"削平楚蜀靖南邦,独指欃枪[十四]竖节幢。但解孤城堪作冢,谁言万骑可横江。朱旗贴[十五]地亲麾阵,蛮甲[十六]齐山坐受降。南去光辉照行路,马前白钺一双双。""横探沸海掣长鲸,旋许开牙领百城。满眼青燐[十七]新战血,一隅赤子旧编氓[十八]。身当方岳[十九]为霖雨,手挽天河洗甲兵。弓矢载橐[二十]豺虎尽,归来头白见升平。""十载投荒海一涯,故关已入敢言迟。归云自恋初时岫,栖鸟犹惊已定枝。尔日封侯多部曲,当年屈指计安危。至今襄阳诸耆旧,犹记将军倚树时。""马鬣封留漆水东,爰田[二十一]已没旧楼空。藓碑遗字零星绿,战垒秋阳寂寞红。不夜人寰方白昼,无私天地自春风。且留粉本传孙子,好待他年写鄂公。"皆为蔡将军作。第三首即指蔡谪戍黑龙江未几召还事。蔡有从子蜓,字若璞,仕至尚书,亦能诗,有《守素堂集》。平生笃信佛法,著有

《楞严会归》十卷，文良为之校刊。甘忠果公[二十二]（文焜）亦有后人道渊[二十三]，知名于时。

【注】：

[一] 高文良（1676—1738）：高其倬，字章之，号芙沼，谥文良，康熙三十三年（1694）进士。有《味和堂集》等。

[二] 齮龁（yǐ hé）：咬噬，引申为倾轧，忌恨。

[三] 眢（yuān）：眼睛枯而失明，引申为枯竭。

[四] 其佩：高其佩（1660—1734），清代画家，字韦之，号且园，铁岭（今属辽宁）人。以祖荫授官。

[五] 蔡毓荣：《清史稿》卷二五六："蔡毓荣，字仁庵，汉军正白旗人。父士英。初籍锦州。从祖大寿来降……加兵部尚书，以疾告归。十三年卒，谥襄敏。"

[六] 良栋：赵良栋（1621—1697），字擎之，号西华，谥襄忠，宁夏镇（今宁夏银川）人。有《奏疏存藁》等。

[七] 细柳营：典出汉文帝时周亚夫屯兵细柳。《史记·绛侯世家》卷五七："以河内守亚夫为将军，军细柳，以备胡。上自劳军，至霸上及棘门军，直驰入，将以下骑送迎。已而之细柳军，军士吏被甲……天子先驱至，不得入……亚夫乃传言开壁门。壁门士吏谓从属车骑曰：'将军约，军中不得驱驰。'于是天子乃按辔徐行。至营，将军亚夫持兵揖曰：'介胄之士不拜，请以军礼见。'天子为动，改容式车。使人称谢：'皇帝敬劳将军。'成礼而去。既出军门，群臣皆惊。文帝曰：'嗟乎，此真将军矣！曩者霸上、棘门军，若儿戏耳。'"

[八] 白钺：兵器，代军队。

[九] 赤燐：喻指战争给人民带来伤害。

[十] 懋（mào）绩：大功绩。

[十一] 椒浆：用椒浸制的酒浆。屈原《九歌·东皇太一》："蕙肴

蒸兮兰藉，莫桂酒兮椒浆。"班固《汉书·礼乐志》卷二二："勺椒浆，灵已醉。"

[十二] 箕尾："骑箕尾"的省称。指有名望之人去世，魂有所归。箕，箕星；尾，尾星。在二十八星宿中，属于东方七宿。传说商武丁贤相傅说（yuè）死后，化为列星，于箕尾之间。《庄子·大宗师》云："傅说得之，以相武丁，奄有天下。乘东维，骑箕尾，而比于列星。"

[十三] 召棠：怀念去职官吏的政绩。召，召伯。《诗经·召南·甘棠》："蔽芾甘棠，勿剪勿败，召公所憩。"

[十四] 欃枪（chán chēng）：彗星。《尔雅·释天》："彗星为欃枪。"古人认为不吉，预示兵乱与灾变。《管子·轻重丁第八十三》："国有枪星，其君必辱。"此指叛乱者。

[十五] 飐（zhǎn）：风吹使其颤动。

[十六] 蛮甲：甲胄。范成大《桂海虞衡志·志器》："蛮甲，惟大理国最工。甲胄皆用象皮。胸背各一大片如龟壳，坚厚与铁等。又连缀小皮片为披膊护项之属，制如中国铁甲，叶皆朱之。"

[十七] 青燐：喻死者。

[十八] 编氓：编入户籍的平民。

[十九] 方岳：四方之山岳。

[二十] 弓矢载櫜（gāo）：收藏兵器。《诗经·周颂·时迈》："载戢干戈，载櫜弓矢。"

[二十一] 爰田：爰田之解歧义纷呈，一说易田，休闲耕作。

[二十二] 甘忠果公：《清史稿》卷二百五十二："甘文焜，字炳如，汉军正蓝旗人。康熙七年（1668）迁云贵总督，驻贵阳……"

[二十三] 道渊：甘运源（1718—1794），字道渊，号啸岩，汉军正蓝旗人，文焜曾孙。有《西域集》《啸岩诗存》。

【笺】：

由云龙著，冯秀英、彭洪俊点校《滇故琐录校注》卷之一：其《关索岭》《云南坡》及谒祠诸作，皆沉郁悲凉，《雅颂集》仅录其四，不免遗珠之憾。比之兰贞太夫人《题五弟翙捷云南解首》《题李白集后》诸作，真有璧合珠联之美。其随任云南，踪迹亦极相似。置之沈归愚《别裁集》六十九名媛中，定当偻指一二数也。

五十八

楚雄池籥庭司业[一]生春[二]与李即园[三]明经[四]、戴古村[五]上舍[六]、杨丹山[七]司马[八]、戴筠帆[九]给谏[十]，称"五华五子"，皆曾学诗于宋芷湾[十一]。籥庭值南书房[十二]凡五年。督学粤西，终日坐堂上，卷必亲阅，其佳者立奖勉之，成就甚众。卒于任。尝于榕湖之北，创榕湖精舍，延吕月沧[十三]掌之，以经义策论诗赋课士。临桂[十四]唐子实[十五]、刘莲丞[十六]，平南彭子穆[十七]，马平王少鹤[十八]，皆所选高材生。朱伯韩[十九]诗"寝门[二十]风义犹行古，岭表[二十一]文章待起衰"，为子穆、少鹤示池学使《挽诗》作也。（见《雪桥诗话》）

【注】：

[一] 司业：学官名，国子监司业，掌管儒学训导之政，清末废除。

[二] 生春：池生春（1798—1836），字籥庭，云南楚雄人。有《池司业遗稿》等。

[三] 李即园：李于阳（1784—1826），字占亭，号即园，祖籍山东，后徙居大理、昆明。有《即园诗钞》等。

[四] 明经：见卷上第十八则。

[五] 戴古村：戴淳。见卷上第五十七则。

[六] 上舍：清代监生别称。

[七] 杨丹山：杨国翰（1787—1832），字凤藻，号丹山，云南云州（今云县）人。

［八］司马：许慎《说文解字》："马，武也。"掌管军事之职。

［九］戴筠帆：戴炯孙（1796—1857），字袭孟，别号筠帆，又号云帆，云南昆明人。有《昆明县志》等。

［十］给谏：清代六科（吏、户、礼、兵、刑、工）给事中别称，掌管劝谏、弹劾之职。蒲松龄《聊斋志异·小翠》："同巷有王给谏者，相隔十余户，然素不相能；时值三年大计吏，忌公握河南道篆，思中伤之。"

［十一］宋芷湾：宋湘。见卷上第十七则。

［十二］南书房：又称"南书房行走"，皇帝文学侍从，清康熙时置，参与机务，特颁诏令。军机处成立后，不再参与机务，但仍有一定地位。

［十三］吕月沧：吕璜（1777—1838），字礼北，号月沧，嘉庆辛未（1811）进士，广西桂林永福人。有《月沧文集》等。

［十四］临桂：广西桂林。

［十五］唐子实：唐岳（1821—1873），原名启华，字仲方，又字子实，广西人。有《涵通楼师友文钞》等。

［十六］刘莲丞：不详，待考。

［十七］彭子穆：彭昱尧（1811—1851），字子穆，又字兰畹，广西平南人。有《致翼堂文集》等。

［十八］王少鹤：王锡振（1813—1875），原名王拯，字翼之，又字定甫，号少鹤，广西马平（今属柳州）人。有《龙壁山房诗集》《茂陵秋雨词》等。

［十九］朱伯韩：朱琦（1803—1861），字伯韩，广西临桂（今桂林）人，道光十五年（1835）进士。有《怡志堂诗文初编》。

［二十］寝门：古人内寝之门。宋梅尧臣《南阳谢紫微挽词》三首之一："忽惊南郊信，半夜雪中来。遂哭寝门外，始嗟梁木摧。文章千古盛，风韵故人哀。忆昨临湍水，宁知隔夜台。"

［二十一］岭表：岭南。唐有岭南道，辖五岭以南的广东、广西等地。按：池生春曾任广西督学。

【笺】：

从本则文意看，"櫹湖"应为广西桂林"杉湖"。清代张凯嵩辑刻有《杉湖十子诗钞》，是书内封有"同治戊辰/樧湖十子诗钞"字样。书中"樧""杉"并用。所以"櫹"疑为"樧"字。櫹湖，即樧（杉）湖。

五十九

石屏张月槎[一]侍御，先以翰编出守河南郡[二]，行县[三]过宜阳甘棠砦[四]，补植棠十三本，以"苃棠"题集，一时属和者甚众。杭大宗[五]句云："发仓[六]汲黯[七]能持节，驱虎[八]刘昆[九]不设祠。"诸襄七[十]宫赞[十一]诗云："甘棠新补十三枝，今日畴庚[十二]召伯诗[十三]。君子须眉皆甚古，丈人清畏[十四]不镌碑。悬同[十五]合浦车争挽，岂必桐乡像设祠。他日轺轩[十六]问原隰[十七]，广基台榭几人知。""能令望国封嘉树，总为风诗爱到今。郭璞樊光[十八]勤补注，白棠[十九]赤社[二十]想连阴。忘劳重整周行芨[二十一]，听讼当年一片心。讵似漫无姜桂性[二十二]，朱唇点缀不能禁。"

【注】：

[一] 张月槎：张汉（1680—1759），字月槎，云南石屏人。有《留砚堂诗集》等。

[二] 河南郡：原秦国三川郡，辖境于今河南黄河以南，中牟以西，孟津以东，新郑以北地区。隋开皇初废，大业初又改为河南郡。唐武德四年（621）改为洛州。

[三] 行县：巡行所属各县。

[四] 宜阳甘棠砦：今属洛阳宜阳县。相传西周召伯巡于甘棠砦，曾在棠树下听政。

[五] 杭大宗：杭世骏（1696—1772），字大宗，浙江仁和人。有《道古堂集》《三国志补注》等。

[六] 发仓：典出班固《汉书》卷五十："武帝即位，黯为谒者。东粤相攻，上使黯往视之。至吴而还，报曰：'粤人相攻，固其俗，不足以辱天子使者。'河内失火，烧千余家，上使黯往视之。还报曰：'家人失火，屋比延烧，不足忧。臣过河内，河内贫人伤水旱万余家，或父子相食，臣谨以便宜，持节发河内仓粟以振贫民。请归节，伏矫制罪。'上贤而释之，迁为荥阳令。黯耻为令，称疾归田里。上闻，乃召为中大夫。以数切谏，不得久留内，迁为东海太守。"

[七] 汲黯（？—公元前112）：班固《汉书》卷五十："汲黯字长孺，濮阳人也。其先有宠于古之卫君也。至黯十世，世为卿大夫。以父任，孝景时为太子洗马，以严见惮。"

[八] 驱虎：典出南朝宋范晔《后汉书·儒林列传》卷一百九："先是，崤黾驿道多虎灾，行旅不通。昆为政三年，仁化大行，虎皆负子度河。帝闻而异之。二十二年，征代杜林为光禄勋。诏问昆曰：'前在江陵，反风灭火；后守弘农，虎北度河。行何德政而致是事？'昆对曰：'偶然耳。'左右皆笑其质讷。帝叹曰：'此乃长者之言也。'"

[九] 刘昆（？—57）：南朝宋范晔《后汉书·儒林列传》卷一百九："刘昆字桓公，陈留东昏人，梁孝王之胤也。少习容礼。平帝时，受施氏《易》于沛人戴宾。能弹雅琴，知清角之操。"

[十] 诸襄七：诸锦（1686—1769），字襄七，号草庐，浙江秀水（今嘉兴）人。有《绛跗阁诗稿》等。

[十一] 官赞：官职名，赞善别称，从六品。

[十二] 畴赓：继续，连续，多用于诗歌唱和。

[十三] 召伯诗：指《诗经·召南·甘棠》。

[十四] 清畏：南朝宋刘义庆著，南朝梁刘孝标注《世说新语·德行》引《晋阳秋》云："胡威字伯虎，淮南人。父质，以忠清显。质为荆州，威自京师往省之。及告归，质赐威绢一匹。威跪曰：'大人清高，

于何得此？'质曰：'是吾奉禄之余，故以为汝粮耳！'威受而去。每至客舍，自放驴，取樵爨炊……父子清慎如此。及威为徐州，世祖赐见，与论边事及平生，帝叹其父清，因谓威曰：'卿清孰与父？'对曰：'臣清不如也。'帝曰：'何以为胜汝邪？'对曰：'臣父清畏人知，臣清畏人不知，是以不如远矣！'"

[十五] 悬同：遥相符合。

[十六] 𫐉轩：代使者。

[十七] 原隰：见卷下第十八则。

[十八] 樊光：东汉京兆（今陕西西安东）人。有《尔雅注》六卷。

[十九] 白棠：甘棠。

[二十] 赤社：赤色社土，指南方。召公曾巡南方。

[二十一] 行茇（bá）：陋室。

[二十二] 姜桂性：喻人老性格刚直。

【笺】：

由云龙著，冯秀英、彭洪俊点校《滇故琐录校注》卷之二：月槎先生在京师时，有同姓名者为衡山县丞，入都，假先生名大会宗人，后回衡。先生寄以诗调之云："连天一派原同姓，两地交称不异名。文士时难分李益，诗人帝岂别韩翃。丞何曾负惭余拙，叔恐为痴被子轻。此去衡山寻玉简，旷怀千古独输卿。"按：此与许秋岩漕督戏武冈州刺史同一韵事。

《滇故琐录校注》卷之二亦有与此则相似者：月槎先生先以翰编出守河南郡。行县过宜阳甘棠寨，补植棠十三本，以"蒂棠"题集，一时属和者甚众。杭大宗云："三花少室有仙枝，特向宜阳补旧诗。伊阙十年惟树木，大河万口即成碑。发仓汲黯能持节，驱虎刘昆不设祠。同此清风传巩洛，泽苏植物已先知。画轼巡行劳听讼，民歌茇憩到于今。名山女儿留疏影，涧水皋桥指旧阴。渗漉皆知贤守迹，栽培原属使君心。𫐉轩倘纪张堪治，父老攀条思不禁。"诸襄七宫赞云："甘棠新补十三枝，今日畴赓召伯诗。君子须眉皆甚古，丈人清畏不镌碑。悬同合浦车争挽，岂必桐乡像设祠。他日轺轩问原隰，广基台榭几人知。能令望国封嘉树，总为风诗爱到今。郭璞樊光勤补注，白棠赤社想连阴。忘劳重整周行苤，听讼当年一片心。讵似漫无姜桂性，朱唇点缀不能禁。"月槎以康熙癸巳进士，京察出守，丙辰重入词馆，改列台署，历官中外，皆有声称。其告归也，胡云持有送其归云南序极佳。先生诗文皆有专集，属对制联，尤吐词清隽，倜傥不群。

六十

高文端[一]公晋子书麟[二]，为文定公[三]从子[四]，谥文勤。纶扉[五]接武[六]，麟阁图形[七]，两世皆清谨厚重，以功名始终。乾隆五十五年[八]，蒙自尹楚珍[九]阁学[十]壮图[十一]奏州县亏空，督抚派累，惟李世杰[十二]、书麟独善其身，当时以为公论。楚珍奏上，令偕侍卫庆成往近省监查仓库，各省闻信挪移掩饰，致以陈奏不实罢官。后虽特召入都，卒予给事中[十三]衔，回滇侍母。王琴德[十四]诗："已看直节标青史，更乞承欢奉彩衣[十五]。"亦深惜直言之难用也。二则俱见《雪桥诗话》。按尹公得罪后，以内阁侍读[十六]用，改补礼部仪制司主事，次年回籍。至嘉庆四年[十七]起用，始以给事中衔回滇，准其在籍奏事，时公已六十二岁。至嘉庆十三年[十八]，七十一岁，始终于里第。

【注】：

[一] 高文端：高晋（1707—1779），字昭德，谥号文端，满洲镶黄旗人。两江总督，乾隆时期治河能臣。

[二] 书麟：高书麟，高晋长子。曾任两江总督、广西巡抚等。

[三] 文定公：高斌（1683—1755），字右文，号东轩，原八旗汉军。曾任广东布政史、江南河道总督等。

［四］从子：侄子。高斌侄子应为高晋，而非高书麟。见《清史稿》卷三一零。

［五］纶扉：明清时处理政务之处。

［六］接武：古代堂室礼节，意谓行动缓慢。武，足迹；接武，迹相接。喻功名相续。

［七］麟阁图形：汉宣帝为纪念有功之臣，命人将功臣肖像画于麒麟阁，意谓功勋卓著。

［八］乾隆五十五年：1792年。

［九］尹楚珍（1738—1808）：尹壮图，字楚珍，云南蒙自人，乾隆三十一年（1766）进士。

［十］阁学：内阁学士。

［十一］壮图：尹楚珍。

［十二］李世杰（1716—1794）：字汉三，一字云岩，黔西县人，以父捐资入仕途，有经世之才。有《家山纪事诗》《南征草》。

［十三］给事中：官名。宋末元初马端临《文献通考·职官》卷十二："以有事殿中，故曰给事中。"秦设置，察六部之失。雍正元年改属都察院。

［十四］王琴德（1725—1806）：王昶，字德甫，又字琴德，号兰泉，江苏青浦（今属上海）人，乾隆十九（1754）年进士。有《春融堂集》《述庵文钞》《国朝词综》《湖海诗传》《金石萃编》等。

［十五］彩衣：彩衣娱亲，指孝养父母。典出晋萧广济《孝子传》："老莱子至孝，奉二亲。行年七十，著五彩褊襕衣，弄雏鸟于亲侧。"

［十六］内阁侍读：清朝内阁属官，正六品，掌勘对、检校之事等。顺治六年（1649）设于内三院。

［十七］嘉庆四年：1799年。

［十八］嘉庆十三年：1808年。

【笺】：

《清史稿》卷三百四十三：书麟，字绂齐，高佳氏，满洲镶黄旗人，大学士高晋子。初授銮仪卫整仪尉，累迁冠军使，擢西安副都统……授广西巡抚，以父忧去。起，署兵部侍郎。

四十九年，出为安徽巡抚，岁旱，请留漕粮五万石、关税银三十五万两赈之。阜阳有荒地六千余顷，疏请宽限清厘，民间交易用官弓丈量，以杜欺隐，期于渐复旧额。帝以书麟尽心民瘼，予优叙，黄、运两河漫溢。帝因两江总督李世杰未谙河工，命书麟佐之。与世杰及河督李奉翰议，漫口有四，惟司家庄、汤家庄两处分溜，急兴工堵筑；又奏："桃源境内河流因顺黄坝生有淤滩，水势纡折不畅。于玉皇阁下挑引河，俾黄流东注会清，以资宣泄。"

五十二年，擢两江总督。书麟素行清谨，出巡属邑，轻骑减从，民不扰累，特诏嘉之。和珅柄政，书麟与之忤。未几，有高邮巡检陈倚道揭报书吏假印重征事，遣重臣鞫实，坐书麟瞻徇，下部严议；又失察句容书吏侵用钱粮，褫职，遣戍伊犁。寻起为山西巡抚。内阁学士尹壮图论州县亏空由于派累，疆臣中惟李世杰、书麟独善其身，和珅尤忌之，命壮图赴各省清查仓库，自山西始，壮图因获谴。五十六年，仍授两江总督。两淮盐政巴宁阿交结商人，坐书麟徇庇，复夺职，予三等侍卫，赴新疆效力。

六十一

袁渐西[一]《后寰海诗》有云："耻言农战竞文儒，《四库》椎轮[二]智饰愚。始识诸城[三]能识远，绝胜发难越巂朱。"自注："开《四库》馆之议，刘文正公以为非当时急务，拟寝[四]，笥河[五]奏不下，而于金坛[六]力持之。"按是时方际承平，纂辑群书，导扬国萃，未始不可。而诸城犹以为非当务之急,渐西亦许其有远识。盖文恬武嬉,已召乱萌,刘袁之意,殆在于此。今则疆宇日蹙,内外交讧,张皇补苴,日不暇给,而乃亟亟于《四库》之付印,断断于善本之选刊,朝议野争,哓哓未已,使文正、忠节[七]处此,又将何以为词耶?

【注】:

[一] 袁渐西:袁昶。见卷上第五十六则。

[二] 椎(zhuī)轮:无辐之原始车轮。南朝梁萧统《〈文选〉序》:"若夫椎轮为大辂之始,大辂宁有椎轮之质?"

[三] 诸城:从下文自注看,诸城应是刘文正,而非刘墉。刘文正(1699—1773),即刘统勋,刘墉父,字延清,号尔钝,山东诸城(今属山东潍坊)人。

[四] 寝:停止,平息。

[五] 筼河:朱筠(1729—1781),字竹君,号筼河,祖籍浙江萧山,乾隆十九年(1754)进士。有《筼河文集》《筼河诗集》等。

[六] 于金坛:于敏中(1714—1780),字仲常,号耐圃,谥号"文襄",江苏金坛人,乾隆二年(1737)恩科(正科之外,皇帝特许的考试)状元,曾任《四库全书》馆事务总裁。

[七] 忠节:袁昶谥号"忠节"。

【笺】:

时事日非,《四库》如此,制度、人才亦然。由云龙著,冯秀英、彭洪俊点校《滇故琐录校注》卷之三:潘颐福《东华续录》:"咸丰元年三月,谕内阁:'御史戴絅孙奏,殿试为抡才大典,不宜专尚楷字。本日候补京堂张锡庚奏,贡士试策,听其发抒,不必限以字数;并请删去颂联,兼请复开博学宏词科,以广储人才等语。策对向无限字之例,颂联旧习,从前曾经奉旨戒诸贡士删去,惟士子日久相沿,袭成恶套。其应如何剀切示谕，及开词科有无裨益之处，着礼部悉心妥议具奏。'寻奏：'查科场条例内载：殿试试卷，果有通达治体，学问渊通，听其发抒，不必限以字数，惟最短者亦必以千字为率，不及一千字者以不入式论；至于四六颂联，并一切泛语，概不准用。又载：临轩策士，本欲得明体达用，文义醇茂之卷，拔置上第，以备他日之用，务令取择适中，除条对精详，楷法庄雅者，尽登上选外，其缮录不能甚工，而援据典确，晓畅事务，即为有本有用之才，亦应列为上卷各等语，每科遵行在案。拟照旧出示晓谕，谨将向来刷印之对策款式副本，附折进呈。并照式另行刷印，于贡士纳卷时，人给一纸，令其敬谨遵照。至请开博学宏词科，似非当时之急务，应毋庸议。'从之。"八股之不足以识拔真才，由来已久，满朝大僚皆知之，而不肯言，绹孙先生独能排众议、违众情而言之，不可谓非心精力果之举。惟张君请开特科而不知改其程式，仍用博学宏词，有何裨益？迨至光绪季年，时事日非，外侮日亟，下诏求言，而朝官皆噤若寒蝉，无一痛陈时政者。云南同乡见各省京官相继上折，虽不中肯，究胜于无，惟滇省寂寂无闻，学生志士引为大辱，奔走责备于诸京官之门，而彼时具有言事资格，能上奏折者，只给事中吴煦一人，于是咸往督过之。吴不得已，商诸号称谙习时务之某君，不久即上一折，请保存科举。宫门抄出，舆论大哗。同乡人殊失望，谓不如不言之为愈也。其折即出某君手，丘壑一气，思想相同，较之绹孙之言，奚啻上下床之别耶？或曰：某君素具革命思想，与绹孙同。绹孙之请勿专尚小楷，某君之主张保存科举，皆明知清廷以此笼络人才，欲除之者，使其失人心也；请保存者，欲其久久陷没人才，而日即于败亡也，皆革命之先河也。子但知其一，不知其二，晓晓何为乎？

姚鼐《朱竹君先生传》：朱竹君先生，名筠，大兴人，字美叔，又字竹君，与其弟石君珪，少皆以能文有名。先生中乾隆十九年进士，授编修，进至日讲起居注官，翰林院侍读学士，督安徽学政，以过降级，复为编修。

先生初为诸城刘文正公所知，以为疏俊奇士。及在安徽，会上下诏求遗书，先生奏言："翰林院贮有《永乐大典》，内多有古书世未见者，请开局使寻阅。"且言搜辑之道甚备。时文正在军机处，顾不喜，谓"非政之要而徒为烦"，欲议寝之。而金坛于文襄公独善先生奏，与文正固争执，卒用先生说上之，四库全书馆自是启矣。先生入京师，居馆中纂修《日下旧闻》。未几，文正卒，文襄总裁馆事，尤重先生。先生顾不造谒，又时以持馆中事与意忤，文襄大憾。一日见上，语及先生，上遽称许"朱筠学问、文章殊过人"，文襄默不得发，先生以是获安……先生为人，内友于兄弟，而外好交游。称述人善，惟恐不至；即有过，辄复掩之。后进之士，多因以得名。室中自晨至夕，未尝无客，与客饮酒谈笑穷日夜，而博学强识不衰，时于其间属文。其文才气奇纵，于义理、事物、情态无不备，所欲言者无不尽。尤喜小学，为学政时，遇诸生贤者与言论若同辈。劝人为学先识字，语意谆勤，去而入爱思之。所欲著书皆未就，有诗文集合若干卷……

六十二

潘孺初[一]嘲袁渐西云："不如逐伴归山去，长啸一声烟雾深。"盖以猿为戏也。袁答诗云："猿公[二]剑术本粗粗，那得仙姝一起予。会使林深不可见，烟餐雾隐且胥疏[三]。"嘲者无心，答者有意。果能烟餐雾隐，克践斯言，亦庶几明哲保身之道。惜其只托空言，终罹惨祸[四]，"猿公"[五]术浅，不能自全，悲夫！

【注】：

[一] 潘孺初（1817—1893）：潘存，字仲模，号孺初，咸丰举人，海南文昌人。

[二] 猿公：白猿、白猿公，传说中剑术高明的隐者。作者自嘲之意。典出汉代赵晔《吴越春秋》卷八："范蠡对曰：'……今闻越有处女，出于

南林，国人称善'……越王乃使使聘之，问以剑戟之术。处女将北见于王，道逢一翁，自称曰袁公，问于处女：'吾闻子善剑，愿一见之。'女曰：'妾不敢有所隐，惟公试之。'于是袁公即杖箖箊竹，竹枝上颉桥未堕地，女即捷（接）末，袁公操其本而刺处女……处女因举杖击之。袁公则飞上树，变为白猿。"李白《结客少年场行》："少年学剑术，凌轹白猿公。"

[三] 胥疏：相疏，疏远。

[四] 终罹惨祸：清代李希圣《庚子国变记》载：袁昶反对利用义和团，认为"衅不可开，纵容乱民，祸至不可收拾，他日内讧外患、相随而至，国何以堪？"遂被清廷处死。

[五] 猿公：指袁昶。

【笺】：

袁昶、许景澄《请速谋保护使馆，维持大局疏》：……大学士徐桐，徐性糊涂，罔识利害。军机大臣、协办大学士刚毅，比奸阿匪，顽固性成。军机大臣、礼部尚书启秀，胶执己见，愚而自用。军机大臣、刑部尚书赵舒翘，居心狡狯，工于逢迎……夫使十万横磨剑，果足制敌，臣等凡有血气，何尝不欲聚彼族而歼旃。否则自误以误国，其逆恐不在臣等也……推原祸首，罪有攸归。应请旨将徐桐、刚毅、启秀、赵舒翘、裕禄、毓贤、董福祥，先治以重典……皆谬妄诸臣所为，并非国家本意，弃仇寻好，宗社无恙。然后诛臣等以谢徐桐、刚毅诸臣。臣等虽死，当含笑入地……（见《中国近代史资料专刊·义和团》第四册，上海人民出版社2000年版，第162—165页。）

六十三

世谓次韵始于白乐天、元微之[一]，号"元和体"。然杨衒之[二]《洛阳伽蓝[三]记》载王肃[四]入魏，舍江南故妻谢氏，而娶元魏帝女，其故妻赠之诗曰："本为箔上蚕，今为机上丝。得路遂腾去，颇忆缠绵时。"其继室代答诗，亦用丝、时两韵，是次韵非始于元白矣。特王妻闺阁之作，未播于时，元白则一时名士，流播词坛，故为诗家所宗尚耳。焦弱侯[五]《笔乘》载《陈后主集》有《宣猷堂燕集》五言诗，与江总[六]、陆瑜[七]、孔范[八]互相赓唱，其诗用韵，与所得韵先后正同。但韵以钩探[九]，非酬和先倡，与后世次韵小异。

【注】：

[一] 元微之：元稹。见卷下第四十九则。

[二] 杨衒之：生卒年不详，北朝北平人。有《洛阳伽蓝记》。

[三] 伽蓝：梵语，佛寺的统称。

[四] 王肃（464—501）：北魏琅琊临沂（今山东临沂北）人，字恭懿，初仕齐，后奔北魏。

[五] 焦弱侯：焦竑（1540—1620），字弱侯，号澹园，江苏南京人。有《澹园集》等。

[六] 江总（519—594）：字总持，南朝陈济阳考城（今属河南）。有《江令君集》。

[七] 陆瑜：字幹玉，南朝陈吴郡吴县（今江苏苏州）人。

[八] 孔范：字法言，南朝陈会稽山阴（今浙江绍兴）人。

[九] 韵以钩探：以钩钩取诸韵，一句谓之一探。宋苏轼《洞庭春色》诗云："……今年洞庭春，玉色疑非酒。贤王文字饮，醉笔蛟蛇走。既醉念君醒，远饷为我寿。瓶开香浮座，盏凸光照牖……应呼钓诗钩，亦号扫愁帚……"

六十四

赵秋谷[一]因演《长生殿》剧罢官，其《还山集·寄洪昉思[二]》

云:"垂堂高坐本难安,身外鸿毛掷一官。独抱焦桐俯流水,哀音还为董庭兰[三]。"《鼓枻集·赠洪昉思》云:"颇忆旗亭画壁时,相逢各讶鬓边丝。早知才薄犹为患,正使秋深总不悲。""吴越管丝君自领,江湖来往我无期。只应分付庭中鹤,莫为风高放故迟。"二诗情兼哀怨,不涉昉思相累之迹。李审言[四]《窳记》所载,仅此二首,然秋谷尚有七绝一首,与此同一旨趣。诗云:"牢落[五]周郎顾曲新,管丝长对自由身,早知才地宜江海,不道清歌误却人。"

【注】:

[一] 赵秋谷:赵执信。见卷上第五十四则。

[二] 洪昉思:洪昇(1645—1704),字昉思,浙江钱塘(今杭州)人。有《啸月楼集》《长生殿》等。

[三] 董庭兰:董大。唐代著名琴师。

[四] 李审言:李窳生。见卷上第四十七则。

[五] 牢落:见卷上第六十二则。

六十五

陈石遗诗老近有诗云:"偶沿东海人谈艺,猥使[一]西江派[二]拜嘉[三]。"自注云:"日本博士铃木虎雄[四]推余诗为江西派,实不然也"云云。先生虽不自承为江西派,顾提倡宋诗甚力。自其所著诗话及所选之《近代诗钞》出,海内之为同光体[五]者,益复靡然向风。盖欲避俗、避熟、避肤浅,而力求沉厚清新,固非倡导宋诗不可。况先生所选近代诗,断自道光朝起,而是时之诗家,如祁寿阳[六]、曾湘乡[七]、何东洲[八]辈,皆名高望重,以半山、山谷、东坡、后山诸家为祁向[九]者。故宋诗之盛,非仅人力,亦风会致然也。《近代诗钞》首录《馥龛亭[十]诗》一百二十余首,何东洲诗录至一百七十余首，曾湘乡诗亦录至数十首。其他如郑子尹[十一]、莫子偲[十二]及近代之散原[十三]、海藏[十四]、弢庵[十五]、乙盦[十六]，皆推挹甚至。其他如晚翠[十七]、俟庵[十八]、拔可[十九]、贞壮[二十]、晦闻[二十一]、诗庐[二十二]、仁先[二十三]、众异[二十四]、宰平[二十五]，宗宋派者，采辑甚备。而闽人录至数十家，以为宋诗最早而最多也。全钞三百余家，而滇人无一焉，以滇人之为宋诗者少也。先生诗话中，虽一再言无论为唐为宋，要取词必己出，意不犹人者，固舍宋诗莫属矣。于长庆体少钞，以其骨少肉多也。柏梁体少钞，以其词胜于义也。推陈出新，补偏救弊，先生其无愧今之宗匠乎。

【注】：

[一] 猥使：滥使。

[二] 西江派：江西诗派。

[三] 拜嘉：赞美。语出《左传·襄公四年》："《鹿鸣》，君所以嘉寡君也，敢不拜嘉。"

[四] 铃木虎雄（1878—1963）：日本著名汉学家，"京都学派"代表学者之一。有《中国文学研究》《中国诗论史》等。

[五] 同光体：清末民国初年诗歌流派，"宋诗派"别称，代表诗人有陈三立、陈衍、沈曾植、郑孝胥等。论诗以学宋为主，不专宗盛唐。

[六] 祁寿阳：祁寯藻，山西寿阳人。见卷上第五十六则。

[七] 曾湘乡：曾国藩。见卷上第三十一则。

[八] 何东洲：何绍基（1799—1873），字子贞，号东洲，湖南道州（今道县）人，道光十六年（1836）进士。有《东洲草堂集》等。

[九] 祁向：导向，引导。

[十] 馒靰（mǎn qiú）亭：亭名，据传在今山西寿阳县。祁寯藻晚号亦为馒靰，其《馒靰亭集》云："亭，为吾乡古迹。曩读《颜氏家训》，喜其奇字，拟补筑亭于方山，为退老读书之地。荏苒至今，斯愿未

遂，取以名集，用志向往。"

[十一] 郑子尹：郑珍。见卷上第五十六则。

[十二] 莫子偲：莫友芝。见卷上第五十六则。

[十三] 散原：陈三立。见卷上第五十五则。

[十四] 海藏：郑孝胥。见卷上第五十则。

[十五] 弢庵：陈宝琛。见卷上第二十三则。

[十六] 乙盦：沈曾植。见卷上第五十五则。

[十七] 晚翠：林旭。见卷上第五十五则。

[十八] 映庵：夏敬观。见卷上第五十五则。

[十九] 拔可：李拔可。见卷上第四十六则。

[二十] 贞壮：见卷上第四十六则。

[二十一] 晦闻：黄节（1873—1935），初名晦闻，字玉昆，后更名为节，号纯熙，广东顺德人，同盟会会员。有《中国通史》《蒹葭楼诗》等。

[二十二] 诗庐：胡朝梁（1877—1921），字子方、梓方，号诗庐，江西铅山人，近代诗人。有《诗庐诗存》等。

[二十三] 仁先：陈仁先。见卷上第四十六则。

[二十四] 众异：梁众异（1882—1946），名鸿志，字仲毅，后改为众异，福建长乐人。

[二十五] 宰平：林宰平（1879—1960），名志钧，号北云，福建闽侯人。有《北云集》等。

六十六

今之作者，不摹仿古人，不易见长。摹仿古人，而纯肖古人，亦未为工也。必仿古而加以变化，自出机杼，始能克自树立。作文然，作诗亦然。昔与章太炎[一]先生论近代作家，先生谓康南海[二]、梁卓如[三]皆作家。梁善变而失其故步。康始终不变，则胜于梁；然虽不变，而亦少进境。惟曾涤生[四]善学古人，而亦善变，故其文章卓绝今古；书法不逮也。囊闻曾教其弟子张濂卿[五]辈，恒举古人名篇，往复讽诵，熟练于心口间。迨一执笔为文，则音节笔仗自然与古欣合。有时或可寻其踪迹所自，有时并踪迹亦无可觅，但觉神与古会耳。今观曾之诗文集中佳作，信其言之不虚。如《金陵湘军陆师昭忠祠记》摹欧阳文忠[六]《集古录序》，此有迹可寻者也。如《祭汤海秋[七]》文，自谓得之班、马、韩、柳诸家，则无迹可寻矣。其诗如《题毛西垣[八]诗集后》《送凌十一[九]归长沙》等篇，逼肖山谷，(《陈石遗诗话》) 此其有意摹拟者。若《寄刘孟容[十]》《送莫友芝[十一]》诸篇，取径杜韩，嗣响山谷，几于学古而化。文正一生嗜学，年跻六十，位至大学士、两江总督，功成名立，犹日必温习《通鉴》，暗诵古人诗文佳篇，恒恐遗忘，其日记中纪之甚悉，真可为读书则效，固不仅作诗一道。作诗须语语是古人胸次，却语语不是古人面目，所谓不向如来行处行也。姚姬传[十二]尝言圣人之学，至一化字而极，于诗文亦然。古来学《国策》者，何尝竟似《国策》；学《史记》者，何尝竟似《史记》。方望溪[十三]之文，学归震川[十四]，何尝竟似震川，盖化之也。不化不足以超凡入圣，得化字之妙，其于为诗也，思过半矣。

【注】：

[一] 章太炎（1869—1936）：名炳麟，字枚叔，浙江余杭人，后因仰慕顾绛（顾炎武）而改名为绛，号太炎，早年师从俞樾。清末民国初著名学者、民族主义革命家。有《章太炎全集》。

[二] 康南海：康有为（1858—1927），原名祖诒，字广厦，号长素、更生，广东南海（今广州）人，世称南海先生。光绪二十一年乙未（1895）进士，光绪二十四年戊戌（1898）参加"百日维新"，主张君主

立宪，后变法失败。有《南海先生诗集》。

[三] 梁卓如：梁启超（1873—1929），字卓如，号任公，别署饮冰室主人，广东新会人。光绪十五年已丑（1889）举人，康有为弟子，世人合称"康梁"，戊戌变法首领之一。倡导"诗界革命"和"小说界革命"。有《饮冰室合集》等。

[四] 曾涤生：曾国藩，字涤生。见卷下第六十五则。

[五] 张濂卿：张裕钊，字濂卿。见卷上第六十五则。

[六] 欧阳文忠：欧阳修。见卷上第四十五则。

[七] 汤海秋（1801—1844）：汤鹏，字海秋，湖南益阳人，道光三年（1823）进士。有《浮丘子》《海秋诗集》等。

[八] 毛西垣：毛贵铭。见卷上第六十二则。

[九] 凌十一（1809—1849）：凌玉垣，字狄舟，湖南善化（今长沙）人，凌玉城之弟。有《兰芬馆诗初钞》等。

[十] 刘孟容：刘蓉（1816—1873），字孟容，号霞仙，湖南湘乡人。有《养晦堂集》。

[十一] 莫友芝：莫子偲。见卷上第五十六则。

[十二] 姚姬传：姚鼐。见卷上第六十则。

[十三] 方望溪：方苞（1668—1749），字灵皋，号望溪，安徽桐城人，清康熙四十五年（1706）进士，"桐城派"创始人。有《方望溪文集》等。

[十四] 归震川：归有光（1507—1571），字熙甫，号震川，明代昆山（今江苏昆山）人，与唐顺之、王慎中、茅坤等被称为"唐宋派"。有《震川先生集》。

六十七

计甫草[一]之言曰："学诗必先从古体入，能古体矣，然后学近体。

若先从近体入者，骨必单薄，气必寒弱，材必俭陋，调必卑靡，其后必不能成家；纵成家，亦洒削小家而已，许浑[二]、方干[三]之集是也。学古诗必无从五古入，次七言，次古乐府。乐府资其材料博且典耳，郊庙铙歌之类可不必拟，不如自为七言长篇。若屑屑摹古人格调，又一李沧溟[四]矣。"其言可为学诗之法，亦谈诗诸家所未道及者。

【注】：

[一] 计甫草（1625—1676）：计东，字甫草，号改亭，吴江（今属江苏）人。有《改亭集》。

[二] 许浑：见卷上第四十五则。

[三] 方干（？—约888）：字雄飞，号玄英，唐睦州桐庐（今属浙江）人。有《玄英先生诗集》。

[四] 李沧溟：李攀龙。见卷上第十三则。

【笺】：

许印芳《〈师友诗传录〉跋》云："……又论乐府不及阮亭之洞悉利病，胸有把握，徒见近代李沧溟辈摹古之失，因而惩羹吹齑，固执偏见，谓'乐府必不可拟'，古今拟者'皆东家施捧心伎俩'。然则曹氏父子之拟汉人，明远、太白之拟汉魏以下，昌黎之拟两周《琴操》，亦皆东施捧心乎？此真坐井观天之见也。阮亭答语皆简当，然亦有纰缪处。太白长短句，学古乐府而参以骚体，恢张变化，遂擅千古之奇。阮亭引沧溟语，谓其'英雄欺人'，且云'或有句杂骚体者，总不必学，乃为大雅'。此等议论，正与历友同一纰缪。窃恐迷误后学，故指其瑕而附书之。许印芳识。"

六十八

王兰泉[一]《雪鸿再录》亟称昆明孝廉[二]陆艺[三]、陆藻[四]俱能诗，而艺尤工。艺字漱亭，藻字江萍。乾隆五十三年[五]，兰泉由滇藩调江西，江萍[六]撰五言五韵诗赠行。兰泉以乌目山人[七]画册赠之。漱亭[八]复作画扇赠行，题句云："频年绘事率操觚[九]，墨宝贻来胜佩珠。试仿耕烟[十]清妙笔，满山风雨送行图。"昔人风雅相契，可为叹慕，视世之抗尘走俗、颂德歌功者，奚啻霄壤之别。

【注】：

[一] 王兰泉：王昶。见卷下第六十则。

[二] 孝廉：见卷上第四十二则。

[三] 陆艺：生卒年不详，字正游，一字树人，号漱亭，昆明人，乾隆甲午（1774）举人。工诗善画。有《漱亭集》。

[四] 陆藻：生卒年不详，字江萍，一作江坪，昆明人，清乾隆间贡生，工诗。有《覆缶诗稿》。

[五] 乾隆五十三年：1788年。

[六] 江萍：陆藻，字江萍。

[七] 乌目山人：王翚（huī）（1632—1717），字石谷，号耕烟散人、乌目山人等，江苏常熟人。清初著名画家。

[八] 漱亭：陆艺，号漱亭。

[九] 率操觚（gū）：率尔操觚的省称。率尔，随意地；觚，木简。意谓才思敏捷，挥笔成文。晋陆机《文赋》云："思涉乐其必笑，方言哀而已叹。或操觚以率尔，或含毫而邈然。"

[十] 耕烟：王翚，号耕烟散人。

【笺】：

清代江藩《国朝汉学师承记·王兰泉先生》卷四：先生讳昶，字德甫，号述庵，一字兰泉，又字琴德。其先世居浙江之兰溪，高祖懋忠，始迁江南松江府青浦县西珠街角镇，遂为青浦人……乾隆十八年

(1753)，癸酉，乡试中式。十九年，甲戌，成进士，归班候选。秦尚书蕙田延先生修《五礼通考》……在京师时，与朱笥河先生互主骚坛，门人著录者数百人，有"南王北朱"之称……先生天资过人，于学无所不窥，尤邃于《易》。诗宗杜少陵、玉谿生，而参以韩柳；古文则以韩柳之笔，发服郑之蕴。功业文章，炳著当代，求之古人中，亦岂易得者哉！生平著述甚富，《春融堂诗文集》六十八卷、《金石粹编》一百六十卷、《明词综》十二卷、《国朝词综》四十八卷、《湖海诗传》四十六卷、《续修西湖志》《青浦县志》《太仓州志》《陕西旧案成编》《云南铜政全书》，皆刊行于世。其未刊行者，则《滇行日录》三卷、《征缅纪闻》三卷、《蜀徼纪闻》四卷、《属车杂志》二卷、《豫章行程记》一卷、《商洛行程记》一卷、《重游滇诏纪程》一卷、《雪鸿再录》二卷、《使楚丛谈》一卷、《台怀随笔》一卷、《青浦诗传》三十六卷、《天下书院志》十卷。其未成书者，则《群经揭橥》《五代史注》……盖以汉学为表识，而专攻毁汉学者，皆藏于家。

藩从先生游，垂三十年，论学谈艺，多蒙鉴许。后先生因袁大令枚以诗鸣江浙间，从游者若鹜若蚁，乃痛诋简斋，隐然树敌，比之轻清魔。提倡风雅，以三唐为宗……以至吏胥之子，负贩之人，能用韵不失粘者，皆在门下。嘉庆四年，藩从京师南还，至武林，谒先生于万松书院，从容言曰："明时湛甘泉，富商大贾多从之讲学，识者非之。今先生以五七言诗争立门户，而门下士皆不通经史，粗知文义者，一经盼饰，自命通儒，何补于人心学术哉？……藩谓今日殆有甚焉。"默然不答。是时，依草附木之辈，闻予言，大怒，造谤语构怨，几削著录之籍。然而藩终不忍背师立异也。

主要参考文献

由云龙:《定庵诗话》二卷,云南开智公司印,云南省图书馆藏,民国二十三年印本。

张寅彭主编:《民国诗话丛编》(全六册),上海书店出版社2002年版。

张国庆选编:《云南古代诗文论著辑要》,中华书局2001年版。

段炳昌:《明清云南文学论稿》,云南大学出版社2021年版。

由云龙著,冯秀英、彭洪俊点校:《滇故琐录校注》,民族出版社2017年版。

蒋寅:《清代诗学史》(第一、二卷),中国社会科学出版社2012年版。

蒋寅:《清诗话考》,中华书局2005年版。

郑天挺、谭其骧主编:《中国历史大辞典》(全六册),上海辞书出版社2010年版。

钱仲联、傅璇琮总主编:《中国文学大辞典》(上、下),上海辞书出版社2022年版。

沈起炜、徐光烈编著:《简明中国历代官职辞典》,上海辞书出版社2014年版。

丁福保选辑:《历代诗话续编》(全三册),中华书局1983年版。

后　　记

春花辞树，夏花如瀑，辗转又见南风吹木。

"莫话诗中事，诗中难更无。"古今诗话，往往诗多话少，笺注则话多诗少。《定庵诗话》共136则，篇幅不算宏大，作者由云龙也是清末民国云南学者，"去今未远"。诗话虽是文言，但文意并不十分难解。然而《定庵诗话笺注》却从前"疫情"时代到后"疫情"时代，断断续续历时三年多的时间才完成。一则因由云龙是学者型诗人，引用广博繁杂，不易见其端倪；二则因笔者学力所限，唯恐疏漏与错误贻害读者。故而笺注之时，搜索材料，甄别比较，不乏有疑惑、停滞、坚持、灰心又复喜悦之感，其中甘苦，难以言传。

笺注的完成，有赖于各方面的关心、支持与帮助。感谢云南民族大学民族文化学院韦名应院长的关心和鼎力支持，感谢中国社会科学出版社张湉编审的悉心关怀与厚爱，才促成本书的问世；同时感谢云南大学张国庆先生百忙之中悉心审阅书稿，感谢段炳昌先生、刘炜教授的引领，感谢昆明学院孙秋克教授的关怀，也特别感谢云南民族大学冯秀英老师提供的云南省图书馆馆藏《定庵诗话》民国印本，在此一并敬致深深谢意。

此外，本书的完成也有赖于我的研究生李阿努、白志豪、李斗金、陆良师和李从云同学努力收集资料、细心甄别文献、认真核对文本之功，凡此种种，甚是感激。

本书是张国庆先生主编的"云南古代文学理论文献整理与研究"丛书之一，也是龙珊教授主持的云南省哲学社会科学创新团队"中华民族共同体意识视野下少数民族文学经典研究"（2023CX08）阶段性成果之一。

由于笔者学力有限，书中笺注不免有诸多疏漏之处，恳请各位专家和读者批评指正。

唯愿此书，成为我们美好的遇见。

李潇云

2025 年 5 月于昆明